Weit wie der Himmel

Die Autorin

Jutta Besser hat Kommunikationsdesign studiert. Sie arbeitete in verschiedenen Verlagen und Agenturen und war auch journalistisch tätig. Sechs Jahre lang trainierte sie Rennpferde und schrieb, fotografierte und gestaltete den opulenten Bildband DAS VOLLBLUT – DIE VIELSEITIGSTE PFERDERASSE DER WELT. Heute beschäftigt sie sich mit den Veteranen der Rennbahn und mit der Entspannung für Pferd und Reiter anhand ihrer Erkenntnisse aus Taiji, Qigong und TCM. Sie hat zahlreiche Auslandsreisen unternommen, unter anderem nach Asien und in die USA, wo sie den Pferdeflüsterer Monty Roberts besucht und Cowboys bei der Rinderarbeit geholfen hat.

Jutta Besser

Weit wie der Himmel

Roman

Scherz

Besuchen Sie uns im Internet:
www.scherzverlag.de

Erste Auflage 2003

ISBN 3-502-51896-3
Umschlaggestaltung: ja DESIGN, Bern: Julie Ting & Andreas Rufer
Umschlagbild: Getty Images, Image Bank, Zürich
Gesamtherstellung: Ebner & Spiegel, Ulm

Für Caroll und Roy, die mir auf ihrer Ranch
gezeigt haben, was ein Leben in der Wildnis bedeutet,
und deren Herzlichkeit und Wärme mir immer
in Erinnerung bleiben werden.

1

Jeff blickte in den Spiegel. Immerhin zwei Zentimeter, dachte er und strich prüfend über die dunkelbraunen Stoppeln auf seinem Kopf, zwischen denen sich nun vereinzelte graue Sprenkel breit machten. Bevor er seine Haare das erste Mal abrasiert hatte, ergaben sie noch einen einheitlichen dunkelbraunen Teppich. Seit zwei Monaten war er zurück in der Stadt der Städte. Hinter ihm lagen drei Jahre der Suche, drei Jahre der Askese. Wofür? War er der Erkenntnis näher gekommen?

Er schaute in den Spiegel an sich vorbei durch die geöffnete Tür hinüber auf sein Bett. Er sah einen Fuß, dann ein Bein, das sich ihm entgegenstreckte und ihm verführerisch winkte.

«Komm, Jeff, ich habe noch nicht genug von dir», säuselte es unter der Decke.

Ohne zu antworten blieb Jeff vor dem Spiegel stehen, zog den Verschluss von der Sprayflasche und drückte den schneeweißen Schaum auf seine stopplige Wange. Ja, dachte er, genau das hatte ihn immer von den tibetischen Mönchen unterschieden. Ihm allein rasierten sie nicht nur Kopf und Kinn, sondern die gesamte untere Gesichtshälfte. Er betrachtete sein kräftiges Kinn und fuhr mit der Hand über seine schmalen Wangen. Sein Blick wanderte zu den feinen Fältchen um seine Augen herum, die auf seinen Schläfen ausliefen.

«Jeff, komm, sei kein Spielverderber. Wir haben immerhin noch eine Stunde Zeit, eine wunderbare Stunde, ganz für uns zwei.»

Er vernahm das Rascheln der frisch gestärkten Bettdecke. Als er sich umdrehte, blickte er auf den makellosen nackten Körper einer Frau in der vollen Blüte ihres Lebens. Wie Alabaster, dachte er, einfach perfekt. Kein Fettpolster an der falschen Stelle, kein Haar zu viel an ihrem kleinen flauschigen Dreieck. Und ihre Brüste, prall und fest.

Aber er schüttelte matt den Kopf, blieb an seinem Platz und rasierte sich unbeirrt zu Ende. Es war stumpf und still in seinem Innern. Mit langsamen Bewegungen zog er den Schaum mit den

Stoppeln aus seinem Gesicht und sah aus dem Augenwinkel eine plötzliche Bewegung im Bett. Sie steht auf, das ist gut, dachte er und griff zum Handtuch. Als er angekleidet aus dem Bad trat, war das Mädchen verschwunden. Verdammt, das kannst du nicht machen. Er lief zur Tür und hörte, wie die Haustür drei Stockwerke tiefer ins Schloss fiel. Er rief ihr aus dem Fenster nach, aber sie reagierte nicht.

Zwischen Erleichterung und Abscheu seiner selbst wanderte er durchs Schlafzimmer, streifte die Uhr über, betrat das Wohnzimmer, nahm das Handy vom Ladegerät und ging in die Küche. Das heisere Röcheln der verkalkten Kaffeemaschine empfing ihn wohlwollend. Endlich, dachte er, zog genüsslich den bitterwürzigen Geruch ein und goss Kaffee in den Pott mit der Aufschrift «Die Natur ist es, die uns verzückt, das Pferd, was uns beglückt» – ein Geschenk von seinem besten Freund Robert.

Er hob den Becher an den Mund und sah ihn vor sich, sein dichtes schneeweißes Haar, das immer platt an seinem Kopf klebte, weil er nur im Haus den Stetson abnahm, und seine verschmitzten blauen Augen, die auch im Alter nicht ihr Strahlen verloren hatten. Robert war siebenundzwanzig Jahre älter als er und eigentlich ein Freund seiner Mutter, aber mental war er der jüngste von ihnen allen. Er war zeitlos wie der Hut, den er trug. Wie ein romantischer Film aus fernen Tagen zogen die Bilder an ihm vorbei. Der Ausritt in die Wüste Arizonas, das Lagerfeuer, ihre erste große Aussprache, während sie das sechste lauwarme Bier aus ihren Blechbechern hinunterkippten. Und das kleine Ritual – die Box, die Uhren, ihr Lachen. Jeff erschrak. Die Uhren, die verfluchte Zeit. Sein Blick löste sich blitzartig aus der Vergangenheit und fiel auf die Zeiger seiner Armbanduhr. Noch zwei Stunden und er würde vor einem stämmigen Mittfünfziger stehen, Personalchef der Allmedia-Werbeagentur im Herzen von Manhattan, die Mappe mit den Unterlagen zu seiner Person unter dem Arm. Ein Lächeln, ein Händedruck, anschließend das Gespräch. Würden sie ihn nach der langen Pause nehmen?

Dann fiel ihm wieder das Mädchen ein, das gerade seine Wohnung verlassen hatte. Nachdenklich klopfte er eine Marlboro aus der halb leeren Packung und zündete sie an. Er sah ihr glattes vollwangiges Gesicht, die langen blonden Haare und den runden Mund, dessen einzige Bestimmung das Küssen zu sein schien. Nett war das nicht, wie er sie abgefertigt hatte, auch wenn sie einer zu schnell gereiften Frucht glich, die unter der verlockenden Schale unreif und fade schmeckte. Wo war sein Gewissen geblieben, seine innere moralische Instanz, sein Gefühl für andere Menschen? War es auf dem Weg zur Loslösung von allem Irdischen auf der Strecke geblieben, ausgelöscht anstelle von Begierde, Erfolgsstreben und der Sucht nach Anerkennung? Aber was hätte er ihr sagen können. Sie war nur eine von vielen. Und er war doch gerade nur seinem Gewissen hinterhergelaufen, nicht ihr. Das würde ihr auch nichts nützen. Er hörte noch einmal wie sie seinen Namen rief – Jeff –, ein kurzer, harter Name. Vor wenigen Monaten wurde er noch Arong genannt – das klang weicher, einnehmender. Aber was sind schon Namen. Er blickte erneut auf die Uhr. Viertel vor neun. Er musste los.

Ein fades Licht fiel in den dumpf-dunklen Raum des Bürogebäudes in der Fifth Avenue. Eine unscheinbare Frau in grauem Kostüm stellte eine Flasche Mineralwasser und zwei Gläser neben die Whiskeyflasche auf dem niedrigen Beistelltisch. Das kalte Klirren der Eiswürfel in den Gläsern zerschnitt die erwartungsvolle Stille. Jeff spähte über die endlose Platte des Mahagonischreibtisches auf die dicken Finger des dicken Mannes, der prüfend ein Blatt nach dem anderen überflog. Hin und wieder zuckten seine Augenbrauen, ab und zu ein stummes Nicken.

«Interessant», sagte er schließlich, «Sie waren bei Mason and Partner in Seattle Konzeptredakteur. Hervorragende Agentur, wirklich.» Seine kleinen listigen Augen wanderten abwärts. Er legte das nächste Blatt über das Gelesene und fixierte Jeff. Sein Blick enthielt die ganze Ablehnung alles Ungewöhnlichen.

«Warum sind Sie dort weggegangen?»

Jeff holte tief Luft und atmete ruhig aus, aber es half nichts.

Die Anspannung wollte nicht aus seinem Körper weichen. Reiß dich zusammen, ermahnte er sich. Auch dieser Mann macht nur seinen Job.

«Ich war ausgebrannt, wissen Sie, einfach fertig», antwortete er mit gepresster Stimme. «Ich habe jahrelang vierzehn Stunden und mehr am Tag gearbeitet. Nichts ging mehr. Ich musste da raus.» Jeff zuckte mit den Schultern und ließ sie dann sinken. Es war gesagt. Er atmete kräftig durch.

Mit einem kurzen Räuspern zog der Mann ihm gegenüber eine Schachtel Davidoff aus der Tasche seines Jacketts. «Rauchen Sie?»

«Ja, danke.»

Er beugte sich zu ihm über den Schreibtisch und Jeff nahm eine Zigarette. Er gab ihnen beiden Feuer.

«Was haben Sie in der Zwischenzeit gemacht?»

«Ich bin gereist.»

»Aha.» Kurzes Schweigen. Graue Rauchschwaden rollten über den Schreibtisch.

Ganz ruhig bleiben, dachte Jeff. Wenn es ihn stört, ist es auch gut. Dann soll es eben nicht sein. Der Stuhl ihm gegenüber knarrte. Der Mann erhob sich schwerfällig.

«Mr Smith, Ihr Vater war Manager bei GB-Oel, nicht wahr?»

Jeff zuckte zusammen. Er hasste es, auf seinen Vater angesprochen zu werden.

«Ja, das ist richtig.»

Die dicken Finger des Personalchefs schoben die Blätter mit Jeffs Daten zusammen. Wieder ein kurzes Räuspern, dann Stille. Jeff senkte den Blick auf seine gefalteten Hände. Er erinnerte sich an das erste Gespräch am Telefon, an diese genau vorsortierte Abfrage seiner Daten. Das Hirn dieses Menschen funktionierte wie ein Tabellenprogramm. Was würde jetzt folgen? All seine Sinne waren geschärft.

«Okay, Sie haben den Posten», hörte er sein Gegenüber sagen.

Die Worte drangen wie ein Donner in Jeffs Ohren. Hatte er nicht eben noch so sehr auf diesen Job gehofft? Jetzt erschrak er, als würde das erreichte Ziel wie ein dunkles Loch klaffen.

2

Anna nahm den Huf der braunen Hannoveranerstute auf und tastete ihn ab. Sie seufzte. Wahrscheinlich wieder ein Fall von Hufrollenentzündung, der typischen Verschleißerscheinung überstrapazierter und unsachgemäß gehaltener Pferde. Von der engen Box in die Halle, zwei Schrittrunden und dann los. Runter mit der Schnauze, untertreten, Trab verstärken, Versammlung und bloß nicht aufmucken. Anschließend zurück in die Box. Wie satt sie das hatte. Etwas musste sich in ihrem Leben ändern. Nachdenklich zog sie die Spritze mit der Hyaluronsäure auf. Immerhin, dachte sie, werde ich vielleicht im Herbst nach Arizona auf eine echte Ranch reisen, wo die Pferde noch auf der Weide und die Menschen mit ihnen im Rhythmus der Natur leben. Ein leichtes Kribbeln ging durch ihren Magen. Ganz allein in die Wildnis, zu unbekannten Menschen, die ein so völlig anderes Leben führten als sie. Würde sie während der geplanten vier Wochen nicht das Heimweh plagen?

«Hallo, Anna.»

Michaels freundliche Stimme holte sie aus dem Grübeln heraus. Sie drehte sich um, zuckte ein wenig zusammen und setzte den Huf des Pferdes auf den Boden der Stallgasse. Michael und Julia standen vor ihr.

Unauffällig musterte Anna seine schlaksige Figur in den Designer-Jeans und stellte wie jedes Mal fest, dass er ihr gefiel.

«Hallo, ihr zwei!» Sie strich sich eine Strähne ihres halblangen dunkelroten Haars aus dem Gesicht und wendete sich wieder dem Pferd zu.

«Ein lahmes Bein?», fragte Michael.

«Ja, so was Ähnliches. Hufrollenentzündung. Ich glaube, der vierte Fall innerhalb von zwei Monaten.

«Und woran liegt das?»

«Zu viel Arbeit, zu wenig Entspannung.»

«Dann werden Sie mich wohl auch bald behandeln müssen.» Er grinste.

«Dafür bin ich nicht zuständig. Leider.» Annas Mund verzog

sich leicht nach links, wie immer, wenn ihr ein Wort entwischte, das sie lieber nicht gesagt hätte.

«Ich weiß. Nur Pferde. Immer nur Pferde.» Er blickte sich um. Julia war schon in der Box ihres Ponys verschwunden. «Warum sind Frauen eigentlich so verrückt nach Pferden?»

«Ein unerschöpfliches Thema. Pferde sind eben groß, stark, temperamentvoll ... sanft und intuitiv.»

«Aha, interessant.» Michael grinste wieder. «Also Eigenschaften, die nur Pferde in sich bergen?»

Sie lachte kurz und schüttelte den Kopf. «Nein, natürlich nicht. Doch ... sie sind eben einfach nur so, wie sie sind, ohne Wenn und Aber, im Hier und Jetzt. Keine komplizierten Gedanken, kein Verdrängen, keine Falschheit. Pferde sind so herrlich direkt und schlicht gestrickt.»

«Papa, komm doch bitte mal!», schallte Julias schrille Stimme durch den Stall.

«Wir sehen uns.» Michael drehte sich um und eilte die Stallgasse hinunter zu seiner Tochter.

Anna hielt die Spritze gegen das Licht, sprühte Desinfektionsspray auf einen Tupfer und rieb ein paar Mal kräftig damit über die kahl rasierte Stelle an der Fessel des Pferdes. Dann stach sie zu, locker und sicher aus dem Handgelenk. Ein leichtes Zucken im Bein und mit den Ohren, aber das Pferd stand ruhig und angstfrei.

«Feines Pferd, gut gemacht.» Sie klopfte sanft auf den Hals der Stute, löste den Strick und führte sie in ihre Box zurück. Als die schwer gehende Gittertür mit einem lauten Ruck ins Schloss fiel, stand Michael wieder hinter ihr.

«So, Julia sitzt auf ihrem Pony und ist selig. Zwei Wochen nicht reiten ist für sie so wie für mich zwei Jahre kein Urlaub.»

«Ja, das verstehe ich.»

«Wissen Sie denn, wie das ist, zwei Jahre kein Urlaub?»

«Nein, den lasse ich mir nie nehmen.»

«Ich beneide Sie.»

«Wieso? Sie können es sich doch sicher leisten. Und wegen Julia ...

«Nein, nein, das ist nicht das Problem. Die Arbeit. Ich komme einfach nicht raus aus dem Laden.»

«Sie arbeiten in einer Werbeagentur, nicht?»

«Richtig. Immer Stress, immer Hektik. Aber ich will mich nicht beklagen. Ist schon ein interessanter Job.»

Anna nickte. Michael warf einen unruhigen Blick auf seine Uhr.

«So, ich muss noch mal in die Agentur.»

«Auch am Wochenende?» Anna überlegte, wie sie ihn noch ein bisschen aufhalten konnte.

«Ja, leider. Ich würde jetzt auch lieber mit Ihnen in der Reiterstube einen Kaffee trinken.»

Sie lächelte.

«Das nächste Mal.» Michael drehte sich auf einem Fuß um, hob kurz die Hand und ließ sie dann in der Hosentasche verschwinden.

Nett, dachte sie. Wie alt mag er sein? Etwas älter als ich vielleicht. Wahrscheinlich Mitte, Ende dreißig. Wie immer würde er in einer knappen Stunde zurückkommen und seine Tochter abholen. Sie würde ihm um den Hals fallen und begeistert von ihrer Reitstunde berichten.

Anna ging die Stallgasse hinunter zu ihrem Pferd. Die zierliche schwarzbraune Vollblutstute streckte ihr den schmalen kleinen Kopf entgegen und schnaubte leise.

«Du kommst jetzt raus, Rubi, kannst dich austoben.» Sie nahm das Halfter von der Tür, zog es behutsam über den Kopf des sensiblen Pferdes und führte es hinaus auf die Koppel. Sie konnte gerade noch den Strick lösen, als die Stute mit einem gewaltigen Satz losstürmte. Tiefe Spuren blieben im feuchten Sand zurück.

In ihrem Herzen wird sie immer ein Rennpferd sein, dachte Anna, während Rubi über die Koppel raste und immer wieder hart vor dem Zaun abbremste.

Sie ging in den Stall zurück und hielt abrupt inne. In der Mitte des langen Gangs stand Julia – weinend. Sie wirkte so winzig und hilflos, mit ihrem Helm in der Hand.

Anna trat zu ihr und legte ihr die Hand auf die Schulter. «He, was ist los, Julia?»

«Er hat mich gebissen!», rief sie schluchzend aus. Ihre Stimme war voller Empörung.

«Henry hat dich gebissen? Beim Reiten?»

«Nein, nicht beim Reiten.» Sie zog den Rotz hoch und wischte sich die verheulten Augen. «Wir mussten absteigen und nachgurten und als ich am Gurt gezogen habe, hat er nach mir geschnappt.»

Wieder rollten dicke Tränen über ihre Wangen.

«Das darfst du nicht so persönlich nehmen ...»

«Tu ich aber», zischte sie und warf einen zornigen Blick in die Box ihres Ponys. «Es tut so weh.»

«Zeig mal, wo hat er dich denn erwischt?»

Julia schob den Ärmel ihrer Bluse hoch.

«O verdammt, das sieht aber bös aus!» Anna nahm ihren dünnen Arm und tastete vorsichtig über die dunkelroten Abdrücke der Pferdezähne oberhalb des Ellbogens.

«Au!» Julia zuckte zusammen.

«Warte, ich habe Heparin-Salbe. Das lindert.»

Anna holte die Tube aus ihrem Arztkoffer und schmierte Julia eine dünne Schicht Salbe auf den Arm.

«Wo bleibt denn mein Vater? Ich will nach Hause», sagte Julia mit zittriger Stimme und wischte sich die Tränen ab.

Anna sah sich um und dann auf die Uhr. «Der Unterricht ist ja erst in einer halben Stunde zu Ende. Das wird wohl noch dauern.»

Julia stand mit hängenden Schultern vor ihr, ein Häufchen Elend, enttäuscht, gekränkt, in ihrem Stolz verletzt.

«Soll ich dich zu deiner Mutter nach Hause bringen?»

«Die ist nicht da. Ich bin übers Wochenende bei meinem Vater.»

«Ach so.» Anna nickte nachdenklich.

«Ich habe einen Schlüssel. Kannst du mich fahren?», fragte Julia mit traurigem Blick.

«In die Wohnung deines Vaters?»

«Ja.»

Anna überlegte kurz. War vielleicht eine gute Gelegenheit, um sich näher zu kommen. «Okay, ich bringe dich hin.» Sie sagte dem Reitlehrer Bescheid und heftete einen Zettel, den Julia für Michael geschrieben hatte, an die Boxentür von Julias Pony.

«Wir sind bei dir. Alles okay. Anna und Julia.»

Wenig später saß Julia neben Anna im Auto. Ihr kurzes blondes Haar war völlig zerzaust und die Tränen hatten sich mit dem Staub auf ihrem Gesicht zu bräunlichen Schlieren vermischt.

«Hier ist es», rief Julia, als sie um die Ecke bogen. Sie stiegen vor einem modernen Klinkerhaus aus.

«Kommst du noch mit rauf?»

«Soll ich?»

«Ja, bitte.»

Der Fahrstuhl brachte sie in die oberste Etage des Mietshauses. Julia schloss auf und sie betraten einen weitläufigen, spärlich eingerichteten Raum mit zwei sich gegenüberliegenden Schiebetüren und Balkons. Anna war beeindruckt – ein Penthouse in Alsternähe.

Julia wirkte sofort entspannter in der Wohnung ihres Vaters. «Fühl dich wie zu Hause», sagte sie plötzlich mit Stolz in der Stimme, schloss die Tür und ließ sich lässig in den schwarzen Ledersessel fallen. Anna setzte sich ihr gegenüber auf die helle Leinencouch.

«Möchtest du etwas trinken?»

«Danke, nein. Ich muss gleich wieder los», antwortete Anna. Sie beobachtete, wie Julia auf die Uhr blickte, genau wie ihr Vater, dabei mit dem Zeigefinger über das Glas fuhr und einige Krümel vor Anna vom Glastisch wischte. In wenigen Minuten war aus dem kleinen Mädchen die Hausherrin geworden.

«Tut's noch weh?», fragte Anna sanft.

«Ja, es brennt.» Julia fasste an ihren Arm. «Hat dich dein Pferd auch schon mal gebissen?»

«Nein, mein Pferd nicht, aber diverse andere. Das ist nichts Besonderes.»

«Ich finde schon. Ich hasse Henry. Er kann mir gestohlen bleiben.»

«Julia, das darfst du nicht sagen. Henry ist doch sonst ein liebes Pony. Weißt du, Pferde beißen sich oft mal untereinander und sie können nicht wissen, dass deine Haut viel dünner ist als ihre. Sie mögen bestimmte Berührungen nicht, vor allem am Bauch, und dann wehren sie sich. Nachgurten ist besonders unangenehm für sie.»

«Aber das ist doch kein Grund zu beißen.»

«Das sagst du. Pferde können nicht sprechen. Sie äußern ihren Unmut eben anders. Und sie wissen sozusagen nicht, was sie tun. Sie haben kein Bewusstsein. Dein Henry wollte dir auf jeden Fall nicht wehtun.»

Julia senkte den Kopf und schwieg.

«Wasch dir erst mal das Gesicht, Julia. Es ist ganz dreckig.»

Sie verschwand im Badezimmer.

Annas Augen wanderten durch den Raum, über die Plakate und Modeaufnahmen an den Wänden, vorbei an dem Bett, das auf einem dreieckigen Podest in der Ecke thronte, hin zu der transparent-grauen Verschalung eines Rechners und eines riesigen Bildschirms mit dem Emblem eines Apfels.

«Ist dein Vater Grafiker?», fragte Anna mit einem Blick auf den Apple-Computer, als Julia wieder vor ihr saß.

«Er ist Artdirector», antwortete Julia, als wäre sie aus einem Dämmerzustand erwacht. Ihre Augen leuchteten und die roten Ränder waren verschwunden. «Er macht Seiten für das Internet. Das nennt sich Webdesign.»

«Aha.» Anna nickte.

Einen Augenblick wussten sie sich nichts zu sagen.

«Wie alt bist du eigentlich?», fragte Anna schließlich.

«Elf. Ich werde bald zwölf. Am 28. Juli.»

«Willst du auch mal Grafikerin werden?»

«Nein, lieber Tierärztin, so wie du.»

Anna lächelte. «Aber dann wirst du öfter mal Bisse und Tritte einstecken müssen.»

«Ist ja nicht so schlimm. Ich liebe Tiere, vor allem Pferde.»

Anna hörte Schritte vor der Tür.

«Ich glaube, dein Vater kommt.» Sie drehte sich gespannt um.

Michael betrat, einen Stapel Bücher balancierend, die Wohnung.

«Julia, was ist passiert, Liebes?» Er warf Anna einen fragenden Blick zu, während er die Bücher auf den Stuhl legte. Dann ging er zu Julia und nahm sie in den Arm.

«Ist schon okay, Paps.» Sie zog den Ärmel hoch und Michael zuckte zusammen.

«Oje, das sieht ja schlimm aus. Meine arme Kleine.» Er nahm Julia erneut in den Arm und blickte zu Anna. «Ist nett von Ihnen, dass Sie Julia hergefahren haben.»

«Kein Problem.»

Während Julia ihm erzählte, was passiert war, stand Anna zögernd auf.

«Sie wollen doch nicht etwa schon gehen? Einen Schluck trinken Sie doch noch mit uns auf den Schreck.» Michael ließ Anna los, holte etwas zu trinken und goss ihnen ein.

«Mein Pferd steht noch auf der Koppel.»

«Gibt es nicht jemanden, der es reinholen kann? Dann könnten Sie mit uns essen.»

«O ja», rief Julia.

Anna tat so, als müsste sie überlegen, strich nachdenklich die Haare hinter die Ohren und nickte schließlich. «Im Prinzip ja, aber ich muss auch noch zwei Pferde impfen.»

«Kannst du das nicht morgen machen?», fragte Julia.

«Ja, ich glaube schon. Aber ich bin gar nicht auf ein Abendessen vorbereitet. Ich rieche bestimmt nach Stall.»

«Das stört uns nicht. Und außerdem», Michael deutete auf die Tür neben dem Eingang, «haben wir so etwas wie ein Bad. Ich kann Ihnen auch ein T-Shirt anbieten.»

«Okay, danke.»

Michael reichte ihr den Hörer mit einem Lächeln, das sie nicht unberührt ließ. Es war das erste Mal seit langem, dass sie sich wieder von einem Mann angezogen fühlte. Sie kam gut alleine klar, konnte sich bestens mit sich selbst beschäftigen. Aber, dachte sie, nicht verheiratet oder geschieden mit fünfunddreißig – wirkte das nicht ein bisschen wie übrig geblieben? Die Aussicht auf einen Flirt hob ihre Stimmung. Endlich passierte mal wieder etwas. Sie berichtigte sich – hoffentlich. Es könnte auch eine bloße Nettigkeit sein, als Dank für ihre Hilfe. Wie dem auch sei, sie organisierte alles im Reitstall und blieb zum Essen bei Michael.

Eine Stunde später saßen sie zusammen am Tisch. Anna rollte die klebrigen Spaghetti mit der undefinierbaren Tomatensoße um die Gabel und schob sie bedächtig in den Mund.

«Sie sind leider nicht al dente», entschuldigte sich Michael. «Meine Kochkünste sind bescheiden. Nächstes Mal gehen wir zum Italiener.»

Anna schluckte. «Ist schon okay. Sie haben das Glück, dass ich völlig ausgehungert bin.»

«Also ich mag Papas Spaghetti. Ist mein Leibgericht.»

«Wollen wir nicht dieses steife Sie durch ein nettes Du ersetzen?» Michael lächelte.

«Cool», warf Julia ein. «Endlich!»

«Ja, gerne», sagte Anna und erwiderte Michaels langen, eindringlichen Blick. Er ist der Typ von Mann, der auch mit fünfzig noch jungenhaft aussehen wird, dachte sie. Sein Haar könnte etwas länger und dunkler sein und die Koteletten etwas kürzer, aber als Werbemensch muss man natürlich im Trend sein. Er hat wirklich einen interessanten Kopf und intelligente Augen, schloss sie die Musterung ab und sah zu seiner Tochter hinüber. Sie schien eher der Mutter nachzukommen. Ihr etwas spitzes, altkluges Gesicht hatte nichts mit dem von Michael gemein.

Julia legte das Besteck auf ihren Teller. Ihr Blick schweifte ein paar Mal aufmerksam zwischen ihrem Vater und Anna hin und her.

«Julia, du gehst jetzt ins Bett. Es ist schon neun», sagte Michael mit weichem, aber bestimmtem Ton.

«Nein, bitte Papa, noch nicht.»

«Deine Mutter würde ...»

«Nun fang nicht wieder mit Mama an. Du musst doch selbst wissen, was richtig ist.»

Michael sah hilflos zu Anna hinüber, dann wieder zu Julia.

«Komm, Liebes, auch wenn es dich heute hart getroffen hat. Geh jetzt bitte. Morgen ist Schule.»

«Ja, ich weiß.» Sie schob den Stuhl gelangweilt nach hinten, erhob sich im Zeitlupentempo und schlurfte in Richtung Bad. «Ich komme noch mal wieder», rief sie Anna zu und verschwand.

Michael seufzte. «Sie ist eigentlich sehr umgänglich, aber sie hat es faustdick hinter den Ohren.»

«Wo das wohl herkommt?», entwischte es Anna und ihr Mund verzog sich leicht nach links.

«Natürlich von ihrer Mutter», gab Michael zurück und fixierte Anna mit seinen aufmerksamen graublauen Augen.

«In welcher Agentur arbeitest du eigentlich?», fragte sie in das knisternde Schweigen.

«Bei Rummert und Johnson.»

«Große Agentur?»

«Eine der größten in Deutschland, die auf Internet spezialisiert sind.»

«Und was hast du studiert? Ich vermute, dass du auch noch vor dem Internetboom in die Ausbildung eingestiegen bist.»

Sie grinste.

«Richtig erkannt.» Er zog die Augenbrauen hoch. «Ich habe an der Kunsthochschule Grafikdesign studiert und noch Layouts geklebt.»

«Macht dir dein Beruf am Computer Spaß?»

«Ich liebe ihn, bin ein richtiger Fanatiker.» Michael hob die Arme und lächelte. «Und du? Dir macht's doch sicher auch Spaß, kranken Tieren wieder auf die Beine zu helfen.»

«Es geht so. Nicht mehr so wie früher.»

Michael zerknüllte seine Serviette, warf sie auf den Teller, erhob sich und legte seine Hand auf Annas Schulter. «Komm, ich zeig dir was.»

Sie folgte ihm durch das riesige Zimmer, vorbei an seinem Bett, dessen Inneres sich unter einer Decke mit einem aufgedruckten Warhol-Plakat verbarg. Ihre Absätze klackten auf dem Parkett, so sanft sie auch aufzutreten versuchte. Die Leere des Raums verstärkte jedes Geräusch und jedes Wort.

Sie blieben vor einem Computer stehen. Michael drückte auf eine der Tasten und der Apple-Macintosh erwachte mit einem satten Klang aus seinem Schlaf. Ein leises Rattern signalisierte das Laden mehrerer Systemzusätze. Dann wechselte das Schwarz auf dem Bildschirm in einen türkis gemusterten Hintergrund, auf dem diverse Icons erschienen.

«Das ist mein Mac», sagte Michael mit einem stolzen Lächeln. «Klingt wie 'ne Harley-Davidson, nicht?»

«Und sieht aus wie eine Kühltasche», erwiderte Anna.

Michael lächelte verständnislos. «Okay, das Design ist sicher nicht jedermanns Sache, aber ist schon ein cooles Gerät. G-4, hundert Gigabyte-Festplatte, ein Gigabyte Arbeitsspeicher und sage und schreibe 733 Megahertz getaktet. Superschnelle Maschine. So schnell kannst du gar nicht denken, wie der rechnet.»

«Und trotzdem bist du immer im Stress?»

«Ja. Eigentlich verrückt. Aber der Arbeitsrhythmus passt sich nun mal gleich der fortschreitenden Technik an. Das ist ein fataler Kreislauf.»

«Der Fortschritt ist eben überhaupt kein Fortschritt, er ist nur eine Veränderung.»

«Na ja, das würde ich so nicht sagen. Ich möchte jedenfalls keine Klebelayouts mehr machen.»

«Nein, sicher nicht. Aber jetzt klebst du wahrscheinlich an deinem Computer.» Anna zwinkerte ihm von der Seite zu.

«So wie du an den Pferden. Jedem das seine», erwiderte Michael, während sie vor dem leise summenden Apple-Computer standen.

«Ja, Hauptsache, man ist glücklich dabei und vergisst nicht zu leben.»

«Genau.» Er blickte sie an und strich kurz mit der Hand über ihren Arm. «Lebst du eigentlich allein?»

«Ja.» Anna lächelte verlegen. Warum, fragte sie sich, ist mir das immer so peinlich? Wir befinden uns doch im 21. Jahrhundert!

«Und? Fühlst du dich gut dabei?», fragte Michael und blickte auffordernd in ihre großen braunen Augen.

«Ich weiß nicht. Nein, ich glaube nicht. Aber es ist nun mal so. Beziehungen sind eben das Schwierigste im Leben.»

«Stimmt.» Er lächelte und presste kurz die Lippen zusammen. «Ich bin geschieden, doch das weißt du ja sicher bereits.»

Anna nickte.

«Du hast immerhin einen sinnvollen Beruf.»

«Na ja, was ist schon sinnvoll? Ich fange an das Leben zu durchschauen, seinen Nichtsinn zu begreifen.»

Michael sah sie erstaunt an. «Und? Wohin führt dich das?»

«Das weiß ich noch nicht. Ich befinde mich auf der Suche.»

Die Badezimmertür öffnete sich und Julia flatterte im seidenen Bademantel auf ihren Vater zu. Sie drückte ihm einen schmatzenden Kuss auf die Wange. «Tschau, ihr beiden. Viel Spaß noch!» Mit einem gönnerhaften Zwinkern verschwand sie hinter einer Tür mit einem aufgeklebten Pferdeplakat. Dann öffnete sich diese noch einmal. «Vielen Dank, Anna, fürs Herfahren.»

Anna lächelte ihr zu und die Tür schloss sich wieder.

Einen Augenblick herrschte unschlüssiges Schweigen.

«Nun zeig mir mal, was deine Luxusmaschine kann», sagte Anna heiter.

«Gut. Du wirst sehen, diese Kiste ist wirklich eine Schatztruhe.» Er verschränkte die Arme und warf Anna einen gewichtigen Blick zu. «Vorausgesetzt, man versteht sie entsprechend zu füllen.»

Michael ließ sich auf den Bürostuhl nieder und drehte sich darauf einmal um sich selbst.

Anna stand hinter ihm, die Augen auf seine Hände gerichtet. Mit virtuoser Leichtigkeit sausten seine schlanken Finger über die elegante schwarze Tastatur. Dann legte sich die Rechte auf die halb türkisfarbene, halb durchsichtige Maus und brachte sie klickend zum Laufen. Anna hob den Blick auf den Bildschirm und beobachtete fasziniert den Wechsel diverser Seiten. Farben flossen ineinander, rotierende Icons schnellten ihr entgegen, Schriften tauchten aus dem Nichts auf und gewannen langsam an Schärfe und Größe. Ein Zeichen und ein Schriftzug drehten sich auf sie zu, Pinselstriche sausten über die virtuelle Fläche und formten sich zu einem Logo. Kleine Musik- und Geräuscheinlagen untermalten die optische Wirkung. Sie sahen stumm auf den Bildschirm. Kein Wort kam über Michaels Lippen, kein Blick zu Anna. Er schien in dieser virtuellen Welt zu verschwinden.

«Wow!», unterbrach Anna schließlich das Schweigen. «Das sieht ja toll aus. Wirklich beeindruckend, wie du dieser toten Kiste Leben einhauchst.» Annas Erfahrung mit dem Internet beschränkte sich auf Bestellungen von Medikamenten und den Abruf von Informationen. Aber derart gestaltete Seiten sah sie zum ersten Mal.

«Das habe ich mit Flash erstellt, einem Programm, mit dem man vektorisierte Filme machen kann», erklärte Michael und sah zu ihr auf. Er konnte seinen Stolz nicht verbergen. Seine Augen leuchteten und Annas blieben fragend. Sie hatte nichts von dem verstanden, was er gesagt hatte.

«Schluss der Vorstellung.» Er ergriff ihre Hand und hielt sie fest. «Oder . . . warte . . . das muss ich dir doch noch zeigen.» Er tippte etwas ein und auf dem Bildschirm erschien eine rote Fläche, die sich mehr und mehr auflöste, bis nur noch ein gezeichnetes Herz zurückblieb.

Anna lächelte und erwiderte seinen Händedruck. Sie dachte kurz über einen Kuss nach, hielt sich dann aber doch zurück und ging langsam zur Tür.

Michael folgte ihr, drehte sie zu sich und küsste sie. Sein Kuss war zunächst flüchtig, dann drängender. Zögernd sanken seine Arme von ihren Schultern hinab auf ihre Hüften.

«Wenn Julia nicht hier wäre, hätte ich dich gebeten zu bleiben.»

«Wenn Julia nicht hier wäre, würde ich auch nicht bleiben», entgegnete Anna sanft und küsste ihn noch einmal auf den Mund. «Noch nicht.»

Sie betrat den Fahrstuhl. Die Glastür fiel zu und Michael stand lächelnd dahinter. Dann senkte sich die kleine Kabine in die Tiefe und sein Bild verschwand. Ein fast vergessenes Gefühl machte sich in ihr breit. Es tat ihr gut, brachte Bewegung in ihr Inneres. Hatte sie sich tatsächlich in einen Grafiker, einen Internet-Fanatiker verliebt? Verrückt, sagte sie sich. Das passiert mir, die ich mich immer mehr von der Technik abwende. Man ist sich selbst das größte Rätsel im Leben, dachte sie und trat in die frische Abendluft hinaus.

3

Ein Schwarm Krähen wirbelte aus den Bäumen empor, zog einen Kreis und senkte sich mit unbeirrbarer Selbstverständlichkeit dorthin zurück, von wo er aufgescheucht wurde. Wie unerschütterlich, dachte Jeff, während sein Blick aus dem vierzehnten Stockwerk des Bürohauses in der Fifth Avenue über das grüne Loch zwischen den Wolkenkratzern schweifte. Wieder und wieder erhoben sich die Vögel und kehrten an ihren Platz zurück, nachdem die Jogger verschwunden waren.

Da liefen sie, die bewegungshungrigen Sklaven der Computergesellschaft, die ewig Gehetzten, die Stadtneurotiker. Gehöre ich nun auch wieder dazu?, fragte er sich und lehnte sich zurück. Er tastete über seine Schulter, fühlte das korrekt sitzende Polster seines sündhaft teuren Armani-Anzugs und warf den Computer an. Im gleichen Augenblick klingelte das Telefon.

«Jeff! Hier ist Robert. Gratuliere! Habe es gestern von deinem Cousin erfahren. Wie fühlst du dich?»

«Okay. Könnte besser sein. Aber die Aussicht ist fantastisch.»

«Welche Aussicht? Wie meinst du das.»

«Die Aussicht auf den Central Park.»

Lachen. «Ich wusste doch immer, dass dir Natur mehr bedeutet als Glas und Beton. Du hast die Erfüllung darin nur leider auf der falschen Seite des Ozeans gesucht.»

«Ach Robert, fängst du wieder davon an?»

«Wie gefällt dir denn dein neuer Posten?»

«Viel zu tun, große Verantwortung . . . Ich weiß noch nicht.»

«Und was für Kunden bedient ihr?»

«Vor allem die Auto- und Zigarettenindustrie. Neuerdings auch Biotechnologie.» Bei diesen Worten verkrampfte sich alles in ihm.

«Jeff, ich finde das ganz prima, Karriere, 'nen Haufen Geld, Ansehen, aber du solltest nicht vergessen, wie gut es dir ging, als wir auf unseren Pferden den Hassayampa überquert haben. Nur du und ich. Das war mein schönster und letzter Urlaub. Über uns kreiste ein Rotschwanzadler, und vor uns lag der Jesus Creek. Erinnerst du dich? Wir haben unsere Uhren abgenommen und sie im Wüstensand vergraben. Wir haben uns der Zeit entledigt. War das nicht ein großartiger Moment?»

«Ja, natürlich. Ich werde das nie vergessen. Es war wunderbar. Aber nun scheucht mich die Zeit. Sie hat mich wieder fest im Griff.»

«Du kannst dich jederzeit daraus befreien, Jeff. Du musst es nur wirklich wollen und vor allem», Robert zog die letzten Worte gewichtig in die Länge, «vor allem solltest du die richtige Richtung einschlagen. Du bist Amerikaner und wirst es immer bleiben. Ich habe sofort gewusst, dass du in Japan oder Tibet und wo du nicht überall warst nie das Glück finden würdest, nach dem du suchst.»

«Robert, ich muss arbeiten . . .»

«Gut, verstehe. Aber eines möchte ich dir noch sagen. Und deshalb rufe ich eigentlich an.» Seine Stimme senkte sich. «Wie du ja weißt, mache ich mir seit geraumer Zeit Gedanken über meinen Ruhestand. Ich möchte mich mit meinem Pferd und meinem Hund in ein kleineres Domizil in einer entlegenen Ecke meines Besitztums zurückziehen. Und du weißt auch, dass du einen nicht unerheblichen Teil meiner Ranch bekommen sollst. Das tue ich nicht nur für dich, sondern auch für deine Mutter. Ich habe nie aufgehört sie zu lieben.» Er machte eine Pause und räusperte sich. «Jeff», er sprach den Namen aus, als würde darauf die Offenbarung seines Lebens folgen, «wenn du die Stelle wiederfindest, an der wir die Zeit begraben haben, dann überschreibe ich dir meine Ranch in Wyoming voll und ganz.»

Einen Augenblick herrschte Schweigen. Jeff spürte die Erinnerung in sich aufsteigen. Ihm war, als würde sein Blut schneller fließen. Ihm wurde warm und er zog an dem Knoten seiner Krawatte.

«Weißt du», fuhr Robert fort, «meine verdammte Sippe hat sowieso nichts für Pferde und Natur übrig. Ich wüsste die Ranch viel lieber in deinen Händen. Deine Mutter wollte zwar keine Ranchersfrau werden, aber du hast das Zeug für einen guten Cowboy. Und solange ich noch lebe, könntest du mich dort für die kleinen leichten Arbeiten einsetzen.»

Jeff sank in den butterweich schwingenden Bürostuhl zurück, strich ein paar Mal über die Lederpolster der Armlehnen und nahm den Hörer in die andere Hand.

«Jeff, bist du noch dran?», fragte Robert.

«Ja, natürlich. Ich muss das erst mal verdauen, was du da gerade gesagt hast.»

«Gut. Schlaf mal drüber. Wir haben ja schließlich keine Eile. Noch bin ich bei bester Gesundheit und fit für die Arbeit auf der Ranch. Aber denk darüber nach.»

«Robert, du möchtest, dass ich ins Hassayampa Valley reite und nach der Box mit unseren Uhren suche?»

«Ja, Jeff. Du hast mich richtig verstanden. Du sollst die Box suchen. Sie liegt etwa zwanzig Inches unter der Erde, falls du dich erinnerst. Meine Breitling neben deiner Rolex. Ich wäre gespannt zu erfahren, welche von beiden die zehn Jahre besser überstanden hat.»

«Also Robert, du hast wirklich verrückte Ideen», erwiderte Jeff.

«Nun, ein bisschen verrückt sind wir ja beide. Ich weiß, dass du alles Systematische genauso hasst wie ich. Wir leben nach unserer Intuition, nach unseren Ideen. Und das ist gut so. Es bewahrt uns vor Resignation und dem stumpfen Abhaken der Kalendertage. Wir konnten beide das Gewohnte immer wieder loslassen und uns neuen Herausforderungen zuwenden. Ich habe auf die Weise gefunden, was ich gesucht habe, ein paradiesisches Stück Land, Pferde und eine Arbeit, die mich befriedigt.» Er räusperte sich. «Nur eine Frau hat mir gefehlt.» Kurzes Schweigen. «Um ehrlich zu sein, deine Mutter hat mir gefehlt.»

Jeff zuckte zusammen. Die Worte schmerzten ihn.

«Robert, es tut mir Leid, aber ich bekomme gleich Besuch.»

«Ich höre sofort auf. Ich möchte nur, dass du das weißt, Jeff. Deine Mutter und ich . . .» Er brach ab. «Ich bin sehr zufrieden hier draußen und will nie mehr zurück in die Stadt. Und ich möchte, dass auch du irgendwann deinen Platz im Leben findest.»

Die Tür ging auf und die herbe Stimme seiner Sekretärin holte ihn aus der Wüste Arizonas in die vier Wände seines Luxusbüros zurück. Jeff und Robert verabschiedeten sich. «Mr Abramowitz ist eingetroffen. Soll ich ihn hereinlassen?»

«Einen Augenblick bitte. Ich brauche noch fünf Minuten.»

«Gut. Ich sage ihm, dass er warten soll.»

Die Tür fiel zu. Jeff fuhr sich mit den Händen übers Gesicht und schüttelte den Kopf. Was war passiert? Ein einziger Satz hatte ihm erneut die innere Ruhe genommen. Er starrte durch den Raum, in dem alles kantig und kühl wirkte. Das Kunstlicht brach sich auf den Stahlmöbeln, ein Fenster spiegelte sich im anderen, kein Farbklecks störte die Monotonie des grauschwarzen Designs. Nein, das konnte nicht das Ziel seiner jahrelangen Suche sein. Er stand auf, durchquerte den Raum mit langen Schritten und fand sich in Gedanken an Urlaub und Pferdekauf wieder. Dann öffnete sich abermals die Tür. Seine Sekretärin ließ einen Mann im dunklen Anzug herein und sagte: «Mr Smith, Mr Abramowitz.»

«Bitte setzen Sie sich, Mr Abramowitz.» Jeff zeigte auf den Sessel ihm gegenüber.

Mr Abramowitz ließ sich tief in den grauen Ledersessel gleiten und schlug ein Bein über das andere. Die Bügelfalten seiner zart gestreiften Hose waren so frisch und akkurat wie das weiße Hemd unter seinem Jackett. Die Krawatte ist etwas zu bunt, dachte Jeff und ärgerte sich im gleichen Augenblick über seine sofortige Beurteilung von Nebensächlichkeiten. Lass die Schubladen zu, ermahnte er sich und lächelte sein Gegenüber an.

«Sie sind seit gestern in der Stadt?»

«Ja, ich bin gestern Nachmittag von Philadelphia gestartet. Ich hatte noch einige andere Termine in New York. Es ging natürlich auch um die Fusion. Kommen wir gleich zur Sache. Schon vor Jahren haben wir begonnen unsere Fühler in Richtung Europa auszustrecken. Frankreich hat als erstes Land angebissen. Und nun ist Deutschland an der Reihe. Die heißen Diskussionen fangen an abzuklingen, die Rückwärtsdenker werden ruhiger und die Regierung wird den neuen Techniken bald grünes Licht geben. Und genau in dem Moment müssen wir gut vorbereitet auf der Matte stehen.»

Jeff nickte. Er hatte endlich den Knopf in sich wiedergefunden, mit dem er problemlos sein Selbst ausschalten konnte. Er nahm die Mappe mit den Unterlagen der Firma BioGenTop vom Schreibtisch und überflog in Sekunden die erste Seite.

«Was Sie wollen, ist ein neues Erscheinungsbild mit leicht verändertem Logo, einen inhaltlich erweiterten Auftritt und ein globales Werbekonzept mit Spezifikationen für die einzelnen Länder.»

«Richtig. Und es soll sich konsequent von allem abheben, was bisher auf diesem Gebiet in Erscheinung getreten ist. Wir wissen uns damit bei Ihnen in besten Händen. Die Allmedia ist bekannt für ihre kompetente und flexible Kundenbetreuung und Sie, Mr Smith, sind es für Ihre unkonventionellen und überaus originellen Konzepte.» Er fingerte an seiner Krawatte und räusperte sich. «Sie waren eine ganze Zeit außer Landes, nicht wahr?»

Nicht schon wieder, dachte Jeff, zog seinen Stuhl dichter an den Schreibtisch und legte die Mappe darauf.

«Ja, ich musste den Kopf frei bekommen, um wieder Neues denken zu können. Ich bin bereit für neue Aufgaben.»

«Wunderbar. Dann können wir ja beginnen. Der Rest der Crew wird in zwei Stunden anrücken. Bis dahin sollten wir unseren Nerven eine gute Grundlage verschafft haben. Die Arbeit beginnt im Magen.» Er grinste. «Gibt es hier in der Nähe ein gutes Restaurant mit schneller Bedienung?»

«Ja, das Max. Die haben internationale Küche, solide bis gehoben, oder das Bonsai, aber das ist eine reine Sushi-Bar.»

«Nein danke. Ich brauche etwas Deftiges. Nehmen wir das Max.»

Jeff piepte seine Sekretärin an. Sie erschien umgehend in der Tür.

«Bitte sagen Sie die Reservierung im Bonsai ab.»

«Ja, ich rufe sofort an.» Sie verschwand so eilig, wie sie gekommen war.

Es war bereits neun Uhr abends, als Jeff die schwere Drehtür des Bürohauses in Richtung Fifth Avenue betrat. Er drehte sich zweimal darin herum, fing den erstaunten Blick des Pförtners auf, lächelte und ging hinaus. Sein Kopf schwirrte. Sein Nacken war ganz steif. Er bewegte den Hals hin und her und mischte sich unter die zielstrebig vorwärts eilenden Menschen. Ideen, konzeptionelle Entwürfe, Rückblenden auf den Tag und die Gespräche, Beurteilungen und Zweifel schoben sich wie mehr oder weniger transparente Ebenen übereinander und erzeugten ein konfuses Bild. Erst auf der Couch seiner Wohnung schoben sich andere Bilder stärker und verlockender in sein Bewusstsein. Die Wüste, der Hassayampa, die schroffen, kargen Bergketten und das verschmitzte Lächeln von Robert, als ihre Uhren von ihren Handgelenken glitten. Er zog die Schuhe aus, nahm die Füße hoch und schob sie über Kreuz unter die Kniekehlen. Wo befand er sich in diesem Leben, das sich ihm immer wieder mit neuen Herausforderungen entgegenstellte? Er hatte fast die zweite Hälfte erreicht. Noch knapp ein halbes Jahr bis zu seinem vierzigsten Geburtstag. Im Geiste sah er wieder die Saguaro-Kakteen. Sie wachsen bis zu ihrem fünfzigsten Lebensjahr gerade in die Höhe. Dann erst beginnen sie Arme zu bilden.

Er erhob sich und ging zum Kalender. Sein Blick wanderte über die Kästchen der Monate. Mit dem neuen Jahr hatte er bei

Allmedia angefangen. Im Mai war er fünf Monate dort. Sehr früh für einen längeren Urlaub, aber nicht unmöglich.

4

Anna lag auf dem Boden, den Kopf auf eine Hand gestützt. Sie fuhr mit dem Finger über die grauen Linien einer Autokarte von Arizona. Phoenix–Sun City–Wickenburg. Mit Daumen und Zeigefinger steckte sie die Entfernung ab. Zirka vierundfünfzig Meilen. Das sind ungefähr sechsundachtzig Kilometer. Dann las sie noch einmal den Brief, der neben der Karte lag.

«Liebe Anna,

wir bedanken uns für deine Anfrage. Wir sind eine Working-Cow-Ranch und haben uns, wie du wohl aus dem Abenteuerreisen-Katalog entnommen hast, in beschränktem Umfang dem Tourismus geöffnet. Wir sind keine Dude-Ranch. Die Unterkunft ist einfach, aber sauber, und kostet bescheidene fünfzig Dollar pro Nacht. Dafür erwarten wir engagierte Gäste, die bei unserer täglichen Arbeit mit anfassen und sattelfest sind. Wir würden uns sehr über deinen Besuch freuen.

Linda und Ron Williams.»

Anna steckte den Brief zurück ins Kuvert. Sollte sie es wagen? Sollte sie tatsächlich die Reise antreten, obwohl sie nach drei Jahren endlich wieder eine Beziehung zu einem Mann eingegangen war? Unter vier Wochen hätte es keinen Sinn, die aufwändige Reise zu machen. Würde Michael auf sie warten? Sie grübelte, sprach sich Mut zu. In vier Monaten würde sich die Beziehung gefestigt haben oder auseinander sein. Wenn er die vier Wochen nicht warten kann, ist er es nicht wert, sagte sie zu sich selbst und faltete die Karte zusammen. Es war kurz vor acht und in einer halben Stunde wollte Michael kommen. Sie stand auf, ging in die Küche und begann zu kochen.

«Anna, tut mir Leid, aber ausgerechnet, als ich gehen wollte, kam ein neuer Auftrag rein», entschuldigte sich Michael, als er endlich um neun Uhr erschien. «GM-Germany will ihr gesamtes Erscheinungsbild und damit auch ihren Internetauftritt renovieren. Das ist eine echte Herausforderung.» Er machte die Tür hinter sich zu, stellte einen kleinen flachen Koffer an die Wand und nahm Anna in den Arm.

«Na ja», seufzte sie, «nun befindet sich mein Gemüse in dem gleichen Zustand wie neulich deine Spaghetti – schlapp, nicht al dente.»

«Macht nichts. Du hast das Glück, dass ich einen tierischen Hunger habe», erwiderte Michael und schob Anna sanft vor sich her in die Küche.

«Ich vermute, ich bin wieder zum Tischdecken eingeteilt, nicht!»

«Richtig.» Anna nahm Teller und Bestecke aus dem Küchenschrank und drückte sie Michael in die Hand. Dann kam sie mit den Gläsern hinterher.

«Was ist denn da drin?» Sie zeigte auf den schwarzen Koffer.

«Mein I-Book. Soll ich den Wein aufmachen?»

«Dein I-Book? Was ist denn das?»

«Mein Laptop. Heißt so, weil er aussieht wie ein flacher I-Mac.»

«Aha. Bist du zum Arbeiten hergekommen?»

«Nein, ach was!» Michael lachte. «Ich dachte nur . . . Also falls du mich hier lässt . . .»

«. . . willst du morgen nicht ohne Computer sein, richtig?»

Michael nickte.

«Ich glaube, du bist süchtig.»

«Schon möglich.»

Anna stellte das Essen auf den Tisch und setzte sich. Michael gab ihr einen Kuss auf die Wange, schenkte Wein ein und tat es ihr nach. Er sprach über Computerprogramme und den Ärger mit seinen Mitarbeitern. Anna klagte über ihre Pferdebesitzer.

«Irgendwie fühle ich mich müde und frustriert», sagte sie und seufzte. «Es werden einfach zu viele Pferde gezüchtet. Jeder Freizeitreiter möchte einmal ein Fohlen von seiner Stute. Und dann fangen die Probleme an. Keine Zeit für die Ausbildung, zu wenig Platz, ungenügendes Wissen über Anatomie und Fütterung. Viele Pferde bleiben dabei einfach auf der Strecke, werden unsachgemäß gehalten und bekommen Krankheiten, die ihnen in der freien Natur fremd wären. Abgestellt, abgemeldet und häufig dann Endstation Schlachter.»

Michael schüttelte den Kopf. «Das ist wirklich traurig. Pferde sind so nette, umgängliche Tiere. Ich bin ein paar Mal im Urlaub geritten, in Spanien und in Portugal. In Ägypten sogar auf einem arabischen Vollblut durch die Wüste. Das war super.»

Anna horchte auf. «Ich reise vielleicht im Herbst in die USA auf eine Ranch, auf eine echte Cattle-Ranch, mitten in der Wildnis.

«Aha.» Michael stutzte. «Mit wem?»

«Allein.»

«Aha. Mutig.»

«Ja, manchmal ist es mir auch unheimlich, wenn ich darüber nachdenke. Aber es ist schon lange mein Traum und es wird Zeit, dass ich ihn verwirkliche.»

«Und in welcher Ecke von Amerika liegt die Ranch?»

«In Arizona, etwa sechsundachtzig Kilometer von Phoenix entfernt.»

»Für wie lange?»

«Für vier Wochen.»

Michaels Blick senkte sich. Scheppernd fiel die Gabel, mit der er herumgespielt hatte, auf den Teller. Er blickte entschuldigend zu ihr hinüber und Anna ergriff seine Hand. «Ich hab dich gern», sagte sie leise, beugte sich zu ihm hinüber und sah ihm in die Augen. Dann stand sie auf. Auch Michael erhob sich. Sie ging zu ihm und fiel in seine Arme.

Es war das erste Mal, dass sie miteinander schliefen, nachdem sie einen ganzen Abend mit Essen und Reden verbracht hatten. Anna fühlte sich zufrieden und innerlich erfrischt, wenngleich sie nicht die große Leidenschaft verspürte.

«Komm doch mit nach Arizona», flüsterte sie, als Michael sich an ihre Seite legte und die Decke über ihre Schulter zog.

«Warum nicht. Zumindest könnte ich nachkommen.»

«Ich habe am 10. November Geburtstag. Wir könnten mit den Cowboys feiern.»

«Ja, das wäre nett», erwiderte Michael nachdenklich und hielt sie fest in seinen Armen. «Übrigens, Julia hat gesagt, dass sie später so sein möchte wie du.»

«Ach ja?» Anna blickte auf. «Sie möchte gerne Tierärztin werden. Das ist es, nicht?»

«Ich glaube nicht nur. Sie bewundert auch deinen Mut beim Reiten.» Er streichelte ihre Wange. «Und sie mag dich eben. Das finde ich sehr schön.»

«Und ich finde es schön, dass du da bist.» Anna zog die Decke über ihre Köpfe, rollte sich auf Michael und küsste ihn zärtlich.

Am nächsten Morgen blickte sie auf die leere Mulde in dem Kissen neben ihr. Sie rieb sich die Augen und sah zur Uhr. Es war Viertel vor neun. Das gedämpfte Klackern der Tastatur seines I-Books drang an ihr Ohr. Sie sank enttäuscht zurück. Am Sonntagmorgen! Er ist vernarrt in diese verdammte Kiste, schimpfte sie innerlich und spähte zu ihm hinüber in die andere Ecke des Raums. Zu gern hätte sie noch ein bisschen mit ihm gekuschelt.

5

Jeff blickte über das Sattelhorn mit dem aufgerollten Strick hinab auf die dunkle Mähne seines Pferdes, dann auf sein Handy. Das letzte Sender-Symbol war vom Display verschwunden. Er hatte keinen Empfang mehr. Ein seltsames Gefühlsgemisch durchdrang ihn und löste ein Kribbeln aus. Noch nie zuvor hatte er es so stark gespürt, nicht einmal, als sich die schwere Klostertür in Sikkim hinter ihm schloss. Er fühlte sie ganz tief, noch intensiver als während all der Jahre in Asien – die Einsamkeit. Aber diesmal war es anders, existenzieller. Da war plötzlich nur er, allein, ungeschützt, abgeschnitten von der Zivilisation, sozusagen nackt der rauen Natur ausgesetzt. Hier gab es keine Tempel, keine Mönche, die mit ihm meditierten, keinen Meister, der versuchte, ihm den Weg zu zeigen, und kein Gewand, das ihm eine andere Identität vermittelte. Hier war er wirklich auf sich selbst zurückgeworfen. Um ihn herum eine geheimnisvolle, schroffe Landschaft, abweisend und faszinierend zugleich – die Hassayampa-Wildnis. Sie breitete sich vor ihm aus wie ein grob gewebter stachliger Teppich. Blühende Kakteen, dornige graugrüne Mesquite-Büsche und mannshohe Paloverde-Bäume. Kein Mensch sah ihn hier und er sah keinen Menschen.

Und das Pferd unter ihm? Hatte es ähnliche Empfindungen, so allein, so ohne den Schutz und den Zusammenhalt der Herde? Er klopfte seinen Hals. Joker – ein guter Name für ein Pferd zu dieser Stunde, dachte er und ritt weiter. Vor zehn Stunden hatte er Wickenburg in Richtung Hassayampa verlassen. Mit dem letzten Haus in Richtung Nordosten endete übergangslos alles Urbane und führte hinaus in die Wildnis.

Die leicht pendelnde Nadel auf seinem Kompass zeigte ihm, wo Norden war. Das war die Richtung, die er jetzt nehmen musste. Es war bereits vier Uhr nachmittags und die flirrende Sommersonne brannte immer noch mit mörderischer Intensität auf ihn herab. Die Welt schien zu dursten, die Hügel lagen in mattem Grün vor ihm und die Saguaro-Kakteen reckten ihre Arme sehnsüchtig zum Himmel empor. Aber kein Wölkchen zeigte sich. Nichts wies auf das kleinste Tröpfchen Wasser hin. Der Schweiß lief ihm über die Stirn, den Hals hinab ins Hemd. Er wischte ihn nicht mehr weg, gab auf, ließ ihn fließen. Er zog seine Baseballkappe tief ins Gesicht und fuhr mit der Hand leicht über den Mähnenkamm. Joker trabte an. Vor der nächsten Hügelkette parierte er durch, nahm die kleine Feldflasche von seinem Gürtel und ließ die letzten Tropfen Energie-Drink in seinen Mund laufen. Er schob sein Gesäß ein paar Mal auf dem knarrenden Leder hin und her, stellte sich in die Bügel und setzte sich wieder mit einem Seufzer. Alles schmerzte, vom Rücken bis in die Fußspitzen. Zu lange hatte er nicht mehr im Sattel gesessen und sich und dem Pferd nur eine einzige Pause gegönnt. Joker hatte die bessere Kondition. Er wurde sowohl als Trailpferd als auch als Working-Cow-Horse auf einer Ranch bei Prescott eingesetzt, bevor Jeff den siebenjährigen Wallach vor einer Woche über eine Annonce in der Zeitschrift *Range* erstand. Von dort hatte er ihn im Trailer nach Wickenburg bringen lassen und war vier Tage später in die Wüste hinausgeritten.

Die alte Winchester, die er von Robert bekommen hatte, drückte auf seine Schulter, aber am Sattelhorn hingen schon die Wasserflaschen. Sein Körper jedoch kannte keine schweren Lasten, auch wenn er vom Kampfsport gestählt war. Damals bei Robert saß er noch unermüdlich im Sattel. Mit grenzenloser Ausdauer flog er auf Calico, seinem Lieblingshengst, über das weitläufige, satte Weideland der Rowly Ranch. Und er hörte die Ermahnungen von Robert. «Wie oft soll ich dir noch sagen, dass du mit den Pferden nicht so durch die Gegend rasen sollst. Sie werden zu heiß und wir haben später bei der Arbeit Mühe, sie wieder ruhig zu stellen.» Genug der Gedanken an gestern, ermahnte er sich. Es wird Zeit, dass ich mir einen Platz für die Nacht suche.

Jeff entdeckte einige Steinterrassen zwischen den knorrigen Bäumen und Büschen. Er ritt den Hang hinunter zu einem Plateau. Das stachlige Gestrüpp schabte hart an seinen Lederchaps entlang. Dann stand er vor dem Eingang zu einer ehemaligen Goldmine. Er ließ die offenen Zügel fallen, klopfte das Pferd ab und hob seinen schmerzenden Hintern langsam aus dem Sattel. Er bewegte sich, als würde er gerade gehen lernen. Vorsichtig trat er von einem Fuß auf den anderen, bis die Taubheit endlich aus seinen Beinen wich. Dann drehte er die Fußgelenke ein paar Mal hin und her und betrachtete den verfallenen Mineneingang. Um die Mitte des 19. Jahrhunderts wurde in dieser Gegend nach Gold gegraben. Er sah die harten, kernigen Männer vor sich, viele vor dem Gesetz geflohen, mit der Hoffnung auf das große Glück im verkniffenen Gesicht.

Er öffnete die Schnalle des Sattelgurts und spürte die Erleichterung des Pferdes, als sich der speckige Schaumstoff von seinem Bauch löste. Jeff wuchtete Gepäck und Sattel von Jokers Rücken, legte alles auf den Boden und das feuchte Sattelpad über einen Stein. Die Luft füllte sich mit dem süßlich dumpfen Geruch von Pferdeschweiß und altem Leder. Jeff sog ihn ein. Es war der Duft wunderbarer Erinnerungen. Er betrachtete die feinen Silberbeschläge und das abgewetzte Horn vor der wildlederüberzogenen Sitzfläche. Er liebte diesen Sattel. Robert hatte ihn eingeritten und er, Jeff, hatte ihn sich zu seinem achtzehnten Geburtstag in der Sattelkammer der Rowly Ranch ausgesucht.

Mit müden Bewegungen öffnete er die Schnallen seiner Chaps. Er warf sie über den Sattel, packte sein kleines Zelt und seinen Schlafsack aus und begann sein Quartier für die erste Nacht in der Wüste Arizonas aufzubauen. Es war kein leichtes Spiel, die Heringe in den ausgetrockneten Boden zu schlagen. Die Sonne war gerade hinter den rauen Hügeln verschwunden und ließ ein Licht zurück, das sich nicht zwischen Tag und Abend entscheiden konnte. Die Saguaro-Kakteen standen auf den Kämmen der Hügel wie Wachsoldaten, die ins Tal hinabspähten, und ab und zu drangen die Rufe der Raubvögel an sein Ohr. Als er vor seinem niedrigen dreieckigen Quartier stand und langsam den Rauch einer filterlosen Zigarette in die klare Abendluft blies, wurde ihm bewusst, wie allein er hier war. Mit einem Blick auf das müde Pferd, das sich die trockenen Lippen leckte, verschwand der Anflug von Selbstmitleid. Er nahm einen der großen ledernen Wasserbehälter vom Sattelhorn, füllte den größten seiner Blechnäpfe mit Wasser und stellte ihn vor das Pferd auf den Boden. Mit langen, lautlosen Zügen leerte es den Napf. Das Wasser war noch kühl. Jeff hatte es an einer Quelle nachgefüllt. Etliche Male goss er den Napf voll. Morgen musste er den Fluss erreichen, den Hassayampa, sonst hätten sie beide nichts mehr zu trinken.

Er wagte nur einen kleinen Teil seiner Abendration zu essen – eine Dose Corned Beef und gebackene Bohnen in Tomatensoße. Den Rest seiner Verpflegung stellte er als Reserve in den Eingang der Mine. Dort war es am kühlsten. Dann setzte er sich an die Kante des Plateaus und beobachtete, wie sich die letzten Reste des Abendlichts zurückzogen und silberne Sprenkel auf dem dunkelblauen Himmel hinterließen. Dieser Himmel war anders als der über New York. Der Wüstenhimmel war so klar und blau, wie aus einer einzigen Farbe gemalt, die Luft transparent und rein. Kein Dunst verschleierte die harten Konturen der kantigen Landschaft. Er lehnte sich an einen Felsen und fühlte sich in seine Kindheit zurückversetzt. Er lag in seinem Kinderbett und blickte zur Zimmerdecke, auf die tiefblaue, glänzende Farbe mit den aufgeklebten silbernen Sternen. Vor dem Einschlafen hatte er immer eine Weile das Licht angelassen und träumend auf seinen kleinen Sternenhimmel gestarrt. Robert hatte diese Dekoration mit ihm zusammen angefertigt. «Sieht ziemlich nüchtern aus in deinem kleinen Reich», hatte er gesagt, als er ihn und seine Mutter das erste Mal in der neuen Wohnung besuchte. Ja, Robert hatte das, was seinem Vater fehlte – Herzverstand. Wenn sie zusammen waren, schien das Leben leicht und verständlich. Sie hatten Blutsbrüderschaft geschlossen, Roberts Blut vermischte sich mit seinem. Es hatte die gleiche Farbe, die gleiche Beschaffenheit. Es floss in dieselbe Richtung.

Das Licht hatte sich nun ganz zurückgezogen und die Nacht verschluckte alles Sichtbare. Sie legte sich über ihn wie schwerer schwarzer Stoff und drohte ihn zu erdrücken. Er fühlte sich wie ein Blinder. Hastig fingerte er in seiner Weste nach der Taschenlampe, als ginge es um sein Leben. Endlich, da war sie wieder, die Welt um ihn herum, die Steine, die niedrigen knorrigen Sträucher, sein Pferd. Alles tauchte in dem kleinen Lichtkegel vor ihm auf. Er legte Joker die Hobbles an, die seine Vorderbeine zusammenhielten, kroch in das Zelt und rollte sich in den Schlafsack ein.

Die Nacht war erfüllt von undefinierbaren Geräuschen und Jeff tat kaum ein Auge zu. Er lag immer wieder wach, drehte die müden Knochen auf dem harten Boden von einer Seite auf die andere und lauschte in die Wildnis hinaus. Er dachte darüber nach, wie sehr die indianische der taoistischen und buddhistischen Betrachtung der Natur glich. Die tiefe Einsicht von der Verbindung aller Lebewesen im ewig wiederkehrenden Fluss des Lebens, der Respekt vor der Natur, die Demut im Angesicht des Himmels und das gelassene Leben im Hier und Jetzt. Diese

Gedanken beruhigten ihn. Und als er meinte, das bedrohliche Klappern einer Schlange zu vernehmen, glitt seine Hand ein letztes Mal auf das Gewehr an seiner Seite. Er horchte, hielt für Sekunden den Atem an. Sein Pferd stand ruhig neben dem Zelt. Jeff verließ sich auf den Instinkt des Tieres und fiel endlich in einen kurzen, aber tiefen Schlaf.

Das schrille Piepen seiner Armbanduhr ließ ihn hochfahren. Für Sekunden tauchte seine New Yorker Wohnung vor ihm auf und ließ die Lust auf einen starken Kaffee in ihm aufsteigen. «Heute noch nicht», sagte er zu sich selbst. Erst musste der Fluss erreicht sein. Er streckte seinen vom Liegen steifen Körper, hangelte sich aus der kleinen Öffnung seines Zelts und erstarrte. Vor ihm schlängelte sich eine ockerfarbene Schlange mit rautenförmiger brauner Zeichnung über das Plateau. Er verharrte in Hockstellung im Eingang des Zelts und beobachtete sie. Lautlos glitt sie durch das harte gelbe Gras wie ein dicker Faden durch einen rauen Baumwollstoff. Dann war sie im Dickicht verschwunden. Jeff atmete auf, trat aus dem Zelt und blickte auf sein Pferd. Seine Nüstern vibrierten und seine Ohren standen gespitzt über der kurzen breiten Stirn, aber es war ruhig.

Jeff klopfte dem Falben beruhigend den Hals. Dann stellte er sich an den Rand des Plateaus, schüttelte die Arme, hob sie zu einem Kreis über seinen Kopf und ließ sie vor seinem Körper sinken, während er ausatmete. Sein staubiges, zerzaustes Haar wehrte sich gegen seine Finger. An alles hatte er gedacht, nur nicht an einen Kamm. Er ließ die Haare, wie sie waren, und schob sich einen Kaugummi zwischen die Zähne. Zahnbürste und Waschlappen blieben heute unbenutzt. Das Wasser musste noch bis zum Abend reichen. Es war fünf Uhr morgens und die Sonne versteckte sich noch hinter den Bergen. Er zog die Zeltstangen mit einem Ruck aus dem festen Boden, rollte den Schlafsack in das Zelt, zurrte alles mit zwei Lederriemen zusammen und schnallte es, nachdem er sein Pferd gesattelt hatte, hinter den Sattel. Dann steckte er seinen Proviant in die Packtaschen links und rechts des Sattels und saß auf. Er beugte sich auf Jokers Hals hinab und nahm die Zügel auf. Sein Körper schmerzte von der Anstrengung des ersten Tages, aber sein Kopf war klar und frei vom dumpfen Hämmern seines inneren Stundenplans. New York war ans Ende der Welt gerückt, das schwarz gefärbte Leder seines Bürostuhls hatte sich in seine Naturfarbe zurückverwandelt und lag auf einem Pferderücken. Er ließ sich tiefer in den Sattel sinken. Es war wunderbar, wieder ein Pferd zwischen den Beinen zu spüren.

Der Aufstieg hinauf in die Berge war mühsam. Mit sicheren Tritten balancierte Joker sein Gewicht und das Gepäck über das lose Geröll. Seine harten Hufe waren beschlagen und an den unnachgiebigen Steinboden gewöhnt. Er besaß eine runde, abfallende Kruppe und die Muskelstränge seiner Hinterbacken bildeten tiefe Kerben unter dem hellen Fell. Seine Brust war breit und kräftig, seine Schulter schräg genug für eine ausladende Vorderhandaktion. Vorsichtig setzte er einen Huf vor den anderen, ohne aus dem Gleichgewicht zu kommen. Am Mittag erreichten sie den Kamm des Bergs und am Abend das Hassayampa-Tal.

Majestätisch glitt ein Rotschwanzbussard über ihn hinweg, verharrte ein paar Mal flatternd, stieß einen Schrei aus und schwebte dann gleich einer sanften Melodie über die Hügel hinweg, bis er nur noch ein kleiner Punkt am Himmel war. Zurück blieb eine unendliche Stille und die Erinnerung an den Ritt mit Robert. Damals waren sie von einer Dude-Ranch westlich von Wickenburg aufgebrochen, die ersten fünf Meilen in Begleitung eines Cowboys, der die Gegend kannte wie seine Hosentasche.

Jeff konzentrierte sich auf die Details der Umgebung, auf den Stand der Sonne, die Form der Hügel. Die Schlucht lag vor ihm, rechts die spitze Kurve der alten Constallation Road. Er erkannte alles wieder. Der Blick auf den Kompass führte ihn hinab ins Tal, weiter in Richtung Norden. Würde er die Stelle wiederfinden? Was wäre, wenn der Zufall ihm einen Streich spielte und jemand die Box gefunden hatte? Er war sich so sicher, als er aufgebrochen war. Jetzt überkamen ihn erste Zweifel.

Am Nachmittag war die Hälfte des Abstiegs geschafft. In der Ferne entdeckte Jeff ein Holzhaus mit einem kleinen Corral davor. Er konnte sich nicht erinnern, es jemals gesehen zu haben.

Vielleicht war es damals noch nicht da. Sein Blick verharrte lange auf dem einzigen Lebenszeichen zwischen den zerklüfteten Hängen. Er ritt zügig bergab und mit jedem Schritt des Pferdes schob sich einer der Hügel weiter vor das Haus. Er war wieder allein.

Als er endlich den Hassayampa River erreichte, war er fast ausgetrocknet. Die Zunge klebte schwer an seinem Gaumen und seine Haut fühlte so sich spröde und rissig an wie das Leder des Sattels, auf dem er saß. Er hatte den Fluss gefunden, aber an welchem Ende er sich befand, war ihm nicht klar. Das Grau der Steine, das satte Grün der Büsche am Ufer, das transparente Blau des Wassers über dem steinigen Flussbett – einige Meilen nordwestlich oder südöstlich. Es gab keinen Unterschied, jedenfalls nicht für ihn. Zu viele Jahre Zivilisation lagen dazwischen, um einen Felsvorsprung vom anderen zu unterscheiden. Die Suche würde länger dauern als vermutet und sein Proviant war begrenzt.

6

Anna ging die Stallgasse hinunter zum Wasserhahn, zerrte an den Gummihandschuhen und streifte sie einen nach dem anderen von den feuchten Händen. Dann wischte sie mit dem Ärmel der Jacke den Schweiß von ihrer Stirn und seufzte. Verdammt, dachte sie, es geht mir jedes Mal wieder unter die Haut, als wäre es das erste Mal. Als sie die Hände unter das Wasser hielt, hörte sie durch die geöffnete Stalltür das Brummen des LKWs, das Knacken der Bremse, das ruckartige Gasgeben – erster Gang – Rückwärtsgang – erster Gang. Dann war Ruhe. Sekunden später stand ein kräftiger Mann mit grobem Gesicht in der Tür.

«Tag, Frau Petersen.»

«Hallo, Herr Cohrs.» Anna zeigte die Stallgasse entlang in Richtung Reithalle. «Dort drüben.»

«Schade. Schöne Stute. Gut gezogen und so.» Reinhard Cohrs

hob kurz die Schultern und verschwand. Er war kein Mann der großen Worte.

Wenig später vernahm Anna das Scheppern der Ladeklappe des LKWs und dann das Quietschen der Seilwinde. Ihre Aufgabe war erfüllt. Sie betrat noch einmal die Halle. Ein letzter Blick auf den massigen Rumpf des Pferdes, das Fell verklebt von Schweiß und Sand nach einem vergeblichen Kampf gegen die mörderischen Schmerzen. Ein letztes Wort des Bedauerns an die junge Frau, die hilflos weinend neben ihrem toten Pferd stand. Dann verließ Anna wie benebelt den Stall und sank auf den Sitz ihres Autos. Ihre Hände zitterten, als sie den Zündschlüssel umdrehte. Erst an der zweiten Ampel fiel ihr auf, dass sie nicht angeschnallt war. Sie zog den Gurt über ihre Brust und starrte auf die regennasse Straße. Die abgenutzten Wischblätter quietschten über die Scheibe. Das Geräusch erinnerte sie an die Seilwinde, die nun sechshundert Kilo leblose Körpermasse auf den LKW hieven würde. Es gelang ihr nicht, die Bilder wegzuschieben. Die weit aufgerissenen Pferdeaugen, die schweißnasse Stirn mit dem kleinen weißen Stern in der Mitte, der riesige aufgedunsene Leib, in dem sich dreißig Meter Darm ineinander gedrückt hatten. Koliken, häufig gefolgt von Darmverschlingung, gingen meist zugunsten des Abdeckers aus.

Anna steckte den Schlüssel in die Haustür. Sie hörte das Telefon, stürmte in die Wohnung, schlug die Tür hinter sich zu und warf die Tasche in die Ecke. Sie stolperte über die Katze zum Hörer.

«Petersen.»

«Rollfson.»

«Ach, Michael. Hallo.»

«Hi, Anna. Du bist ja ganz aus der Puste.»

«Ich bin gerade nach Hause gekommen.»

«Hast du Lust, essen zu gehen? Ich habe heute eine geniale Idee verabschiedet. Für Taran Tell Networks, du weißt schon. Das, was ich letzte Woche angefangen hatte. Was meinst du, wollen wir ins Giordano?»

«Michael, sei mir nicht böse, aber heute Abend ist mir eher

nach trautem Heim und Couch zu Mute. Willst du nicht vorbeikommen mit einer Pizza oder Gyros oder . . .»

«Zu dir? Na ja, also irgendwie hatte ich mich auf Ausgehen eingestellt. Ich bin total aufgekratzt. War wirklich ein cooler Tag.»

«Für mich weniger. Aber geh ruhig essen. Vielleicht geht Dirk mit oder sonst einer deiner Freunde. Ich bleibe heute in meinen vier Wänden.»

«Ach komm schon. Bist du gar nicht zu überreden? Was ist denn los mit dir.»

«Ich musste heute wieder ein Leben beenden – Todesspritze. Ich kann mich einfach nicht daran gewöhnen und bin ziemlich fertig.»

«Das tut mir Leid, Anna.» Für einen Augenblick herrschte Schweigen. «Gut, ich komme vorbei. Ich hole Gyros, okay?», sagte Michael mit fester Stimme.

«Das ist lieb.» Anna atmete erleichtert auf.

«Bis gleich dann.»

Sie setzte sich auf den Boden und streichelte den glänzenden schwarzen Katzenrücken, der sich geschmeidig unter ihren Händen hin und her wand. Dann ging sie in die Küche, füllte Futter in den Napf, betrat das Bad und zog sich aus. Sie drückte die nach Schweiß und Pferdemist riechende Arbeitskleidung in den Wäschekorb und stieg in die Duschkabine. Das warme Wasser spülte den Schweiß von ihrer Haut und damit auch die Bilder der tragischen Ereignisse aus ihrem Innern.

Eine halbe Stunde später stand Michael in der Tür, eine weiße Tüte mit der Aufschrift «Dionysos» in der Hand. Anna umarmte ihn und nahm ihm die Tüte und die Jacke ab.

«Neu?», fragte sie mit zur Seite gelegtem Kopf und drehte die Jacke hin und her.

«Ja, heute Mittag bei Martin Auster gekauft.»

«Sieht gut aus. Hat bestimmt ein Vermögen gekostet.»

«Na ja, ich musste mir heute was Gutes tun.»

Anna verschwand in der Küche und Michael folgte ihr abwesend.

«Ist schon ein harter Job, den du da machst. Ich könnte das

nicht», sagte er und zog eine Flasche Wein aus der Tüte. «Ob meine kleine Julia dazu in der Lage wäre. Ich bezweifle das.»

«Also deine kleine Julia wird sie nicht immer bleiben. Aber trotzdem, die meisten jungen Mädchen machen sich Illusionen über diesen Beruf. Sie denken, es ginge immer nur um erfreuliche Hilfe für kranke Tiere. Häufig können wir Leiden nur durch Töten beenden oder Schmerzen nur vorübergehend lindern. Männer sind meiner Meinung nach, was diese Fälle betrifft, besser im Umgang mit den eigenen Gefühlen. Sie schieben sie einfach beiseite. Fall erledigt und gut.»

«Vielleicht glaubst du das nur.»

«Ja, mag sein.»

«Wie ist das heute passiert?»

«Zu viel Gras. Das Pferd war zum ersten Mal in diesem Jahr auf der Weide. Der Mai ist immer ein gefährlicher Monat.»

«Was hältst du von Musik zur Aufheiterung?»

«Ja, gern, such dir was aus.»

«Nein, du bist heute der DJ. Leg etwas nach deinem Geschmack auf. Mir ist im Moment alles recht.»

Anna ging ins Wohnzimmer, zog «Born to do it» von Craig David aus der Hülle und legte die Scheibe in das Ladefach des CD-Players.

Michael erschien mit der Flasche Wein in der Hand im Türrahmen.

«Weißt du, was ich mir heute als Auftritt für einen Internet-Provider ausgedacht habe?»

«Wie soll ich das wissen?», entgegnete Anna müde. Sie nahm ihm die Flasche aus der Hand, öffnete sie und stellte sie auf den Tisch.

«Komm!», sagte er mit unbeirrbarem Lächeln und ergriff ihre Hand.

Sie ließ sich etwas widerwillig zu ihrem kleinen PC steuern. Michael setzte sich auf den Stuhl davor und drückte ihren Zeigefinger auf die Anschalt-Taste. Dann spürte sie den Druck seiner Hände auf ihren Hüften und ließ sich auf seinen Schoß ziehen. Michael tippte «www.Taran.Tell Networks.de» in die Fensterleiste des Internet-Programms. Er drehte sich kurz zu ihr um, gab ihr einen Kuss auf die Wange und wandte sich wieder dem Bildschirm zu. Die kleine Weltkugel in der Ecke des Fensters drehte sich suchend, Daten sausten durch das Netz, bis sich langsam ein Bild entrollte.

«Verdammt langsame Kiste, dein PC. Du solltest dir mal ein neueres Modell leisten.» Michaels Hände klopften unruhig auf Annas Schenkel.

«Igitt, wie scheußlich!», schrie sie und wich unwillkürlich an Michaels Schulter zurück. Er schlang lachend die Arme um ihren Bauch. Auf dem Bildschirm erschien plastisch und erschreckend lebendig eine riesige pechschwarze Spinne inmitten ihres Netzes. Linie um Linie erweiterte sich das Netz. Die Fäden liefen aus dem Maul der Spinne. Darunter stand: «Wir spinnen ein Netz, aus dem niemand herauskommt . . .» Dann verschwand das Bild im Nebel und entwickelte sich zu einem Foto von einem wunderschönen Strand mit einer Hängematte, aus der ein entspannt lächelnder junger Mann auf den Betrachter blickte. «. . . und Sie genießen das Leben. Taran Tell Networks» stand darunter.

«Das ist ja toll!», rief Anna aus. «Und das hast du dir ausgedacht?»

«Ja. Bis auf Textkonzept und Slogan. Das ist von einem Textspezialisten aus New York eingekauft worden. Unserem Chef ist nichts zu teuer.

«Das springt einen ja wirklich an. Erst der Schauer, dann die Sehnsucht nach Strand, Sonne, Entspannung, Meer. Wirklich gut gemacht.»

«Der Originaltext auf der internationalen Seite klingt natürlich noch viel witziger. Willst du die Seite sehen?»

«Heute nicht mehr, Michael», antwortete Anna und erhob sich. «Ich schau es mir morgen an. Komm, lass uns endlich was essen.»

Sie tat Gyros und Salat auf die Teller, während Michael Wein einschenkte.

«Na, hast du dich etwas beruhigt?», fragte Michael mit sanfter Stimme.

«Ja, die Bilder verschwinden so langsam aus meinem Hirn.» Sie nahm einen kräftigen Schluck Wein. Eine Weile saßen sie sich schweigend gegenüber. Dann blickte Anna auf und strich sich das Haar hinter die Ohren.

«Ich habe heute Morgen meinen Flug gebucht.»

Sie bemerkte ein leichtes Zucken in Michaels Mundwinkel. Er hörte auf zu kauen und sah sie an. Dann schluckte er und wischte mit der Serviette über seinen Mund.

«Und wann geht's los?»

«Am 1. November, Hamburg-New York-Phoenix.»

Michael nickte.

«Was meinst du? Wirst du nachkommen?»

«Vielleicht zu deinem Geburtstag, aber ich kann es noch nicht genau sagen.»

Er wollte sich wegen der Arbeit nicht festlegen. War es wirklich nur die Arbeit? Enttäuschung darüber war die eine Seite ihrer Empfindung, Beruhigung die andere. Vielleicht war es besser, wenn er nicht käme.

Anna erhob sich, stellte die Teller zusammen und brachte sie in die Küche. Sie starrte abwesend auf das dreckige Geschirr, während das Wasser darüber lief. Es ist komisch, dachte sie, ich habe Angst davor, Michael zurückzulassen, aber in gleichem Maße fürchte ich eine gemeinsame Reise mit ihm. Vielleicht sollte ich dieses abenteuerliche Unternehmen doch verschieben und lieber mit ihm nach Rom oder Venedig, in die Karibik oder nach Hawaii fliegen.

«Komm, Anna, lass doch den Abwasch!», rief Michael. «Ich kann das morgen Früh machen, bevor ich losfahre.»

«Ich komme.» Sie drehte den Wasserhahn zu, trocknete sich die Hände ab und rückte ihre Bluse und ihre Gedanken zurecht. Sie schaltete auf Gegenwart und ging eilig ins Wohnzimmer. Michael hatte sich auf die Couch gefläzt. Er breitete die Arme aus. «Leg dich zu mir!»

«Musik?», fragte Anna.

«Ja, gute Idee. Irgendwas Ruhiges.»

«Noch mal die von vorhin?»

«Von mir aus.»

Anna drückte die Abspiel-Taste und legte sich zu Michael. Als er sie an sich zog und seine vollen Lippen auf ihren Mund presste, dachte sie an Thomas, ihren letzten Freund. Wie sehr sie sich ähnelten. Immer gut gelaunt, stolz auf ihre Arbeit, bis zu einem gewissen Grad zärtlich und einnehmend und doch immer abwesend, nie ganz bei der Sache, oder besser, nie ganz bei ihr. Damals hatte sie um volle Aufmerksamkeit gekämpft, hatte Thomas unter Druck gesetzt. Ich ganz oder gar nicht. Darüber hatte sie ihn verloren. Danach war sie ständig nach einem Mann auf der Suche, der in sich ruhte, der nicht an diesem Rennen um Karriere, Macht und Anerkennung teilnahm. Sie hatte ihn nicht gefunden, hatte sich in sich selbst zurückgezogen. Und dann kam Michael. Er war genauso wie Thomas.

Sie spürte, wie seine schmalen, unruhigen Hände ihren Rücken emporfuhren und ihre Bluse mitnahmen. Schnell fanden sie den Verschluss ihres BHs und in wenigen Sekunden war sie entblößt. Michaels Hände waren zart und fahrig, erfahren und jungenhaft zugleich.

«Wollen wir umziehen?», fragte er und drückte sie sanft hoch.

Anna nickte und erhob sich. Sie gingen ins Schlafzimmer, zogen sich hastig aus und liebten sich.

7

Jeff hatte den Slim Jim Creek hinter sich gelassen. In der Ferne sah er die Spitze des Sam Powell Peak. Noch etwa vier Meilen raues Bergland lagen zwischen ihm und Roberts Box. Sie befand sich irgendwo am Jesus Canyon unter den Steinen. Es war die Stelle, wo der Hassayampa einen scharfen Knick nach Westen macht. Das sollte seine Richtung sein. Robert hatte ihm den Weg gezeigt und mit jedem Schritt seines Pferdes kam er ihm und sich selbst näher. Mit jeder Meile warf er einen Teil seines zerrissenen, gehetzten Lebens ab wie nutzlosen Ballast. Nur noch schemenhaft sah er die Kennzeichen seines ruhelosen Lebens, sah, wie sich die zweite Hälfte seines Selbsts langsam verflüchtigte.

Er schaute über die rote Erde mit den sattgrünen Tupfern der Mesquite-Büsche, fühlte das geschmeidige Leder der Zügel in seiner Hand, sah die gespitzten, stets lauschenden Ohren seines Pferdes und dann ein Glitzern dazwischen. Als sein Blick auf das sprudelnde Wasser des Hassayampa glitt, durchfuhr ihn ein Schauer. Der klare Fluss lag vor ihm wie die Ankündigung einer wunderbaren Zukunft. Er spürte ein Lächeln auf seinem Gesicht. Ein Lächeln für ihn allein und die unberührte Natur. Jeff fuhr mit der Hand über den Mähnenkamm und Joker schlitterte vorsichtig von Stein zu Stein hinab in den Canyon. Seine Nüstern bebten und seine Ohren waren nach vorne gerichtet. Er sog die aufsteigende Feuchtigkeit des Flusses ein, witterte Wasser und Gras. Die Freiheit des hingegebenen Zügels nahm er an, beschleunigte das Tempo, rutschte, fand wieder Halt und trabte schließlich über das flache Ufer des seicht strömenden Flusses.

Jeff sprang aus dem Sattel. Er krempelte die Jeans hoch und zog Stiefel und Socken aus. Durch die Schlaufen an den Schäften hatte er Bänder geknotet. Daran hängte er sie am Sattelhorn auf.

«Ist es nicht wunderbar», sagte er zu Joker. Es waren die ersten Worte, die seit dem Aufbruch über seine Lippen kamen. Er tauchte in das kühle, klare Wasser ein und zog das Pferd hinter sich her. Joker trank in großen Schlucken, hielt die Nase ins Wasser und prustete hinein. Er scharrte mit den Hufen über den steinigen Grund, schlug den nassen Schweif an seine Flanken und schüttelte sich, sodass die Blechnäpfe in den Satteltaschen schepperten.

Jeff watete im Wasser auf und ab. Er nahm seine Kappe vom Kopf und steckte sie in die Hosentasche. Mit ineinander gelegten Händen schöpfte er Wasser und goss es sich ins Gesicht. Es war, als würde das Wasser seinen Körper durchfluten und mit ihm die Energie für ein ganzes Leben.

Er nahm Joker am Zügel und durchquerte den Fluss. Einige

Felsen ragten aus dem Wasser. Sie waren glatter und runder als die am Ufer. Wasser ist stärker als Stein, weich ist stärker als hart, dachte er und beobachtete die Strömung des Flusses, die um den Fels herumglitt und ihn mit jeder Sekunde für unser grobes Auge unmerklich weniger werden ließ. Irgendwann, vielleicht in tausend oder in zehntausend oder in hunderttausend Jahren, wäre dieser Fels kein Fels mehr, sondern eine zerriebene Masse am Grund des Flusses, mitgerissen in seiner Strömung. Möglicherweise formte sich daraus irgendwann wieder ein Fels, wenn das Wasser eines Tages versiegte oder sich einen neuen Weg suchte. Vielleicht an ganz anderer Stelle, aber in ähnlicher Formation.

Für Sekunden tauchten wieder die Bilder seines New Yorker Büros vor ihm auf. Wir Menschen haben begonnen, uns unsere Umwelt zu erschaffen und damit die Natur und unsere eigene Natur zu zerstören. Aber irgendwann wird es umgekehrt sein, dachte er. Irgendwann holt sich die Natur alles zurück. Er legte die Hand auf Jokers Hals und ließ sie durch die verfilzte Mähne wandern. «Ihr Tiere seid ohne Vernunft und Bewusstsein und doch vernünftiger als wir Menschen. Ihr lasst die Dinge, wie sie sind, nehmt jeden Tag, wie er kommt, und macht das Leben nicht komplizierter, als es ist», sagte er, als sie das Ufer erreicht hatten.

Jeff suchte sich eine geeignete Stelle zum Campen, lockerte alle Riemen und Stricke und befreite Joker von Gepäck und Sattel. «Du wirst mich schon nicht im Stich lassen, oder?», sagte er und ließ ihn los. Joker wölbte den Hals und schüttelte die lange zottlige Mähne. Nur das Halfter erinnerte noch daran, dass er kein Wildpferd war.

Während Joker den Kopf in das zartgrüne Gras tauchte und ein Büschel nach dem anderen zwischen seinen flachen Zähnen zerrieb, entledigte sich Jeff seiner Kleidung und nahm ein Bad. Zwischen drei großen Felsen hatte sich ein Becken gebildet. Dort hockte er sich hinein, bis sich das Wasser glatt und weich wie Seide um seinen Hals legte. An einigen Stellen seiner Haut perlte es ab. Eine Schicht aus Fett und Dreck hatte sich auf seinen Armen gebildet, wie auf dem Fell seines Pferdes. Sie hatte ihn vor Sonne und Trockenheit geschützt. Jetzt trieb sie davon, Öl auf Wasser, wie das Leben, das er gelebt hatte, bevor er hierher zurückgekehrt war. Er fühlte sich wie neu geboren, mit sich und der Welt im Reinen. Es war so einfach, so klar wie das Wasser um ihn herum. Er brauchte keinen Tempel, keine pompösen Rituale, keine Gurus oder Lehrer. Die Erkenntnis lag einzig in ihm selbst.

Er watete ans Ufer zurück, hakte den Strick in Jokers Halfter und zog ihn noch einmal in den Fluss. Mit einem Lappen befeuchtete er sein staubiges, verklebtes Fell, spritzte Wasser unter seinen Bauch und entfernte Kaktusstacheln aus seinen Beinen. Dann zog er so gut es ging die zusammengedrehten Fransen seiner Mähne auseinander. Zufrieden rieb Joker seinen Kopf an Jeffs Schulter. Ein raues, gutes Gefühl. Als sie losritten, war er nur ein Pferd, jetzt war er ein Kamerad.

Jeff schlüpfte in dieselbe Jeans und in das zweite Hemd, mit dem er die Blechnäpfe gepolstert hatte. Dann sammelte er Holz, machte ein Feuer und warf den winzigen Spirituskocher an. Heiße statt lauwarmer Bohnen, das war die einzige Abwechslung. Aber eine warme Malzeit aus einem Blechteller reichte für sein Wohlbefinden. Morgen Abend würde er die Stelle erreichen, an der nicht nur die Zeit begraben wurde, sondern an der nun seine Zukunft schlummerte.

Der folgende Tag begann mit einer Tasse Kaffee, einer Zigarette und Zuversicht. Der Mond klebte noch sichelförmig am Himmel. Es war kurz vor halb sechs, als Jeff zusammenpackte. Nur die Isomatte für seine allmorgendliche Meditation wurde noch nicht verstaut. Die letzte Etappe lag vor ihm. Er nahm Joker die Hobbles von den Füßen und ließ ihn ins Gras laufen. Doch diesmal begnügte sich der Wallach nicht mit dem Flecken Grün vor dem Lager. Langsam, aber zielstrebig, den Kopf gesenkt, entfernte er sich.

«He, alter Freund, so geht das aber nicht!», rief Jeff und sprang auf. Doch Joker schien zu vergessen, was seine Bestimmung war. Er hob nur einmal kurz den Kopf und trottete davon.

Jeff blickte auf seine Stiefel, dann auf das entschwindende Pferd. Er entschied sich für schnelles Handeln und gegen die Stiefel am Sattel. Als seine Füße über die glatten, feuchten Steine glitten, dachte er daran, wie er und die Jungs von der Ranch in Wyoming den Pferden barfuß hinterher gelaufen waren. Das feuchte Gras quietschte unter ihren Füßen. Sie hatten die Pferde gescheucht, sich dann umgedreht und gewartet. Als ihre pustenden Schnauzen neugierig ihre Rücken berührten, warfen sie ihnen Stricke um und hangelten sich hinauf. Es waren wunderbare Ferien.

Jeff hatte Joker fast erreicht. Er trat ins Gras, da durchfuhr ihn ein blitzartiger Schmerz. Er zuckte mit einem Schrei zusammen. Joker machte einen Satz zur Seite, schnorchelte mit der Nase in die Luft und blieb dann stehen. Verdammt, dachte Jeff, Schlange oder Skorpion, irgendetwas hat mich gebissen oder gestochen. Ein stechender Schmerz brannte im großen Zeh seines rechten Fußes und raste hinauf bis in alle Gliedmaßen. Er hob den Fuß hoch, taumelte, humpelte zu Joker, der bereits wieder die Nase im Gras hatte, griff in den Mähnenkamm und klammerte sich fest. Aber Joker trat zur Seite und hätte seinen beschlagenen Vorderhuf beinahe auf seinen gesunden Fuß gestellt. «Blöder Bock, du begreifst auch überhaupt nichts», zischte er durch die zusammengebissenen Zähne. Er packte ihn am Halfter. Joker blieb stehen und Jeff stützte sich an ihm ab. Er hob den Fuß so hoch, wie es ihm möglich war, und betrachtete ihn durch seine glasigen Augen. Abdrücke von Zähnen und Blut waren nicht zu sehen. Nur ein Skorpionstich. Den überlebt jeder gesunde Mensch. Er atmete tief durch. Aber die Erleichterung darüber linderte nicht den unerträglichen Schmerz. Er lähmte seinen gesamten Körper, raubte ihm die Kraft und erzeugte Übelkeit. Zum Glück hatte er keine schweren Sachen im Magen, die herausgewollt hätten. Stöhnend schleppte er sich, das Pferd hinter sich herziehend, zu seinem Lagerplatz und ließ sich erschöpft auf die Isomatte sinken. Das Pferd hielt er am Strick. Er war nicht in der Lage, ihm die Hobbles anzulegen.

Ab und zu zog Joker ein wenig am Halfter, aber er machte keine Anstalten, sich aufzulehnen. Stattdessen leckte er mit der

Zunge über Jeffs salzigen Arm, stieß seinen warmen Atem darauf und ließ dann dösend den Kopf hängen. Ich bin dir nicht mehr böse, dachte Jeff. Du bist eben ein Pferd. Du weißt nichts vom Schmerz anderer. Er legte sich auf die Seite, streckte den Arm nach seiner Tasche aus und zog sie zu sich heran. Die kleine Dose mit dem Tigerbalm rollte ihm geradewegs entgegen. Vorsichtig schmierte er die menthol- und kräuterhaltige Paste auf den rot angelaufenen, geschwollenen Zeh. Er zuckte zusammen. Es war wie Chili auf nacktes Fleisch. Das Brennen zog hinauf durchs Bein und breitete sich fiebrig heiß in seinem Körper aus. Zusammengekrümmt rollte er sich hin und her und blieb schließlich ermattet auf dem Rücken liegen. Vor seinen Augen glitzerten wirre Muster. Die Stiefel, ging es ihm immer wieder durch den Kopf. Hätte er doch die Stiefel angezogen.

Der Himmel über ihm färbte sich rosa und die Sichel des Mondes war im aufsteigenden Sonnenlicht verschwunden. Er hätte schon längst unterwegs sein müssen, um sein Tagespensum zu schaffen. Seine Essensvorräte reichten nur noch für maximal zwei Tage. Und es könnte dauern, bis er die Box finden würde. Hätte er die Stiefel angezogen – hätte, hätte. Er fasste an den Knöchel, weil er den Fuß selbst nicht zu berühren wagte. Sein Blick fiel wieder auf Joker, der teilnahmslos vor sich hin dämmerte. Kein Wissen, kein Mitgefühl, keine Fragen. Nur ein geradeaus denkendes Tier, ausschließlich seinen eigenen Bedürfnissen folgend. Und doch – mit jedem Pochen des Schmerzes wurde Jeff bewusster, wie gut es ihm tat, dass er neben ihm stand. Seine Gegenwart vertrieb den Anflug von Panik. Da lag er nun, unfähig, auch nur eine viertel Meile hinter sich zu bringen, ohne wieder in sich zusammenzusinken, in einer Gegend, in der ihn niemand finden würde, käme er nicht mehr auf die Beine. Er fühlte sich müde und ausgelaugt, aber der Schmerz ließ ihn nicht zur Ruhe kommen. Er fuhr sich mit den Händen übers Gesicht, über Knochen und ausgedörrte Haut. Er war jemand, der viel essen musste, um bei Kräften zu bleiben. Sein agiler Körper verbrauchte Kalorien wie ein Durchlauferhitzer. Sicher hatte er bei der mageren Kost und den Anstrengungen schon einige Pfunde abgenommen. Verdammt, Robert, dachte er, auf welche steinigen Wege hast du mich geschickt? Es war eine Prüfung für Leib und Seele geworden.

Das Rauschen des Wassers, am Morgen noch Musik in Jeffs Ohren, klang nun bedrohlich. Ihm war, als zöge es ihn auf den Grund des Flusses. Nur Jokers warme Schnauze an seinem Gesicht vermochte ihn zu beruhigen. Irgendwann war der Schmerz schwächer geworden und hatte ihn in einen tiefen, bleiernen Schlaf entlassen. Als er erwachte, fiel das gleißende Mittagslicht senkrecht auf ihn herab. Schweißperlen liefen von seiner Stirn, als er sich schwerfällig aufsetzte. Wo war Joker? Der Schmerz hatte sich verzogen, aber mit ihm sein Pferd. Er sprang auf und blickte erst flussaufwärts, dann abwärts. Der Strick war unbemerkt aus seiner Hand geglitten. Am Wasser war nichts zu sehen, also konnte Joker nur ins Hinterland gelaufen sein. Jeffs Fuß war noch leicht geschwollen und empfindlich. Er streikte, als er ihn in den Stiefel drücken wollte. Also band er sein Halstuch und einen Lappen darüber und quälte sich an der niedrigsten Stelle die Felswand des Canyons hinauf. Vor ihm lagen undurchdringliche Berghänge, bedeckt mit mannshohen dornigen Sträuchern. Es machte wenig Sinn, auf gut Glück in irgendeine Richtung zu gehen. Wenn Joker sich hier hindurchgezwängt hatte, dann nur in Panik. Berglöwen? Eine Klapperschlange? Sollte der Skorpion nur ein kleiner Vorbote für das gewesen sein, was noch kommen würde? Was wollte ihm die Natur damit sagen? Wollte sie ihm die Zukunft verwehren, die schon zum Greifen nah war? Im Geiste sah er Joker vor sich, am Boden liegend, mit zerrissener Kehle, dann erstarrt vom Biss einer giftigen Schlange. Er wischte die Bilder weg, drehte sich ein paar Mal in alle Richtungen und rief nach dem Pferd. Nichts rührte sich. Nur das leise Raspeln eines Gilaspechts am Stamm einer Kaktee drang an sein Ohr.

Jeff kehrte zum Lager zurück und beschloss auf Joker zu warten. Er wird schon kommen, wenn er noch lebt und Hunger und Durst kriegt, sagte er sich. Der Wallach hatte seine letzte Morgenration Hafer noch nicht erhalten.

8

Anna zog die Gardinen zurück und ließ das tiefe Sonnenlicht ins Zimmer. Die langen, schweren Baumwollvorhänge schabten über das Parkett und Michael drehte sich im Bett zu ihr um. Es war ein trüber herbstlicher Samstag und trotz Bereitschaftsdienst hatte das Handy sie verschont. Mit einem Satz war sie wieder bei Michael und schmiegte sich an seine Seite.

«Schön, dass du heute nicht arbeiten musst.»

Er hob den Kopf und blickte über sie hinüber zum Wecker.

«Schon zehn Uhr. Also . . .»

Anna legte den Finger auf seinen Mund. «Scht. Kein Wort mehr. Heute gehörst du mir und nicht dem Mac. Ab morgen ist für vier Wochen Schluss mit Kuscheln, verdräng das nicht.»

«Muss ich aber.»

«Verdrängen ist immer schlecht.»

«Nicht immer. Wie sollte ich wohl sonst den heutigen Tag überstehen, geschweige denn die nächsten Wochen?»

«Mit Arbeiten wahrscheinlich.» Sie strich über seine raspelkurzen Haare. «Vorschlagen würde ich allerdings, dass du dich verstärkt um deine Tochter kümmerst.»

«Na das tu ich doch!» Michael fuhr hoch und Anna ergriff seinen Arm.

«Komm, beruhig dich. Natürlich kümmerst du dich um sie. Du gehst auch wirklich rührend mit ihr um. Aber du hast selbst gesagt, dass du viel zu wenig Zeit für sie hast.»

«Das liegt ja auch an Karin. Sie . . .»

«Okay, ich will jetzt nicht mit dir über deine Exfrau diskutieren. Aber eines muss ich trotzdem noch sagen. Du solltest die Fehler nicht immer nur bei anderen suchen.»

Als Michael etwas entgegnen wollte, legte sie sanft ihren Mund auf seinen. Als sie sich küssten, dachte sie an Arizona.

Ihr letzter Tag verlief ruhig und harmonisch. Michael begleitete sie morgens in den Reitstall. Abends gingen sie ins Giordano und schlemmten. Aber mit dem letzten Glas Rotwein schwand schließlich doch die Leichtigkeit des Tages. Anna legte nach langem Schweigen ihre Hand auf Michaels Arm, doch ihr fiel nichts ein, was sie ihm hätte sagen können. Der Abschied hing wie eine dunkle Kumuluswolke über ihr. Sie dachte an eine Liebeserklärung, aber sie kam nicht über ihre Lippen. Stattdessen streichelte sie Michaels Arm und lächelte ihn an. Er blieb ernst.

«Warum fliegen wir eigentlich nicht zusammen für zwei Wochen in die Karibik?», fragte er, wie aus fernen Träumen erwacht.

«Du hast es nie vorgeschlagen. Urlaub stand doch für dich gar nicht auf dem Plan.»

«Ja, schade. Hätte mir früher einfallen sollen. Wäre bestimmt schön mit dir, segeln, surfen, faulenzen, coole Cocktails.»

«Ach, ich weiß nicht. Ich kann weder segeln noch surfen. Und zwei Wochen lang keine Pferde . . .» Sie zog die schmalen Augenbrauen hoch. «Cocktails ja. Darüber lässt sich reden. Aber die können wir auch hier bestellen.»

«Gut, dann such dir was aus.» Michael schob die Getränkekarte zu ihr und winkte den Kellner heran.

«Arizona Kiss. Den muss ich natürlich nehmen.» Anna lächelte, doch das Lächeln kam nicht aus ihrem Innern. Es war nur eine Maske auf ihren Zügen. Sie hatte dieses nebulöse Vorgefühl unvorhersehbarer Ereignisse verdrängt und deshalb kochte es umso intensiver hoch, als sich der Abschied näherte. Es war ein verschwommenes Gefühl, das sie nicht genau einordnen konnte. Es glich dem Cocktail, den der Kellner vor sie hinstellte.

Michael stupste mit dem Finger auf ihre Nase. «Der Cocktail wird deine Stimmung heben.»

«Möchtest du probieren?» Anna schob ihm das schlanke Glas hinüber.

«Nein, danke, sonst komme ich auf den Geschmack. Keinen Schluck Alkohol, wenn ich fahren muss. Außerdem brauche ich morgen meine ganze Konzentration. Das neue Projekt, zwei Präsentationen . . . Und abends kommt Julia. Ich möchte früh und nüchtern ins Bett.»

Er ist so vernünftig, eben ein Vater, dachte Anna. Setzt man ein Kind in die Welt, so hört man selbst endgültig auf, eins zu sein. Man vermeidet unkalkulierbare Situationen, denkt über vieles so lange nach, bis der explosive Augenblick verstrichen und ein glatter Verlauf des Lebens geebnet ist.

«Lass uns nach Hause fahren», sagte Anna müde, während sie die Orangenscheibe von ihrem Glas nahm und auslutschte.

Michael nickte. Die Bedienung kam und Anna hielt Michaels Hand fest.

«Heute bin ich dran.»

«Wenn du meinst.» Sie zahlte und folgte Michael zum Auto.

Er fuhr und Anna saß wortlos neben ihm. Sie blickte aus dem Seitenfenster ins Dunkel des Alsterparks. Es gab nichts zu sehen, aber in ihrem Innern löste ein Bild das andere ab, wie bei einer Diashow. Pferde, Cowboys, Michael auf einem Pferd. Sie dachte daran, wie es würde, wenn er nicht käme, sah ihn im Reitstall mit seiner Tochter und einer anderen Frau an seiner Seite. Erst als die Handbremse ratschte, lösten sich die Bilder auf und die Wirklichkeit schnellte zurück.

«Deine Tasche!», rief Michael, als sie die Autotür zuschlagen wollte.

«Ach ja, danke.» Anna beugte sich über den Sitz nach hinten und griff nach ihrer Tasche.

Als sie in dem winzigen Fahrstuhl standen und sich die Schiebetüren schlossen, zog Michael sie an sich.

«Ich habe Lust, mit dir zu schlafen.»

Anna nickte. Es gab nichts mehr, was in Worte zu fassen war.

Als sie am nächsten Morgen auf die Uhr blickte, war es kurz vor sechs. Der Tag ihrer Träume war zum Tag der Zweifel geworden. Ihre Magenwände klebten aneinander. Alles in ihr zog sich zusammen. Ihr ruheloser Körper hatte das Frühstück verweigert. Nur ein Kaffee fand Zugang.

Sie blieb noch eine Weile am Tisch sitzen und beobachtete Michael. Mit einem flüchtigen Kuss auf ihre Stirn verließ er den Frühstückstisch. Er tippte im Vorbeigehen mit dem Finger auf die Taste des Radios. «Die scheuen wirklich vor nichts mehr zurück», schimpfte er. «Nur flaue Musik und dumme Sprüche in der Kiste.» Er stellte ihren Koffer in den Flur, ging zu ihrer Musikanlage und schob eine CD von den Crusadors in den Player.

Die Rolle des entspannt-kontrollierten Erfolgsmenschen spielte er so gut, dass Anna immer wieder Zweifel an der Erkenntnis bekam, dass er eigentlich ständig mit sich kämpfte. Sein verkrampfter Ehrgeiz ließ ihm wenig Raum für lebendige Momente. Aber sie spürte auch, dass er in ihrer Gegenwart die Rolle abzulegen begann. Die Fassade brach auf. Nur heute trat er wieder dahinter zurück. Die Blöße, traurig über ihren Aufbruch zu sein, wollte er sich nicht geben.

«Ich versuche zu kommen», sagte Michael mit einem ehrlichen Lächeln, als sie vor dem Schalter in der Flughafenhalle standen.

«Ja, ich würde mich freuen», erwiderte Anna. Dann legte sie ihr Flugticket auf den Counter. Michael hob ihren Koffer auf das Band. Ein Kuss, ein Blick, dann wandte er sich ab. Anna spürte einen stechenden Schmerz. Sie schaute Michael hinterher. Sein Gang wirkte kraftlos, seine Haltung gebeugt. Noch nie hatte sie ihn so gesehen.

Der Flug erschien Anna doppelt so lang wie der vor einem Jahr nach San Francisco. Der Trennungsschmerz mischte sich mit Schuldgefühlen. Ohne Rücksicht auf die sich gerade entwickelnde Beziehung hatte sie ihren Plan durchgesetzt und Michael einfach zurückgelassen. Würde er ihr das doch übel nehmen?

Die Angst vor dem Verlust löste das schlechte Gewissen ab. Ihr war, als säße nur ein Teil von ihr auf dem Sitz des Fliegers. Der andere blieb auf der Erde zurück und klammerte sich an Michael. Ihr war elend. Müde und leer lehnte sie sich zurück und blickte aus dem Fenster auf eine dichte Wolkenschicht. Ihr Arizona-Reiseführer lag geschlossen auf ihrem Schoß.

«Bis wohin fliegen Sie?», fragte der grauhaarige Mann neben ihr in breit gezogenem Deutsch.

«Bis Phoenix.»

«Machen Sie Urlaub?»

«Ja. Ich fahre weiter nach Wickenburg und von dort auf eine Ranch.»

«Oh, interessant. Kennen Sie die Leute?»

«Nein. Wir haben nur telefoniert. Ich werde in Wickenburg abgeholt, nach Personenbeschreibung.» Sie blickte kurz zu ihm hin und lächelte. Der Mann lächelte zurück.

«Sehr traditionelle Land. Indianer, Cowboys, Legenden. Viel Gold, Oh yeah. Und wunderbar Wildlife. Zweihundertdreißig Arten von Vögel, Willow Flycatcher, Harris Hawk. Aber Vorsicht vor das Geräusch rrrrt rrrrrt. Rattle Snake, wie sagen Sie?»

«Klapperschlange», antwortete Anna.

«Yeah, Klapperschlang. Sehr gefährlich. Und Moutain Lion, äh ...»

«Berglöwen», half ihm Anna auf die Sprünge. Sie lächelte matt. Ihr war nicht nach Konversation zu Mute. Sie gähnte auffällig und blickte wieder aus dem Fenster. Der Mann ließ sie in Ruhe.

Annas Schwermut wich mit jeder Stunde, die sie von Deutschland fortgetragen wurde, allmählich einer freudigen Erwartung auf alles, was vor ihr lag. Michaels Gesicht verschwand hinter Bildern von rauen, stoppligen Cowboys, Westernpferden, Kakteen und rostroten Canyons in der Abendsonne.

Um zwölf Uhr mittags setzte der Flieger zur Landung an und eine Stunde später stand sie vor dem Ausgang des Phoenixer Flughafens. Die gläsernen Schiebetüren öffneten sich und entließen sie in die warme, trockene Wüstenluft. Bei vierzehn Grad und Regen war sie gestartet. Jetzt tauchte sie in satte fünfundzwanzig Grad wohlige Wärme ein. Am Avis-Schalter nahm Anna den Schlüssel für den bestellten Leihwagen entgegen und füllte die notwendigen Formulare aus. Sie hatte einen Tag mit Abholung von Wickenburg gebucht.

Als sie den Koffer ins Auto warf und die Klappe ins Schloss fiel, wusste sie, dass sie frei war. Frei und privilegiert, ungebunden, mit genügend Geld in der Tasche, um vier Wochen ohne Einschränkung das Leben in vollen Zügen genießen zu können.

Sie ließ sich auf den Sitz fallen, probierte alle ihr unbekannten Schalter aus, suchte den Knopf für das Licht und den Hebel für den Blinker und startete den Motor. In Deutschland klang dieses Geräusch nach Arbeit, hier in Amerika verhieß es Abenteuer. Ihr Pulsschlag beschleunigte sich. Sie steuerte das Auto vom Parkdeck, reichte dem Pförtner das Ticket durch das heruntergelassene Fenster und gab Gas. Den Straßenplan hatte sie schon im Flugzeug studiert. Der Highway Number 60 war leicht zu finden. Einmal rechts, einmal links, noch mal rechts, dann immer geradeaus. Phoenix war ein Schachbrett.

Nach einer halben Stunde Fahrt lag die gesichtslose Stadt hinter ihr und vor ihr die flache Einöde der Sonora-Wüste, plattes, karges Land und eine schnurgerade Straße, die im Horizont verschwand. Links und rechts des Highways, in weiter Ferne, tauchten gezackte Bergketten auf. Dort wollte sie hin. Dort lag die Jesus Canyon Ranch.

Sie schaltete das Radio an und tippte sich durch die Sender. Country-Folk, das war es, was sie jetzt brauchte. Sie stellte lauter. Nancy Griffith' sanfte, romantische Stimme tönte aus den Lautsprechern. Anna sang mit. Ihre Hand glitt vom Steuer auf den Schalthebel. Fünfter Gang, achtzig Meilen pro Stunde, mehr durfte sie nicht. Schade, sie hatte Lust auf Tempo. Jetzt entspann dich mal wieder, sagte sie zu sich selbst und musste über ihren Übermut lachen. Übergeschnappte Europäerin schwebt über amerikanischen Highway, auf dem Weg in die unbegrenzten Möglichkeiten. Haha. Sie grinste.

Überpünktlich rollte sie auf den Parkplatz vor dem Restaurant, in dem sie sich mit den Ranchern verabredet hatte. Sie nahm alles aus dem Auto, schloss es ab und legte den Schlüssel auf den linken Hinterreifen. Dann betrat sie das Restaurant, setzte sich an einen leeren Tisch und legte wie abgesprochen ein rotes Halstuch darauf. Eine junge Frau mit grell blondiertem toupiertem Haar, knallengen Jeans und Fransenhemd trat an ihren Tisch. Anna bestellte eine Pizza. Die Nervosität wühlte in ihrem Magen. Sie musste jeden Bissen mit Nachdruck in den Mund schieben. Trotzdem bestellte sie noch einen Kaffee. Als sie den Löffel in die Tasse steckte, öffnete sich zum x-ten Mal die Tür und wieder sah sie voller Erwartung hinüber. Aber diesmal blieb ihr Blick daran haften wie ein Magnet am Eisen. Die Tür klappte zu und ein hoch gewachsener Mann mittleren Alters mit kariertem Hemd, Jeans und Cowboystiefeln blieb suchend im Eingang stehen. Sein Outfit hätte sicher nicht ihre Aufmerksamkeit erweckt, aber die Augen, die unter dem alten braunen Hut hervorblickten, leuchteten wie Saphire.

Ihre Blicke trafen sich und der Mann kam zielsicher auf sie zu. Es war nicht schwer, sie zwischen den derben Landfrauen und im Westernschick herausgeputzten Cowgirls auszumachen. Sie musste hier wie ein mickriges Balkonpflänzchen zwischen Urwaldriesen wirken.

Als er sie ansprach, nahm er seinen Hut ab.

«Hi, ich bin Patrick.»

«Anna, hallo.»

«Das hat ja gut geklappt.»

«Ja, sofort gefunden. Kein Problem», sagte sie mit spröder Stimme und erhob sich. Sie war voll und ganz damit beschäftigt, den Blick von seinen Augen auf etwas anderes zu lenken. Seine Stimme klang sanfter als erwartet. Sein Händedruck war fest und selbstbewusst, quetschte ihr aber nicht die Knochen zusammen, wie sie es von den Bauern Schleswig-Holsteins gewohnt war. Patrick stand vor ihr, auffallend schlank im Land der Dicken und ein entspanntes Lächeln auf seinem markanten Gesicht. Sonnengebräunt, dunkelbraunes, volles Haar, frisurlos, uneitel. Sie dachte an die Marlboro-Werbung. Der Mann, der vor ihr stand, schlug alle Klischees.

«Möchtest du noch etwas essen?», fragte er.

«Nein. Ich habe gerade eine riesige Pizza verdrückt.»

«Das ist dein Gepäck?» Er zeigte auf ihren Koffer.

«Ja, und die Tasche.», antwortete sie, setzte sich, drehte sich nach hinten und zog den schwarzen Lederbeutel um den Stuhl herum. Sie stellte fest, dass ihre Hände nicht mehr so ruhig waren wie am Morgen.

«Hast du schon bezahlt?», fragte er.

«Nein, noch nicht.» Sie nahm abwesend ihr Portemonnaie aus der Hosentasche.

«Ich mache das.» Patrick winkte ab und ging zum Tresen. Anna sah ihm hinterher. Sie beobachtete, wie er mit der Hand über seinen schmalen Hintern fuhr und einen Schein aus der Tasche seiner dunkelblauen Jeans zog. Gut aussehend, großzügig, freundlich. Das ist zu viel, dachte Anna. Irgendetwas stimmt da nicht. Das Bild von diesem Mann musste zwangsläufig irgendwann in sich zusammenbrechen.

Patrick kam zurück, setzte seinen Hut auf und nahm ihren Koffer. Hastig griff Anna nach der Tasche. Den Eindruck einer verwöhnten, schwächlichen Städterin wollte sie nicht erwecken. Sie folgte Patrick aus dem Lokal hinaus.

«Hast du alles aus dem Wagen genommen und ihn abgeschlossen?»

«Ja, alles in Ordnung», erwiderte Anna.

Sie gingen über die Hauptstraße hinüber zu einem alten, klapprigen Dodge-Pick-up.

«Schade um den eleganten Koffer», sagte er und zog die Augenbrauen hoch. «Ein älteres Modell wäre angebrachter gewesen.»

«Ach, das macht nichts. Ich nehme gern einen schäbigen Koffer mit zurück, wenn er mit netten Erlebnissen gefüllt ist.»

Er blickte sie aufmerksam an. «Schön ausgedrückt. Ich würde sagen, das liegt ganz bei dir. Du hast da oben alle Möglichkeiten.» Er öffnete die Beifahrertür. «Vorsicht! Setz dich langsam hin. Die Sprungfedern.»

Aber Annas Hintern verschwand schon in der Mulde der Sitzbank.

«Die alte Kiste hat schon bessere Tage gesehen. Doch die Berge schafft sie noch ohne Probleme.»

«Das will ich hoffen», erwiderte Anna. Aber der Gedanke, in seiner Begleitung in den Bergen stecken zu bleiben, ängstigte sie nicht im Geringsten.

Patrick drehte den Zündschlüssel um. Der Wagen sprang

schnarrend an und die Kupplung ratschte in den ersten Gang. Sie fingerte an dem Sicherheitsgurt herum.

«Funktioniert nicht mehr», sagte Patrick, «aber ist ja kein Porsche und da, wo wir hinwollen, gibt es keinen Gegenverkehr.»

«Na gut, mein Leben in deiner Hand.» Anna grinste und ihr Mund verzog sich leicht nach links. Patrick warf ihr einen kurzen, erstaunten Blick zu.

«Möchtest du fahren?», fragte er prompt.

Sie starrte auf seine steuernden Hände. Den bringt nichts aus der Ruhe, dachte sie. Bei uns tun sie cool, aber der ist es wirklich.

«Ich muss noch Gas holen», sagte Patrick, ohne sie anzusehen.

«Gas holen?»

Er lachte kurz. «Propangas für den Generator auf der Ranch. Ohne den gibt es kein Licht.»

«Aha.» Anna nickte. Die Rancher hatten sie ja bereits brieflich auf eine rustikale Unterkunft vorbereitet.

Patrick steuerte den Wagen in eine kleine Seitenstraße und hielt auf einem heruntergekommenen Hof. Anna blickte auf Fässer, Holztonnen und Gasflaschen. Patrick sprang aus dem Auto. Ein dicker Mann in Latzhose kam aus der Baracke. Kurze Begrüßung, kurzes Lachen, ein neugieriger Blick auf Anna. Dann hievten die beiden Männer vier große Propangasflaschen auf die Ladefläche des Pick-ups und zurrten sie mit Stricken fest.

«Einen kleinen Moment noch», entschuldigte sich Patrick und verschwand mit dem Mann in der Baracke.

Anna fiel ein, dass sie Michael gleich nach ihrer Ankunft anrufen sollte. Der Netzempfang auf der Ranch sei schlecht, hatte man ihr gesagt. Es war Mittag in Arizona und Abend in Deutschland. Wahrscheinlich hatte er Julia gerade ins Bett gebracht. Sie tippte die Nummer ein und Sekunden später meldete sich Michael mit seiner heiteren, jungenhaften Stimme.

«Hi, ich bin's», sagte Anna und blickte dabei in Richtung Baracke.

«Hi, Anna. Schön, deine Stimme zu hören. Wo bist du?»

«In Wickenburg. Hat alles bestens geklappt mit Flug und

Leihwagen. Einer der Rancher oder was immer er dort ist hat mich gerade abgeholt. Jetzt geht's hinauf in die Wildnis.»

«Na, das ist ja spannend. Pass auf dich auf. Ich möchte dich gern heil wiederhaben.»

«Ja, keine Sorge, die Leute hier kennen sich ja aus. Was soll schon passieren?»

«Bist du allein mit ihm im Auto?»

Anna stockte. «Ja, aber er ist kein Pat Garrett, auch wenn er Patrick heißt.»

Kurzes Schweigen.

«Ich werde wahrscheinlich kommen können. Ich habe das Thema Urlaub heute Morgen angesprochen. Sieht ganz gut aus.»

«Schön», sagte Anna und blickte zu Patrick, der auf den Hof trat, die Ärmel hochkrempelte und sich dem Wagen näherte.

«Michael, mein Lieber, ich muss Schluss machen. Es geht los. Ich denk an dich. Der Empfang oben ist schlecht, aber man wird sich wohl verstehen. Ruf mich an.»

«Ja, bis bald dann. Ich vermisse dich.»

«Ich dich auch», sagte sie zaghaft. «Tschau.»

«Jetzt kann's losgehen», sagte Patrick, als er vor der offenen Fahrertür stand und sich die nassen Hände an der Hose abwischte. Sein Blick durchfuhr sie wie ein Blitz. Seine Augen waren so blau wie der Himmel über ihnen und sie hatte Angst, darin zu ertrinken.

Der kleine Ort blieb schnell hinter ihnen zurück. Übergangslos klapperte der Wagen in die Wildnis.

«Das hier ist die alte legendenbehaftete Constallation Road», erklärte Patrick, als sie in Richtung Norden den Bergen entgegenrollten und mit einem Ruck die geteerte Straße verließen.

«Ja, schon gehört. Goldgräber, Cowboys, Indianer.»

Patrick nickte. «Dumont-Reiseführer?»

«Gut geraten.» Anna blickte ihn erstaunt an.

«Wie viele seid ihr da oben auf der Ranch?»

«Wir sind zu dritt, zwei Männer, eine Frau.» Er lächelte. «Nicht die ideale Besetzung, aber es ist okay. Wir kommen bestens miteinander aus. An den Feiertagen und zum Round-up im Mai und jetzt im November trifft sich die ganze Familie.»

Anna grübelte. Eine Frau hatte auf ihre Anfrage geantwortet. War sie seine Frau oder die des zweiten Mannes? Und wo waren die Kinder, die sie ihm in ihrer Fantasie bereits angedichtet hatte? Eine Ranch ohne Kinder? Erstaunlich, aber angenehm ruhig, dachte sie.

«Beim Round-up werden alle Rinder nach Hause geholt, richtig?»

«Ja. Die Kälber werden gebrannt und geimpft und dann in ein anderes Weidegebiet getrieben oder verkauft.»

Anna nickte.

«Du bist Tierärztin?», fragte Patrick nach kurzem Schweigen.

«Ja.»

«In welcher Stadt?»

«Hamburg.»

«Das ist ganz im Norden, nicht?»

«Ja. Du kennst dich ja erstaunlich gut aus. Viele Amerikaner wissen noch nicht mal, durch welches Land die Seine fließt.»

«Danke», entgegnete Patrick mit leichter Ironie in der Stimme. «Europa interessiert mich. Schließlich haben auch wir dort unsere Wurzeln.»

Anna lächelte.

«Du sprichst gut Englisch.»

«Ich war ein Jahr lang tierärztliche Assistentin in England.»

«Ah ja, deshalb das geschliffene Oxford-Englisch.»

Sie nickte.

Nach etwa einer Viertelstunde Fahrt wurde die Straße schmaler, steiler und steiniger. Der Pick-up holperte über Schlaglöcher und loses Geröll, die Gasflaschen schepperten bedrohlich auf der Ladefläche. Anna hielt sich krampfhaft am Rahmen der heruntergelassenen Scheibe fest, um nicht an das Dach katapultiert zu werden. Der Motor klang gequält. Patrick schaltete ruckartig in den zweiten Gang zurück und nahm das große Steuerrad fest in beide Hände. Der Wagen schlingerte an einem tiefen Loch vorbei. Rechts neben Anna fiel der Hang steil ab. Sie schluckte.

«Alles im Griff. Keine Angst», sagte er ohne eine Miene zu verziehen.

Anna klemmte eine widerspenstige Strähne hinter ihr linkes Ohr und schob sich im Sitz zurecht.

«Halten die Flaschen das aus, oder fliegen wir gleich in die Luft?» Die Erschütterungen ließen ihre Stimme zittern. Sie schielte zu Patrick hinüber und fing ein flüchtiges Lächeln ein.

«Wir machen das nicht zum ersten Mal», erwiderte er gleichmütig. Eine ganze Weile herrschte Schweigen und Annas Blick flog auf und ab über die schroffen, karg bewachsenen Hügel.

«Wer ist eigentlich Besitzer der Jesus Canyon Ranch?», fragte sie Patrick schließlich ohne Umschweife.

«Linda und Ron. Ich arbeite für die beiden.»

«Als Cowboy», fügte Anna hinzu.

«Richtig.»

«Schon lange?»

«Das ist ein relativer Begriff. Für mich ist es lang und ich werde sicher noch eine ganze Weile dort bleiben.»

Irgendwie ist er seltsam, dachte Anna. Warum sagt er nicht, wie lange er dort ist? Sie zog ein Taschentuch aus ihrer Hosentasche und wischte einige Schweißperlen aus ihrem Gesicht.

«Dafür, dass wir schon Herbst haben, ist es noch ganz schön heiß, nicht?»

«Ja, bei uns ist es sicher fünfzehn Grad kälter.» Sie nahm ihre Sonnenbrille aus der Tasche und versteckte sich hinter den Spiegelgläsern.

«Was wird meine Aufgabe auf der Ranch sein?», fragte sie und blickte ihn jetzt länger an als zuvor.

«Also ich denke, du wirst einfach dort eingesetzt, wo gerade Not am Mann ist.»

«Oder an der Frau, nicht?» Sie hoffte etwas über Linda zu erfahren. Sie schien Rons Frau zu sein, aber es konnte auch anders sein.

«Ja, oder an der Frau», wiederholte Patrick. «Du kannst dich erst mal an die Pferde und den Sattel gewöhnen. Ist schon was anderes, als englisch reiten. Wir nehmen dich mit zu Kontrollritten, zum Impfen und was sonst so anfällt. Manchmal finden wir verletzte Rinder. Dabei kannst du uns sicher sehr nützlich sein.»

«Ja.» Sie sah ihn kurz von der Seite an. Sein Blick ging nach rechts, an ihr vorbei.

«Da drüben», sagte er und zeigte auf den Eingang eines Schachts. «Eine Goldmine.»

«Ist sie noch in Betrieb?»

«Ich weiß nicht. Ich glaube ja.» Er grinste. «Willst du ein bisschen schürfen gehen?»

«Wäre doch nicht schlecht. Dann könnte ich mir vielleicht irgendwo in Schleswig-Holstein eine Ranch kaufen.«

Patrick blickte zu ihr hinüber. «Ist das dein Lebenstraum?»

«Schon seit meiner Kindheit. Ein Pferd hab ich ja immerhin schon, aber ...»

«Deshalb der Ranchurlaub?»

Sie lachte. «Nein, das nicht. Eine Ranch bei uns funktioniert völlig anders. Bei uns ist ein durchschnittlicher Hof so groß wie hier wahrscheinlich ein einziger Paddock. In etwa.»

Er schmunzelte.

«Aber bei uns gibt es auch keine Cowboys.» Sie schob sich die Haare wieder hinter die Ohren. «Höchstens Asphaltcowboys.»

«Ah ja.» Er lachte kurz. «Bei uns gehören Cowboys auch zur aussterbenden Art. Irgendwann hoppeln sie nur noch über die Leinwand als alberne, Kugeln verballernde Helden aus vergangenen Zeiten.»

«Schon schade», entfuhr es ihr. Sie wollte eigentlich mehr über die Probleme der Rancher wissen, aber das Auf und Ab des fast stoßdämpferfreien Wagens verschlug ihr die Sprache. Ihre linke Hand krallte sich in den Sitz, die Rechte umfasste den Fensterrahmen.

«Das ist der schlechteste Abschnitt der Strecke», entschuldigte sich Patrick. «Wird bald repariert.»

Eine Schachtel Zigaretten rutschte von der Ablage auf Annas Füße. Sie wollte sie aufheben.

«Lass sie liegen», sagte Patrick.

«Aber ich trete nachher drauf.» Sie griff nach der Packung.

«Macht nichts. Oder rauchst du?»

«Nein.»

«Das ist gut.»

Sie sah kurz zu Patrick, dann wieder nach vorn auf die Straße. Die schlängelte sich nun eine Weile hinunter, und Patrick gab Gas. Sie klapperten an einigen Windrädern vorbei, durch dichtes Buschland und nahmen eine scharfe Kurve. Plötzlich standen zwei Rinder vor ihnen. Patrick trat in die Eisen. Der Wagen quietschte, rutschte ein Stück über das Geröll und kam knapp vor den Tieren zum Stehen. Anna saß unversehens auf der vordersten Kante des Sitzes und blickte in zwei runde braune Augenpaare.

«Von wegen kein Gegenverkehr!», rief sie und setzte sich zurück.

«Longhorns», sagte Patrick nur. «Tut mir Leid. Alles okay?»

»Ja. Aber das war knapp. Vielleicht hätte ich meinen Reithelm mitnehmen sollen.»

Er schüttelte lächelnd den Kopf und stieg aus.

«Hoh, hoh», rief er und hob die Arme. Die Kühe senkten die Köpfe und schnaubten. «Los, weg hier, hoh, hoh!»

Langsam setzten sich die langhornigen Schwarzbraunen in Bewegung und gaben die Straße frei. Patrick klopfte zweimal auf die Kühlerhaube und stieg wieder ein.

«Sind unsere», sagte er.

«Wie erkennst du sie?»

«Am Brand.»

«Ach ja, dumme Frage.»

Die Straße ging nun wieder bergauf und der Wagen ächzte.

«Wir sind gleich da», verkündete Patrick.

«Das ist gut. Ich bin völlig durchgeschüttelt», klagte Anna.

Sie schwiegen, bis sie endlich nach eineinhalb Stunden Fahrt auf mehrere Corrals hinunterblickten.

«Das sind unsere Pferde», sagte Patrick und wischte sich den Schweiß von der Stirn. Die Straße endete auf einem Sandplatz. Vor einem dunkelrot gestrichenen Holzhaus mit Veranda stellte er den Motor ab. Die Kühlerhaube dampfte.

Wenig später öffnete sich die Haustür, das Fliegengitter klappte zurück in den Rahmen, und ein weißhaariger stämmiger Mann mit dickem Schnauzer, einen sandfarbenen Stetson in der Hand, trat auf den Vorplatz.

«Hi, Pat, hast du die Lady heil hergebracht?», rief er.

«Überzeug dich selbst, Ron!» Patrick sah sich um. Anna kroch vom Sitz und rieb sich das Gesäß.

«Bis auf das wunde Hinterteil ist alles okay», erwiderte sie und bewegte sich steifbeinig auf den Rancher zu. Vier glatthaarige amerikanische Hütehunde kamen aus dem Hintergrund und sprangen bellend und wedelnd an ihr hoch.

«Keine Angst, die sind etwas grob, aber freundlich», rief Patrick ihr zu.

«Aus. Platz!», donnerte Ron und die Hunde legten sich hin.

«Hi, ich bin Anna.»

«Hab ich mir fast gedacht», sagte Ron mit einem Lächeln, das den Mund bis an die Ohren zog. «Ich bin Ron Williams. Willkommen auf der Jesus Canyon Ranch.» Er drückte ihre Hand mit der Rechten und legte die Linke darüber. Sie war rau wie Schmirgelpapier und voller Wärme. Patrick hob Annas Koffer von der Ladefläche, klopfte den Staub ab und trug ihn zu einem kleinen Nebengebäude. Es lag etwas unterhalb des Haupthauses, direkt am Rand des Canyons, war aus Holz und auf einen Sockel aus Natursteinen gebaut.

«Das Bunkhouse», sagte Patrick, als er die Tür aufschloss. Ein leicht muffiger Geruch schlug ihr entgegen. Der Raum schien eine Weile nicht bewohnt gewesen und gelüftet worden zu sein, aber das Doppelbett, das einzige Mobiliar in dem leeren, hellen Zimmer, sah sauber und bequem aus.

«Kahl wie eine Klosterzelle, doch zum Schlafen okay, oder?» Patrick stellte den Koffer auf dem Holzfußboden ab.

«Klar. Was anderes kann man hier aber wirklich nicht machen.»

«In meinem Zimmer steht noch ein kleiner Tisch. Er ist so niedrig, dass ich nachts schon darüber gestolpert bin, doch besser als keiner. Du kannst ihn haben.»

«Ja, das wäre gar nicht schlecht. Ich schreibe nämlich Tagebuch.»

Patrick musterte sie. «Mit Personenbeschreibungen?»

«Ja, natürlich. Und mit Beurteilung.»

«Ist das 'ne Drohung?»

Anna lachte. «Kleiner Scherz. Nur kein Stress.»

Patricks Blick ruhte noch immer auf ihr. Sie musste etwas tun. Sie ging zu ihrem Koffer, legte ihn auf die Seite und schloss ihn auf.

«Das Bad ist nebenan», sagte Patrick. «Seit zwei Wochen gibt es fließend Warmwasser aus der Solaranlage.»

«Das habe ich ja gut abgepasst.»

«Ja, wirklich. Deine Vorgänger haben noch unter der Dusche geklappert.»

Anna ging ins Bad und sah sich um. Dusche, Waschbecken, Spiegel, kleine Ablage, alles einfach und zweckmäßig.

«Waren übrigens auch Deutsche», fügte Patrick hinzu.

«Nett?»

«Zwei Frauen und ein Typ aus München. Ziemlich anstrengend.»

«Wieso anstrengend?», wollte Anna wissen, um vorgewarnt zu sein.

«Die eine hat geredet wie die Niagarafälle.»

«Aha.» Anna schwieg. Also einer von der Lass-mich-in-Ruhe-Sorte, dachte sie und begann ihre Sachen auszupacken.

«Ich hol dir einen Schemel für den Koffer und was zu trinken.»

Patrick verschwand und brachte erst einen Klapphocker und eine Flasche Mineralwasser, dann kam er mit dem Tisch.

«Um Punkt sechs gibt es Abendessen. Ich betone Punkt sechs», sagte er nachdrücklich. «Linda versteht da keinen Spaß.» Er lächelte. «Bis dahin kannst du dich ja frisch machen und ausruhen. Wir lassen das heute erst mal ruhig angehen.»

«Danke», erwiderte Anna.

Patrick verließ das Haus ohne sie anzusehen.

Sie zog den Klapphocker auseinander, legte ihren Koffer darauf und trank die halbe Flasche Wasser aus. Dann versuchte sie sich unter der Dusche zu entspannen, aber es gelang ihr nicht. Patricks Erscheinung hatte sich in geradezu penetranter Weise in ihr Bewusstsein eingeschlichen. Und das war ausschließlich ihre eigene Schuld. Immer schon hatte sie für kernige Männer geschwärmt, die erst auf den zweiten Blick so aussahen, als könnten sie mit Frauen genauso gut umgehen wie mit Pferden.

Sie schob den geblümten Duschvorhang zur Seite, griff nach dem rauen, abgewetzten Frotteehandtuch und rubbelte damit über ihre helle weiche Haut. Prüfend tastete sie über ihre Brüste. Etwas zu flach und unterschiedlich groß, befand sie und schlüpfte in T-Shirt und Jeans. Man kann's eben nicht ändern, und in ein paar Jahren wird der Makel noch deutlicher, bis irgendwann alles flach ist, hinten wie vorne. Der Lauf der Dinge. Vergiss es, ermahnte sie sich. Wir sind nicht nur aus Haut und Fleisch. Es gibt noch etwas Wichtigeres, und das sitzt darunter. Schließlich hatte sie einen Freund, der sie so mochte, wie sie war, obwohl er mit sich selbst so schrecklich eitel war.

Um fünf vor sechs stand sie auf der Veranda des Ranchhous und klopfte an die Tür.

«Herein, wenn's keine Banditen und Spitzbuben sind.»

Die Stimme klang nach Ron. Anna öffnete Tür und Fliegengitter und trat übergangslos durch das Wohnzimmer in die Küche. Die Holzbohlen unter ihr knarrten. Eine kräftige, untersetzte Frau mit graublondem Pferdeschwanz drehte sich von einem schweren alten Gasherd weg und kam mit breiten Schritten auf sie zu. Sie trug enge Jeans und ein einziger Blick genügte, um zu wissen, dass sie mehr Zeit im Sattel als auf den Beinen verbrachte. Ein herzliches Lächeln breitete sich auf ihrem runden, wettergegerbten Gesicht aus. Sie wischte sich die groben Hände an der rot-weiß gemusterten Schürze ab und reichte ihr die Rechte. Sie war kaum kleiner als die von Ron, nur ein bisschen weicher.

«Hi, Anna. Schön, dass du hier bist. Wir waren schon so gespannt nach deinem Brief», sagte sie mit unerwartet heller Stimme. «Hat alles gut geklappt, Flug, Autofahrt?»

«Ja, völlig problemlos. Alles sofort gefunden und auch sofort gefunden worden.» Sie blickte zu dem Tisch in der Ecke und warf Patrick ein Lächeln zu. Aber seine Aufmerksamkeit galt ausschließlich der Zeitung, die vor ihm lag.

«Das freut mich», sagte Linda. «Setz dich. Das Essen ist gleich fertig. Es gibt Bohneneintopf mit Rindfleisch und Paprika. Ich hoffe, es schmeckt dir.»

«Ich liebe deftige Eintöpfe», entgegnete Anna. «Kann ich etwas helfen?»

«Danke, alles fertig.» Linda wandte sich wieder dem Herd zu und rührte mit dem großen hölzernen Kochlöffel in dem hohen schwarzen Topf.

Anna schob sich zwischen die Holzbank und den groben Tisch aus ergrautem Kiefernholz und lächelte die beiden Männer an.

«Ist alles okay da drüben im Bunkhouse?», fragte Ron.

«Bestens. Nur ein bisschen kahl. Ich werde ein paar schöne Fotos machen und sie euch schicken.»

«Gute Idee. Wir haben auch noch ein Gemälde von einem Freund, das man an die Wand hängen könnte. Pat, das wäre doch eine Aufgabe für dich.»

«Ja, kann ich machen», erwiderte Patrick mit gelangweiltem Gesicht.

Anna schaute ihn kurz an. Er saß ihr schräg gegenüber, den Rücken an die Wand gelehnt, und starrte ins Leere. Er schien in Gedanken weit weg zu sein. Sie ließ ihn dort und sah sich um. Über dem Herd hingen an der rohen Holzwand gusseiserne Pfannen in verschiedenen Größen, daneben Schöpfkellen, etwas schräg ein Gewürzbord mit einem bunten Gemisch aus Gläsern und Dosen, verschiedene verschlissene Kochlappen und ein rundes Metallsieb. Einbauschränke gab es nicht. Was in der Küche gebraucht wurde, stand auf der Ablage neben dem Herd oder hing an der Wand. Anna fragte sich, ob hier jemals Staub gewischt wurde. Es musste eine Arbeit von Tagen sein.

«Trinkst du auch Bier oder möchtest du Wasser oder eine Limo?», fragte Linda vor der Tür des bauchigen hellblauen Kühlschranks.

«Ich nehme gern ein Bier.» Anna wollte aufstehen, aber Ron hielt sie am Arm fest.

«Linda hat das alles im Griff. Morgen kannst du mitanpacken. Ein bisschen zum Eingewöhnen.»

Linda stellte Bier und Wasser auf den Tisch und nahm den Topf vom Herd. Sie platzierte ihn auf einen Untersetzer in der Mitte des Tisches und setzte sich. Ron blickte in die Runde.

«Wir wollen beten», sagte er mit sonorer Stimme und faltete die großen rissigen Hände. Linda tat es ihm nach, und Anna blickte unsicher zu Patrick hinüber. Er nickte unauffällig, legte die Handflächen aneinander und an die Tischkante. Er ist einer von ihnen und doch wieder nicht, dachte sie, verschränkte ihre Hände locker und legte sie in ihren Schoß.

«Wir danken dir, Herr, für unsere vollen Teller. Wir danken dir für den netten Gast, den du uns geschickt hast, und bitten dich, Anna morgen unversehrt nach Hause zurückzubringen. Amen.»

«Amen», sagten alle wie aus einem Munde. Anna lächelte. Sie war gerührt.

Anschließend nahm Linda den Deckel vom Topf. Heißer Dampf stieg auf und mit ihm der schwere Duft von Fleisch, Tomatensoße und Paprika. Sie tauchte die breite Kelle hinein, griff nach Annas Teller und füllte ihn. Dann hoben vier braun gebrannte Männerarme zwei Teller an den Topf.

«Alter vor Schönheit», sagte Linda und nahm zuerst den von Patrick. Alle lachten und Ron zwinkerte Anna zu.

«Für so ein Kompliment warte ich doch gern bis zum Schluss.»

Anna warf Patrick ein Lächeln zu. Er erwiderte es und sie erschrak darüber, wie sehr dieser kleine Augenblick ihre Stimmung hob. Sie verschlang das deftige Essen in riesigen Happen.

Immer wieder musste sie längere Pausen machen und erzählen. Linda wollte alles über ihre Tätigkeit als Tierärztin wissen, dann, ob sie verheiratet war, Kinder hatte oder es noch vorhatte. Ihre verneinende Antwort auf die letzte Frage quittierte Linda mit einem bedauernden Blick.

«Schmeckt köstlich», sagte Anna schließlich, als alle über ihre täglichen Fahrten durch das Hamburger Randgebiet, die Pferde, die Besitzer und den Reitstall informiert waren. Auch Patrick hatte ihr aufmerksam zugehört. Hin und wieder trafen sich ihre Blicke, kurz und versteckt. Das tiefe Blau seiner Augen irritierte sie.

Linda füllte noch einmal die Teller, brachte eine zweite Ladung Bier und Wasser und ließ ihren breiten Hintern auf den Stuhl sinken. Sie erzählte, wie sie mit Ron nach der Hochzeit die Ranch gekauft hatte, dann die Pferde, die Hunde, die Rinder, und wie sie das Haus gebaut hatten. Anna musste sich sehr konzentrieren, um Lindas breitem Englisch und dem Rancherlatein zu folgen. Sie betrachtete ihr dunkelblaues T-Shirt und las «Im Sattel lernst du leben». Dann glitt ihr Blick hinab auf ihre Arme, die wie Baumstämme fest und regungslos auf dem Tisch lagen. Ihre Haut war braun und verwittert wie Rinde und darunter zeichneten sich beeindruckende Muskeln ab.

Als Linda nach langem Erzählen eine Pause machte, sah Anna zu Patrick hinüber.

«Und was ist deine Geschichte?», fragte sie ihn.

Er versuchte ein Lächeln, aber es hatte keine Substanz. Ihre Frage schien ihm unangenehm. Irgendetwas in ihm weigerte sich und Anna wusste, dass seine Antwort auf das Nötigste beschränkt sein würde.

«Ich arbeite hier, weil Linda und Ron die nettesten Menschen sind, die ich kenne», sagte er mit seltsam weicher Stimme. Seine Züge entspannten sich.

«Was kennst du denn sonst bloß für Leute?», sagte Ron mit einem Schmunzeln, zog die Augenbrauen hoch und fuhr sich mit Daumen und Zeigefinger über den buschigen Schnauzbart.

Patrick lächelte. Seine Schultern hoben und senkten sich. «Eine ganze Menge armer Seelen», erwiderte er.

Seine Worte hielten sich noch lange in Annas Ohren. Sie kippte den Rest Bier aus ihrem Glas hinunter und lehnte sich zurück. Seine Antwort war also nicht auf das Nötigste beschränkt, sondern auf das Wesentliche.

Ron blickte auf seine Uhr und hob die Hand. «Es ist zehn Uhr und Zeit, den Standort zu wechseln. In einer halben Stunde stelle ich den Generator aus. Bis dahin müssen alle das erledigt haben, wozu sie ihre Augen brauchen.»

«Gut», sagte Anna und erhob sich eilig, «dann gehe ich gleich hinüber. Ich brauche immer eine ganze Weile, bis ich mit der Abendtoilette durch bin.»

«Tut mir Leid, junge Frau, aber wir sind eben keine Touristenranch. Und außerdem beginnt der Tag hier vor Sonnenaufgang.»

«Aber für Anna morgen noch nicht, oder?», entgegnete Linda.

«Nein. Ich würde sagen, wir geben ihr noch einen Tag zum Eingewöhnen.»

Anna stand schon in der Tür zum Wohnzimmer, als Patrick sich erhob, eine Taschenlampe von der Kommode nahm und sie ihr hinhielt. «Die solltest du unbedingt benutzen, wenn du hinübergehst. Hier gibt es jede Menge Schlangen, Lizzards, Skorpione, Taranteln . . .»

Anna erstarrte. «Das hört sich ja schaurig an.»

«Hört sich schlimmer an, als es ist. Wirklich lebensbedrohlich sind nur die Schlangen. Zum Glück trägst du ja geschlossene Schuhe. Skorpionstiche sind schmerzhaft. Kontrolliere deine Schuhe, bevor du sie anziehst, und gib Acht, dass die Bettdecke nicht auf den Boden hängt.» Er setzte sich wieder.

«Lass dich nicht ängstigen», sagte Ron. «Ich wünsche dir eine ruhige Nacht. Schlaf dich aus.»

«Ja, danke.»

Anna trat hinaus in die trockene, milde Wüstennacht. Aus der Ferne drang ein Heulen zu ihr herüber. Kojoten, dachte sie und beruhigte sich. Die greifen Menschen normalerweise nicht an und sind weit weg. Als der Lichtkegel vor ihren Füßen auf den Boden fiel, huschte etwas Dunkles lautlos über den Sand hinweg ins Gebüsch. Anna blieb wie angewurzelt stehen und lauschte, während sie das blasse Licht der Lampe auf der Erde hin und her wandern ließ. Aber nur das ferne Heulen und das Tuckern des Generators erfüllten die schwarze Nacht. Nichts rührte sich. Vorsichtig setzte sie einen Fuß vor den anderen, schloss erleichtert die Tür zum Bunkhouse auf und drückte auf den Schalter neben dem Eingang. Eine schirmlose Vierzig-Watt-Birne tauchte den Raum in fahles Licht.

Als sie im Bett lag und auf die hellen Holzbohlen der schrägen Decke starrte, ging das Licht aus. Mit einem Schlag war es finster und still. Sie stellte sich Patrick vor, wie er im Bett lag und wie das Licht in seinem Zimmer im selben Augenblick erlosch. Hatte er gelesen? Oder hatte er vielleicht auch an sie gedacht? Nein, sagte sie sich. Er hat nicht das geringste Interesse an mir, und das ist gut so. Sie schob sich Michaels Bild vor die Augen. In Deutschland war es gerade halb sieben. Er schlief jetzt, aber bald würde er vor seinem Apple-Computer sitzen und die Maus über die Tischplatte gleiten lassen. Sie sah seine feinen, flinken Hände und seinen konzentrierten Blick, sein freundliches, jungenhaftes Lächeln. Dann schlief sie ein und erwachte nicht vor Mittag. Ihre innere Uhr hatte sich noch nicht umgestellt.

Sie ging hinüber ins Ranchhaus und fand einen Brief von Linda vor.

«Guten Morgen, Anna,

Kaffee ist noch in der Kanne, Brot und Schinken sind auf dem Tisch. Wir sind unten bei den Pferden. Wenn du Lust hast, komm hinunter.

Gruß, Linda.»

Anna frühstückte und sah sich in Ruhe im Wohnzimmer um. Auf dem dunklen Holzfußboden standen sich zwei alte verblichene Couchen gegenüber. An den elfenbeinfarbenen Wänden hingen Zeichnungen von Ron beim Kühehüten, einige Fotos von Pferden, ein Rinderschädel, einige folkloristische Schmuckstücke und ein Glaskasten mit verschiedenen antiken Hackamore-Gebissen. In der Ecke stand der Fernseher, den die Kinder zum Abspielen von Videos heraufgebracht hatten. Empfang gab es hier oben nicht.

Sie betrachtete das alte Funktelefon an der Wand, als ihr Handy klingelte.

«Anna!»

«Ja. Hi, Michael. Ich höre dich ganz schwach.»

«... geht es dir?»

«Mir geht es gut. Und dir?»

«... viel Stress, aber super Auftrag und haben neues Programm ...» Ein Rauschen störte den Empfang.

«Michael, ich höre dich ganz schlecht. Ich küsse dich.»

«... du noch dran?»

«Ja, sei geküsst. Bis bald.»

Sie vernahm nur noch ein Knistern und drückte auf die Aus-Taste. Es tat ihr weh. Sie hoffte, dass er ihre letzten Worte noch hören konnte.

Als sie zum Corral kam, saßen Patrick und Ron im Sattel. Lindas breites Gesäß hing über dem Zaun, auf dem Rücken ihr zerknitterter Hut. Die Männer ritten jeder für sich auf dem abgetrennten Paddock neben dem Corral. Sie trugen beide einen hellen Stetson, dunkelblaue Jeans und saubere Cowboystiefel. Anna setzte sich zu Linda und sah ihnen zu. Ihr fiel ein, dass Sonntag war.

«Das sind unsere beiden Hengste», erklärte Linda.

Anna blickte auf die Pferde, dann auf die Männer. Wen meint sie wohl?, fragte sie sich, unterdrückte ein Lachen und nickte. «Sehen klasse aus», sagte sie und sie meinte Ross und Reiter.

«Der von Ron ist aus der Three-Bars-Linie, der andere ist von Grey Jay.»

Anna nickte. Patrick und Ron sahen nur einmal auf, grüßten kurz zu ihr hinüber und konzentrierten sich wieder auf ihre Pferde. Sie trabten im Kreis, galoppierten abwechselnd an, beschleunigten, drosselten das Tempo, stoppten, preschten aus dem Stand los. Die Pferde bewegten sich weich und präzise unter ihren Reitern. Die Zügel hingen locker am Hals. Alles wirkte zwanglos und lässig.

Und genauso zwanglos verbrachte Anna ihren ersten Tag auf der Ranch. Linda zeigte ihr die Jährlinge, die Zweijährigen, erklärte ihr die Ausbildung der Pferde und die Arbeitsabläufe auf der Ranch.

«Was hast du für ein Pferd?», fragte Patrick, als sie nach dem Abendessen die zweite Flasche Bier leerten.

Anna blickte auf. Es war die erste Frage, die Patrick ihr stellte. Linda und Ron hatten sich schon ins Wohnzimmer zurückgezogen.

«Eine Vollblutstute.»

«Das hatte ich angenommen.»

«Wieso?» Anna sah Patrick erstaunt an.

«Passt irgendwie zu dir.»

Sie lachte. «Danke.»

«Ich habe das völlig wertfrei gemeint.»

«Und ich empfinde es als Kompliment», erwiderte Anna mit einem süffisanten Lächeln. «Vollblüter sind die intelligentesten und vielseitigsten Pferde.»

«Tja, intelligent. Da müsste man erst mal definieren, was Intelligenz ist.»

«Gelehrigkeit, vielleicht auch Sensibilität ...»

«Wann ist ein Pferd sensibel? Wenn es nervös tänzelt, bei jedem Knacken zusammenzuckt und ab und zu mal sanft an deiner Wange schnuppert?»

«Auch das», sagte Anna in festem Ton und strich sich die Haare hinter die Ohren. «Hast du was gegen Vollblüter?

«Nein, überhaupt nicht. Ich schätze sie sehr, allerdings eher als Veredler in der Quarter-Horse-Zucht. Für mich heißt Intelligenz nämlich auch Bereitschaft zur Kooperation. Und das ist eine Eigenschaft, die bei Quarters sehr viel ausgeprägter ist als bei Vollblütern.» Er schmunzelte.

«Kooperativ gleich intelligent. Darüber müsste ich erst mal

nachdenken. Ich würde sagen, dass Eigenwilligkeit mit Intelligenz zu tun hat, da es von selbstständigem Denken zeugt.»

«Ja, das ist die weit verbreitete Vorstellung von Individualität, von einem Selbst, das eigentlich zu Unrecht kultiviert wird. Für mich bedeutet Intelligenz eher Bewusstsein. Ein Bewusstsein über das eigene Handeln und seine Folgen. Insofern wäre ein Pferd, das kooperativ ist, intelligenter als ein störrisches, denn es weiß, dass mit dem bereitwilligen Verhalten dem Menschen gegenüber ein angenehmeres Arbeiten verbunden ist – vielleicht sogar eine Belohnung.»

Anna schwieg, grübelte, staunte. Dieser Mann machte sich wirklich Gedanken, und das nicht nur über den nächsten Arbeitstag, die nächste Mahlzeit und den nächsten Drink.

«Um fünf Uhr klopfe ich an deine Tür», ertönte Rons rostige Stimme von nebenan. «Dann hast du noch eine Viertelstunde, um dich fertig zu machen. Reicht das?»

Anna blickte Patrick an und nickte. «Ja, das ist zu schaffen!», rief sie zurück. Sie hörte, wie Ron sich erhob und mit seinen Stiefeln über das knarrende Holz ging. «Linda und ich werden dich morgen auf einen Kontrollritt mitnehmen.»

«Ich werde dann auch hinübergehen», meinte Anna und eiste sich von Patricks Gesellschaft los.

«Bis morgen», sagte er und wirkte abwesend. Anna sah noch, wie er sich auf der Eckbank zurücklehnte. Würde er morgen dabei sein?

Sie betrat das Wohnzimmer. Linda lag auf der Couch und über ihrem Bauch ein aufgeklapptes Buch. Ihr Mund stand offen. Das Knarren der Holzdielen unter Annas Füßen weckte sie.

«Keine zehn Zeilen weitergekommen», sagte sie, gähnte und setzte sich langsam auf. Ihr Zopf hatte sich aufgelöst, und die Schnalle ihres Gürtels baumelte vor ihrem runden Bauch. «Denk dran, morgen um fünf.»

«Klar. Gute Nacht», erwiderte Anna und war aus der Tür.

9

Mit dem Klopfen an ihrem Fenster und dem Bellen der Hunde wurde sie wach.

«Aufstehen, junge Frau. Fünf Uhr!» Ron klang freundlich, aber bestimmt.

«Okay, bin wach», krächzte Anna, doch der Schlaf steckte noch tief in ihrem Körper. Sie hob den Kopf vom Daunenkissen, streckte sich, rollte sich auf die Seite und ließ die Beine unter der Decke herausbaumeln. Erst die Schuhe, ermahnte sie sich, zog ihre Latschen unter dem Bett hervor, schüttelte sie aus und schlüpfte hinein. Sie dachte an Patrick, dann an Michael.

Um zwanzig nach fünf stand sie auf der Veranda des Ranchhauses.

«Hi! Gut geschlafen?»

Anna fuhr zusammen und erkannte Patrick in der Dunkelheit. Er saß mit untergeschlagenen Beinen auf der Bank.

«Hi! Du hier draußen?»

«Ja, wie jeden Morgen vor dem Frühstück. Aber heute hilft nichts gegen die Müdigkeit.»

Er entknotete seine langen Beine, erhob sich gemächlich und folgte Anna ins Haus. Linda stand am Herd. Es roch nach gebratenen Eiern und Schinken.

«Guten Morgen, Anna. Gut geschlafen?», fragte sie mit einem warmen Lächeln.

«Sehr gut, danke. Ich fühle mich direkt ausgeschlafen.»

«Schön. Setz dich. Oder warte. Nimm doch bitte das Toastbrot mit.» Linda reichte ihr den Brotkorb.

Anna schob sich zu Patrick zwischen Bank und Küchentisch. Er lehnte mit geschlossenen Augen an der Wand. Sein unrasiertes Gesicht schien noch nicht mit Wasser in Berührung gekommen zu sein. Eine Weile erfüllte nur das Brutzeln und Zischen der Eier den Raum.

«Hast du Lederchaps mit?», fragte er, öffnete die Augen und gähnte.

«Ja, extra gekauft. Aber vielleicht sind sie viel zu warm bei der Hitze.»

«Das macht nichts. Du solltest sie anziehen.»

«Wegen der wilden Stiere?»

Patrick erwachte mit einem herzhaften Lachen zum Leben.

«Wegen der Stiere! So was Witziges habe ich lange nicht gehört.»

«Sei nicht so überheblich, Patrick!», rief Linda ihn zur Ordnung.

«Sie verträgt Spaß», erwiderte er mit einem Zwinkern in Annas Richtung.

«Klar», gab sie lächelnd zurück.

«Also da wir es hier nicht mit aufgehetzten spanischen Stieren zu tun haben, ist das selten ein Problem. Eher die Kaktusstacheln und Dornen.»

Anna lachte. «Ach so. Daran hab ich natürlich nicht gedacht. Aber ich meine, ich kann mein Pferd drum herum lenken.» Sie grinste.

«Das träumst du auch nur. Wenn's richtig zur Sache geht, reiten wir mittendurch.»

Im Wohnzimmer knallten Stiefel auf die Holzdielen und Ron erschien in der Küchentür. Er füllte sie fast gänzlich aus. Mit Hut würde er sicher oben hängen bleiben, dachte Anna. Ron setzte sich auf den Stuhl am Tisch. «Ausgeschlafen?», fragte er, während seine raue Hand über sein ledernes Gesicht strich. Es klang wie Schmirgelpapier auf Holz.

Linda stellte die riesige Pfanne mit den Spiegeleiern auf den Tisch, brachte den Schinken und setzte sich neben Anna. Patrick schenkte Kaffee ein. Dann wurde gebetet.

Ron wandte sich Patrick zu. «Also du kümmerst dich dann heute um die jungen Pferde. Vor allem Sunny muss unter den Sattel. Hat seit zwei Tagen keinen Reiter auf seinem weichen Rücken gehabt.» Er kratzte sich am Ohr. «Aber sei vorsichtig. Der Bursche ist wie 'ne Sprungfeder, wenn er frisch ist. Nicht dass du mit den edlen Teilen auf dem Sattelhorn landest. Wäre schade drum.» Ron grinste, Anna lächelte verlegen, und Linda blickte entschuldigend zu ihr hinüber und schüttelte den Kopf.

«Werd mich bemühen», erwiderte Patrick ohne eine Miene zu verziehen. «Und wen soll ich noch quälen?»

«Buster.»

«Den kenn ich noch nicht.»

«Ich glaube, ihr werdet gut miteinander klarkommen.»

Anna verbarg ihre Enttäuschung darüber, dass Patrick nicht bei ihnen sein würde. Als sie ihr Toastbrot in den Mund schieben wollte, klingelte ihr Handy. Eilig zog sie es aus ihrer Weste.

«Ja.»

«Hallo, Anna. Die Stimme brach in einem Rauschen. «Kannst du mich . . . Hier ist Michael», hörte sie endlich.

«Ich höre dich schlecht, aber es geht.»

«Ich habe es einfach gewagt. Du hast ja . . .» Erneut verschwand Michaels Stimme in einem Knacken. Dann war sie wieder da, klarer als zuvor. «. . . dass die Rancharbeit um halb sechs beginnt.»

Sie stand auf und ging ins Wohnzimmer. «Kein Problem. Ich bin schon seit fünf Uhr auf den Beinen. Wie geht es dir?»

Ron stapfte an ihr vorbei und verschwand nach draußen. Das Fliegengitter schlug mit einem lauten Klacken in den Rahmen zurück.

«Den Umständen entsprechend», hörte sie Michael leise sagen. «Julia ist krank. Grippe. Aber sonst läuft eigentlich alles. Wir haben gerade ein neues Projekt begonnen. Spannende . . .» Es knackte wieder.

«. . . erzähl du mal. Wie ist es mit den Cowboys?»

«Ich kann noch nicht viel sagen. Gleich geht es los zu einem Kontrollritt. Deshalb muss ich auch Schluss machen.»

«Sei geküsst. Ich vermisse dich.»

«Ich denk an dich. Bis bald.»

«Ja, ich . . . wohl kommen.»

«Schön», sagte Anna leise. «Tschau.»

Michaels Besuch schien unsicher und war ferne Zukunft.

Als sie an den Tisch zurückkam, war auch Patrick verschwunden. Linda stellte das Geschirr in die Spüle.

«Ron fährt schon die Sättel zum Corral.»

«Fährt?»

«Mit dem Trecker. Er packt die Sättel in den Frontlader.»

«Aha. Wie praktisch», sagte Anna. Aber sie fand das ziemlich unromantisch. Hastig stopfte sie ihren Toast in den Mund, schob das Ei hinterher und nahm die Scheibe Schinken in die Hand.

«Immer mit der Ruhe», sagte Linda. Bis Ron da unten ist, dauert es auch seine Zeit.»

Anna eilte ins Bunkhouse, holte Chaps und Baseballkappe, band ihr Haar zu einem Schwanz zusammen und lief zum Corral hinunter.

Der Himmel färbte sich rosa und die Hügel zeigten allmählich eine blasse graugrüne Farbe. Das dumpfe Knattern von Rons Trecker verstummte und es war still. Anna blieb einen Augenblick stehen und betrachtete die karge Landschaft und die Pferde. Sie entdeckte Patrick. Er befühlte das bandagierte Bein eines hellen Pferdes, ging zu einem Braunen, hob den Huf auf und sprach mit Ron. Auf einem zweiten Corral dösten einige Kühe. Nebenan jagten sich die Hunde durch den Staub.

«Zwei Pferde haben sich ein Eisen losgetreten», grummelte Ron, als sie vor ihm im Corral stand. «Ausgerechnet jetzt, wo wir nur noch vier haben. Heißt, ich muss runter in die Stadt.» Er beugte sich zur Seite und spuckte aus.

«Ich schau mich mal um», sagte Patrick, «vielleicht finden wir sie. Es wird ja langsam hell.»

«Sie können genauso gut außerhalb des Corrals liegen. Die beiden waren mit den Stuten draußen.»

«Ich geh mit suchen», sagte Anna. Sie setzte vorsichtig einen Fuß vor den anderen, in die entgegengesetzte Richtung wie Patrick. Ihr Blick flog über den sandigen Boden und hin und wieder zu ihm hinüber. Sein Blick war unbeirrbar nach unten gerichtet. Dann blitzte etwas vor Annas rechter Stiefelspitze auf. Verscharren oder aufheben, überlegte sie und blieb stehen. Würde

Patrick vielleicht anstelle von Ron mitkommen, wenn das Eisen im Sand versteckt bliebe? Nein, Anna, sei vernünftig, sagte sie zu sich selbst. Ob er mitkommt oder nicht, solltest du lieber dem Schicksal überlassen. Schließlich lag ein Hufeisen vor ihr, und das war angeblich mit Glück behaftet.

«Ich hab eins!», rief sie also und hob das Eisen auf. Es war glatt und dünn wie geschliffenes Silber, aber nicht verbogen.

Patrick kam zu ihr und nahm ihr das Eisen ab. «Man sollte dich Adlerauge nennen», sagte er mit einem Lächeln, das sie gern festgehalten hätte. Sie suchten weiter nach dem zweiten, brachen dann jedoch ergebnislos ab.

«Das ist das von Whistler», sagte Ron ohne zu zögern, als sie zusammenstanden. «Das können wir wieder aufnageln. Aber Holly ... Ich glaube, ich komme nicht umhin, nach Wickenburg runterzujuckeln und Eisen zu holen. Schätze, du wirst unsere Frauen begleiten, Pat.»

Anna lächelte innerlich. Ron drehte das Eisen in der Hand herum und kniff die Augen zusammen. «Damit solltest du kein Problem haben und hoffentlich die Lady auch nicht.» Anna fing seinen scharfen Blick auf und schüttelte den Kopf.

«Es gab noch nie Probleme», sagte Patrick fast tonlos.

«Nein, nur nachher bei der Abreise», entgegnete Ron schroff.

Patrick drehte sich um, verschwand in einem Schuppen und kam mit Hufzange, Klauenhammer und einer Schachtel mit Nägeln zurück. Er ging um den Braunen herum, die Hand auf seiner Kruppe. Seine abgewetzten Lederchaps schlugen dabei aneinander. Er legte das Werkzeug zu seiner Linken auf den Boden, streichelte den Hals des Pferdes und tickte mit dem Handrücken an sein linkes Vorderbein. Der Wallach verlagerte das Gewicht auf den rechten Fuß und Patrick nahm den linken Huf auf. Er steckte ihn zwischen seine Beine und drückte die Knie daran. Annas Blick ruhte auf Patricks Rücken, verfolgte jede Bewegung seiner Muskeln und Schulterblätter, die sich unter dem dünnen, verwaschenen Jeanshemd abzeichneten. Dann betrachtete sie seine schlanken, sehnigen Hände, die über die Hufsohle fuhren und den Sand entfernten. Sie stellte fest, dass sie für

Cowboyhände ungewöhnlich hübsch und unversehrt waren und keinen Ring trugen. Patrick zog mit dem Klauenhammer drei Nägel aus dem Huf, nahm das Eisen aus Rons Hand und legte es auf den Huf. Als er die Nägel aus der Schachtel nahm, blinzelte die Sonne über den Kamm des Bergs und warf ihre ersten Strahlen hinab in den Corral. Sie brachen sich auf dem Eisen in Patricks Hand und auf den Nägeln, die er zwischen seine Lippen geschoben hatte. Er zog einen Nagel aus dem Mund, schlug ihn mit dem Hammer in den Huf und drehte das Ende um. Das wiederholte er, bis sechs Nägel das Eisen am Huf hielten. Dann knipste er die umgebogenen Nagelspitzen ab und feilte sie glatt. «Okay», sagte er und richtete sich auf. «Der kann mitgehen.»

Anna vermochte den Blick nicht von ihm abzuwenden.

«Hab ich was falsch gemacht?», fragte er, zog am Hemd und strich das Haar zurück.

«Nein, im Gegenteil, sehr fachmännisch. Hast du das gelernt?»

«Sonst hätte ich's wohl nicht richtig gemacht.»

«Ich meine berufsmäßig», fügte Anna hinzu.

«Nein, ich hab's mir abgeguckt und immer wieder gemacht.»

«Dann bist du wahrscheinlich mit Pferden aufgewachsen.»

«Kann man so sagen.»

«Soll Anna den Schimmel nehmen?», fragte Ron.

«Ja, den ersten Tag auf jeden Fall», antwortete Linda, die sich nun zu ihnen gesellt hatte. «Was war mit Whistler los?»

«Eisen ab», knurrte Ron, «auch bei Holly. Haben aber nur das von Whistler gefunden. Lag im Corral. Ich werde nach Wickenburg fahren. Wir haben nur noch drei Ersatzeisen, wenn Holly ein neues bekommt.»

«Dann sollen wir Frauen alleine los?», fragte Linda erstaunt.

«Patrick wird euch begleiten.»

«Und die Dreijährigen?»

«Können sich noch einen Tag auf der Koppel amüsieren.»

«Tja, geht wohl nicht anders. Wir sind eben doch zu wenige hier oben.» Sie seufzte und blickte zu Anna. «Wir haben zwei Töchter und einen Sohn, aber keiner will auf der Ranch arbeiten. Sie sind alle in die Stadt gezogen.»

«Wie schade», sagte Anna und blickte sich um. Ron und Patrick legten das Putzzeug beiseite und hievten die schweren Sättel auf zwei Pferde, die an der Seite des Corrals standen ohne sich zu rühren.

«Komm, Anna, ich helf dir, White Boy fertig zu machen. Oder kennst du dich mit Westernsätteln aus?»

«Ich habe einmal in Kalifornien auf einem gesessen, aber satteln. Ich weiß nicht. Das muss ich mir noch mal genau ansehen.»

«Geputzt ist er!», rief Patrick.

«Danke!»

Linda wollte gerade den Sattel vom Zaun nehmen, als Anna ihr zuvorkam. Sie stemmte ihn auf den Schimmel. Er machte einen kleinen Schritt zur Seite und blieb wieder stehen.

«Linda, komm mal eben!», rief Ron. «Welche Eisen willst du für Jonny haben?»

«Warte, wenn du nicht weiterkommst», sagte Linda und verschwand mit Ron in dem kleinen Schuppen.

Anna ließ den dicken schaumstoffgepolsterten Gurt vom Sattel gleiten, zog ihn unter dem Bauch des Pferdes zu sich hoch und überlegte. Von oben durch die Schnalle, nein, das ging nicht. Der Dorn stand ja nach oben. Sie sah sich um und fing Patricks Blick auf.

«Du siehst so aus, als würdest du Hilfe brauchen!», rief er ihr zu.

«Na ja, ich glaube schon», erwiderte sie.

Patrick stellte sich neben sie und drückte sie sanft mit der Schulter zur Seite. «Entschuldigung», sagte er, blickte ihr kurz in die Augen und nahm ihr den Gurt aus der Hand. Anna spürte die Wärme und den Geruch seines Körpers. «Die Enden des Gurts müssen erst mal durch dieses Teil hier.» Er legte den Finger auf einen D-förmigen Ring am Sattel. «Dann führst du den Gurt noch einmal von unten durch, ziehst ihn fest und hakst ihn in die Schnalle.» Er sah ihr so tief in die Augen, dass sie nicht mehr denken konnte. «Jetzt die Bügellänge.» Er entfernte einen schmalen Lederriemen, ruckte an dem breiten Lederblatt des Fenders, ließ etwas einrasten und legte den Riemen wieder an.

Anna sah zu, aber es schoben sich andere Bilder vor ihre Augen. «Verstanden?», fragte Patrick, ging auf die andere Seite des Pferdes und führte dort die gleichen Handgriffe aus.

«Ich glaube schon», antwortete Anna, aber sie war sich nicht sicher. Ihre Konzentration war vollends gestört. Patrick hielt ihr die Trense hin.

«Das schaffst du wohl, oder?»

«Klar!» Anna lächelte und zog ihren Pferdeschwanz fest, der aus der Öffnung ihrer Kappe herauslugte. Als sie Patrick die Trense abnahm, war Linda wieder bei ihnen, und Patrick ging zu seinem Pferd.

«Na, du hattest ja einen guten Lehrer. Dann kann's ja losgehen. Ist schon spät genug.»

Anna nickte. Ihr Hirn war leicht benebelt. Nur allmählich gewann alles um sie herum wieder die gleiche Tiefenschärfe wie Patrick. Sie zog ihre Chaps über. Das neue Leder sträubte sich noch, rutschte stockend über die Jeans.

Ron klappte das breite Eisengatter des Corrals zur Seite. Sein weißes Haar leuchtete golden in der tiefen Morgensonne. Sie saßen auf und ritten hinaus.

«Kommt heil zurück!», rief er.

«Bring uns was Schönes mit», entgegnete Linda und warf ihm eine Kusshand zu.

Die Hunde wussten, dass nun ihre Arbeit begann, und rannten herbei. Es waren langbeinige, drahtige Kerle. Unter ihrem kurzen Fell zeichneten sich die Rippen ab, aber sie steckten voller Energie und Lust am Laufen.

«Anna, geh du in die Mitte», sagte Linda und wartete, bis sie vorbei war.

Der Mann vorweg, klassisch, dachte sie, während ihr Blick über den kräftigen braunen Pferdehintern glitt, der vor ihr hin und her wiegte. Dann wanderte er wieder hinauf zu Patricks Rücken, über seinen Nacken und hin zu dem verbogenen braunen Hut, den er sich auf den Kopf gesetzt hatte. Schließlich widmete sie sich der Landschaft und ein Schauer ging durch ihren Körper. Hier saß sie nun, Anna, Tierärztin aus dem Norden Deutschlands, auf einem Quarter Horse, zwischen echten Cowboys, beim Ritt in die Wildnis von Arizona.

Die Sonne stand mittlerweile dunkelgelb und klar umrandet vor ihnen und es schien Anna, als würde sie ihr zulächeln. Sie zog den Schirm ihrer Kappe tiefer ins Gesicht, nahm die Zügel nach Cowboyart in eine Hand und rollte die Ärmel ihres Hemds auf.

Als der Weg breiter wurde, zog White Boy nach vorne. Er drängte dicht neben Patricks Pferd. Anna nahm die Zügel etwas an, aber sie war vorsichtig. Sie hatte noch nie ein Pferd mit Hackamore geritten und sie wusste, dass es so scharf war wie eine Kandare. Patrick sah sie erstaunt an, als ihre Steigbügel an seine stießen.

«Suchst du Anlehnung?», fragte er grinsend.

«Nein, mein Pferd», antwortete Anna und erwiderte seinen spöttischen Blick mit einem gelangweilten Lächeln, während sie vergeblich versuchte, den Abstand zu vergrößern.

«Sieht eigentlich schon ganz gut aus, was du machst, aber es kommt noch nicht an. Du musst die Zügel an den Hals drücken.»

Anna tat, was Patrick ihr sagte, und es funktionierte. Aber sie hatte automatisch auch den Schenkel an die Flanke des Pferdes gedrückt und der Schimmel machte einen Satz nach vorne.

«He, wir wollen kein Wettrennen veranstalten!», rief ihr Linda hinterher.

«Lass die Schenkel vom Pferd weg! Gewicht nach hinten!», wies Patrick sie an.

Anna brachte ihr Gewicht nach hinten, bemüht, die Unterschenkel vom Pferdeleib fern zu halten, und gab White Boy eine scharfe Parade.

Er ging in die Eisen und stand. Patrick trabte neben sie.

«Englischreiter!», sagte er und schüttelte den Kopf.

Anna schob ihre Kappe zurück, steckte den rechten Fuß wieder in den Steigbügel und atmete tief durch.

«Alles okay?», rief Linda von hinten.

Anna drehte sich zu ihr um. «Ja, alles in Ordnung.» Dann

wandte sie sich wieder Patrick zu. «Der Schimmel ist ja spritziger, als er aussieht.»

«Das sind sie alle, wenn sie den Schenkel spüren. Sie werden so ausgebildet, dass sie blitzschnell darauf reagieren. Das ist wichtig fürs Rindertreiben.»

Sie nickte.

«Sie haben nun mal einen wahnsinnigen Antritt. Eben Quarters. Sind auf der Viertelmeile schneller als ein Vollblut.»

«Ja, ich weiß», sagte Anna, «Pferde sind mein Fachgebiet.»

«Oh, Verzeihung.» Patrick beugte sich leicht in ihre Richtung. «Das Mädel aus München hat es bei so einem Manöver gleich aus dem Sattel gefegt. Ich hatte schon Angst, es würde dir genauso ergehen.»

«Ich sitze ziemlich fest», gab Anna zurück. «Ist ihr was passiert?»

«Nein, zum Glück nicht. Sah nur furchtbar komisch aus, wie sie noch eine Weile an der Seite hing, die Hände um das Sattelhorn geklammert.»

Anna grinste.

«Irgendwann plumpste sie dann wie ein nasser Sack ins Gestrüpp. Das war zwar weicher als die Steine, aber . . .»

Anna konnte ihr Lachen nicht mehr zurückhalten.

«. . . ich musste ihr dann die Dornen aus Hemd und Hose ziehen.»

Anna keuchte und fing sich dann. «Aha, deshalb Rons Bemerkung.» Ihr Mundwinkel verzog sich leicht nach links.

Patrick sah sie verwundert an, schüttelte lächelnd den Kopf und gab seinem Pferd das Signal zum Antraben. Er positionierte sich wieder vor ihr. Und während ihr Blick auf Patricks Rücken ruhte, dachte sie an Michael. Zu selten, stellte sie selbstkritisch fest und versuchte sich seine Ankunft auf der Ranch auszumalen. Es gelang ihr nicht.

Der Weg stieg steil an und verlor sich in kargem Grasland, das hier und dort von dornigen Sträuchern unterbrochen wurde.

Anna beugte sich über das Sattelhorn und blickte auf die Steine, die unter den Pferdehufen wegrollten. Geschickt bahnte sich

White Boy seinen Weg durch die harten Büsche, vorbei an stachligen Kaktusohren, pelzigen Cholla-Kakteen und scharfkantigen Felsvorsprüngen. Patrick rollte sich die Ärmel runter und sie tat es ihm nach. Schließlich war nur noch Dickicht um sie herum und Anna gab White Boy einfach die Zügel hin. Er kannte sich aus und sie vertraute ihm. Die langen Stacheln der Saguaros streiften ihre Chaps und ihre Ärmel.

Auf der Kuppe des Hügels blieben sie alle drei nebeneinander stehen. Die Sonne stand im rechten Winkel über ihnen und warf ein Tausend-Watt-Licht auf sie herab. Anna stellte sich in die Steigbügel, wischte sich mit dem Ärmel die Schweißperlen von der Stirn und drehte die Schultern ein paar Mal hin und her. Die Hunde umkreisten sie mit heraushängenden Zungen. Ihr Atem ging rhythmisch wie eine Dampflok und ihre Flanken bewegten sich pumpend auf und ab.

«Zu weit für den ersten Tag?», fragte Linda.

«Ich spüre meinen Rücken und meine Oberschenkel, aber es ist wunderbar», sagte Anna und seufzte. Sie fühlte sich zufrieden und gleichsam voller Erwartung. Sie fuhr mit den Händen durch die Mähne ihres Pferdes, schüttelte sie zärtlich und streichelte seinen Hals. Ihr Blick wich der stechenden Sonne aus, schweifte über die schroffen Hänge und dann zu Patrick zurück. Er hatte seinen braunen Filzhut tief ins Gesicht gezogen. Es lag im Schatten der breiten Krempe, wie seine Gedanken. Er wirkte versunken in eine Welt, die keiner zu kennen schien, sog alles um sich herum auf, ohne etwas preiszugeben. Seine Hände lagen übereinander auf dem Horn seines Sattels. Alles an ihm war still und geheimnisvoll, so wie die Landschaft, die sie umgab. Jeder Stein, jeder knorrige Strauch, jeder Stachel der unzähligen Kakteen schien ein Geheimnis zu bergen, das Geheimnis vergangener Tage. Das 20. Jahrhundert war hier spurlos verendet und vom 21. war kein Zeichen zu entdecken. Zahlen waren hier so bedeutungslos wie die Namen der Tage. Alles schien für die Ewigkeit und gleichsam vergänglich – ein immer wiederkehrender Kreislauf von Wachstum und Vergehen, ohne dass sich etwas veränderte.

«Wir machen gleich eine längere Pause», sagte Linda und drückte die Zügel mit der linken Hand auf die linke Seite ihres Pferdes. Es bog augenblicklich nach rechts ab und stakste vorsichtig bergab über das lose Geröll. «Gleich sind wir am Hassayampa. Er fließt durch unser Weideland. Dort sind die Kühe, die wir suchen.»

Patrick übernahm wieder die Führung und Anna folgte ihm. Der Pfad wurde langsam breiter und schließlich zu einem Weg. Er hielt sein Pferd an und Anna ließ White Boy einfach an seine Seite traben.

«Unsere Pferde würden sich hier die Beine brechen», sagte sie und blickte auf den wippenden Mähnenkamm vor ihren Händen.

«Das hier sind harte Pferde», erwiderte Patrick. Seine Stimme klang sanft. «Und sie sind ehrlich. Manchmal glaubt man, sie sind dumm, dickköpfig und rücksichtslos, aber eigentlich sind sie einfach nur geradeaus. Ihr Instinkt ist gesünder als unser angeblicher Verstand. Er fließt einfach mit dem Leben, während wir pausenlos dagegen ankämpfen.»

Annas Blick ruhte immer noch auf White Boys Mähne, während sich Patricks Worte in ihr ausbreiteten.

«Bleiben eure Pferde stehen, wenn ihr sie unangebunden abstellt?», wollte Anna wissen.

«Die älteren, erfahrenen schon. Bei Whistler bin ich mir nicht so sicher.»

«Ist dir schon mal ein Pferd weggelaufen?»

Patricks Gesicht wurde nachdenklich. «Einem Freund von mir, ja», sagte er und starrte in die Ferne. «Hier in der Wildnis, während er schlief. Erst fürchtete er, es könnte dem Angriff eines Berglöwen zum Opfer gefallen oder von einer Klapperschlange gebissen worden sein, aber nach einer Weile regte sich Zorn in ihm. Er vermutete, dass es einfach nach fetterem Gras Ausschau gehalten hatte. Er hatte ihm Unrecht getan. Es war verletzt. Rancher hatten es gefunden.»

Anna sah erstaunt zu Patrick hinüber. «Wo und wie ist er denn eingeschlafen?»

«Irgendwo am Fluss. Ein Skorpion hatte ihn gestochen. Er war völlig fertig von dem Schmerz, hatte sich hingelegt und ...» Er hielt inne. «Da unten, sieh mal, der Hassayampa.»

Anna blinzelte hinab. Einzelne Sonnenstrahlen brachen sich tief unten in dem kleinen Ausschnitt eines Flusses, der sich zwischen den Hügeln zeigte. Wasser in dieser Wüstenlandschaft war wie der Duft des Frühlings nach einem langen, kalten Winter. Ihr wurde unverzüglich bewusst, dass sie Durst hatte. Patrick schien ihr Bedürfnis zu erraten.

«Wir machen dort unten eine Rast», sagte er, «da gibt es für uns alle was zu trinken. Für die einen aus dem Fluss, für die anderen aus der Flasche.»

Anna lächelte. Es war richtig, dass sie hier war.

«Erzähl mir mehr von deinem Freund und dem weggelaufenen Pferd. Und von dem Skorpion», bat sie Patrick, als sie mit ihm am Fluss saß, Wasser aus einem Blechbecher trank und ein Roastbeef-Sandwich aß. Linda lag etwas abseits auf ihrem Sattelpad im Schatten und hielt ein Nickerchen.

Patrick nahm einen Schluck aus der Feldflasche, kaute und blickte auf den Fluss. Er hatte die Stiefel ausgezogen und hielt die Füße ins Wasser. Sein Gesicht war ernst, fast ein bisschen gespannt.

«Das ist eine lange Geschichte», sagte er schließlich. «Er ist hier in die Gegend gekommen, um etwas zu suchen.»

«Um etwas zu suchen?» Anna lächelte. «Gold, oder was?»

«So was Ähnliches.»

«Aha, ein Geheimnis.» Sie zog die Augenbrauen hoch.

Er nickte.

Männer!, dachte Anna. Sie sind eben manchmal seltsam. Aber es beschäftigte sie doch. Wer war dieser Freund? Und wonach suchte er? Alles um sie herum war von intensiver Präsenz und gleichzeitig so entrückt, dass sie sich in einem Traum glaubte. Sie warf einen vagen Blick zu Patrick hinüber und versuchte sein Alter zu erraten, was schwierig war. Er starrte auf seine Füße, an denen sich das Wasser brach. Sein ganzer Körper wirkte stumm und entrückt, nur mit der Natur verbunden, die ihn umgab.

«Wo wohnt dein Freund?», fragte Anna.

Er blickte nicht auf. «Hier in der Nähe, auf einer Ranch. Warum interessiert dich das so?»

«Du hast mich neugierig gemacht.»

«Aha, der Schatz, nicht?»

Sie grinste.

Linda war aufgewacht. Sie winkte ihnen und sattelte ihr Pferd. «Genug gerastet, genug gesabbelt. Es geht weiter!»

Patrick erhob sich, wischte die nassen Füße an den Hosenbeinen ab und steckte sie in die Stiefel. Anna folgte ihm zu Linda.

«Ich reite nach drüben zu den Kühen mit den Kälbern. Ihr folgt dem Flusslauf und nehmt euch alles vor, was hier unten zum Saufen kommt und links und rechts am Ufer grast. Du kennst das ja, Pat. Und schau dir auch den Zaun zu den Richards an.»

Er nickte.

«Ich nehme wie immer Berny und Jerry mit. Chola und Grace bleiben bei euch. An der Flussbeuge treffen wir uns wieder. Ich denke gegen halb vier.»

«Okay», sagte Patrick, strich sich sein dickes, widerspenstigen Haar zur Seite, zog den Hut darüber und schnallte den Colt um.

«Hast du damit schon mal jemanden umgelegt?», fragte Anna mit einem Zwinkern.

Er lachte. «Du siehst wohl zu viele Westernfilme. Nein, es ist der von Ron. Er ist ein besserer Schütze als ich. Ich habe gesehen, wie er einen Berglöwen erlegt hat, der über einem Kalb lag und ihm gerade die Kehle durchbeißen wollte. Ron hob den Colt, zielte und traf. Zwei Schüsse fielen. Das Kalb lebte.»

«Berglöwen dürfen eigentlich nicht gejagt werden, oder?»

«Nein, auch Schlangen nicht, aber in so einem Fall . . . Das ist eine zweischneidige Sache, genauso wie mit den Wölfen im Norden. Hier sind schon viele Pferde und Kühe an Schlangengift verreckt. Und eine Löwin hat mit ihrem Jungen eine ganze

Herde Ziegen niedergemacht, nur um ihm das Jagen beizubringen.»

Patrick warf das Filzpad und den Sattel auf den Rücken seines Pferdes. Linda rief die Hunde, die platt mit dem Bauch im Fluss lagen. Sie schüttelten das Wasser aus ihrem kurzen gefleckten Fell und liefen um die Pferde herum. Ihre Zungen schienen länger geworden zu sein. Sie hingen feucht und rosig über ihre Lefzen.

«Seht zu, dass ihr in die Sättel kommt. Wir müssen vor Dunkelheit zurück sein», rief sie und machte eine auffordernde Handbewegung.

Anna stemmte den Sattel hoch. Patrick nahm ihn ihr ab und legte ihn aufs Pferd. Sie zurrte alles fest und hob schwerfällig den Fuß in den linken Steigbügel. Das gibt einen Muskelkater, dachte sie. Der Sattel, am Morgen noch gemütlich wie ein Sessel, drückte jetzt hart wie Stein unter ihren Gesäßknochen.

«Anna!», hörte sie Patrick rufen. Es war das erste Mal, dass er ihren Namen aussprach. Anna, sagte er, und ihr gefiel, wie er es sagte.

Sie kam mit ihrem Pferd auf seine Höhe.

«Bleib neben mir. Wir reiten mit dem Fluss, werden uns den Kühen nähern und sie beobachten. Ein verletztes Tier wird eingefangen und behandelt. Linda hat Spritzen und Verbandszeug dabei. Wenn es noch laufen kann, treiben wir es nach Hause.

«Okay», sagte Anna.

Sie ritten an, zunächst im Schritttempo, dann im Trab. Die Hunde liefen vorweg, kamen zurück und eilten wieder voraus.

«Nach den trockenen Sommermonaten bleibt nicht viel übrig von dem Fluss», sagte Patrick. «Ab November füllt er sich wieder.»

«Dann regnet es?»

«Ab November kann man damit rechnen, aber die meisten Niederschläge gibt es zwischen April und Juni.»

«Dann kann es auf dem Round-up schon Regen geben?»

«Durchaus möglich. Aber ich denke, du bist nicht aus Zucker.» Er hielt inne und gab ihr ein Zeichen zu schweigen. In den

Büschen rechts von ihnen raschelte es. Dann war es wieder still und Anna hörte eine Weile nur den Fluss. Wieder knackte es in den Zweigen und schließlich brach eine Kuh durchs Gestrüpp hindurch und lief vor ihnen zum Wasser hinab. Es folgten vier weitere. Es waren schlanke, drahtige Tiere mit gewaltigen Hörnern.

Annas Blick wanderte zwischen Patrick und den Rindern hin und her. Er nickte ihr zu und sie näherte sich vorsichtig einer Kuh, die sich die Flanke leckte. Sie entdeckte eine Schürfwunde. Anna zeigte darauf und Patrick führte sein Pferd zu ihr hinüber. «Ist nicht so schlimm, oder?»

«Nein, ich denke nicht.»

Er sah nach rechts an ihr vorbei. Es knackte wieder. Ein Horn zeigte sich über einem der Sträucher.

«Da sind noch mehr. Wir müssen sie zum Fluss rausjagen», sagte er.

Patrick rief den Hunden ein Kommando zu. Sie blickten hechelnd zu ihm hinauf. Mit der zügelführenden linken Hand fuhr er blitzartig über den Mähnenkamm und trat seinem Pferd leicht in die Flanken. Es sprang ab und White Boy zögerte nicht eine Sekunde, sich ihnen anzuschließen. Anna ließ ihn laufen. Er galoppierte sicher und gleichmäßig über den unebenen Grund. Die Hufe donnerten durch den Fluss, das Wasser spritzte. Dann ging es hinauf ans Ufer. Die Pferde rannten wie auf bestem Turf. Hart knallten die Eisen auf die Steine und wo sie trocken und von der Sonne erhitzt waren, schlugen sie Funken.

Anna zog den Kopf zwischen die Schultern und hielt die linke Hand über ihr Gesicht. Die Büsche waren hier hoch und fest und ihre Äste ratschten über ihren Körper. Sie hielt die Zügel umklammert, schloss immer wieder für Sekunden die Augen und verlor völlig die Orientierung. White Boy raste unbeirrbar durch das Gestrüpp. Sie hörte das Brüllen der Kühe, das Knacken der Äste, den Atem ihres Pferdes, Patricks Stimme. Dann blieb White Boy mit einem Ruck stehen. Anna flog hart mit dem Bauch gegen das Horn und landete in Schräglage wieder im Sattel. Patrick stand mit Whistler vor ihr.

«Tut mir Leid, aber die Vollbremsung musste sein. Alles okay?»

Sie nickte, zog die Kappe ein paar Mal über die schweißnasse Stirn und sah sich um. Auf einer Lichtung standen zirka zwanzig Kühe. Sie glotzten, schnaubten, wichen zurück und drehten langsam ab. Die Hunde umkreisten sie.

«Ganz ruhig hinterher und beobachten», sagte Patrick.

Sie ritten im Schritttempo um die Herde herum.

Plötzlich sprang Whistler ohne Signal von Patrick zur Seite.

«Vorsicht! Da vorne! Eine Schlange!», rief er und war mit einem Satz aus dem Sattel. Er zog den Colt aus dem Futteral. Anna stand mit White Boy etwa zehn Meter hinter ihm. Der Wallach spitzte die Ohren. Sie starrte auf das Reptil mit dem rautenförmigen Muster auf seinem zusammengerollten elastischen Körper. Es hatte die gleiche Farbe wie die Erde. Sie hörte das drohende Klappern der Schwanzspitze, sah den erhobenen breiten Kopf, die zuckende gespaltene Zunge. Ihr Atem stockte, das Pferd unter ihr vibrierte. Dann der Schuss. Sie fuhr zusammen, White Boy machte einen Schritt nach vorn. Sie zog am Zügel, er stand. Aber Whistler galoppierte davon und verschwand im dichten Buschwerk. Sie hörte ein hartes Knacken und das Donnern seiner Hufe. Dann war es ruhig. Anna blickte auf den leblosen zweigeteilten Körper der Schlange, danach zu Patrick. Die Hunde bellten im Hintergrund.

«Verdammt, Whistler!», rief er. «Gib mir dein Pferd!»

Anna sprang hastig aus dem Sattel und trat zur Seite.

«Warte hier!» Er warf ihr ein entschuldigendes Lächeln zu, schwang sich aufs Pferd und preschte davon.

Anna zitterte. Ihre schweißnassen Beine klebten in den Jeans, die schweren Lederchaps lagen wie Blei darüber. Ihre Füße standen wie unbewegliche Sockel im Sand. Und vor ihr die Schlange wie ein dicker Schlauch, der an einer Stelle geplatzt war. Für Sekunden schoben sich Bilder vor ihre Augen. Sie sah ihre Hand auf der Spritze, dann den leblosen Pferdeleib in der Reithalle – ihren letzten Todeskandidaten. Dann sah sie noch einmal Patrick mit dem Revolver, dann wieder die Schlange, die vor ihr lag.

Patricks Stimme brachte ihre Gedanken jäh zum Stillstand. Es war ein dringliches Rufen, fast ein Schreien. Sie lief los, drückte die stachligen Äste beiseite, aber die nächsten schnellten ihr schon entgegen. Sie rannte einfach mit geschlossenen Augen hindurch. Die Sorge um Patrick machte ihren Körper hart und unempfindlich. Erst als sie vor ihm stand, ihn aufrecht und unversehrt sah, merkte sie, dass sie blutete.

«Was ist?», hauchte sie. Ihr Atem war wie abgeschnitten, ihre Brust pumpte wie die Körper der Hunde. Patrick nahm ihren Arm und zog sie nach rechts. Sie brauchte keine Antwort mehr. Neben White Boy stand Whistler – auf drei Beinen. Am rechten Hinterbein klaffte eine riesige Fleischwunde. Wie ein feuchter Lappen hing das Stück Haut, das über das Sprunggelenk gehörte, an der Außenseite des Beins herab. Der Sand daneben hatte sich rot gefärbt.

«Sieht übel aus, was?», sagte Patrick. «Und du blutest ja auch!»

Sie sah in sein Gesicht. Es war bleich. Er wischte sich über die Stirn und blickte sie fragend an. Aus dem selbstsicheren, coolen Cowboy war ein Häufchen Elend geworden.

«Ich hab nur ein paar Kratzer. Hast du Mullbinden im Gepäck?», fragte Anna ungeduldig. Sie tupfte mit dem Ärmel über ihre zerkratzte Stirn.

Patrick wühlte in der Gepäckrolle auf Whistlers Rücken und hielt Anna drei Rollen hin.

«Ich brauche dein Hemd!», rief sie.

Er starrte sie an.

«Willst du warten, bis er verblutet ist?»

Patrick fingerte hastig an den Knöpfen seines Jeanshemdes herum, zog es schließlich über den Kopf und hielt es Anna hin.

«Dein Messer!»

Er nahm sein Taschenmesser aus der Hose und legte es in ihre offene Hand.

«Halt mal bitte fest.»

Sie trennte mit sicherem Schnitt die Ärmel vom Hemd ab und knotete sie in Windeseile zusammen. Patrick befreite Whistler vom Sattel.

«Halt ihn gut fest, gleich wird es schmerzhaft für ihn. Nicht dass er sich noch mal vom Acker macht.»

Sie nahm die beiden Ärmel und legte zwei Mullbinden als Polster an die Innenseite des Beins oberhalb des Sprunggelenks. Whistler zog das Bein bis unter den Bauch. Anna zog es wieder zurück.

«Ist ja gut, armer Kerl. Wir wollen dir nur helfen.»

Sie schob einen Stock in die Schlinge der zusammengeknoteten Ärmel und drehte ihn zweimal herum. Der Stoff straffte sich, das Pferd wollte einen Schritt machen, aber Patrick hielt vorne dagegen. Er stemmte sich mit seiner nackten Brust an die des Pferdes. Es sickerten nur noch ein paar Tropfen Blut aus dem Pferdebein in den Sand.

Anna ging zu White Boy, kramte hastig in den Satteltaschen und zog ihren kleinen Kosmetikbeutel heraus. Zwischen Labellostift, Sonnencreme und Tampons fand sie wie immer eine Damenbinde.

«Schau mal kurz woandershin», befahl sie Patrick.

Er starrte sie an.

«Dir wird doch sowieso gleich schlecht. Also, bitte.»

Er sagte immer noch nichts, wandte sich aber ab. Anna klappte den Hautlappen zurück auf die Wunde und legte die Binde der Länge nach darauf. Dann wickelte sie die Bandage darüber. Sie atmete tief durch und richtete sich auf.

«Kannst wieder hersehen», sagte sie erleichtert.

Patrick trat neben sie und schaute auf den Verband. Ihr Blick wanderte von seinem blutleeren Gesicht über das Amulett an seinem Hals auf seinen entblößtem Oberkörper und dann schnell wieder auf das Pferd.

«Meinst du, er ist okay?», fragte er.

«Ich denke schon. Das Gröbste ist geschafft. Aber ich muss eigentlich nähen. Die Abschnürung muss alle zehn Minuten gelöst werden und dann irgendwann ganz runter. Ein Antibiotikum wäre auch wichtig.»

«Linda hat so was im Gepäck. Ich werde sie holen. Ich weiß ungefähr, wo sie sich aufhält.»

Er nahm sein ärmelloses Hemd vom Boden, schüttelte es aus und schlüpfte hinein. Die Fetzen hingen über seine blassen Schultern. Wie eng doch Tragik und Komik manchmal beieinander liegen, dachte Anna. Ein Lächeln huschte über ihr Gesicht. Patrick drehte sich zu ihr um und zog eine kleine Plastikhülle mit Pflaster aus seiner Hosentasche.

«Für deine Stirn. Etwas zerknittert, aber ich denke, es ist okay.»

«Danke.»

Er stand vor ihr und sah sie an. «Ich lasse dich ungern hier allein zurück. Sollte noch einmal eine Schlange auftauchen, dann rühr dich nicht. Sie greifen nur an, wenn sie sich gestört fühlen.»

Anna nickte.

«Ich beeile mich, bin gleich zurück!», rief Patrick, schwang sich aufs Pferd und ritt zum Fluss hinunter. Die Hunde folgten ihm.

Annas Blick war noch eine Weile auf ihn und sein Hemd gerichtet, von dem sie die Ärmel abgeschnitten hatte. Sie sah noch einmal, wie er vor ihr stand, sein bleiches Gesicht und die festen, harten Linien seines Oberkörpers, unter denen er weich wie Butter war.

Sie wandte sich Whistler zu. Er stand immer noch auf drei Beinen. Das verletzte zuckte hin und wieder. Sein Kopf hing so tief, dass die Nase fast den Boden berührte. Er wirkte apathisch. Anna zog seine Nüstern mit dem Daumen hoch. Die Schleimhäute waren blass. Sie prüfte den Puls, während sie auf die Uhr sah. In fünf Minuten musste sie den Druckverband lösen. Dann würde die Wunde wieder zu bluten anfangen, und sie hatte kein frisches Verbandszeug mehr.

Sie legte ihre Hand auf Whistlers Hals und strich über seine Nase. Er hatte einen hübschen kleinen Kopf mit einer schmalen, geraden Blesse. Sie schob seine weichen Lippen zurück, prüfte die Färbung des Zahnfleischs und erkannte an den Zähnen, dass er nicht älter als vier Jahre alt sein konnte. Dann blickte sie wieder auf die Uhr. Es war so weit. Der Druckverband musste runter, sonst würde das Bein absterben. Sie stellte sich auf die herabhängenden Zügel und drehte den Stock an Whistlers Bein zweimal herum. Der Stoff löste sich. Sie steckte die Mullbinden in die Tasche und nahm die zusammengerollten Ärmel herunter. Dann hielt sie inne und lauschte. Immer näher kam es, das Klappern der beschlagenen Hufe auf den Steinen des Flussbetts. Sie atmete auf.

«Verdammt, wo ist der bloß reingeraten?» Linda beugte sich kopfschüttelnd zu dem verletzten Bein hinab. Auf dem Verband zeigte sich ein roter Punkt.

Anna legte den Druckverband wieder an, während Patrick das Pferd hielt.

«Er ist ein tapferer Kerl», sagte sie zu Linda.

«Ja, er wird einmal ein gutes Pferd. Aber er ist doch noch zu jung. Wir haben ihn überfordert. Ron meinte, er wäre absolut schussfest.» Sie zuckte mit den Schultern. «Hier ist neues Verbandszeug.»

Anna nahm die Mullbinden und die Verbandswatte und rollte den blutgetränkten Verband ab. Linda setzte Whistler die Penicillin-Spritze.

«Wenn wir dich nicht gehabt hätten», sagte sie und legte ihre große Hand auf Annas zierliche Schulter. «Du meinst, es muss genäht werden?»

«Ja, auf jeden Fall. Ich brauche dringend Nadel und Faden.»

«Whistler ist wohl kaum zu bewegen.»

«Nein. Er kann und darf das Bein nicht belasten. Wir werden wohl die Nacht hier draußen verbringen müssen.»

«Wenn ich sofort zur Ranch reite, kann ich es schaffen, vor Dunkelheit mit Nadel und Faden zurück zu sein. Ich hoffe, dass Ron schon wieder auf der Ranch ist. Dann kommen wir beide. Er kann dann mit Patrick hier bleiben.»

«Das werden wir dann sehen», sagte Anna. «Bringt Decken, Verbandszeug, Schere und was zu essen mit.»

«Klar, und was zu trinken.»

«Ja, in meinem Zimmer steht 'ne Flasche Southern Comfort. Wenn sie noch ins Gepäck passt.»

«Du weißt, wie Ron darüber denkt, Patrick.» Lind stieg aufs Pferd.

«Vergiss nicht die Hobbles!», rief er ihr hinterher.

Sie nickte und trabte davon. Patrick nahm den Sattel von White Boys Rücken und legte ihn auf einen Felsen.

Die Sonne verlor langsam an Kraft, die Hitze ließ nach, und eine sanfte Brise kam auf. Anna löste noch einmal den Druckverband und begutachtete Whistlers Bein. Er stand ruhig da, den Kopf gesenkt. Die Hufspitze des verletzten Beins berührte den Boden. Merkwürdig, dachte sie. Der erste Ritt in die Wildnis erforderte gleich ihren vollen Einsatz und warf sie in eine Welt, die so weit von ihrem bisherigen Leben entfernt schien wie die Sonne von der Erde. Hier gab es keinen Pferdehänger, keine Tierklinik, keinen prall gefüllten Medikamentenkasten. Hier musste man improvisieren.

Sie vernahm den Schrei eines Adlers, hörte die Strömung des Hassayampa und spürte den nahenden Abend. Sie hatte keine Vorstellung von der bevorstehenden Nacht.

«Schon klasse, wie du das gemacht hast», sagte Patrick in die Stille hinein. Er hielt Whistler zum dritten Mal seinen mit Wasser gefüllten Hut unter die Nase, aber er trank nicht mehr. Seine Augen waren teilnahmslos auf den Boden gerichtet. Die Schmerzen machten ihn müde. Patrick goss das Wasser aus und warf den Hut auf den Sattel.

Annas Blick schweifte noch einmal über Whistlers Bein, dann zu Patrick. Er hatte sich in den Schatten eines Paloverde-Baums gestellt, die nackten Arme vor seinem von ihr zerschnittenen Hemd verschränkt. Sein Blick war offen, anders als am Morgen im Corral. Es schien ihr, als hätte sie mit den Ärmeln seines Hemds auch etwas anderes von ihm freigeschnitten. Er war ernst, so ernst wie alles um sie herum, die dornigen Büsche, die ockerfarbene Erde, die Felsen, das verletzte Pferd.

«Tut mir Leid um dein Hemd», sagte sie.

«Ich habe nicht erwartet, dass du deines ausziehen würdest», erwiderte er ohne eine Miene zu verziehen. «Nicht der Rede wert. Ist nur ein verdammtes Stück Stoff.» Er blickte von ihr zu

Whistler. «Hat ihm wahrscheinlich das Leben gerettet.» Er lächelte matt. «Dass es gerade mit Rons Pferd passieren musste.»

«Du kannst doch nichts dafür. Eine einzige Kugel, und flatsch, tot das Biest. Sie sah so eklig und gefährlich aus.»

«Es ist das erste Mal, dass ich getötet habe.»

«Was? Das erste Mal? Ein Cowboy, der noch nie ein Tier getötet hat?»

Er nickte. Wieder schob sich für Sekunden das Bild des Pferdes in der Reithalle vor ihre Augen.

«Du hast mir da sicher was voraus», sagte er ernst.

«Kann man so sagen. Aber ich bin nicht stolz darauf.»

«Was fühlst du, wenn du ein Tier töten musst?», fragte Patrick. Er stand immer noch reglos unter dem Baum, verwurzelt in dieser auf das Wesentliche beschränkten Landschaft.

«Ich fühle mich danach wie leer gepumpt», erwiderte sie. «Jedes Mal geht etwas von mir mit hinüber in diese unbekannte Welt, die sich Tod nennt. Und bei jedem Mal geht es mir leichter von der Hand, aber nur von der Hand. Dieser Prozess nennt sich Routine. Er erfasst nicht mein Inneres, aber er verhilft mir zu einer sauberen, reibungslosen Abwicklung dieses notwendigen Vorgangs.» Anna verstummte. Ihr Blick ruhte auf der trockenen Erde vor ihren Füßen. «Ja, wir nehmen uns das Recht zu entscheiden, wann ein Tier den Tod verdient. Wir wollen ein Tier nicht leiden sehen, nehmen der Natur die Entscheidung ab. Aber wir Menschen dürfen nicht mal über den Zeitpunkt unseres eigenen Todes entscheiden.»

«Du meinst also, man sollte alles sich selbst überlassen?»

«Ich weiß es nicht. Es kommt mir nur manchmal alles so absurd vor.»

«Und was würdest du machen, wenn dieses Pferd einen irreparablen Bruch erlitten hätte oder einen Sehnenabriss oder . . .»

«Das war keine Anklage, nur einer meiner vielen verdammten Zweifel, die mich gelegentlich quälen. Natürlich würde auch ich das Pferd erschießen.»

Sie sah ihn an. Er blinzelte in die Sonnenstrahlen, die gerade noch die Bergspitzen streiften und zu ihnen hinabfielen. Unter der rauen Schale schien etwas aufgebrochen zu sein. Sie wäre gern zu ihm gegangen, hätte gern ihren Kopf an seine Schulter gelehnt. Aber sie dachte an Michael. Es war das erste Mal an diesem Tag. Sie sah ihn im Geiste, seine Hand auf der Computermaus, sein Blick in eine Welt gewandt, die jenseits der Wirklichkeit funktionierte. Eine leblose, scheinbare Welt, die möglich geworden war, aber nicht notwendig, und in der die Menschen ihre Seele verloren. Bald würde er hierher kommen, sie umarmen, sie küssen, ihr von seinen Neuentwicklungen berichten. Würde sie wieder Zugang zu ihm finden, seine Freude teilen können? Hatte sie es wirklich jemals vermocht? Aber vielleicht würde er hier begreifen, was Leben bedeutet. Sie sollte ihm nicht die Chance nehmen, eine Welt kennen zu lernen, die sich und anderen nichts vormacht.

Sie ging zu Whistler und drehte den Stock herum. In der Ader pulsierte das Blut. Der Wundverband war rosa verfärbt, aber er blieb jetzt, wie er war. Die Blutung war zum Stillstand gekommen.

«Ich muss mich hinsetzen», sagte sie und fuhr sich mit der Hand über den Rücken.

Patrick breitete die Sattelpads zwischen zwei Bäumen aus. Es war ein kleines Plateau, von dem aus man auf den Hassayampa sehen konnte. Sie setzte sich darauf, streckte die Beine von sich und legte die Hände in den Schoß. Whistlers Blut klebte daran.

«Ich muss mir die Hände waschen», sagte sie und stolperte zum Fluss hinunter. Ihre Beine waren wie Gummi und schmerzten. Sie hielt die Hände in das klare, kühle Wasser, spürte die sanfte Strömung und dachte für eine Weile nur an das, was sie sah. Dann wusste sie, dass sie nicht mehr allein war. Sie drehte sich um und blickte in Patricks Augen. Sie schienen ihr blauer denn je.

«Ich liebe diesen Fluss. Immer wenn ich ihn sehe, ist es, als wäre es das erste Mal», sagte er und blieb hinter ihr stehen.

«Ja, er fühlt sich gut an.» Anna betrachtete ihre Hände im Wasser.

«Wir müssen wieder zu Whistler», sagte sie schließlich nach langem Schweigen und ging an ihm vorbei.

Das Abendlicht lag auf den Bergkämmen wie Blattgold. Es leuchtete vor dem einfarbig dunkelblauen Himmel. Das karge Buschland verlor langsam seine Farbe und auch der Fluss war jetzt grau wie die Felsen unter ihm.

Anna ging zu Whistler. Patrick zog White Boy und das Packpferd zum Fluss und ließ sie saufen. Dann holte er noch einmal Wasser für Whistler. Er trank jetzt gierig und leckte den Hut ab. Patrick wiederholte die Prozedur.

Als sich das warme Sonnenlicht von den Bergspitzen zurückgezogen hatte und ein fast voller Mond darüber emporkroch, erschienen Linda und Ron. Hinter ihren Sätteln türmten sich dicke Rollen mit Decken und Proviant und sie zogen ein Packpferd hinter sich her.

Ron stieg als Erster aus dem Sattel und kam mit schweren Schritten auf Anna zu. Während sein Blick auf Whistler ruhte, legte er seine rauen, warmen Hände um Annas Schultern und drückte ihren Kopf sanft an seine Brust.

«Du hast mein Pferd gerettet. Gott wird es dir danken», sagte er.

Anna atmete seinen erdigen, herben Geruch und spürte die Wärme seines alternden, dampfenden Körpers. Der Ritt und die Aufregung hatten ihn angestrengt. Als er sie losließ, blickte sie in sein rundes faltiges Gesicht. In seinem breiten Lächeln lagen Dankbarkeit und Zuneigung. Anna wischte ein paar Tränen aus ihren Augenwinkeln.

«Das ist hier keine Gegend für Angsthasen», sagte Ron und stapfte zu Whistler hinüber. «Muss noch viel lernen, der Bursche.» Er stand vor dem bandagierten Bein, tastete vorsichtig über den Verband und nickte ein paar Mal. «Du musst nähen?»

«Ja, die Haut ist der Länge nach abgerissen.»

Er ging zu Linda und Patrick, die das Gepäck von den Pferden hoben und auf dem Felsplateau ausbreiteten. Mit Nadel, Faden, Schere und Narkotikum kam er zurück. Anna setzte die Spritze und wartete, bis Whistlers Unterlippe schlapp herunterhing und seine Augen halb geschlossen waren. Ron hielt ihn am Halfter fest. Der breite, kräftige Pferdekörper schwankte. Whistler setzte das verletzte Bein zum Halt auf den Boden. Die Narkose wirkte und Anna begann mit ihrer Arbeit.

Das Licht hatte sich fast völlig aus der Flusssenke zurückgezogen, als Anna die Fleecewatte und dann den Verband über die genähte Haut wickelte. Einer der Hunde schnüffelte an den blutgetränkten Verbänden, die im Sand lagen.

«Hau ab!», rief Ron und stampfte mit dem Fuß auf. Der Hund duckte sich und verschwand im Gebüsch.

«Unsere Anna», sagte Linda, die jetzt neben ihr stand und das Bein des Pferdes begutachtete.

Whistler kam langsam wieder zu sich, zog das Bein hoch und schnaubte.

«Dein Aufenthalt bei uns hat sich gleich zu einem waschechten Abenteuer ausgewachsen, was?»

«Kann man so sagen.» Anna lächelte.

«Der Tag liegt im Sterben, aber unser Pferd lebt», meinte Ron und blickte zu dem sternenklaren Himmel empor.

«Ist ziemlich gefährlich, noch zurückzureiten, was Ron?», sagte Linda.

«Aber wir können die Ranch nicht allein lassen. Wir haben gute Lampen dabei. Ich denke, zwei von uns werden zurückreiten. Das ist nicht gefährlicher als hier zu bleiben.»

Sie standen im Kreis um Whistler und White Boy. Die anderen Pferde warteten mit Hobbles an den Füßen am Flussufer.

«Ich schlage vor, dass ich mit Patrick hier bleibe», sagte Ron und blickte zu Anna. «Es scheint ihm ja besser zu gehen und du gehörst ins Bett.»

«Nein», erwiderte Anna, «ich bleibe beim Pferd.» Ihr Ton ließ keine Widerrede zu.

Ron stutzte und zupfte an seinem Schnurrbart. «Na gut, wenn unsere Tierärztin das meint, dann . . .»

«Ich bleibe auch hier», warf Patrick ein. «Ich habe das Unglück verursacht und ich . . .»

«Das hast du, aber ich möchte nicht, dass noch eines geschieht.»

Für Sekunden war eisiges Schweigen.

«Ich habe keine Angst vor ihm», sagte Anna und blickte zu Patrick. «Wir kommen sehr gut miteinander aus. Ich sehe kein Problem.»

Wieder herrschte Schweigen. Nur der Schrei einer Eule und das kurze Schnauben eines Pferdes drangen durch die Dämmerung, die sich wie ein grauer Schleier über sie legte.

«Anna, der Mann da ist mit Sicherheit kein Rowdy. Der kann keiner Fliege was zuleide tun. Aber ...» Ron hielt inne. Sein Blick wanderte aufmerksam zwischen Anna und Patrick hin und her. Dann wandte er sich an Linda. «Also gut, vielleicht ist es so das Beste. Was meinst du, Linda?»

Sie nickte. «Wer bei einem derartigen Vorfall nicht die Nerven verliert, kann auch mit so einem halben Cowboy fertig werden.»

Anna erwiderte Lindas fragenden Blick mit einem zustimmenden Schmunzeln und beobachtete Patrick aus dem Augenwinkel. Nicht der Hauch eines Gefühls zeichnete sich auf seinem Gesicht ab.

«Das Zelt hier ist gerade groß genug für eine Person und natürlich für Anna vorgesehen», grummelte Ron, klopfte Whistler den Hals, wechselte noch einige Worte mit Patrick und stieg auf sein Pferd. Er wendete es mit einer Hand, gab mit der anderen Linda ein Zeichen, und sie verschwanden zum Fluss hinunter. Noch eine Weile sah Anna das kleine Licht von Rons Lampe durch die Büsche hindurch. Dann war sie mit Patrick allein.

Anna blickte auf die Decken, Isomatten, Wasserbehälter und den kleinen Spirituskocher, der vor ihr im Sand stand. Patrick kam mit Feuerholz auf dem Arm zwischen den Bäumen hervor, legte es wortlos auf das sandbedeckte Felsplateau, und schon war er wieder weg. Die Hunde folgten ihm.

Sie packte die Dosen aus, die Linda mitgebracht hatte. Chili con Carne stand darauf. Genau das Richtige nach so einem Tag, dachte Anna. Sie setzte sich auf die Decke, fuhr sich mit den Händen durch das staubige, verfilzte Haar und verspürte für Sekunden das Bedürfnis nach dem gewohnten Blick in einen Spiegel. Sei nicht albern, sagte sie sich. Schließlich war es dunkel und einen Naturburschen wie Patrick würde es ohnehin nicht stören, wenn ihre Frisur verhunzt war. Hier brauchte man keine Schminke, keinen Kamm, keine Frisur. Hier war alles so, wie es war, ungeschönt, ungeglättet und wahrhaftig.

Aber Rons spitze Bemerkungen und Verwarnungen an Patrick brachten sie doch zum Grübeln. Er scheint die Frauen, die hier vor ihr Urlaub gemacht hatten, ganz schön aufgemischt zu haben, dachte sie. Was war er nur für ein Typ? Er passte in keine Schublade, aber er gehörte vermutlich in die Kategorie Männer, die einfach das tun, was ihnen gefällt, und verschwinden, wenn ihnen etwas nicht passt. Die Situation ist brenzlig, dachte sie, aber Feuer ist eben faszinierend und bedrohlich zugleich. Sie öffnete die Dosen und schüttete den Inhalt in den verbeulten Topf. Patrick, der wieder ein vollständiges Hemd trug, das nur seine sonnengebräunten Unterarme zeigte, brachte die sechste Ladung Feuerholz und steckte die Äste ineinander. Er zündete ein Streichholz an der Sohle seines Stiefels an, hockte sich vor den kleinen Holzscheit und entfachte das Feuer. Die Hunde lagen hinter ihnen.

«Wird nicht ganz einfach mit dem Zelt», sagte er, während sein Blick über das Plateau wanderte. «Der Boden ist verflucht hart.»

«Macht nichts. Unter so einem Sternenhimmel zu schlafen, ist auch eine feine Sache», erwiderte Anna und nahm ihre Kappe ab.

«Ist dir das nicht unheimlich?», fragte er ohne sie anzublicken.

«Nein. Sehe ich so aus, als hätte ich Angst?»

«Nicht unbedingt.»

«Wovor sollte ich auch Angst haben? Ich habe doch einen hervorragenden Schützen an meiner Seite.»

Sie sah sein vielschichtiges Lächeln im Schein des Feuers. Er schwieg. Nein, Angst vor der Wildnis hatte sie nicht. In solchen Situationen hatte sie eine geradezu fatalistische Ruhe. Angst vor ihm hatte sie auch nicht. Dann schon eher vor sich selbst.

Sie rieb sich die Arme. Der Abend war frisch und die Wärme aus dem Wüstenboden gewichen. Patrick erhob sich, kramte im Gepäck, kam mit einem dicken karierten Flanellhemd zurück und legte es über ihre Schultern. Es roch nach ihm. Sie zog den Kragen an ihren Hals hinauf. Sie mochte seinen Geruch.

«Danke», sagte sie lächelnd. Vor ihr begann das Chili con Carne im Topf zu brutzeln und sie hob ihn vom Kocher. Patrick setzte sich mit gekreuzten Beinen neben sie und legte zwei Löffel auf die Decke.

«Teller haben wir nicht, tut mir Leid.»

«Das macht nichts.» Anna beugte sich über den Topf, schlürfte Bohnen und Fleisch von dem riesigen Löffel und erwiderte Patricks Lächeln. Dann wartete sie, während Patrick aß. Und als sie wieder an der Reihe war, spürte sie, wie sein Blick auf ihr ruhte. Noch nie hatte er sie so lange angesehen.

«Linda hat zwei Flaschen Bier eingepackt», sagte er mit einem Zwinkern.

«Sie ist einfach spitze.»

«Die Flaschen liegen im Fluss.»

Patrick erhob sich und stellte den Hunden die Essensreste hin. Dann sah sie das Licht seiner Taschenlampe am Fluss. Es erlosch und für eine Weile war alles finster und still. Nur das Feuer knisterte warm und verheißungsvoll vor Annas Füßen. Kurz darauf hörte sie Patricks Schritte. Er setzte sich wieder neben sie, so dicht, dass nur ein Windhauch zwischen ihnen hindurchpasste. Er öffnete die Flaschen mit dem Messer und goss das Bier in ihre Blechbecher.

«Hast du schon mal Bier aus einem Blechnapf getrunken?», fragte er.

Sie schüttelte den Kopf. «Warum?»

«Es bekommt einen ganz bestimmten Geschmack. Ich mag das, aber es ist wahrscheinlich Sentimentalität. Es ist wie der bittere Geschmack des Wassers aus einem Ledersack, wie der muffige Geruch eines Armeeschlafsacks oder des feucht-stickigen Zeltstoffs.»

«Bist du eigentlich in Arizona geboren?»

«Nein, in Colorado.»

«Und was hat dich dann hierher in die Wüste verschlagen?»

«Ich mochte diese Gegend schon immer.»

«Und . . .»

«Und wo bist du geboren, in Hamburg?»

«Nein.» Sie holte tief Luft. «Geboren in Kassel, studiert in Hannover, assistiert in Sussex, England, und seit fünf Jahren Wohnsitz in Hamburg. Ich habe immer gewusst, dass ich nicht dort alt werde, wo ich geboren wurde.»

«Auch dass du, ich schätze mal, mit Mitte dreißig noch ledig und kinderlos sein würdest?»

Anna blickte auf. So direkt hatte sie das noch niemand gefragt.

«Das ist als Kompliment gemeint. Ich finde nichts langweiliger als geordnete Familienverhältnisse.»

«Ich bin aus Überzeugung kinderlos, aber nicht ledig», antwortete sie. «Es gibt nur leider nicht die richtigen Männer für mich. Die meisten sind entweder riesige Dampfmilchbrötchen, coole, alberne Machos, Egomanen oder Streber, und alle haben eines gemeinsam, sie bekommen rote Flecken vor Panik, wenn sie eine starke Frau neben sich fühlen.»

Patrick lachte, griff hinter sich und legte ein Stück Holz ins Feuer. Dabei berührte sein Arm für Sekunden Annas Knie. Es wäre ein Leichtes gewesen, mehr daraus zu machen. Die Berührung war wie eine sehnsüchtige Ankündigung. Und Anna dachte wieder an Michael, sah ihn im Geiste zwischen ihnen, jungenhaft, glatt und freundlich.

«Denkst du an dein Zuhause, an dein weiches, frisch bezogenes Bett oder an eine Badewanne, gefüllt mit öligem, duftendem Wasser?», fragte Patrick und befreite sie aus den Gedanken an das, was passieren würde und könnte.

«So was Ähnliches», antwortete sie und blickte auf sein staubiges Gesicht und seine zerzausten Haare. Den einzelnen grauen Strähnen nach zu urteilen Ende dreißig, Anfang vierzig, schoss es ihr durch den wirren Kopf.

«Du hast also auch keine Kinder?», fragte sie.

«Nein, habe immer Glück gehabt.» Er zuckte mit den Schultern und stocherte mit einem Stock in der Glut herum.

«Also ich finde ja nicht, dass Kinder ein Unglück sind. Ich bin hin und wieder gern mit ihnen zusammen. Sie gehören zum Leben. Aber es ist gut, dass es Menschen wie uns gibt, sonst würde nämlich dieses Stück unverdorbene Wildnis auch nicht mehr existieren.»

«Genau», pflichtete ihr Patrick bei. «Die Natur kämpft ums Überleben und die Rancher ebenso. Die einzige Lösung ist, dass sich der Mensch auf ein normales Maß reduziert.»

Anna nickte. Eine Weile herrschte Schweigen.

«Du lebst hier ganz allein mit den beiden?»

«Ja.»

«Ist das nicht ziemlich einsam?»

«Nein, ich brauche nicht mehr. Hin und wieder kommen Lindas und Rons Kinder zu Besuch, dann die Gäste . . .»

Anna blickte vom Feuer auf Patricks Hand, die ein Stück Holz in die Glut legte. Ja, dachte sie, die Gäste.

«Und dein Freund, der mit dem Schatz?», fragte sie.

«Du meinst Jeff. Ja, ich treffe ihn manchmal.»

«Wo wohnt er?»

«Offiziell in New York.»

«In New York?» Anna schaute auf. «Woher kennst du ihn denn?»

«Ich sagte doch, er lebt jetzt hier in der Gegend. Er ist ein kauziger Städter, auf der Suche nach seinem Glück.»

«Na gut, ich frage auch nicht weiter.»

«Vielleicht wirst du ihn irgendwann kennen lernen. Vielleicht lade ich ihn mal auf die Ranch ein.»

«Was macht er denn beruflich?»

«Er war Chef einer Werbeagentur in Seattle und Werbetexter in New York.»

Anna zuckte zusammen. Merkwürdige Verbindungen waren das. Sie dachte an Michael, wollte etwas sagen, ließ es dann aber.

«Das löst ja einen größeren Schock in dir aus als der Anblick einer Klapperschlange.»

Sie lachte. «Nein, das sah bloß so aus. Ich bin nur überrascht, dass ein Cowboy mit einem Werbetexter befreundet ist. Wie funktioniert denn eure Kommunikation?»

«Auf niedrigstem Level, fast unhörbar», antwortete er und seine rechte Augenbraue zuckte.

Anna betrachtete ungläubig seinen Mund, der so viel sagte und zugleich so vieles verschluckte und der, so musste sie sich eingestehen, eine geradezu magische Anziehung auf sie ausübte. Mit Michael war das Küssen eine handfeste Handlung, die mit sicheren Schritten auf sie zukam. Jetzt küsste sie in der Fantasie einen Mann, den sie nicht kannte, den sie sah und doch nicht entdecken konnte. Er war so undurchsichtig wie die Felsen und Sträucher, die sich im fahlen Licht des Mondes wie Schattenrisse vor dem Himmel abzeichneten. Sie musste jetzt etwas tun. Für eine lange Weile hatte sie den dramatischen Grund dieses romantischen Beisammenseins ausgeblendet.

«Ich muss nach Whistler sehen», sagte sie, wie aus einem Traum erwacht.

«Lass mich gehen.»

«Ich nehme die Taschenlampe. Es sind doch nur ein paar Meter.»

«Dann gehen wir beide», erwiderte Patrick.

Anna streckte ihre steif gesessenen Beine mit einem Seufzer und erhob sich so stockend wie ein Pferd. Der breite Sattel, der lange Ritt und das Sitzen auf den Steinen machten nun jeden ihrer Schritte zu einem schmerzhaften Aufprall mit der Erde. Aber es war ein Schmerz, der nicht ihr Inneres berührte. Er war von unwesentlicher Äußerlichkeit. In ihrem Innern war alles weicher und dehnbarer als je zuvor. Wie ein Schwamm sog sie alles um sich herum auf, jeden Windzug, jedes Geräusch, jede Stimmung, jedes Wort und jeden Blick von Patrick.

Die Pferde spitzten die Ohren, als sie sich ihnen näherten. Whistler stand beinahe wieder auf vier Beinen. Das verletzte war noch entlastet, aber der Huf lag auf dem Boden auf. Anna kontrollierte Puls und Nasenschleimhäute und erneuerte den rosig verfärbten Verband. Die Wunde sah gut aus. Das Bein war dick angelaufen und ein wenig Blut und Wundflüssigkeit waren ausgetreten, aber Anna stellte nichts Besorgniserregendes fest.

«Er scheint auf dem Weg der Besserung, nicht?», fragte Patrick.

«Ja, aber er wird morgen noch nicht nach Hause gehen können.»

«Dann werden Ron und ich die Stellung halten und ihn zurückbringen.»

«Wir werden sehen», sagte Anna und streichelte Whistlers weiches Maul. Patrick holte ihm noch einmal Wasser. Diesmal trank er gierig alles aus. Seine Augen waren klar und wach. «Ich glaube, die paar Schritte zu unserem Lager kann er machen.»

«Okay.» Patrick nahm den drei Pferden die Hobbles ab und zog Whistler vorsichtig Schritt für Schritt hinter sich her. Anna brachte White Boy und das Packpferd mit. Es gefiel ihr, dass die Pferde jetzt um sie herumstanden. Sie gaben ihr ein beruhigendes Gefühl.

Das Feuer war fast niedergebrannt und Patrick warf die letzten Äste hinein. Dann nahm er die kleine Petroleumlampe vom Baum und hielt sie ihr hin.

«Halt mal.»

Anna nahm die Lampe.

«Höher.

Das Licht fiel nun auf ihr Gesicht.

«Es wird kurz ziepen.» Er stellte sich dicht vor sie hin und zog das Pflaster mit einem Ruck von ihrer Stirn.

«Hast du die anderen noch?», fragte er. Sein Blick lag prüfend auf der kleinen Wunde unterhalb ihres Haaransatzes.

«Ja, antwortete Anna und fummelte links an ihrer Weste. Aber Patrick zog die Packung schon aus ihrer rechten Tasche. Er lächelte sie an, entnahm ein schmales Pflaster und entfernte das Papier von den Enden. Anna blickte auf seine Hände. Ihr Herz schlug stärker, als es ihr recht war. Sie fühlte Patricks Finger auf ihrer Stirn. Das Pflaster straffte sich über der kleinen Wunde und er trat einen Schritt zurück.

«Steht dir irgendwie, dieser kleine Schmiss auf der Stirn.»

Sie strich kurz darüber und erwiderte sein Lächeln.

«Ich glaube, wir sollten so langsam an Schlafen denken», sagte Patrick und wandte sich dem Gepäck zu. Anna nickte und zog das Gummiband aus ihrem Haar. Es fiel glatt und schwer auf ihre Schultern.

Sie ging zu den Pferden, spielte mit den Händen in Whistlers Mähne und drehte ihre Stiefelspitze im Sand hin und her. Dabei schielte sie zu Patrick hinüber und beobachtete, wie er die Isomatten nebeneinander ausrollte und sie dann in zwei Meter Entfernung voneinander auf den Boden neben die Feuerstelle legte. Sie ging zu ihm hinüber, nahm einen der beiden Schlafsäcke und rollte ihn auf der Matte aus, die sich näher bei den Pferden befand.

«Ich glaube, dieser hier ist etwas kleiner», sagte Patrick. «Wenn du nichts dagegen hast, würde ich gern tauschen. Er ist auch frisch gewaschen.»

«Entschuldige.» Sie reichte ihm den schweren Baumwollsack und er gab ihr den kleineren, leichteren.

«Es sind sogar Handtücher drin!», rief Anna.

«Dann kannst du ja doch noch ein Bad nehmen. Es gibt immerhin fließend Wasser, wenn auch nur kaltes.»

Anna lachte. «Hervorragend.» Mit Handtuch und Taschenlampe ging sie zum Fluss hinunter, zögerte, sah sich um und zog sich aus. Die knöchelhohe Strömung spülte um ihre Füße. Sie suchte sich die tiefste Stelle und goss das Wasser mit den Händen über ihren Körper. Sie bekam eine Gänsehaut, watete vorsichtig ans Ufer und trocknete sich eilig ab. Der Mond stand jetzt fast senkrecht über ihr. Noch wenige Tage, dann würde er voll und rund sein. Sein silbriges Licht brach sich in den Wasserwirbeln des Flusses und schimmerte auf den glatt gewaschenen Felsen.

«Alles okay da unten?», hörte sie Patrick rufen.

«Ja, alles bestens!», rief sie zurück. Ron hatte Recht, er war alles andere als ein Rowdy. Er ließ sie in Ruhe, war unaufdringlich und stattdessen besorgt um sie. Na ja, sagte sie sich nach längerem Nachdenken, vielleicht bin ich schlichtweg nicht sein Typ. Sie musste sich eingestehen, dass sie fast ein bisschen beleidigt war, dass er nicht den leisesten Versuch einer Annäherung unternahm.

Vorsichtig, die Lampe und den Blick auf den Boden vor ihr gerichtet, ging sie zum Lager zurück. Patrick saß im Halbdunkel an seinen Sattel gelehnt unter einem Mesquite-Busch. Die Hunde lagen eng aneinander geschmiegt neben ihm und die Pferde dösten im Hintergrund. Wenn es tatsächlich eine andere Dimension auf dieser Welt gibt, dachte sie, dann ist es die, in der ich mich jetzt befinde.

Patricks dunkle Gestalt löste sich vom Sattel. Das Handtuch hing auf seiner Schulter. Er bot ihr einen Kaugummi an. «Statt Zahnpasta.»

Anna zog ein Wrigley aus der Packung.

«Na, dann geh ich mal ins Bad», sagte er mit einem Zwinkern und entschwand. Anna setzte sich auf ihren Schlafsack und betrachtete die letzte Glut in den verkohlten Ästen der Feuerstelle. Würde dieser Abend genauso zu Ende gehen, ruhig und allmählich, vielleicht mit einem Knistern, bis der letzte Funke erloschen war? Oder würde hier ein neues Feuer entfacht? Energisch verscheuchte sie diesen Gedanken, zog ihre Stiefel aus und schlüpfte in den Schlafsack. Sie drehte sich auf den Rücken, zog den Reißverschluss hoch und betrachtete das Meer von Sternen über ihr. Welche Zukunft lag in ihnen verborgen?

Mit Patricks Schritten begann es in ihrem Bauch zu kribbeln. Gespannt starrte sie auf den noch leeren Schlafsack, danach auf seine staubigen Cowboystiefel, die neben ihr auftauchten. Dann sah sie an ihm empor.

«Das schaut ja schon sehr gemütlich aus. Hier ist noch etwas für deinen Kopf», sagte er.

Anna nahm die Wolldecke, drehte sich nach hinten und legte sie unter ihren Kopf. Dabei sah sie aus dem Augenwinkel, wie Patrick aus seiner Jeans stieg, den Colt neben die Matte legte und in Boxershorts in den Schlafsack schlüpfte. Dann vernahm sie das Quietschen des Reißverschlusses, ein Rascheln, kurz darauf die schnüffelnde Nase eines Hundes.

«Chola, weg hier!», zischte er und hob die Hand. Aber die

Hündin rieb ihren Kopf an seinem Arm und legte sich auf Tuchfühlung an seine Seite. Anna peilte sehnsüchtig zu den beiden hinüber. Sie wäre jetzt gerne Hund gewesen. Angestrengt versuchte sie Patricks Gesicht zu erkennen, aber es war nicht auszumachen, ob er sie ansah oder nicht. Eine Weile rührte sich nichts. Anna versuchte sich zu entspannen. Ihr Körper war müde und schwer von den Strapazen und dennoch wühlte eine nicht kontrollierbare Unruhe in ihr. Sie zupfte die Decke unter ihrem Kopf zurecht, schob die Hand darunter und suchte eine bequeme Seitenlage. Dann durchbrach ein Heulen die Stille. Es klang nahe, kam vom Fluss herauf. Sie zuckte zusammen und hob den Kopf. Auch die Hunde spitzten die Ohren.

«Kojoten», sagte Patrick, «hier gibt es keine Wölfe, falls du das denkst. Sie hören sich auch anders an.»

«Ja, aber klingt trotzdem etwas unheimlich.»

«Sie sind weit weg.»

Wieder drang das Heulen warnend wie eine Sirene an ihr Ohr. Es waren jetzt zwei verschiedene Stimmen.

«Sie scheinen am gegenüberliegenden Ufer zu sein. Ich hoffe, sie bleiben dort, sonst gibt es Ärger mit den Hunden.»

Anna spürte ihr Herz. Ihr war, als würde es gleich aus ihrer Brust springen.

«Willst du sie nicht lieber verscheuchen?», fragte sie leise.

«Wenn sie näher kommen, ja. Aber ich möchte die Pferde nicht unnötig beunruhigen.» Er zog den Schlafsack auf und setzte sich hin. Doch es blieb still. Nur der Ruf einer Eule und das Blöken der Kühe ertönte hin und wieder aus der Ferne.

Anna war jetzt endgültig wach. Alle ihre Sinne waren geschärft bis in den letzten Nerv hinein.

«Ich glaube, ich finde hier nie in den Schlaf», sagte sie und wälzte sich auf den Rücken. Sie hörte, wie Patrick sich wieder in den Schlafsack zurückzog.

«Es dauert, bis man sich an die Geräusche gewöhnt», sagte er mit ungewohnt sanfter Stimme.

Anna überlegte, rang mit sich, drehte sich wieder auf die Seite und blickte zu Patrick und dem Hund hinüber.

«Ich würde gern ein bisschen näher rücken. Würde dich das stören?», fragte sie leise.

«Ganz und gar nicht», antwortete er. Sie kroch zögernd aus dem Schlafsack, zog ihn mit der Matte zusammen neben Patrick und schlüpfte schnell wieder hinein. Er drehte sich auf die Seite, zu ihr hin, und legte seine Hand auf ihre. «Ist doch etwas unheimlich, nicht?»

Sie nickte, erstarrte unter seiner Berührung. «Aber jetzt nicht mehr», sagte sie schließlich. Seine Hand lag warm und fest über ihrer und Anna fühlte sich plötzlich weich und beschützt. In diesem Moment war sie nicht mehr die zupackende Tierärztin, die sattelfeste Reiterin, der unerschrockene Kumpel in allen Lebenslagen. Sie war einfach eine Frau neben einem Mann, der ihr gefiel. Sie empfand einen stummen Gleichklang, einen Hauch von Nähe. Sie hörte den Fluss, das Schnauben eines Pferdes und ihr pochendes Herz.

«Meinst du, du kannst jetzt schlafen?», fragte Patrick.

«Mal sehen», erwiderte Anna. Aber sie wusste, dass sie es nicht konnte.

«Ich muss jetzt ein bisschen die Sterne angucken, so zum Einschlafen», sagte er und rollte sich langsam auf den Rücken. Anna blickte auf seine Hand, die sich sanft von ihrer zurückzog und unter seinem Kopf verschwand.

«Ron hält übrigens sehr viel von dir», sagte er nach einer Weile. «‹Die erste Städterin, die hier wirklich was verloren hat›, meinte er gestern, bevor sie zurückgeritten sind.»

«Schön», entgegnete Anna. «Ich mag ihn auch sehr – oder besser, beide.» Sie stockte. «Nein, ich mag euch alle drei.»

«Ja, ist fast unheimlich, diese Harmonie», sagte Patrick und zog die Kapuze seines Schlafsacks unter seinen Kopf.

Dann herrschte Schweigen. Aber Anna merkte, dass auch er noch lange wach lag. Sie hätte ihn gern gefragt, woran er dachte, aber sie ließ es lieber. Sie schloss die Augen und sah Michael, aber sein Bild verlor sich schnell, und irgendwann, der Himmel lichtete sich schon ein wenig, schlief sie ein.

10

Als Anna erwachte, blickte sie auf Patricks leeren aufgeklappten Schlafsack. Sie rieb sich die Augen und sah sich um. Die Pferde standen im Kreis und sammelten die letzten Haferkörner vom Boden. Die Hunde leckten ihre leeren Näpfe sauber. Sie schaute auf die Uhr. Die Zeiger standen still. Sie klopfte ein paar Mal auf das Glas, aber die Batterie schien verbraucht zu sein. Macht nichts, sagte sie sich. Hier lernt man schnell, die Zeit nach dem Himmel zu schätzen. Vermutlich halb sieben, schloss sie nach eingehender Begutachtung des rosigen Himmels, über dem sich ein Gespinst aus feinen Federwolken ausbreitete. Sie atmete tief durch. Die Luft war so rein und frisch, dass jeder Atemzug ein Gefühl von Klarheit vermittelte. Dann zog sie den Reißverschluss auf und stieg aus dem Schlafsack. Die Müdigkeit wich nur langsam aus ihrem Körper. Er war steif und unbeweglich wie brüchiges Leder, aber innerlich fühlte sie sich lebendiger denn je.

Patrick konnte nur am Fluss sein. Sie ging an den Rand des Plateaus und späte hinunter. Ihr Blick fiel auf sein blau-weiß kariertes Hemd, das neben seinen Stiefeln auf den Steinen lag. Dann entdeckte sie ihn. Er hockte am Wasser, die Jeans hochgekrempelt, die Ellbogen zwischen den Schenkeln. Er goss mit den Händen Wasser über seinen Kopf. Sein Rücken hatte die Farbe der Steine unter ihm, und Anna schien es, als würde das Wasser durch ihn hindurchfließen.

Dann erhob er sich, zog sein Hemd an und blickte zu ihr hinauf.

«Ausgeschlafen?», fragte er mit einem abwesenden Lächeln.

«Nicht wirklich. Aber ich fühle mich bestens.» Sie ging an ihm vorbei ans Wasser hinunter.

«Schön, dass du hier bist», sagte er leise.

Anna schaute sich kurz um. Sie wartete, hoffte auf irgendeine Berührung, eine kleine Geste. Aber Patrick stand wie angewurzelt da. Sein Gesicht wirkte dunkel. Die Stoppeln waren stumme Zeugen des unvorhersehbar langen Ausflugs in die Wildnis.

Sie hockte sich hin, wusch sich das Gesicht und die Erwartungen aus dem Kopf. Was soll das alles, sagte sie sich. In einigen Tagen kommt vielleicht Michael, und wenn nicht, dann fliegst du zurück nach Hamburg, und dieser Mann wird dich schon am nächsten Morgen vergessen haben. Nachdem sie das Gummiband über ihr Haar gezogen hatte, erhob sie sich und ging an ihm vorbei hinauf zum Lagerplatz. Sie legte Whistler einen neuen Verband an, gab ihm noch eine Injektion und brachte Wasser zum Kochen. Als sie den Instantkaffee aufgoss, trat Patrick neben sie.

«Linda und Ron kommen den Fluss herauf. Wie geht es Whistler?»

Anna blickte zu ihm auf und dachte, wie gern sie noch mit ihm allein geblieben wäre.

«Gut», antwortete sie. «Ich denke, heute Nachmittag kann man ihn mitnehmen, allerdings ohne Reiter.»

«Okay, dann werde ich mit Ron so lange hier bleiben.»

«Er braucht aber noch mal einen neuen Verband und eine Penicillin-Spritze.»

«Das schaffen wir schon», erwiderte Patrick. «Schlaf du dich aus. Siehst ganz schön kaputt aus.»

Anna hörte das Klappern der Hufe und wenig später standen Linda und Ron vor ihnen.

«Hallo, ihr Nachtschwärmer!», rief Ron und ließ sich gemächlich aus dem Sattel gleiten. Linda folgte.

«Wie geht es unserem Patienten?», fragte sie Anna.

«Gut. Ich denke, heute Nachmittag kann er laufen.»

«Wunderbar!» Sie ging auf Anna zu und umarmte sie.

«Dann ist jetzt Wachablösung», sagte Ron. Er legte seine Hand auf Patricks Schulter und blickte Anna an. «Irgendwelche Beschwerden?»

«Nein, alles in bester Ordnung», erwiderte sie.

«Wir haben noch nicht gefrühstückt», warf Patrick ein.

«Na dann mal los.» Ron rieb sich die Hände. «Sind wir auf einen Kaffee eingeladen?»

«Klar», sagte Anna, sammelte die Becher zusammen und verteilte den Kaffee. Patrick reichte Anna ein Sandwich. Er sah sie an und sie hielt seinen Blick, hielt ihn fest für den Rest des Tages.

Gleich nach dem Kaffee brach sie mit Linda auf. Der Rückweg kam ihr beschwerlicher vor als alles, was sie bisher hinter sich gebracht hatte. Der letzte Abend, die Nacht, alles war wie ein Traum, der sich nun verflüchtigte. Sie hätte gern die Zeit angehalten. Jeder Schritt des Pferdes, der sie von ihrem Lagerplatz und von Patrick wegbrachte, schmerzte sie. Nun erschien auch Michaels Bild von Zeit zu Zeit wieder vor ihren Augen. Sie fühlte sich schlecht. Sie hatte ihn gedanklich betrogen, ihn einen ganzen Tag lang nicht existieren lassen. Und als Linda auf dem Heimweg nach der zweiten Person fragte, die sie als Besucher angekündigt hatte, fühlte sie sich ertappt.

«Er kommt wahrscheinlich. Es wird sich heute oder morgen Früh entscheiden», antwortete sie matt.

«Ist es ein Mann?», fragte Linda vorsichtig.

«Ja», sagte Anna. «Mein Freund.»

Linda blickte auf. «Das hättest du doch gleich sagen können. Warum so geheimnisvoll. Wir sind zwar altmodisch, aber damit haben wir kein Problem. Ich freue mich, ihn kennen zu lernen.»

Anna lächelte schwach.

«Was macht er beruflich?»

«Er ist Grafiker.»

«Dann kann er gut zeichnen. Kann er auch Porträts malen?»

«Ich glaube, das weniger. Er entwirft Seiten für das Internet.»

«Ach, Internet. Davon habe ich keine Ahnung. Na ja, wir werden uns schon verstehen.»

Linda führte ihr Pferd vor das von Anna. Sie verließen das Flussbett und ritten hinauf in die Berge. Als die Sonne im Zenit stand und ihre harten Strahlen auf sie herabwarf, erreichten sie die Ranch. Anna rutschte schwer aus dem Sattel. Die Berührung mit dem Boden war wie ein Schock. Sie spürte ihn in allen Knochen. Ihre Bluse klebte an ihrem verschwitzten Körper und ihr Haar hatte sich mit dem Gummiband verknotet. Es stand störrisch in alle Richtungen, als sie die Kappe herunterzog.

Jetzt erst mal eine Dusche, dachte sie und stemmte den Sattel von White Boys Rücken. Ihre Arme zitterten und ihre Beine gaben nach. Zügig hängte sie das knarrende Lederzeug über den Zaun, breitete das feuchte Pad aus und schnallte die Chaps ab.

«Ich mache das hier fertig. Geh du schon hoch», sagte Linda und gab ihr den Schlüssel. «Nimm dir was zu trinken aus dem Kühlschrank. Ich mache dann was zu essen.»

«Danke.» Anna nahm den Schlüssel und schleppte sich den Weg hinauf. Sie holte sich ein Mineralwasser, ging hinüber ins Bunkhouse, fiel aufs Bett und schlief ein.

Als sie erwachte, war es dunkel. Sie wälzte sich auf den Bauch, zog die Gardine zurück und sah Licht im Ranchhaus. Sie hatte keine Ahnung, wie spät es war. Ihr Kopf war leer, ihr Körper wie Watte. Sie machte Licht, setzte sich auf die Bettkante und fuhr sich mit den Händen übers Gesicht. Es fühlte sich an wie raue Pappe. Dann drückte sie die Stiefel von den geschwollenen Füßen, zog sich aus und stellte sich unter die Dusche.

Als sie in frischer Kleidung vor dem Spiegel stand, spürte sie, wie sich ihr ausgezehrter Körper wieder mit Leben füllte. Auch ihr Kopf begann wieder zu arbeiten, mehr, als ihr lieb war. Die Gedanken an Patrick hielten sie vor dem Spiegel fest. Vielleicht doch lieber das rote, engere T-Shirt unter der Fleecejacke, überlegte sie und starrte auf ihr Spiegelbild. Sie schüttelte den Kopf, verwarf den Gedanken, drehte sich um und verließ das Zimmer.

«Da kommt ja unser Retter in der Not!», rief Ron, als sie das Ranchhaus betrat. «Wir wollten schon nach dir schauen, haben uns Sorgen gemacht. Komm, setz dich.» Er winkte ihr aus der Küche zu, stand auf und holte ihr ein Bier aus dem Kühlschrank. Linda lächelte ihr vom Herd aus entgegen. Es roch nach Bratkartoffeln. Die Eckbank war leer. Anna setzte sich und Ron folgte mit dem Bier und einem Humpen. Sie wartete auf Patrick, aber er kam nicht.

«Wie spät ist es?», fragte Anna und ließ das kühle Bier durch ihre Kehle laufen.

«Viertel vor acht. Wir haben mit dem Essen auf dich gewartet.»

«Tut mir Leid.»

«Braucht es nicht», erwiderte Ron. «Das macht gar nichts.»

«Du bist sicher halb verhungert. Es gibt Steaks, Salat und Kartoffeln», sagte Linda und warf drei riesige Fleischfladen in zwei Pfannen. Es zischte und der Duft von gebratenem Rindfleisch zog Anna in die Nase. Erst jetzt spürte sie, wie leer ihr Magen war.

«Kommt Patrick nicht zum Essen?», fragte sie schließlich.

«Wohl nicht. Dem geht es nicht so gut. Hat sich hingehauen, unser Cowboy», antwortete Ron und blinzelte ihr zu. «Hat wohl platte Füße von dem Marsch.» Er lehnte sich zurück und fuhr mit zwei Fingern über seinen Schnauzer. «Aber immerhin hat er schießen gelernt.»

Anna lächelte und blickte auf den Bierhumpen in ihrer Hand.

«Das ist Whistler», sagte Ron und tippte mit dem Finger auf den Aufdruck. «Meine Tochter Kathy hat ihn für mich anfertigen lassen. Er ist jetzt deiner.»

Anna sah von dem aufgedruckten Foto zu Ron. «Nein, ein Geschenk soll man nicht weitergeben.»

«In diesem Fall schon. Sie wird mir wieder einen machen lassen, irgendwann mit einem neuen Foto. Ich möchte, dass du diesen bekommst.»

Anna lächelte und strich mit dem Daumen über den blauen Tonkrug mit Whistlers aufgedrucktem Kopf. Die Blesse leuchtete auf seiner Nase.

»Vielen Dank, Ron, das ist lieb.»

Während sie aßen, musste sie den ganzen Hergang des gestrigen Tages beschreiben – die Schlange, den Schuss, die Verletzung, ihre Behandlung. Patrick tauchte nicht auf. Sie wusste nicht genau, in welchem Zimmer er wohnte, aber als sie ins Bunkhouse hinüberging, sah sie ein Licht im hinteren Bereich des Hauses. Es erlosch, als sie die Tür ihres Zimmers aufschloss. Sie schrieb einen langen Bericht in ihr Tagebuch. Mit der letzten Zeile verstummte der Generator und ließ sie in der Finsternis zurück. Es dauerte lange, bis der Schlaf über ihre Gedanken siegte.

Patricks Platz blieb auch zum Frühstück leer, obwohl sie erst um halb neun die letzte Tasse Kaffee austranken. Sie gingen zum Corral hinunter. Ron brachte die Sättel mit dem Trecker. Aber Patrick tauchte nicht auf. Anna verspürte entgegen aller Vernunft so etwas wie Entzugserscheinungen.

«Dann muss ich mich wohl heute selbst mit den jungen Pferden abquälen», sagte Ron, als er seine Chaps umschnallte.

«Einen könnte ich doch reiten», meinte Anna. «Ich verstehe zwar nichts vom Westernreiten, aber damit er unter den Sattel kommt und Bewegung hat ...»

«Tja, wenn du dir das tatsächlich zutraust, wäre das eine große Hilfe. Wir sind ja auch nicht mehr die Jüngsten.»

Whistler stand auf einem kleinen abgetrennten Paddock und fraß Heu. Anna ging zu ihm, gab ihm eine Scheibe trockenes Brot, kontrollierte das Bein und erneuerte den Verband. Er trat wieder auf und sah zufrieden aus.

«Wen soll ich reiten?», fragte Anna und setzte ihre Kappe auf. Ein kräftiger Fuchs stieß seine Nase an ihren Arm.

«Auf keinen Fall den hier», sagte Ron. «Wenn Sunny einen aus dem Kanister lässt ... Mit dem hatte Patrick schon seine Mühe, und das muss ich ihm lassen, reiten kann er.»

Mit der Erwähnung seines Namens schoben sich umgehend die Bilder des letzten Abends in Annas Bewusstsein.

«Nimm dir Buster vor», sagte Ron nach kurzer Überlegung.

«Was meinst du, Anna, welcher Sattel ist für dich am geeignetsten», fragte Linda. «der, den du gestern hattest, oder der hier von Patrick?»

Anna blickte von einem Sattel zum anderen. Mir gefällt sein Hintern, also gefällt mir auch sein Sattel, dachte sie und lächelte in sich hinein.

«Ich nehme den von Patrick», antwortete sie ohne zu zögern und ließ ihre Hand über das Rauleder der Sitzfläche gleiten.

«Ich helf dir beim Satteln. Der Bursche ist etwas kitzlig», sagte Linda und stellte das Pferd neben den Zaun. Anna betrachtete den dreijährigen Fuchswallach. Er hatte einen hübschen schmalen Kopf, fast ein bisschen wie ein Vollblut. Seine Schulter und seine Kruppe jedoch waren breit, wie es sich für ein gutes Quarter Horse gehörte, und sein Rücken war kurz und gerade. Er hatte aufmerksame Augen, aber sie zeigten nichts Weißes. Alles an ihm ließ auf ein ausgeglichenes Gemüt schließen.

«Das ist Buster», sagte Ron, «erst dreijährig, aber ein prima Kerl. Nur beim Satteln ist er ein Mistbock.»

Anna nahm die Trense aus Lindas Hand, schob ihm mit gespreizten Fingern das Gebiss ins Maul und hob den Sattel so vorsichtig wie möglich auf seinen Rücken. Linda hielt ihn an den Zügeln fest. Sein linkes Ohr zuckte nach links. Als der Gurt seinen Bauch berührte, schlug er aus.

«Ich hab dir schon mal gesagt, dass du die Zügel loslassen sollst!», donnerte Ron. Aber Linda hörte nicht auf ihn.

Anna führte den Gurt vorsichtig durch den D-Ring und zog ihn fester. In dem Moment warf sich der Wallach zur Seite, senkte den Kopf und bockte. Der Sattel rutschte und fiel krachend auf den Boden.

«Verdammt, was macht ihr denn da mit meinem Sattel!» Patricks Stimme tönte von der Schotterstraße herab in den Corral.

Ron drehte sich augenblicklich um. «Wenn du den Arsch nicht aus dem Bett kriegst, wird damit gemacht, was wir für richtig halten.»

Anna hob den Sattel auf und hängte ihn über den Bock. Dann drehte auch sie sich um. Patrick lief den Weg hinunter, war mit einem Satz über dem Zaun und stand vor ihr.

«Und warum muss es ausgerechnet mein Sattel sein?»

Anna sah, dass seine Augen vor Ärger blitzten. «Tut mir Leid», sagte sie. Sie hielt das Pferd am Zügel und starrte ihn an. «Ich wusste nicht . . .»

«Ich habe Anna gesagt, dass sie sich einen Sattel aussuchen soll», platzte Linda dazwischen, «und ich bin davon ausgegangen, dass du nichts dagegen hast, wenn sie deinen nimmt.»

«Hab ich auch nicht.» Ein Lächeln huschte über sein Gesicht, dann blickte er auf den Sattel. Es herrschte kurz betretene

Stille, doch schon im nächsten Moment schüttelte Patrick den Kopf, als wäre er plötzlich zur Besinnung gekommen. «Weißt du, es ist eigentlich nicht mein Sattel. Jeff ist derjenige, der sauer wäre, nicht ich.» Er nahm ihre Hand und strich mit dem Daumen darüber. Es war keine Cowboyhand, es war nur die Hand eines Mannes, der sie zweifellos mochte. Sein Blick war weicher und in seinen Augen sah sie den Fluss, das Feuer, den Mond über ihnen, an dem nur noch eine kleine Rundung fehlte.

«Dann zeig uns mal, wie man sattelt, Pat», durchbrach Ron die beschauliche Stille. Er verzog das Gesicht zu einem breiten Grinsen.

«Okay, kann losgehn!» Patrick nahm Anna das Pferd ab, stellte es wieder seitlich an den Zaun und ließ die Zügel hinabfallen. Er legte seine rechte Hand auf Busters Rücken und strich mit der Linken behutsam über seinen Bauch. Buster zuckte, machte einen Schritt nach vorn und trat auf die Zügel. Der Ruck in seinem Maul brachte ihn zum Stehen. Patrick wiederholte die Prozedur. Buster wippte zweimal mit dem Kopf auf und ab und stellte ein Ohr in seine Richtung. Aber er stand. Patrick streichelte seinen Hals. Er sah so zufrieden aus wie das Pferd. Anna verfolgte jede Bewegung, jede Geste, jede Miene. Sie bemerkte durchaus, wie bewusst lässig er an ihr vorbeiging, die Hände in die Hosentaschen steckte und dann den Sattel schulterte. Er ist gerne Cowboy, dachte sie, er ist es nicht einfach nur. Und er findet sich verdammt gut dabei.

Patrick ließ den Sattel sanft auf Busters Rücken sinken, trat auf seine rechte Seite und nahm den Gurt von der Sitzfläche. Dann ging er vorne an ihm vorbei, ließ die Hand über seine Stirn gleiten und zog den Gurt vorsichtig Stück für Stück an den Bauch. Buster hob das Bein. Patrick gab ihm einen Klaps auf die Flanke. Das Bein sank zu Boden. Er zog den Gurt an, langsam, immer weiter, und führte ihn schließlich durch die Schnalle. Buster verharrte auf der Stelle wie ein Standbild.

«Willst du aufsteigen?», fragte Patrick und Anna nickte abwesend. Warum eigentlich, dachte sie. Sollte sie ihm jetzt etwas vorreiten wie auf einer Prüfung? Wahrscheinlich würde er nur an ihr herumkritisieren.

«Möchtest du ihn nicht selbst reiten, auf deinem Sattel?», fragte sie spitz.

«Ich wollte mich eigentlich lieber wieder hinlegen.»

«Aber ich verreite ihn wahrscheinlich.»

«Glaub ich nicht.»

«Meinst du, er lässt mich oben?»

«Sagtest du nicht, dass du fest im Sattel sitzt?»

Anna hielt einen Moment lang inne. «Also meine Vollblutstute ist jedenfalls kooperativer als dieser Quarter-Bock.»

«Bei ihm ist das eine reine Erziehungsfrage. Die guten Anlagen sind da. Sie müssen nur gefördert werden. Das ist nicht anders als beim Menschen.»

Anna gab sich geschlagen. Als sie das Bein in den Steigbügel stellte, piepte ihr Handy. Sie zog den Fuß wieder aus dem Bügel und das Handy aus der Westentasche. Das Symbol für eine SMS blinkte eindringlich. Patrick trat einige Schritte zurück. Sie drückte NACHRICHT ANZEIGEN und las «Komme an am 10. Nov. Flug-Nr. 3810 um 17.30 in Phoenix. Freue mich auf dich, Michael.»

Anna erstarrte. Die kleine Wortkette auf dem Display ihres Handys wirkte wie eine Drohung. Sie blickte zu Boden, sah Patricks Stiefel, die sich entfernten, sah die Hufe des Pferdes, dann Linda und Ron, die an ihre Seite traten.

«Nachricht von deinem Freund?», fragte Linda. Anna spürte, wie ihr das Blut in den Kopf stieg. Sie zog die Haare hinter den Ohren hervor und ließ sie wie eine Gardine über ihre erhitzten Wangen fallen. Sie verabscheute sich dafür, dass sie hoffte, Patrick habe Lindas Worte nicht gehört. Sie nickte stumm.

«Kommt er?»

«Ja», antwortete sie, «in fünf Tagen.»

«Also pünktlich zum Round-up.»

«Ja.» Sie stieg in den Sattel, nahm die langen Lederzügel in ihre linke Hand und ließ ihre Waden kurz und leicht an die

Flanken des Pferdes schnellen. Ron öffnete das Tor zum Reitplatz. Buster setzte sich im Schritt in Bewegung. Sie führte ihn im Kreis herum, die Hand etwa zwanzig Zentimeter über der langen Mähne vor dem Sattelhorn. Dann drückte sie den Zügel an die rechte Seite seines Halses. Er bog nach links ab. Sie ließ ihn antraben, setzte sich tief in den Sattel und vergaß für eine Weile alles in ihrem Innern und um sie herum. Es gab nur noch sie und das Pferd. Sie spürte seine Bewegung, seinen Vorwärtsdrang, das Greifen nach dem Gebiss, dann das Nachgeben, die Hinterhand, die sich aus dem Takt lösen wollte und schließlich doch wieder auffußte. Ein junges Pferd, noch zögerlich und voller Energie, aber bereit zur Zusammenarbeit.

Ihr Blick schweifte über den Platz und sie dachte an Patricks Stolz über seinen Erfolg beim Satteln. Sie fühlte sich genauso. Linda und Ron lächelten ihr zu und ihr Wohlwollen tat ihr gut. Sie suchte Patrick und entdeckte ihn gegenüber. Er lehnte am Holzzaun und sah ihr zu. Sein Gesicht war so ernst, dass sie erschrak. Als sie abstieg und Buster den Hals klopfte, kam er auf sie zu, löste den Gurt und legte Sattel und Pad über seine Unterarme.

«Das mit der Englischreiterin nehme ich zurück. Du bist einfach eine gute Reiterin mit dem richtigen Gefühl, egal, in welchem Sattel», sagte er.

Es war das schönste Kompliment, das sie je bekommen hatte.

11

Am nächsten Tag waren Patrick und Ron schon vor dem Frühstück zum Kontrollritt aufgebrochen. Sie kehrten erst kurz vor Dunkelheit zurück und trieben einige Longhornkühe mit Kälbern vor sich her. Anna sah sie den Pfad heraufkommen, den auch sie genommen hatten, als sie gemeinsam zum Hassayampa ritten. Die beiden Männer trieben die Kühe in den Corral, als Anna mit Linda zum Haus hinaufging.

«Ich muss schnell etwas zu essen machen», sagte sie, als Anna stehen blieb und zu ihnen hinabsah. «Hast du Lust, mir zu helfen?»

«Klar! Und wir müssen endlich auf mein erstes Abenteuer in der Wildnis von Arizona trinken», erwiderte Anna mit einem Strahlen.

«Na ja, einen kleinen Schluck nehme ich ganz gern. Patrick ist sicher auch nicht abgeneigt. Aber Ron ist kein Freund von Alkohol.»

«Ich habe zwei Flaschen Jack Daniels und eine Flasche Gin vom Flughafen mitgebracht. Wenn ihr Soda und Eis habt . . .»

«Haben wir und Ron wird für dich auch eine Ausnahme machen. Wenn die Kinder da sind, fließt auch Alkohol. Ist ab und zu ganz lustig.» Linda gab Anna einen herzlichen Klaps auf die Schulter.

«Wir wollen uns ja nicht betrinken, nur ein bisschen die gute Rückkehr feiern.»

«Darauf sollten eigentlich wir einen ausgeben, aber . . .»

«Nein, das sehe ich anders. Trotz aller Dramatik – die Nacht unter dem Sternenhimmel mitten in der Wildnis war ein unvergessliches Erlebnis für mich.»

Linda blickte sie mit großen Augen an und nickte wortlos.

Um Punkt sechs Uhr saßen sie alle versammelt am Abendbrottisch.

«Was haltet ihr davon, wenn wir nachher zum Drink auf die Veranda gehen?», fragte Anna.

«Ihr mit euren Drinks», knurrte Ron. «Aber wir können uns gerne raussetzen, wenn du möchtest.»

«Gute Idee», sagte Patrick und lächelte ihr zu.

Sie beteten, aßen und sprachen nur wenig. Dann holte Anna den Whiskey und Linda brachte Gläser, Sodawasser und Eis.

«Für mich nur Wasser mit Eis», sagte Ron. «Aber ich stoße trotzdem mit an – und wie!»

Sie gingen hinaus auf die Terrasse. Patrick schleppte zwei alte

Korbstühle aus dem Bunkhouse herbei und hängte eine Petroleumlampe an den Holzbalken neben der Treppe.

«Das ist was für euch Leichtgewichte. Die sind nicht mehr so stabil.» Ron setzte sich auf die Bank und zog Linda sanft neben sich. «Unsere dicken Hintern sind hier sicherer aufgehoben.»

Linda nickte und legte ihren Kopf auf Rons breite Schulter. Ihr grauer Pferdeschwanz schmiegte sich an seinen rauen Hals. Anna sah zu Patrick hinüber. Ihr war plötzlich ganz warm. Er erwiderte kurz ihren Blick und senkte ihn dann auf seine Stiefelspitzen. Anna goss Whiskey und Soda in die Gläser und warf mit einem Blechlöffel die Eiswürfel hinein.

«Ein nettes Geräusch», sagte Patrick und nahm das Glas, das Anna ihm hinhielt.

Sie hoben alle die Gläser und stießen an.

«Auf dich, Anna», sagte Ron mit ruhiger, gewichtiger Stimme.

«Auf uns alle und ein weiterhin so harmonisches Beisammensein», sagte Anna und schenkte Patrick ein Lächeln, wie es ihr nur selten gelang.

Sein Glas leerte sich mit einem einzigen Zug um die Hälfte. Linda schluckte, verzog das Gesicht und stellte das Glas hart auf den verwitterten, staubigen Balken der Veranda. «Der brennt einem ja die Kehle weg. Oder ich bin einfach nichts mehr gewohnt.»

«Ich weiß schon, warum ich die Hände davon lasse», sagte Ron und nahm einen Schluck Eiswasser.

Patrick lehnte sich zurück. Der Korbstuhl knarrte. Hinter dem Haus schlugen die Hunde an.

«Sie bellen den Mond an», sagte Patrick mit einem Zwinkern.

«Ach ja, es müsste Vollmond sein.» Anna erhob sich, ging die Treppe hinunter und blickte zum Himmel. «Ich glaube er nimmt schon wieder ab.»

«Gestern war Vollmond.»

Anna nickte, kam wieder herauf und setzte sich. Sie trank und spürte, wie der Whiskey scharf durch ihre Kehle lief. Sie dachte an Michael, versuchte sich das Zusammensein auf der Ranch auszumalen, blickte zu Patrick und nahm eilig einen weiteren Schluck.

«Wie ist das eigentlich mit diesen neuen Weidebeschränkungen hier in der Gegend?», wollte sie wissen.

«Ein düsteres Kapitel», seufzte Ron. «Bald dürfen wir das Vieh in der Wachstumsphase im Frühjahr gar nicht mehr an den Hassayampa hinunterlassen.»

«Aber sie brauchen doch den Fluss zum Saufen.»

«Genau das ist ja das Problem. Vor allem in der heißen Zeit brauchen sie den Fluss. Die wenigen Quellen reichen nicht aus, um den Durst von hundertachtzig Rindern zu löschen. Uns bleibt also nichts anderes übrig, als den Viehbestand weiter zu reduzieren.»

«Ja, diese Arbeit hier ist eigentlich nur noch was für Liebhaber, so wie uns. Reich kann man damit nicht werden. Aber wir wollen uns nicht beklagen. Wir haben nie etwas anderes machen wollen», erklärte Linda.

Anna lächelte und blickte zu Patrick. Doch der starrte in die Nacht hinaus, schien mit seinen Gedanken wieder ganz woanders zu sein. Sie goss Whiskey nach, nahm einen kräftigen Schluck und schon bald den nächsten.

«Seit wann gibt es diese neuen Bestimmungen?», fragte sie.

«1990 ist der Arizona Desert Wilderness Act aufgestellt worden. Damit sind 11,583 Acres im Yavapai County zur Hassayampa River Canyon Wilderness erklärt und unter Naturschutz gestellt worden», antwortete Ron.

«Ist an sich eine gute Sache, aber für die Rancher eine Katastrophe», warf Linda ein.

«Alles hat zwei Seiten», sagte Patrick und blickte nachdenklich in sein Glas. Dann herrschte Schweigen. Anna lauschte dem Schrei einer Eule und dachte an die Nacht am Hassayampa. Sie kippte mit Patrick das dritte Glas Whiskey und spürte, wie der Alkohol langsam ihre Sinne vernebelte. Das Gefühl gefiel ihr. Die Gedanken wurden zu schwammigen Empfindungen, Lindas und Rons Worte flogen wie das Zwitschern von Vögeln an ihr vorbei. Sie war stumm geworden, so wie Patrick. Nur das Knarren ihrer Korbstühle erinnerte Anna daran, dass alles real war.

Schließlich erhob sich Ron, reichte Linda seine Hand und zog sie hoch.

«Wir alten Leute werden jetzt das Feld räumen. Morgen wartet viel Arbeit auf uns», sagte Ron mit einem herzlichen Lächeln zu Anna. «Wir bedanken uns für den netten Abend bei Whiskey und Wasser.»

«War nett mit euch», brachte Anna schwerfällig heraus. Der Rest blieb in ihrem Schluckauf hängen. Sie erhob sich, taumelte und sackte zurück in den knarrenden Stuhl. Die Lehne gab nach und sie musste kichern.

«Wär beinahe unter mir zusammengebrochen.»

Patrick musterte sie.

«Ist verflucht still geworden hier, findest du nicht?»

«Hier war es noch nie laut», erwiderte Patrick spröde.

«Erzähl mir doch mal was. Zum Beispiel von deinem Leben.» Sie beugte sich unsicher zur Balustrade vor, nahm ihr Glas und leerte es mit einem einzigen Zug. «Oder erzähl von deinem Freund Jeff. Ja, genau, von Jeff.»

«Was willst du hören?»

«Na, was schon. Wie er ist, warum er hier ist ...» Der Schluckauf unterbrach sie wieder.

«Ich habe dir gesagt, dass er hier etwas sucht. Eine Box mit etwas drin.»

«Ja, ja, du darfst mir nicht erzählen, was es ist. Wahrscheinlich Koks oder so was. Ist doch nicht so schwer zu erraten.»

«Glaub, was du willst. Das stört weder ihn noch mich.»

«Aha. Na gut.» Anna hob das leere Glas zu Patrick. «Bitte, sei so lieb.»

«Ich denke, es ist besser, wenn du Schluss machst.»

«Will ich aber nicht. Schenk mir was ein.»

Patrick füllte ihr Glas zu einem Viertel mit Whiskey und wollte Wasser darüber gießen, aber Anna hielt seinen Arm fest.

«Kein Wasser, nur Eis!»

Er warf den letzten, halb geschmolzenen Eiswürfel in ihr Glas und setzte sich wieder.

«Tut mir Leid, aber ich brauche das heute», sagte Anna. Ihre Zunge war schwer wie Blei. «Ist alles so traurig.»

Patrick blickte auf und sah sie schweigend an. Anna trank, erhob sich und zog ihren Stuhl zu ihm hinüber. Dann fiel sie wieder hinein und beugte sich zu ihm. «Hast du dich für mich so penibel rasiert?»

Er schüttelte lachend den Kopf. «Müsste ich das?»

«Nein, ich mag dich, egal wie», platzte es aus ihr heraus und ihr Mund verrutschte mehr denn je nach links.

«Du bist ja betrunken», sagte Patrick streng.

Anna hob den Kopf und sah ihn von der Seite an. «Vielleicht hat der Whiskey mein Gehirn verkleistert, aber meine Gefühle hat er nicht weggespült.»

«Anna.» Er holte tief Luft. «Was du hier oben suchst, ist die Figur aus einem Western. Ein Cowboy, unrasiert, den Colt an der Hüfte, locker im Sattel, den Blick in die Ferne gerichtet. Er ist mit allen Wassern gewaschen, cool, lässig, wortkarg und rau wie die Felswand des Jesus Canyon. Aber das bin ich nicht.»

Anna spürte, wie sich die Hauswand vor ihr drehte. Sie löste sich in tausende einzelner Kreise auf. Alles flimmerte und vibrierte.

«Bringst du mich rüber», lallte sie und sank in den Stuhl zurück. «Mir geht's nicht so gut.»

Patrick sprang auf, die Hunde bellten. Anna blickte auf sein Jeanshemd, ließ ihren Kopf daran sinken und roch das Waschpulver darin. Sie spürte seine Arme unter ihren und den Boden unter den Füßen. Aber sie fand keinen Halt darauf. Er hielt sie fest.

«Kannst du ein paar Schritte machen?»

«Ich weiß nicht.» Der Schluckauf erschütterte ihre Brust. Dann hoben sich ihre Füße vom Boden. Sie spürte Patricks Hände unter ihrem Hintern und ihrem Rücken und ihre eigenen an seinem Hals und gleich darauf die Erschütterung seiner Schritte.

«Ich muss dich jetzt absetzen», sagte er und ließ sie sanft auf den Boden hinunter. Ihre Beine knickten ein wie morsche Äste. Aber Patrick hielt sie fest und öffnete die Tür. Vorsichtig schob er sie durch den dunklen Raum. Dann sank sie auf die weiche Matratze. Patrick hielt sie immer noch fest.

«Küss mich», hauchte sie mit letzter Kraft und blickte ihn wie durch einen flirrenden Schleier an.

«Ich küsse keine betrunkenen Frauen», erwiderte er und drückte sie sanft ins Kissen. Sie schloss die Augen, die Welt drehte sich rasend schnell um sie herum, dann langsamer, dann kam sie zum Stillstand. Sie schlief ein.

Der nächste Morgen begann für Anna mit dem lähmenden Gefühl abgestandenen Alkohols in ihren Adern. Sie schlug die Augen auf, schloss sie wieder, versuchte es von neuem. Ihr war, als würden die Balken der Zimmerdecke auf ihren Kopf drücken. Schließlich blickte sie in die Leere des Raums und erkannte, wo sie war. Arizona, Cowboy- und Indianerland, Pferde, Rinder und zu viel Whiskey. Sie legte die Hand auf ihren Kopf, der unter dumpfem Druck in dem zerknüllten, klammen Daunenkissen lag. Nie wieder Alkohol, dachte sie. Sie hob den Kopf, zog den Arm unter der Decke hervor und griff nach der Wasserflasche. Aber ihre Hand glitt schlapp von dem glatten Plastik. Die Flasche knallte auf den Boden und der Inhalt ergoss sich über die Holzdielen.

«Mist», fluchte sie und hangelte sich an die Bettkante. Sie war in voller Montur eingeschlafen. Hastig zog sie ihr T-Shirt aus und warf es in die Wasserlache. Dann suchte sie ihre Latschen. Aber die waren wohl am Vorabend im Bad geblieben. Sie wankte barfuß zum Waschbecken und hängte ihren Mund unter den Wasserhahn. Kühles Quellwasser auf eine trockene Kehle – wunderbar, dachte sie. Jetzt noch etwas gegen die Kopfschmerzen und dann wird es schon wieder.

Unter der Dusche begann der innere Motor langsam und stockend zu laufen. Mit der zunehmenden Klarheit des Bewusstseins setzte auch die Erinnerung an den Vorabend ein, wenn auch nur in Bruchstücken. Ja – Patrick hatte sie ins Zimmer gebracht, das wusste sie. Aber was hatten sie geredet und wie lange war er bei ihr geblieben? Hatte sie tatsächlich zu ihm gesagt, dass er sie küssen solle? Verdammt, wie peinlich, schoss es ihr durch den schmerzenden Kopf. Vielleicht hatte sie das auch nur geträumt. Wie dem auch sei, sie konnte es nicht rückgängig machen. Zum Glück war nichts geschehen, was sie bereut hätte.

Als sie aus dem Bad kam, fiel ihr Blick auf die Wand, die am gestrigen Morgen noch leer war. Jetzt hing dort ein Gemälde von einem Cowboy, der das Lasso schwang. Vor ihm ein Kalb, im Rücken die Wand des Jesus Canyon und darüber eine goldene Sonne. Hatte Patrick es für sie aufgehängt? Sie konnte es kaum erwarten, ihn zu fragen, zog eine frische Jeans und ein kurzärmliges T-Shirt an und blickte auf den alten Wecker, den Linda ihr ins Zimmer gestellt hatte. Sie erschrak. Elf Uhr! Sie sollte beim Impfen einiger Kälber helfen.

Im Ranchhaus fand sie wie am ersten Morgen einen Zettel vor:

«Liebe Anna,

wir sind im hinteren Corral bei den Kälbern. Kaffee ist in der Kanne, Toast liegt neben dem Röster, Eier sind im Kühlschrank.

Gruß, Linda.»

Anna verzichtete auf die Eier. Sie löste ein Aspirin in einem Glas Wasser auf, kippte es in einem Zug hinunter und trank einen Kaffee hinterher. Dann schleppte sie sich zum Corral.

Wie würde ihr Patrick vor die Augen treten? Hatte sie sich sehr blamiert? Heute würde sie ihm beweisen, dass sie keine hemmungslose, liebeshungrige Städterin war, sondern ein Kumpel, der bei der Arbeit mit anpackte.

Aber Patrick gab ihr nicht die Gelegenheit dazu. Sie fand nur Linda und Ron vor, und die waren zu allem Unglück schon mit dem Impfen fertig. Ron lehnte am Trecker. Auf dem Frontlader lagen vier Ballen Heu.

«Tut mir Leid, dass ich verschlafen habe», sagte Anna.

«Mach dir keinen Kopf. Das war leichte Arbeit.»

«Hat Patrick euch wenigstens geholfen?»

«Der hat sich mal wieder abgesetzt. Diesmal leider ziemlich Hals über Kopf», sagte Ron und zuckte mit den Schultern. «Sieht so aus, als würde er diesmal an seine Grenzen stoßen, der Gute.»

«An welche Grenzen?», fragte Anna erstaunt.

«Na, ich glaube, du weißt schon, was ich meine.»

Sie sah zu Boden. Hatte Patrick doch schon etwas von Michael erfahren oder flüchtete er vor ihr?

«Und wo ist er hin?»

«Zu seinem Freund Jeff.» Ron stieg auf seinen Trecker.

«Wo ist denn das?», rief Anna zu ihm hinauf.

«Das wissen wir auch nicht. Das erste Mal hat er wenigstens drei Tage vorher Bescheid gesagt. Er musste bei sich zu Hause einiges regeln und kam mit einer großen Tasche zurück. Das zweite Mal verschwand er auch zu diesem Freund . . .»

«Aber zum Round-up ist er wieder da, das ist die Hauptsache», warf Linda ein.

«Wo ist denn sein Zuhause?» Anna blickte zu Ron hinauf. Aber der Trecker sprang an und der laute Dieselmotor verschluckte ihre Worte.

Die folgenden drei Tage krochen träge dahin. Anna ertappte sich immer wieder beim Grübeln über Patrick und seinen Freund Jeff. Morgens wachte sie aus Träumen auf, die sich immer wieder ihrem Zugriff entzogen. Nur kleine Fetzen blieben in ihrem Bewusstsein hängen. Aber auch sie liefen irgendwann vor dem Verstand davon. Zurück blieb nur das vage Gefühl einer Veränderung in ihrem Innern.

Am vierten Tag seit Patricks Aufbruch wurde aus dem vagen Gefühl ein handfester Zustand des Wartens. Sie war machtlos dagegen. Immer wieder verhedderte sie sich in romantischen Bildern vom Leben mit einem Cowboy auf einer Ranch zwischen Pferden und Rindern. Sie fand sich langweilig und kindisch.

Der Tag verging, ohne dass Anna einen einzigen Eintrag in ihr

Tagebuch geschrieben hatte. Nichts geschah, was auch nur eine Zeile wert gewesen wäre. Patrick tauchte nicht auf. Sie erledigte ihre Arbeit mit Linda und Ron. Kontrollritte, Impfungen, verschiedene Reparaturen, junge Pferde longieren und reiten. Die Arbeit erforderte ihre ganze Konzentration und half ihr, die Gedanken zu verdrängen. Abends im Bett jedoch kamen sie zurück und raubten ihr den Schlaf. Und jede SMS-Mitteilung von Michael löste die unterschiedlichsten Empfindungen in ihr aus. Es herrschte völliges Chaos in ihrem Innern.

Am letzten Tag vor Michaels Ankunft wurde Anna plötzlich klar, wie dumm es war, Michael zu verleugnen. Mit ihrem Schweigen hatte sie nicht nur Patrick belogen, sondern auch sich selbst. Egal, wie er zu ihr stand, es gehörte sich nicht. Sie hatten aus demselben Topf gegessen, das Lager geteilt, in ihren Schlafsäcken nebeneinander gelegen und die Sterne betrachtet. Sie kam sich schäbig vor. Nichts ist schlimmer als der Ärger über sich selbst und nichts schwerer als das Abhaken einer nicht rückgängig zu machenden Handlung, die man für schlecht befunden hat, dachte Anna und stampfte mit dem Fuß auf den Holzboden ihres leeren Zimmers.

Noch nie hatte sie so intensiv den Stand der Sonne beobachtet wie an diesem Tag. Er wollte einfach nicht vergehen. Von Zeit zu Zeit kam ihr der Gedanke, einfach abzureisen, Michael in Phoenix zu treffen und mit ihm eine Tour zum Grand Canyon zu machen, anstatt ihn hierher kommen zu lassen. Aber sie verwarf diesen Gedanken. Das konnte sie Linda und Ron nicht antun. Unmöglich. Stattdessen stürzte sie sich in die Arbeit. Sie half Linda im Haus mit dem Beziehen der Betten und mit dem Gemüse in ihrem kleinen Gewächshaus. Am Nachmittag ging sie zu Ron hinunter. Sie ritt zuerst Buster. Dann machte ihr Ron einen Rappen mit Blesse zurecht. «Der gefiel dir doch vom ersten Tag an am besten, nicht?», sagte Ron, als er das kräftige Pferd vor ihr abstellte. Es glänzte wie poliertes Leder und seine Mähne fiel weich über seinen kräftigen, stark gewölbten Hals. Ein perfekt gebautes Pferd mit wachen, ehrlichen Augen. Ron hatte ihm seine neue silberbeschlagene Trense angelegt. Als Anna in den

Sattel stieg, war ihr, als hätte das Pferd Wurzeln geschlagen. Mit der Andeutung eines Schenkeldrucks setzte es ruhig einen Schritt vor den anderen. Seine Gänge waren kraftvoll und fließend, sein Temperament freundlich und gelassen.

Anna spürte das weiche Federn des locker vorwärts galoppierenden Pferdes unter sich. Dann verlagerte sie das Gewicht nach hinten und nahm die Zügel auf. Das Pferd fiel sanft in den Schritt und blieb schließlich stehen. Sie klappte den Schirm ihrer Kappe hoch, wischte sich den Schweiß von der Stirn und starrte auf die graugrüne Hügelkette, hinter der sich der Hassayampa verbarg. Ein kleiner Punkt bewegte sich zwischen den zwei- und dreiarmigen Saguaros hindurch in ihre Richtung, ein Stückchen über die Hügelkuppe und dann hinab ins Tal. Es konnte nur Patrick sein – er, sein brauner Hut und sein helles Pferd. Sie ritt wieder an, drehte einige Runden, parierte durch und schaute erneut hinüber. Nichts bewegte sich mehr in der Ferne. Alles schien still, die Kakteen noch starrer und mächtiger als zuvor.

Ihr Pferd kaute unruhig auf dem Gebiss und schnaubte. Sie ließ die Zügel über den Mähnenkamm sausen und legte sich leicht nach vorn. Das Pferd galoppierte an. Es bog sich auf dem Zirkel nach links, löste sich vom Gebiss, gab den Rücken her, bewegte sich schlangenweich über den Sandplatz. Dann spitzte es die Ohren und hob den Kopf. Anna gab ihm eine leichte Parade, ließ es in einen ruhigen Trab fallen und blickte in die Richtung, in die ihr Pferd lauschte. Sie entdeckte Patrick, sein Gesicht im Schatten des Hutes. Wie frisches Quellwasser auf eine trockene Kehle, schoss es ihr durch den Kopf, als er sich ihr näherte. Er ritt auf das Gatter zu, beugte sich hinunter und öffnete es mit der rechten Hand. Er rangierte sein Pferd wie ein Auto hin und her und schloss das Gatter mit der Linken. Am Sattelhorn hing ein Spaten anstatt eines Gewehrs.

Anna hielt an und lächelte durch den Staub. Patrick ritt auf sie zu, bis sich die Nasen ihrer Pferde berührten. Sie pusteten sich ein paar Mal in die Nüstern und hoben dann die Köpfe. Patrick zog sein Pferd zurück, ließ die Zügel fallen und stieg ab.

«Sieht gut aus, was du da machst», sagte er, schob den Hut in den Nacken und blickte zu ihr hinauf. Anna spürte ihr Herz. Ihr war, als würde das Blut in ihren Adern zu galoppieren beginnen.

«Ist ja auch ein tolles Pferd», erwiderte sie und stieg ebenfalls ab.

«Ja, Black Boy ist das beste Arbeitspferd auf der Ranch. Ron hat ihn dir anvertraut. Das spricht Bände.»

Anna lächelte. Dieses Kompliment aus dem Mund eines Cowboys glitt hinunter wie Öl. Patrick nahm den Spaten vom Sattelhorn und steckte ihn neben dem Zaun in den Sand.

«Hast du mit deinem Freund nach dem Schatz gegraben?», fragte sie mit einem leicht ironischen Lächeln.

«Richtig.» Er blickte an ihr vorbei hinüber zum vorderen Corral. Ron kam mit großen Schritten auf sie zu.

«Unser Glücksritter ist zurück. Das ist gut. Gibt 'ne Menge Arbeit auf der Ranch!», rief er ihm zu.

«Hi, Ron.» Patrick zog den Hut. «Bin gleich bereit.» Er löste den Gurt und hob den Sattel auf den Holzzaun. Er wirkte heiter und entspannt. «Alles so weit okay hier?», fragte er mit einem Zwinkern.

«Wir können nicht klagen. Du siehst ja, wir haben exzellente Hilfe. Sie reitet, als wäre sie im Westernsattel geboren.»

Patrick lächelte und Anna hätte jetzt gerne erfahren, was er mit seinem Freund in der Wildnis gesucht und vielleicht gefunden hatte. Wer war dieser Jeff und was verband die Männer?

Ron ging zu seinem Pferd und sattelte ab.

«Vielleicht kommt Jeff morgen. Wir könnten ein Feuer machen und einen netten Abend zusammen verbringen, nur wir drei», sagte Patrick.

Anna erstarrte. Hatte er ihre Gedanken erraten?

Ron gesellte sich wieder zu ihnen und legte den Arm um Patricks Schulter. Er wurde ernst. «Wir bekommen morgen Verstärkung», sagte er. Seine Stirn kräuselte sich. «Begleitung für unsere Lady.» Er blickte Anna tief in die Augen und wandte sich dann wieder Patrick zu. «Ich werde mit Anna morgen Früh nach Wickenburg hinunterfahren, um den jungen Mann abzuholen. Er kommt mit dem Leihwagen von Phoenix.»

Patricks Brauen zuckten. Seine tiefblauen Augen waren auf Anna gerichtet, messerscharf und blitzend wie Saphire. Anna sah ihn an. Die Verzweiflung über das Offenbarte durchzog ihren Körper mit einem stechenden Schmerz. Sein Blick verharrte noch einen Moment auf ihr, dann wandte er sich ab, öffnete die Schnallen seiner Chaps und warf sie über den Zaun.

«Okay, dann sind wir ja genug zum Round-up», sagte er. Im Ton seiner Worte lag die sofortige Kapitulation.

«Ja, die Hütte wird voll. Wir müssen noch einiges vorbereiten», erwiderte Ron.

«Ich könnte doch auch allein nach Wickenburg fahren, wenn ihr mir das Auto anvertraut», schlug Anna vor. Sie bemühte sich um Lockerheit in der Stimme.

«Also mit dem Auto ist das was anderes als mit dem Pferd. Da steckt 'ne Menge verrostete Technik drin.»

«Ich habe bei meinem Auto schon mal die Zündkerzen und den Luftfilter gewechselt. Ich kenne mich ganz gut aus.»

«Das hier ist kein Auto, das ist 'ne fünfzehn Jahre alte Blechschüssel mit den Zipperlein eines neunzigjährigen Greises, was, Pat?»

«Kann man so sagen. Damit sollte man keine Frau alleine in die Wildnis schicken.» Er drehte sich zu ihr um. «Es kommt vor, dass die Constallation Road wochenlang menschenfrei ist. Wenn du liegen bleibst, bleibst du liegen, und wir sind ohne Auto.»

Er klopfte sein Pferd ab, nahm es am Zügel und brachte es zur Tränke.

«Einer von uns wird dich fahren. Das dürfte wohl kein Problem sein. Es gibt sowieso noch einiges zu besorgen», sagte Ron.

Anna nickte und schaute Patrick hinterher. Ron nahm ihr die Zügel aus der Hand und führte das Pferd in den Corral. Auf dem Weg dorthin drehte er sich noch einmal kurz zu ihr um. «Geh ruhig schon rauf. Es gibt gleich Essen.»

«Gut. Bis dann.» Anna war froh, vielleicht eine halbe Stunde allein zu sein. Sie ging hinauf zum Bunkhouse, fand den Schlüssel erst nach langem Suchen in ihrer Hosentasche, schloss auf und warf sich aufs Bett. Die Gedanken an Patrick und Michael flatterten durch ihren Kopf wie aufgescheuchte Vögel. Patrick hatte sich unverkennbar gefreut, sie zu sehen, als er in den Corral ritt. Das, was sich zart am Himmel abgezeichnet hatte, war nun zerstört und die Freundschaft zwischen ihnen von Grund auf erschüttert. Nun würde Michael wie eine Wand zwischen ihnen stehen, wie auch immer sich die Verhältnisse entwickelten. Sie setzte sich auf, lehnte den Rücken an die Wand und zog die Knie an ihre Brust. Woher nahm sie überhaupt die Gewissheit, dass Patrick sie als etwas anderes betrachtete als einen Kumpel, eine Tierärztin, die Rons Pferd wieder zusammengeflickt hatte, die mit ihm Kühe getrieben hatte und an seiner Seite durch den Canyon geritten war?

Es klopfte an der Tür, sie antwortete, und Linda trat ein.

«Hi. Hatte ich doch richtig gehört, dass du gekommen bist. Ich wollte dich nur fragen, ob . . .», sie lächelte schüchtern. «. . . ob du in das andere Zimmer mit den zwei Betten umziehen möchtest oder ob ich dir einfach eine zweite Decke bringen soll.»

«Die zweite Decke ist okay», erwiderte Anna.

Linda verschwand und kam mit einer Steppdecke und einem geblümten Bezug wieder. «Ach», sagte sie und blickte auf das Bild an der Wand, «Patrick hat es aufgehängt. Das ist lieb von ihm. So langsam wird es hier wohnlich, nicht?»

«Ja, ist hübsch», antwortete Anna mechanisch und starrte auf den Cowboy auf dem Bild.

«Es gibt gleich Spiegeleier, Bratkartoffeln und Rindfleischstreifen», sagte Linda und verließ das Zimmer.

Wie immer saßen sie um sechs Uhr am Abendbrottisch. Die Luft in der Küche war schwer. Dunst stieg vom Herd auf und sammelte sich unter der tiefen Decke. In der Pfanne zischte das Fett und wölbte die Eier. Es roch nach gebratenem Fleisch, Öl und Spiegelei. Patricks Gesicht verbarg sich hinter dem *Range*-Magazin. Erst als das Essen auf dem Tisch stand, senkte er die Hände und legte die Zeitschrift neben sich auf die Bank. Sein Ausdruck war hart und abweisend.

«Hast du den Artikel über die neuen Pläne der Landverwaltung gelesen?», fragte ihn Ron.

«Ja. Die ziehen das Netz immer dichter. Geht ihr auch zu der Protestveranstaltung?»

Ron nickte. «Müssen wir ja wohl. Ohne die verbliebenen Weiderechte unten am Fluss können wir einpacken.»

«Oder ihr müsst euch noch mehr dem Tourismus öffnen.»

Ron strich seinen Schnauzer glatt und kniff die Augen zusammen. «Wenn sie alle so wären wie unsere Anna.»

Sie lächelte verlegen, Linda nickte und Patricks kurzes Lächeln gefror zu Eis. Er wartete mit gefalteten Händen auf Rons Aufforderung zum Gebet.

«Wir danken dir, Gottvater, für den reich gedeckten Tisch und den Schutz, den du uns und unserem lieben Gast gewährst. Und wir danken dir, dass du unseren Freund Pat heil zu uns zurückgebracht hast. Herr, segne das Haus und alle, die darin zusammensitzen. Amen.»

Anna blickte unauffällig zu Patrick hinüber. Er legte die Hände links und rechts neben den Teller und starrte vor sich hin. Das bisschen Luft zwischen ihnen war zum Zerschneiden. Linda schob Anna ein Omelette auf den Teller, dann Ron, dann brachte sie die zweite Pfanne und bediente Patrick und sich. Anna sprang auf und holte das Fleisch. Als sie Patrick zwei Stücke davon auf den Teller legte, erhaschte sie einen kurzen, kalten Blick. Er sagte nichts zu ihr, wies sie nur zurück. Er tat ihr weh.

«Wann müsst ihr morgen losfahren?», wollte Linda wissen.

Ron blickte fragend zu Anna. «Ich denke, nicht vor zehn.»

«Kannst du mir was mitbringen?», fragte Patrick.

«Was denn?»

«Ich brauche dringend 'ne neue Jeans.»

«Na dann solltest du vielleicht besser selbst fahren.»

«Ist ganz einfach. Genau das, was ich anhabe. Wrangler. Ich schreib dir Größe und Länge auf.»

«Na gut. Mal sehen.» Ron kratzte sich am Ohr und zermalmte ein riesiges Stück Fleisch. Sie aßen, sprachen weniger als sonst und tranken ihre zwei Flaschen Bier und Ron sein Wasser.

Patrick erhob sich als Erster.

«Na, dann gute Nacht», sagte er mit einem matten Lächeln in die Runde und verschwand in seinem Zimmer.

Anna half Linda mit dem Abwasch und zog sich danach zurück. Sie blieb noch eine Weile unschlüssig vor Patricks Fenster stehen. Es brannte noch Licht. Sie hätte klopfen, ihm etwas zurufen können. Aber was? Sie ging weiter, schloss die Tür zum Bunkhouse auf und blickte sich noch einmal um. Das Licht brannte und für einen kurzen Moment sah sie Patricks Schatten hinter der grauen Baumwollgardine. Sie betrat ihr Zimmer und machte leise die Tür hinter sich zu.

12

Am nächsten Morgen sprenkelten kleine Schäfchenwolken den blassblauen Himmel. Die Sonne versuchte immer wieder einen Durchbruch, aber sie hatte das Nachsehen.

«Patrick fährt mit dir nach Wickenburg», sagte Ron und Anna stand wie angewurzelt vor dem Ranchhaus. Die Nachricht durchfuhr sie wie ein Messerstich.

«Er soll sich seine Jeans selbst kaufen und außerdem . . .» Ron stockte. «Ich bin zwar ein alter Mann, aber blind bin ich nicht. Ich merke ziemlich schnell, was zwischen Menschen abläuft. Ich schätze Patrick so sehr, dass ich mir anfangs gewünscht hatte, er würde sich mit meiner Tochter anfreunden. Sie schreibt ihm heute noch Briefe und ich bin froh, dass er sie nicht beantwortet. Er hat nie falsche Versprechungen gemacht. Er ist immer ehrlich. Aber . . .», Ron hielt inne, seine kleinen runden Augen ruhten auf Anna, «. . . aber er ist nichts für ernsthafte Frauen. Es ist gut, wenn er endlich eine Lektion bekommt.»

Anna schwieg. Sie blickte auf den Pick-up, der neben ihnen stand und mit dem Patrick sie durch die Berge gefahren hatte. Heute, noch nicht einmal ganze zwei Wochen später, würde sie wieder neben ihm sitzen und auf der Rückfahrt zwischen ihm und Michael. Und sie wusste mehr als Ron. Patrick hatte in der Nacht am Fluss ihre Hand gehalten und es hatte ihm genügt, ihm womöglich mehr gegeben als das, was hier vorher vermutlich abgelaufen war.

Sie atmete tief aus. Vielleicht war es so, vielleicht auch anders. Nichts stand fest, alles war offen, ungeklärt. Sie gehörte nicht zu der Sorte Mensch, die die Dinge so nehmen, wie sie kommen. Sie hatte gern alles unter Kontrolle. Es machte sie nervös, nicht mehr zu wissen, wo sie stand. Ich sollte mich jetzt einfach auf Michael freuen, mich ganz auf ihn konzentrieren und in das mir zugedachte Leben zurückfinden, sagte sie schließlich zu sich selbst.

Ron hob zwei Kisten mit leeren Bierflaschen auf die Ladefläche. «Der Fahrer kommt sicher gleich», sagte er und verschwand hinter dem Haus. Dann öffnete sich die Tür des Ranchhauses. Patrick trat auf den Hof und näherte sich ihr und dem Auto. Anna machte einen Schritt zurück. Sie legte die Hand auf den Griff der Wagentür und sah ihn an. Alles in ihr war gespannt bis in die letzte Haarspitze.

«Bin gleich so weit!», rief Patrick ihr zu. Seine Stimme klang heiser, sein Blick war leer. «Ich muss noch den Sattel holen. Braucht ’ne Reparatur.»

Anna zuckte zusammen. Patrick verschwand und kam kurz darauf mit dem Sattel auf der Schulter zurück. Er stemmte ihn auf die Ladefläche, öffnete energisch die Fahrertür und schwang sich auf den Sitz.

«Ist der Sattel bei dem Sturz auf den Boden beschädigt worden?», fragte sie vorsichtig und setzte sich neben ihn.

«Kleine Schürfwunde, nicht der Rede wert.»

«Das tut mir Leid. Ich werde dafür aufkommen.»

«Ach was. Das braucht dir nicht Leid zu tun. Das nicht», sagte er mit fester Stimme.

Sie sah zu ihm hinüber. Der Motor sprang scheppernd an und der Wagen holperte die Constallation Road hinab.

Anna blickte auf den Corral hinunter, auf die Pferde, die Rinder, die Hunde und Ron, der die Hand hob, bevor der Wagen in der Kurve verschwand. Es gab nichts zu sagen, was für eine Abholfahrt ihres Freundes geeignet gewesen wäre, und sie war dankbar für jedes Geräusch, das der Wagen machte. Es ging ihr so schlecht wie lange nicht. Ihr Schweigen war eine Lüge, die von Beginn an zwischen ihnen stand, womöglich schmerzlicher als die Wahrheit.

«Achtung, Schlagloch», sagte Patrick, den Blick auf die Straße gerichtet.

Anna hielt sich am Fensterrahmen fest, während der Pick-up durch das Loch schlingerte.

«Wann kommen denn die Kinder und Verwandten von Linda und Ron?», fragte sie, als sich der Wagen beruhigte.

«Morgen.»

«Dann müssen wir ja noch einiges einkaufen, nicht?»

«Die bringen alles mit, bis auf Getränke. Hab vorgeschlagen, dass ich das erledige, wenn ich sowie runter muss. Ich setze dich dann vorher an eurem Treffpunkt ab.»

«Jeff kommt heute, oder?»

«Nein, er hat abgesagt.»

«Kommt er zum Round-up?»

«War eigentlich geplant, aber wir sind jetzt genug Leute.»

«Weil Michael ...»

Patrick unterbrach sie. «Nein, es passt ihm nicht so gut.»

Anna nickte.

«Und? Aufgeregt?», fragte er plötzlich in unnatürlich heiterem Ton.

«Wieso?»

«Round-up, viele neue Leute, dein Freund.»

Anna gefiel es nicht, wie er das sagte.

«Es geht mir nicht gut dabei, Patrick.»

«Ist doch alles bestens. Sind alles nette Leute und dein Freund sicher auch. Ich kann es mir nicht anders vorstellen.»

«Ich bin ziemlich durcheinander.»

«Das höre ich nicht das erste Mal. Scheint ein Zustand zu sein, der viele Frauen befällt, wenn sie mit der Wildnis im Rücken ihren Männern daheim entgegensehen. Ich schätze, das gibt sich wieder.»

Annas Hände waren fest ineinander verschränkt zwischen ihren Schenkeln, ihr Rücken lag steif an der Lehne des Sitzes. Sie schwieg bis zur Ankunft in Wickenburg.

«Okay, ich schmeiß dich jetzt hier raus», sagte er, als sie auf die Hauptstraße rollten. «Ich brauche etwa zwei Stunden. Dann habt ihr genügend Zeit für eine angemessene Begrüßung.»

Der Wagen hielt mit einem Ruck vor dem Steakhaus. Patricks Blick war starr auf die Straße vor ihm gerichtet, seine Hände blieben am Steuer. Anna rutschte langsam vom Sitz. Sie spürte, wie sich ihre Augen mit Tränen füllten.

«Patrick», sagte sie und sah zu ihm hinüber.

«Ist noch was?»

«Mir liegt sehr viel an unserer Freundschaft.»

«Hab ich gemerkt. Mir lag auch viel daran.» Er lächelte kalt ohne sie anzusehen. Anna fröstelte in der warmen Luft. Ihr war hundeelend.

Sie schlug die Tür zu und Patrick fuhr an. Als das Auto an ihr vorbei war, entdeckte sie Michael auf der anderen Straßenseite. Sie stockte, wartete – zwischen Angst und Freude. Schließlich lief sie zu ihm hinüber. Er nahm sie in die Arme, drückte sie an sich, dann von sich weg und blickte sie an. «Du hast Farbe bekommen. Gut siehst du aus, mein Cowgirl.» Er nahm ihr die Baseballkappe vom Kopf und küsste sie lange und hingebungsvoll. «Ich habe dich so vermisst», sagte er sanft, «das hat richtig wehgetan.»

Anna konnte die Tränen nicht mehr zurückhalten. Sie liefen über ihre Wangen, hinab über den Hals in ihre Bluse.

«Was ist denn los?», fragte Michael und sah sie erstaunt an. «Ist was passiert?»

«Nein, ich bin nur ganz überwältigt.» Sie ließ ihren Kopf auf seine Schulter sinken. Eine Weile verharrten sie so. Dann wischte sie energisch die Tränen weg und sammelte sich.

«Hast du Hunger?», fragte sie. Ihre Stimme zitterte noch.

«Ja, ein bisschen.»

«Dann lass uns was essen gehen. Patrick holt uns in zwei Stunden hier ab. Er muss noch einige Besorgungen machen.»

«Wer ist Patrick?»
«Ein Cowboy von der Ranch.»
«Aha.»
Das Lokal war leer und wirkte kälter als bei ihrer Ankunft. Anna stand einen Moment neben Michael im Eingang. An der Theke rechts von ihnen saßen drei Männer mit Stetson auf dem Kopf und drehten sich nach ihnen um. Sie musterten sie, wechselten einige Worte und wandten sich dann wieder ihren Gläsern und der jungen Frau hinter dem Tresen zu. Diese bückte sich und schob eine CD in den Player. Die Blicke der Männer waren auf ihren runden Hintern gerichtet. Sie erhob sich, zog ihre silberbeschlagene Wildlederweste zurecht und wippte nach der Countrymusic.
Michael steuerte auf einen Vierertisch zu und Anna folgte ihm. «Ist ja wirklich wie im Wilden Westen», meinte er und blickte sich um.
Sie nickte. «Kann man so sagen. Du glaubst nicht, was ich in den letzten Tagen erlebt habe.»
«Na, dann erzähl mal.» Michael strahlte sie an.
«Gleich. Lass uns erst bestellen», sagte Anna. Das Rindertreiben, die Schlange, der Schuss, das verletzte Pferd. Es wollte aus ihr heraussprudeln, aber wie weit sollte sie mit dem Bericht gehen?
Die Bedienung kam mit der Speisekarte. Es war dieselbe Frau, die ihr bei der Ankunft die Pizza gebracht hatte. Heute trug sie eine weiße Rüschenbluse, nietenbesetzte Jeans und rote Cowboystiefel. Anna bestellte zwei Steaks mit Salat und zwei Mineralwasser.
«Wie geht es Julia?», fragte sie.
«Gut. Mit der Grippe ist sie schnell fertig geworden. Sie war vorgestern schon wieder auf dem Pony. Da geht es ihr sowieso gleich besser.»
Anna lächelte. «Das kann ich verstehen.»
Als Michael ihre Hand nahm, schoben sich für Sekunden die Bilder vom Lager am Fluss vor Annas Augen. Michaels Hand war leicht, seine Finger drückten und streichelten ihren Hand-

rücken so flink und hastig, wie sie die Maus seines Computers bewegten.

«Ich bin mit fliegenden Fahnen aus der Agentur gekommen», sagte er und schüttelte den Kopf. «Du kannst dir nicht vorstellen, was da los war. Alles noch auf den letzten Drücker, als hätten sich alle gegen mich und den Urlaub verschworen.»

«Schön, dass es trotzdem geklappt hat», erwiderte Anna. Ihre Stimme klang gepresst. Sie sah ihn an. Sein Gesicht war blass, aber es gefiel ihr, genauso wie damals, als er sie im Stall begrüßte und dann eilig wieder verschwand.

«So, jetzt möchte ich von deinen Abenteuern hören», sagte er mit einem offenen, einnehmenden Lächeln.

Anna schob ihre Haare hinter die Ohren. Sie drehte ihre Gabel in der Hand hin und her und blickte darauf. Langsam und überlegt begann sie zu erzählen, bis zu ihrem Erste-Hilfe-Einsatz. Die Details ließ sie weg.

«Und was habt ihr dann mit dem Pferd gemacht?»

«Patrick und Ron haben es am nächsten Abend auf die Ranch gebracht.»

Michael nickte und blickte sich um ohne nachzufragen. Er hörte sowieso nur halb zu. Die Schlange hatte ihn an der Geschichte am meisten beschäftigt. Er wollte genau wissen, wie giftig und gefährlich Klapperschlangen waren und welche tierischen Gefahren sonst noch in der Wildnis auf sie warteten. Anna beruhigte ihn und als das Essen kam, war das Thema vom Tisch.

«Hast du den Whiskey und den Cognac aus dem Duty-free-Shop mitgebracht?»

«Klar. Wir müssen doch deinen Geburtstag begießen.»

«Ja. Wir werden eine Menge Leute sein.»

«Eine Menge Leute? Wer denn alles?»

«Linda und Rons Familie.»

«Na, das ist nicht gerade die Erholung, die ich brauche.» Michael wurde ernst. «Wie weit ist es bis zur Ranch?»

«Keine fünfzehn Meilen, aber man braucht eineinhalb Stunden.»

Seine Augen weiteten sich und Anna lächelte.

«Schlechte Wegstrecke, doch es lohnt sich. Es wird dir gefallen. Die Rancher sind warme und freundliche Menschen, wie es sie in der Stadt gar nicht mehr gibt. Sie wirken so ausgeglichen und in sich ruhend. Es ist einfach toll.»

«Das hört sich ja gut an.»

«Ja. Sie leben so frei und mit der Natur wie ihre Tiere. Das macht sie sicher so zufrieden.»

«Klingt geradezu paradiesisch. Ich hoffe, du kommst wieder zurück», sagte Michael mit einem Schmunzeln. Anna lächelte und erwiderte nichts. Sie aßen und schwiegen eine Weile.

«Kannst du dich an die Spinne erinnern?», fragte Michael plötzlich. Seine Stimme klang jetzt lebendiger.

«Ja, und ob», antwortete Anna. «Die kannst du hier übrigens live sehen.»

«Was?»

«Keine Sorge, nur eventuell. Mir ist zum Glück noch keine begegnet.»

«Also diese Spinne hat Furore gemacht. Die Website ist für eine Auszeichnung nominiert worden. Kannst du dir vorstellen, was das bedeutet?» Seine Augen leuchteten.

«Ich denke schon. Das ist ja großartig.»

«Ja, weil bereits die Nominierung für den Art Directors Award Webdesign eine Auszeichnung ist. Das erregt Aufsehen.»

«Gratuliere.»

Michael lächelte stolz und zuversichtlich wie Tom Hanks kurz vor der Oscarverleihung. Dann ging die Tür auf und Anna fuhr innerlich zusammen. Sie wusste, dass es Patrick war, und blickte sich unverzüglich um. Er kam ruhig auf sie zu. Die Hitze stieg in ihren Kopf wie eine gewaltige Flutwelle. Sie lächelte ihn an, fand es im selben Moment unpassend, drehte sich wieder zu Michael und beugte sich etwas vor. Ihr Haar fiel nach vorn und verdeckte ihre geröteten Wangen.

«Patrick kommt. Lass uns zahlen», sagte sie. Sie vernahm seinen festen, ruhigen Schritt auf den Fliesen. Dann stand er am Tisch, ein unverbindliches Lächeln auf seinen geraden Lippen.

«Willkommen in Wickenburg», sagte er und fixierte Michael. «Ich bin Patrick oder auch einfach Pat.»

Michael streckte die Hand über den Tisch und Patrick gab ihm seine. Anna beobachtete den kurzen, festen Druck ihrer Hände. Ihr war, als würde das Blut in ihren Adern in die falsche Richtung fließen.

«Willst du dich noch einen Moment zu uns setzen oder sollen wir sofort aufbrechen?», fragte Michael und Anna bemerkte eine leichte Verunsicherung in seinen Augen.

«Ich muss sofort zurück», antwortete Patrick, lächelte kurz und ging zum Tresen. Anna sah ihm nach. Er lehnte sich gegen die Theke und zog einen Schein aus der rechten hinteren Tasche seiner dunkelblauen Jeans. Sie erstarrte.

«Ich glaube, Patrick will unsere Rechnung bezahlen», sagte sie und stand auf. Aber er kam schon zurück. Er stellte sich neben den Tisch und sah Anna in die Augen.

«Seid ihr bereit?», fragte er, die Hände in den Hosentaschen.

«Wir müssen noch zahlen», erwiderte Michael, griff hinter sich und zog sein Portemonnaie aus der Tasche seines Anoraks.

«Ist schon erledigt. Geht auf Kosten der Ranch.»

«Oh, vielen Dank», sagte Michael und schob das Portemonnaie zurück in die Tasche. Das Lächeln fiel ihm nicht leicht. Anna sah ihm an, dass er lieber selbst gezahlt hätte. «Ich hoffe, wir können uns revanchieren.»

«Mach dir keinen Kopf. Das ist so üblich, wenn wir neue Gäste abholen», erklärte Patrick und zog den Autoschlüssel aus seiner Brusttasche. «Ich geh schon vor. Mal sehen, ob der Wagen anspringt.»

Anna erhob sich, lief schnell zu den Toiletten und eilte dann hinter Michael her hinaus auf die Straße. Der Pick-up stand schon vor der Tür und Michael davor. Der Motor lief und die Beifahrertür war offen.

«Ich muss wohl auf die Ladefläche, oder?» Michael blickte skeptisch auf den Beifahrersitz.

«Das überlebst du nicht!», rief Patrick. «Habt ihr etwa ein Problem mit der Enge hier vorn?»

«Nein, wir nicht.» Michael packte seinen schwarzen Samsonite auf die Ladefläche und ließ Anna zuerst einsteigen. Sie sank in die ausgeleierte Sitzbank und rutschte gerade so weit zu Patrick hinüber, dass ihr Knie nicht das seine berührte. Patrick zog ein Kissen unter seinem Hintern hervor und reichte es Anna. «Damit ihr in der Mitte Halt habt.»

«Danke.» Sie nahm das Kissen und schob es in die Mulde des Sitzes. Dann setzte sich Michael neben sie und legte den Arm um ihre Schulter.

«Na, passt doch», sagte Patrick und schaltete in den ersten Gang. Die Kupplung krächzte wie ein alter Mann beim Gurgeln. Michael beugte sich vor und blickte an Anna vorbei zu Patrick. «Schafft der das noch bis da oben?»

«Bisher immer. Sonst wird's ein kleiner Fußmarsch.» Er grinste.

Anna sah auf Patricks Hand, die jetzt in den zweiten und dann in den dritten Gang schaltete. Es war die Hand, die kurz auf ihrer gelegen hatte, die ihr die Angst genommen hatte in einer Welt, die ihr fremd und unheimlich und doch so nah war. Nun saß sie auf engstem Raum zwischen ihm und Michael, zwischen den beiden Männern, die ihr etwas bedeuteten.

Die Berührung von Patricks Arm an ihrer Schulter holte sie ins Jetzt zurück. Er griff nach der Zigarettenpackung rechts vorne. Seine Schulter lag für einige Sekunden an ihrer wie an einem Baum. Sie zuckte leicht zusammen, erschrak über die Grobheit. Sollte er jemals etwas für mich empfunden haben, so ist diese Regung bis auf den Gefrierpunkt erkaltet, dachte sie und sah ihn kurz von der Seite an. Er hielt die Packung an den Mund, zog eine Zigarette mit den Zähnen heraus und steuerte den Wagen nach rechts auf die Constallation Road. «Rauchst du?» Er hielt Michael die Packung hin.

«Danke, nein.»

Als der Wagen im vierten Gang über die Schotterstraße ratterte, griff Patrick in seine Brusttasche nach einem Feuerzeug und zündete die Zigarette an. Es war das erste Mal, dass Anna ihn rauchen sah.

«Du kannst reiten?», fragte Patrick und sah kurz zu Michael.

«Na ja, ich kann mich im Sattel halten. Ich bin in Ägypten geritten.»

«Also nur mal kurz im Urlaub.»

«Genau. Aber ich habe keine Angst vor Pferden.»

«Beim Round-up geht es richtig zur Sache. Könnte schwierig werden für einen Anfänger.»

«Das geht schon in Ordnung.»

Patrick warf erneut einen kurzen Blick zu Michael hinüber und blies dann den Rauch in die andere Richtung aus dem Fenster. Der Motor stockte, spukte, er schaltete in den dritten Gang zurück und gab Gas. Der Wagen quälte sich den Berg hinauf, verschnaufte auf der Anhöhe und rollte bergab. Plötzlich trat Patrick hart auf die Bremse. Michaels Hand krallte sich in Annas Schulter und hielt sie zurück. Dann war es still. Der Motor war aus. Michael sah zu Patrick hinüber.

«Abgewürgt, was?»

«Ja, verdammt. Hätte das Vieh nicht ein bisschen eher von Ost nach West laufen können?»

Anna starrte auf die Straße und entdeckte ein braun-schwarz gemustertes Reptil von etwa fünfundzwanzig Zentimeter Länge. «Was ist das?»

«Ein Lizzard, auch Gila-Monster genannt», antwortete Patrick, öffnete die Tür und sprang aus dem Wagen. Er schlug ein paar Mal mit der Hand auf die Kühlerhaube. Das Tier verschwand den Hang hinunter. Er stieg wieder ein, zog den Choke und drehte den Zündschlüssel um. Der Wagen leierte. Er drehte den Schlüssel nach links, dann noch mal nach rechts. Das gleiche Geräusch. Nichts tat sich. Er zuckte mit den Schultern.

«Hatte ich doch Recht mit meiner Befürchtung», sagte Michael und nahm seinen Arm von Annas Schulter.

«Den krieg ich schon in Gang», erwiderte Patrick und stieg erneut aus. Er blies den Rauch seiner filterlosen Zigarette durch die Zähne, warf die Kippe auf den Boden und zerrieb die Glut mit der Hacke im Sand. «Kann mal einer halten?», fragte er und öffnete die Kühlerhaube. Anna blickte noch auf das abgestoßene graue Blech, als Michael schon vom Sitz sprang. Sie folgte ihm. Er hielt die Haube hoch, während Patrick eine Stange von der Ladefläche holte und sie zwischen Motorraum und Haube steckte.

«Gibt es oben ein zweites Auto?», fragte Michael.

«Nur einen Trecker.» Patrick beugte sich über den Motor. Michael blickte ihm über die Schulter, und Anna beobachtete die beiden Männer ihrer Wahl aus dem Hintergrund. Wer würde wohl die Lösung parat haben?

«Könnten die Zündkerzen sein», sagte Michael.

«Was anderes kommt wohl kaum in Frage», erwiderte Patrick und rüttelte an verschiedenen Teilen des Motors. «Höchstens noch das Zündkabel.»

«Richtig», sagte Michael, stellte sich neben Patrick und lugte unter die Haube.

Anna betrachtete die beiden, blickte von einem zum anderen. Sie waren in etwa gleich groß, beide schlank, aber auf ganz unterschiedliche Art gut aussehend! Patrick schien der Natur entsprungen, Michael einer künstlich geschaffenen Welt. Doch beide bemühten sich um absolute Coolness.

Patrick holte ein Taschentuch hervor, wischte Kabel und Schläuche ab und stieg ins Auto. Der Motor keuchte und erstarb dann mit einem müden Leiern.

«Der alte Herr streikt mal wieder», sagte Patrick.

Michael griff nach seinem Nokia, tippte einhändig seinen Geheimcode ein und blickte auf das Display. Patrick sah zu ihm hinüber und grinste. «Das kannst du dir schenken. Das hier ist senderfreie Zone.»

«Und was machen wir dann?»

«Ruhig Blut. Der alte Herr säuft manchmal zu viel. Ist nicht das erste Mal.»

Michael lachte kurz, kratzte sich am Kopf und schaute Anna an.

«Beim Pferd hieße das Einlauf oder Injektion», sagte sie und blinzelte Patrick zu.

«Bei dem hier heißt es trockenlegen.»

Er ging um das Auto herum. Anna trat zur Seite. Mit einem Satz war er auf der Ladefläche. Das Leder seiner Stiefel knallte hart auf das Blech. Er wühlte in einer Metallkiste, steckte einen Lappen in seinen Gürtel und ließ mehrere Schraubenzieher in der linken hinteren Tasche seiner Jeans verschwinden.

«Mal sehen, ob wir heute noch auf die Ranch kommen», flüsterte Michael Anna ins Ohr und legte seinen Arm um ihre Schulter.

Patrick sprang über die Klappe, ging dicht an Anna vorbei und verschwand wieder bis zum Gürtel unter der Kühlerhaube. Er drehte die Zündkerzen eine nach der anderen aus dem Motorblock, wischte sie mit dem Lappen ab und setzte sie wieder an ihren Platz. Dann zog er einen Schraubenzieher aus der Tasche und drehte irgendetwas fest. Michael sah zu und zuckte mit den Schultern.

«Wenn das man was wird», sagte er auf Deutsch zu Anna.

Patrick bedachte ihn mit einem eisigen Blick, dann verschwand er hinter einem der Paloverde-Bäume, die den Hang säumten.

«Ich finde, wir sollten nur Englisch reden», entgegnete Anna und löste sich von Michael.

«Okay, du hast ja Recht. Ist mir so rausgerutscht», entschuldigte er sich.

Patrick kam zurück, entfernte die Stange unter der Motorhaube und drückte sie zu. Mit einem siegessicheren Lächeln auf den Lippen stieg er ins Auto und ließ den Wagen an. Anna lauschte gespannt. Beim dritten Mal ging das Leiern in das vertraute Scheppern über. Patrick trat einmal kräftig aufs Gas und schlug die Fahrertür zu.

«Geht weiter!», rief er aus dem geöffneten Fenster.

Anna stieg wieder zuerst ein und Michael folgte. Sie spürte erneut seinen Arm auf ihrer Schulter. Platzmangel oder Besitzanspruch, vielleicht auch beides. Wie dem auch sei, es gefiel ihr nicht.

Die Sonne hatte sich durch die Wolken gekämpft und knallte auf das Dach des Autos. Es schlich mit maximal fünfundzwanzig Meilen pro Stunde durch die Berge. Kein Windzug vertrieb die Hitze aus der engen Kabine des Pick-up und Michaels Aftershave drang deutlich in die klare Wüstenluft. Es roch nach Cocktailbar und Designerbüro.

Um halb vier hielt der Wagen vor dem Ranchhaus. Das erschöpfte Schnaufen des klapprigen Dodge-Pick-ups kündigte ihr Kommen deutlich an und Ron erschien wieder als Erster auf der Veranda.

Michael rutschte steifbeinig vom Sitz. «Das war ja 'ne Höllentour», sagte er müde und rieb sich den Rücken.

Anna folgte ihm. Er versuchte auf die Ladefläche zu springen und rutschte ab. Mit einem zweiten Versuch hangelte er sich über die Klappe. Anna stand unten, nahm ihm den Koffer ab und stellte ihn auf den Hof. Er wirkte irgendwie verloren.

Michael sprang von der Ladefläche, wankte kurz und klopfte seine Khakihose ab. Mit dem Koffer in der Hand betrat er die Veranda, während Patrick die Bier- und Wasserkisten vom Pick-up hob und auf der Veranda abstellte. Er parkte den Wagen neben dem Haus, warf eine Wranglertüte neben die Tür und verschwand in Richtung Corral.

«Willkommen!», rief Ron und ging auf Michael zu. Er reichte ihm die Rechte und legte die Linke auf seine Schulter. Und dann trat auch Linda aus dem Haus und kam lächelnd auf sie zu.

«Ich bin Michael.»

«Ron Williams, und das ist meine Frau Linda. Wir sind auch gerade reingekommen.»

«Du willst dich sicher erst mal ausruhen und frisch machen. Anna kennt sich ja schon bestens aus. Wir haben eine Flasche Limo und eine Flasche Mineralwasser ins Bunkhouse gestellt.»

«Vielen Dank», erwiderte Michael.

«Komm», sagte Anna, «dort drüben ist unser Reich.»

Michael nahm den Koffer und folgte ihr.

«Sehr schlicht», sagte er und ließ seinen Blick durch den kahlen Raum und über das Gemälde schweifen. «Und das ist der röhrende Hirsch auf Amerikanisch, nicht?»

«Tja, ist wohl so.» Anna steckte unauffällig ihr Tagebuch in die Tasche und zog sich ins Bad zurück. Als sie wieder ins Zimmer kam, saß Michael auf der Bettkante und starrte auf die Wand. Der Koffer stand ungeöffnet neben ihm.

«Willst du duschen?»

«Ja, gerne. Aber komm erst mal her», sagte er und streckte den Arm nach ihr aus.

Anna setzte sich neben ihn. Er schlang seine Arme um sie und zog sie an sich.

«Ich hab dich vermisst», flüsterte er ihr ins Ohr, ließ sie los und sah ihr lange in die Augen.»

Anna schwieg, nahm seine Hand und streichelte sie sanft.

«Du mich wohl nicht so sehr. Du hast ja auch viel erlebt.»

«Ja, war alles sehr neu und aufregend.»

Michael erhob sich, öffnete seinen Koffer, nahm einen schwarzen Lederbeutel heraus und verschwand im Bad.

«Willst du nicht mit runterkommen?», rief er ihr zu, als die Dusche rauschte.

Anna zog sich aus, schob den Plastikvorhang zur Seite und stieg zu ihm in die Duschwanne.

Sie nahm die Seife und ließ sie über seinen weichen, jungenhaften Körper gleiten. Er streichelte sie zärtlich und hörte nicht mehr auf, sie zu küssen. Anna nahm eine Hand von seiner Schulter und drehte die Dusche ab.

«Komm, das können wir besser im Bett machen. Wir dürfen nicht so viel Warmwasser verbrauchen», sagte sie sanft, aber bestimmt und zog ihn aus der Wanne.

Als sie erwachte, drang Michaels gleichmäßiger Atem an ihr Ohr. Er lag auf ihrer Schulter und schlief fest. Es war stockfinster im Zimmer. Sie hob vorsichtig den Kopf und blickte zum Wecker hinüber. Die phosphoreszierenden Zeiger standen auf der sieben und der zwölf. Sie fuhr mit der Hand durch Michaels Haar und gab ihm einen Kuss auf die Stirn. Er öffnete seine Augen und lächelte. Seine Finger glitten über ihren Bauch hinauf zu ihren Brüsten. Anna hielt seine Hand fest. «Wir müssen aufstehen. Es ist schon sieben und Abendbrotzeit vorbei.»

«Was? Abendbrotzeit?» Er gähnte und drehte sich auf den Rücken. «Was meinst du damit?»

«Punkt sechs Uhr kommt im Ranchhaus das Essen auf den Tisch.»

Michael sah sie aus müden Augen an. «Ich glaub, ich bin hier verkehrt.»

Anna rollte sich über ihn hinweg und knipste die kleine Lampe auf dem Tisch neben dem Bett an. «Daran wirst du dich gewöhnen müssen. Sei tolerant, sie sind es auch.»

«Ja, ja, aber die müssen mit Sicherheit nicht bis in die Nacht arbeiten.»

«Aber um fünf Uhr aufstehen. Und das wirst du hier auch müssen, wenn du mitarbeiten und etwas erleben willst.»

Michael räkelte sich und richtete sich bedächtig auf. «Ich stehe ganz bestimmt nicht jeden Tag um fünf Uhr auf. Ich habe nur die zehn Tage Urlaub ...»

«Lass uns jetzt nicht darüber diskutieren. Du wirst schon sehen, dass das okay ist. Komm erst mal mit rüber.» Sie ging ins Bad, wusch sich und schlüpfte in Jeans und Sweatshirt. «Los, komm jetzt. Du hast doch sicher Hunger.»

Michael nickte matt.

Eine halbe Stunde später saßen sie bei Linda und Ron am Küchentisch. Michael hatte sich auf Patricks Platz gesetzt und Linda räumte seinen leer gegessenen Teller und sein Bierglas weg. Anna war, als würden tausende feiner Nadeln durch ihren Körper sausen. Sie hörte die Fragen aus Lindas Mund, Rons tiefe, raue Stimme, die von Pferden und Rindern erzählte, und zwischendurch Michaels helle Stimme. Sie dachte an Patrick, blickte zu Michael, sah sein freundliches Lächeln, dann im Geiste Patricks tiefblaue Augen, die sie nicht mehr anschauten. Sie fröstelte.

«Entschuldigt mich bitte einen Moment, ich brauche eine Jacke», sagte sie, stand auf und lief ins Bunkhouse hinüber. Sie war froh über die kleine Unterbrechung des Beisammenseins. Sie sammelte ihre Gedanken aus den verschiedensten Richtungen zusammen und versuchte etwas Ordnung in ihren Kopf zu bekommen. Dann wühlte sie ihre Fleecejacke aus dem Koffer heraus und lief wieder hinüber.

«Das wissen wir nicht», hörte sie Ron sagen, als sie das Haus betrat. «Er ist sehr verschlossen, aber ein ehrlicher, guter Arbeiter.»

Sie können nur über Patrick gesprochen haben, dachte Anna und setzte sich zu ihnen an den Tisch.

«Morgen rückt unsere Sippschaft an. Unsere beiden Töchter und zwei Enkel, meine Schwester, Rons Bruder und ein Neffe. Die Bude wird voll und wir müssen anbauen», sagte Linda.

«Wir werden also zwölf Leute beim Round-up sein?»

«Richtig. Mary und Susan nehmen die Packpferde mit. Alice reitet auf einem davon.»

«Sechs wären das Minimum, um hundertachtzig störrische Rinder nach Hause zu bekommen», sagte Ron.

Anna nickte und sah zu Michael hinüber. Er schwieg und blickte unruhig in der Küche umher.

Linda holte den Topf und tat Mais, Bohnen, Kartoffeln und Fleisch in Tomatensoße auf ihre Teller.

«Einmal die Woche gibt es Eintopf», sagte sie zu Michael. «Kommt bei den Männern hier immer gut an. Ich hoffe, dir schmeckt es auch.»

Michael schnupperte über den Topf. «Ich denke schon.»

«Wir wollen beten», sagte Ron und faltete die Hände.

Michael blickte auf, als hätte jemand etwas Unanständiges von ihm verlangt. Dann zeichnete sich ein Lächeln auf seinem Gesicht ab, das allen sagte, dass er dieser Aufforderung nicht nachkommen würde. Ron warf einen kurzen, prüfenden Blick zu ihm hinüber und senkte ihn dann auf seine Hände. «Wir danken dir, Gott, dass unsere Teller auch heute wieder gefüllt sind. Beschütze uns, unsere Familie, unsere Freunde und unsere Gäste auf unserem großen Ritt und geleite uns alle sicher zurück nach Hause. Amen.»

«Amen», sagten Linda und Anna wie aus einem Munde.

Michael saß stumm in der Ecke. Seine Finger spielten mit

dem Besteck. Er gab sich keine Mühe, seine Ablehnung zu verbergen.

Als Linda «Bier oder Wasser?» fragte und ihn anlächelte, entspannten sich seine Züge.

«Gibt es hier eventuell Wein?», fragte er zurück.

«Nein, tut mir Leid», antwortete Linda. «Ich kann dir höchstens noch Limo anbieten.»

«Danke, nein. Dann nehme ich Wasser.»

Anna griff zur Mineralwasserflasche und füllte Michaels Glas. Er trank nie Bier und würde es sich auch hier nicht angewöhnen.

«Also, die Familie wird morgen Vormittag oder Mittag eintrudeln», sagte Ron mit gewichtiger Stimme. «Mein Bruder Jack wird bei Patrick einquartiert, Mary wird mit den beiden Kindern das Zimmer rechts im Bunkhouse beziehen, Gary muss ins Wohnzimmer und Kathy und Susan schlafen in dem Zimmer neben unserem.»

Anna nickte, dachte an Rons Worte über Patrick und seine Tochter Kathy und die Frauen im Allgemeinen. Und wieder sah sie Patricks Hand, die eine Weile ihre umschloss, als sie wie in Kokons in ihren Schlafsäcken am Fluss lagen – so dicht beieinander und doch jeder für sich.

Linda wollte Michael noch einen Nachschlag geben, aber er lehnte ab.

«Was wird beim Round-up alles gemacht», fragte er. «Wie wird der Tag verlaufen?»

«Wir werden zwei Tage unterwegs sein», erklärte Ron. «Hat dir Anna noch gar nichts erzählt?»

Michael lächelte. «Nein. Es gab so viel anderes zu berichten, von der Klapperschlange, dem Unfall des Pferdes und so.»

Linda und Ron warfen sich einen kurzen Blick zu.

«Also», Ron lehnte sich zurück und zupfte an seinem Schnauzer, «wir werden übermorgen um sechs Uhr aufbrechen, werden zum Hassayampa hinunterreiten, bis in den letzten Zipfel unseres Weidegebiets . . .»

«Hier in der Wüste gibt es Gras?», unterbrach ihn Michael.

«Kein Gras wie in Kentucky, aber ein hartes, steppenartiges

Gras gibt es schon entlang des Flusses und an den Hügeln in seiner Nähe. Wovon sollte sich das Vieh sonst ernähren? Natürlich fressen sie auch das Grün von den Büschen, aber nur dann, wenn kein Gras mehr da ist.»

«Ich habe mal einen Bericht über den Streit mit den Naturschützern gelesen.»

«Ja, der ist hier voll im Gange. Es sind wohl wirklich zu viele Rinder in der Gegend. Wir haben unseren Bestand schon um ein Drittel reduziert. Aber wir können auf keinen Fall auf die Weidegebiete in dem jetzt als Naturschutzgebiet ausgegebenen Hassayampa-Tal verzichten.» Ron räusperte sich und kräuselte die Stirn. «Vielleicht werden wir irgendwann mehr Pferde züchten und mehr Touristen einquartieren. Das wäre auch in Ordnung.» Er hielt kurz inne und trank sein Wasser aus. «Wir werden also abends am äußersten Ende des Weidegebiets campen und gleich am nächsten Morgen alle Rinder zusammentreiben und nach Hause bringen. Am nächsten Tag werden sie auf Krankheiten und Verletzungen kontrolliert», er blickte zu Anna, «die letzten Kälber werden gebrannt, einige junge Stiere kastriert und ein Großteil der Kälber verkauft.»

«Da müssen wir aber nicht mithelfen, oder?», fragte Michael mit ängstlichem Blick.

«Du auf jeden Fall nicht, aber Anna . . . Das soll sie selbst entscheiden.»

«Das wird hier ohne Narkose gemacht, nicht?»

«Klar. Da müssen sie durch. Was sie nicht tötet, macht sie nur härter, das weißt du doch.»

Michael schüttelte sich und verzog das Gesicht. «Gut, dass ich kein Stier bin.»

Ron lachte. «Kommt drauf an. Die Auserwählten für die Zucht leben wie im Paradies. Frei in der Natur mit einem riesigen Harem um sich herum.»

Michael grinste. «Stell ich mir ziemlich anstrengend vor, so viele zickige Frauen.»

Anna kniff ihn in den Arm. Er zuckte zusammen und streichelte dann ihre Wange.

«Wenn wir so früh hoch müssen, können wir nicht lange feiern.»

«Was gibt es denn zu feiern?», fragte Linda.

«Anna hat morgen Geburtstag.»

«Was? Und das sagt man uns erst heute!»

«Da müssen wir ja noch mal nach Wickenburg», meinte Ron.

In dem Moment ging eine Tür im hinteren Bereich des Hauses auf und Patrick erschien barfuß im Türrahmen. Seine Haare standen in alle Richtungen ab und sein kariertes Flanellhemd hing aufgeknöpft und zerknittert über seinem weißen T-Shirt.

«Hat jemand was dagegen, wenn ich ein Video gucke?», fragte er, nickte zur Begrüßung in die Runde, trat zum Kühlschrank und nahm ein Bier heraus.

«Habt ihr hier Empfang?», fragte Michael.

«Die Kiste spielt nur Videos ab», antwortete Patrick, öffnete das Bier an der Herdkante und ging ins Wohnzimmer.

«Wenn du nicht so laut stellst, haben wir nichts dagegen», rief ihm Ron hinterher.

Anna hörte, wie Patrick den Fernseher anstellte und eine Kassette in das Videofach schob.

«Anna hat morgen Geburtstag, Pat», fügte er hinzu.

Patrick erschien noch einmal in der Küchentür. «Sie ist immer wieder für Überraschungen gut», sagte er mit der feinen Andeutung eines Lächelns. Sein Blick war fest und gerade auf Anna gerichtet. Sie erwiderte ihn und fühlte sich schuldig. Für Sekunden zweifelte sie nicht mehr daran, dass sich hinter seiner schroffen Ablehnung eine tiefe Enttäuschung verbarg. Sie spürte, wie Zuneigung und Ablehnung in sie eindrangen, und sah, wie sich allmählich eine Freundlichkeit auf seinem stummen Gesicht abzeichnete. Sie lächelte kurz, hielt es nicht mehr aus und schaute auf das Glas in ihren Händen.

«Ich möchte keine Geschenke und keine Umstände», sagte sie und fühlte Michaels Blick, der zwischen ihr und Patrick hin und her wanderte.

«Michael hat Bourbon und Gin mitgebracht. Wir können uns

alle ganz zwanglos zusammensetzen und uns kennen lernen, ohne großes Theater. Ist sowieso kein Freudentag mehr.»

«Das ist immer ein Freudentag, auch wenn man sechzig wird», erwiderte Ron. «Oder bist du mit deinem Leben nicht zufrieden?»

Anna lachte. «Doch, natürlich. Aber ich würde jetzt gern die Zeit anhalten, einfach nicht mehr älter werden, eben weil ich gerne lebe.»

«Jedes Alter hat sein Gutes. Die Seele altert nicht, nur die verdammte Hülle. Sie ist wie eine Papiertüte, die irgendwann zerknittert und schließlich aufweicht. Aber sie ist wiederverwertbar. Sie schafft neues Leben, ist guter Dünger für die Pflanzen, die uns dann ernähren. Und die Seele sucht sich derweil eine neue Tüte. Ist doch alles wunderbar. Also, morgen feiern wir deinen Geburtstag, Anna.»

«Du hast mich überzeugt, Ron», sagte Anna, lächelte und legte kurz ihre Hand auf seinen Arm. Patrick verschwand im Wohnzimmer und stellte das Video an. Es schien darin um Pferde zu gehen. Anna hätte sich gern neben ihn gesetzt und mitgeguckt.

«Unser Cowboy bildet sich weiter», sagte Ron, der wie sie mit einem Ohr im Wohnzimmer hing. Dann wandte er sich an Michael. «Wie steht es mit deiner Reitausrüstung? Chaps, Hut oder Kappe, feste Stiefel, alles dabei?»

«Chaps habe ich nicht, Stiefel und Kappe ja.»

«Ich habe dir doch gesagt, dass du welche kaufen sollst.» Anna sah Michael vorwurfsvoll an.

«Ich hab's nicht mehr geschafft.»

Sie verzog das Gesicht und seufzte.

«Pat kann dir sicher ein Paar leihen. Er hat zwei und ihr habt ja die gleiche Statur», meinte Linda.

Michael nickte, schien jedoch alles andere als glücklich über dieses Angebot.

Ron legte die Hände auf den Tisch und blickte von einem zum anderen. «Mädels und Jungs, in einer halben Stunde stelle ich den Generator aus. Das schon mal für eure Planung.»

«Es ist doch erst halb zehn», sagte Michael mit leicht empörtem Unterton.

«Ist nun mal so bei den Williams.» Ron zuckte mit den Schultern.

Michael presste die Lippen zusammen. Seine Stirn legte sich in waagerechte Falten und zog seine schmalen, geraden Augenbrauen zu Bögen hoch. Anna kannte diesen Blick. Er war ein sicheres Zeichen dafür, dass ihm etwas missfiel.

«Was machen wir denn mit dem Rest des Abends?», fragte er ganz leise in Deutsch.

«Es gibt Petroleumlampen, Michael. Was ist daran so problematisch?» Sie erhob sich zusammen mit Linda, räumte die leeren Gläser und die Flaschen weg und lauschte der Stimme aus dem Fernseher. Sie vernahm das angestrengte, rhythmische Schnaufen eines Pferdes, das Donnern der Hufe auf festem Boden und dann wieder die Stimme des Sprechers, der über die Wendigkeit und die spezielle Prägung eines Pferdes für die Arbeit mit Rindern berichtete. Sie spülte die letzten beiden Gläser, trocknete eilig ihre Hände und wagte einen Blick ins Wohnzimmer. Patrick lag auf der Couch, mit dem Rücken zu ihr. Er sah sich zu ihr um. «Ist über Cutting-Pferde. Kauf, Arbeit, Turniere und so weiter.»

Anna blickte gebannt auf den Fernseher. Ihre Hand umfasste die Rücklehne der Couch, etwa zwei Handbreit von Patricks Nacken entfernt. «Interessant. Das hab ich so noch nie gesehen», sagte sie. Patrick setzte sich auf und zeigte auf die leere Sitzfläche neben ihm. «Willst du mitgucken? Geht noch ungefähr 'ne Viertelstunde.» Sie lächelte und wurde dann ernst. «Heute wohl nicht. Ein anderes Mal.»

Er nickte und wandte sich wieder dem Bild von einem Pferd zu, das ein Kalb aus der Herde aussonderte. Annas Hand verließ zögernd die Lehne der Couch. Ihr ganzer Körper war steif und verkrampft, zusammengeschnürt in ein Korsett aus Selbstdisziplin und Vernunft. Michael trat zu ihr, nahm ihre Hand und verabschiedete sich mit einem flüchtigen «Gute Nacht allerseits».

«Schlaft gut, ihr beiden!», rief Linda ihnen hinterher.

Ron hob seine Hand zum Gruß. «Wir müssen für zwei anstrengende Tage vorschlafen. Also morgen nicht vor sieben, halb acht am Frühstückstisch.»

«Bis morgen», sagte Patrick ohne sich umzusehen.

Anna folgte Michael zur Tür und dann hinaus in eine merklich kühlere Luft als während der vorangegangenen Tage. Der Himmel war pechschwarz und sternen- und mondlos und die Stille noch stiller als sonst. Nichts rührte sich, kein Kojote heulte, keine Eule schrie.

Sie knipste die Taschenlampe an und hakte sich bei Michael unter. Er ist mein Freund, sagte sie sich. Ich habe ihn hergelockt aus seinem Designerbüro in die Hassayampa-Wildnis. Mein Platz ist an seiner Seite. Und ich sollte froh darüber sein und nicht mehr an einen Mann denken, der nach Rons Worten zu urteilen eine Frau nach der anderen vernaschte wie Softeis.

13

Ein hartes Prasseln drang an Annas Ohr, als sie die Augen aufschlug. Es klang wie das Trommelzeichen aus einer fernen Welt. Sie öffnete die Augen und dachte das erste Mal an Hamburg. Es regnete. Wie aus Kübeln schien sich das Wasser auf das Blechdach zu ergießen, schien es zerdrücken zu wollen. Es klang wie beschlagene Hufe auf Asphalt. Michael schlief unbeirrt an ihrer Seite. Sie drehte sich auf den Bauch und schob die Gardinen hinter dem Bett zur Seite. Draußen war es grau. In dicken Fäden fiel das Wasser vom Himmel und rann in Sturzbächen um das Haus herum. Die Zeiger auf dem Wecker standen auf sieben Uhr. Sie zog die Vorhänge leise auf, rollte sich auf die Seite und betrachtete Michaels helle Hose und sein grün changierendes Hemd. Beides lag glatt und akkurat über dem Hocker. Dann sah sie, wie sich ein etwa fünf Zentimeter langes schwarzes Bein unter der Tür durchschob. Sie hob den Kopf, zog unwillkürlich die Decke unters Kinn und erstarrte. Eine dicke, pelzige Spinne kroch ins Zimmer, geradewegs auf das Bett zu. Anna wühlte unter der Decke nach ihrem T-Shirt, knüllte es zusammen, stieg vorsichtig aus dem Bett in ihre Latschen, ohne den schaurigen Eindringling auch nur eine Sekunde aus den Augen zu lassen. Für einen kurzen Moment verharrte das Tier auf der Stelle. Anna streckte den rechten Arm nach vorne aus. Sie hielt das T-Shirt fest in der Hand. Dann ließ sie den Arm zu Boden sausen und warf den Stoff auf das haarige sechsbeinige Tier. In Windeseile zog sie Michaels glattes, grünes Hemd vom Hocker und drückte es fest auf Spinne und T- Shirt. Dann schob sie das ganze Bündel in Richtung Tür, öffnete sie mit der Linken, während ihre rechte Hand den Stoff über der Spinne hielt.

«Was machst du denn da?», hörte sie Michael aus dem Hintergrund fragen.

Sie antwortete nicht, sondern konzentrierte sich auf ihre Hände. Mit der ganzen Kraft ihrer Arme schob sie das Stoffknäuel in den Regen hinaus und zog hastig die Tür zu.

«Sag mal, spinnst du?», rief Michael und sprang aus dem Bett. «Du kannst doch mein Hemd nicht ...»

«Nun mal ganz ruhig. Ich spinne überhaupt nicht, aber unter deinem Hemd liegt eine Spinne.» Sie warf sich eine Bluse über. «Ich habe gerade eine dicke, fette, giftige Tarantel nach draußen verabschiedet und darüber solltest du froh sein. Das ist schließlich keine virtuelle Spielerei!»

«Warum hast du sie nicht mit dem Schuh zerdrückt?»

«Es ging doch auch so.»

«Na klasse!» Michael wollte die Tür öffnen, aber Anna hielt ihn am Arm fest.

«Bitte lass die Tür noch einen Moment geschlossen.»

«Anna, das ist nicht irgendein Hemd. Warum nimmst du nicht eins deiner ausgeleierten T- Shirts?»

«Ist auch darunter. Reg dich ab.» Anna sah ihn tadelnd an. «Warum nimmst du überhaupt so ein scheißteures, feines Hemd mit auf 'ne Ranch?»

«Weil ich dieses scheißteure Hemd einfach gerne trage! Soll

ich mich hier wie ein Cowboy verkleiden, mit Holzfällerhemd und Cowboystiefeln, womöglich noch mit so einem albernen Hut wie dieser Patrick?»

Anna schüttelte den Kopf. «Sag mal, merkst du eigentlich noch was?»

«Ja, und wie! Ich habe genau gemerkt, wie du diesen Möchtegerncowboy anhimmelst!»

«So ein Blödsinn! Und wieso überhaupt Möchtegern? Er ist Cowboy, er braucht sich nicht zu verkleiden.»

«Und woher weißt du das so genau? Ich habe Ron nach ihm gefragt und er weiß gar nichts von ihm. Ist doch merkwürdig, oder? Er arbeitet hier und keiner weiß, wo er herkommt und was er vorher gemacht hat.»

Michaels Augen waren voller Zorn. Er stand vor ihr in seiner kleinen engen Schießer-Unterhose, mit bloßem Oberkörper. Ihr Blick flog darüber, über die geraden, makellosen Schultern und die konturlosen Umrisse seiner weichen Brust, unter der es jetzt hart wie Stein war. Seine Worte hallten in ihr wider, bis sie Abscheu empfand.

«Hast du mal auf seine Hände geachtet?», fuhr er fort. «Das sieht man doch sofort, dass der nicht sein ganzes Leben lang Zügel in der Hand gehalten hat.»

Anna trat einen Schritt zurück und starrte Michael an. Sie verspürte ein Stechen in ihrem Herzen, fühlte sich außer Stande, irgendetwas zu tun oder zu erwidern. Für einen kurzen Moment sah sie Patrick vor sich, seine makellose Hand auf ihrer. Was ging hier vor? Wer versteckte was vor wem und warum?

Michael öffnete die Tür, griff durch den Regen nach seinem durchnässten, sandigen Hemd, schüttelte es kräftig aus, nahm es rein und schloss ab. Annas T-Shirt ließ er draußen liegen.

«Danke», sagte sie kalt, öffnete erneut die Tür und hob es vorsichtig auf. Die Spinne war weg. «Schöner Geburtstag!» Und damit verschwand sie ins Bad. Die Tür fiel hart ins Schloss. Sie drehte den Schlüssel um.

«Anna! Entschuldige!» Die Klinke bewegte sich nach unten. «Komm, mach auf, bitte.»

«Mein Geburtstag ist kein Grund für eine Entschuldigung.»

«Deswegen habe ich das auch nicht gesagt. Nun komm schon! Es tut mir Leid!»

«Gleich.» Sie drehte den quietschenden Hahn auf und versenkte ihren heiß gelaufenen Kopf im Wasser. Dann griff sie energisch nach dem frischen Handtuch, das Michael ihr mitgebracht hatte, und tauchte ihr Gesicht in den weich gespülten Frotteestoff. Er roch nach einem ordentlichen, wohlhabenden Haushalt, nach schneeweißen Kacheln und blank poliertem Chrom.

Sie zog ihren BH an, schlüpfte wieder in die Bluse und öffnete die Tür. Michael kam ihr entgegen, blieb kurz stehen und nahm sie schließlich in den Arm. «Happy birthday, Anna», flüsterte er ihr ins Ohr. «Lass uns den Ärger vergessen, okay?» Er nahm ein Päckchen vom Tisch und hielt es ihr entgegen.

«Das Hauptgeschenk konnte ich nicht mitnehmen. Es steht zu Hause, ist eckig, sandfarben und besitzt mehr Power, als du je in deiner Wohnung hattest.»

Anna fuhr sich mit den Händen übers Gesicht und hoffte, dass es nicht das sein würde, was sie vermutete.

«Was glaubst du?», fragte Michael mit einem Schmunzeln, das den Streit von vorhin zu einem schlechten Traum machte.

«Ich weiß nicht, Michael. Verrate es mir.»

«Ein Computer.»

Sie stockte, wollte etwas sagen, überlegte und schwieg.

«Freust du dich nicht?»

«Doch, natürlich. Aber das ist ein viel zu großes Geschenk. Das ist ...»

«Er ist gebraucht gekauft, aber prima in Schuss und schnell wie ein Ferrari.»

Anna schüttelte den Kopf. «Du bist verrückt!» Sie nahm die kleine blaue Schachtel aus Michaels Hand und löste die Schleife. Als sie den Deckel abnahm, blickte sie auf ein Silberkettchen mit einem Medaillon. Sie öffnete es. Es enthielt ein Foto von ihm.

«Vielen Dank!» Sie gab ihm einen Kuss und streichelte seine Wange. «Das ist wunderschön.»

«Es ist aus dem Antiquitätenladen bei mir an der Ecke, weißt du?»

«Eine tolle Idee!» Sie nahm die Kette aus der Schachtel und hielt sie an ihren Hals. Michael trat hinter sie. Er schob ihr Haar beiseite, nahm ihr die Kette aus der Hand und schloss sie über ihrem Nacken. Anna spürte seine Hände darauf, seinen Atem, dann seine Lippen und drehte sich sanft aus seiner Berührung.

«Du solltest dich schnell anziehen. Es ist bestimmt schon acht, hab ich Recht?»

«Ja, fünf nach acht.» Michael stieg in seine gebügelte Jeans und fischte ein neues, sorgsam gefaltetes Boss-Poloshirt aus dem Koffer. «Ist das angemessen für den Anlass?», fragte er und blickte an sich hinab.

Anna schüttelte den Kopf. «Komm, Michael, egal, wie und womit. Wir müssen jetzt rüber.»

Als sie hinaustraten, hatte es aufgehört zu regnen. Anna verharrte eine Weile und hielt Michael fest. Die Sonne stand fahl und flach wie eine Scheibe an einem milchigen Himmel. Schwerer Dunst stieg aus den unzähligen Pfützen empor, die sich in den Vertiefungen des ausgedörrten, dichten Bodens gebildet hatten. Es roch nach aufgeweichtem Staub, nach feuchten Blättern und rostigem Eisen. Kleine Rinnsale flossen die Hügel hinab. Irgendwo im Tal würden sie in den aufgerissenen Spalten der trockenen Erde versickern und von einem Regenschauer erzählen, der nicht einmal reichte, um den Durst eines halben Tages zu stillen.

Als sie das Ranchhaus betraten, schlug ihnen der Duft von schmelzendem Wachs entgegen. Linda, Ron und Patrick erhoben sich und hielten ihr das allgemein bekannte Geburtstagsständchen. Dann traten alle zu ihr. Linda umarmte sie als Erste und gab ihr einen Kuss auf die Wange. «Von Herzen das Beste für dich», sagte sie mit warmer Stimme. Danach drückte Ron sie an seine gewölbte Brust, sah ihr in die Augen und sprach Bände, ohne etwas zu sagen. Er trat wieder zurück und machte Platz für Patrick. Anna stand stocksteif vor ihm, während sie Michael im Rücken spürte. Sie erwartete jeden Augenblick seine Wange an ihrer. Aber Patrick reichte ihr nur die Hand. Sie spürte einen Gegenstand darin. Er schob ihn in ihre Hand und schloss sie darüber. Dann zog er seine von ihrer zurück. Anna fühlte ihr Blut aufsteigen. Sie schob die Hand in die Hosentasche und ließ den Gegenstand unauffällig hineingleiten.

«Wenn Whistler hier neben uns stünde, würde er dir über die Wange lecken und mit den Nüstern in dein Haar pusten», sagte er mit einem Lächeln, das Anna nie vergessen würde. Dann verschwand er aus der Tür. Für einen Augenblick herrschte Schweigen.

«Jetzt musst du die Kerzen auspusten», sagte Linda und führte Anna zum Küchentisch, auf dem eine Torte mit kleinen brennenden Kerzen stand. «Es sind nur zehn, mehr hatte ich nicht.»

«Kerzen in der Anzahl meiner Geburtstage hätten sowieso nicht darauf gepasst», erwiderte Anna und blies die Kerzen mit einem Atemzug aus. Alle klatschten. Dann setzten sie sich und während des Gebets konnte Anna ihre Neugier auf den Gegenstand in ihrer Jeanstasche kaum noch zügeln. Ihr Blick war gesenkt und sie wünschte sich Augen mit Röntgenstrahlen. Sie schaute kurz zu Michael hinüber, sah seine Hände gefaltet auf dem Tisch und fand das anständig von ihm.

«In einer Stunde werden wohl die Kinder anrollen», sagte Ron. Seine Augen leuchteten und waren unruhiger als sonst. Die Freude auf seine Kinder und Enkel stand ihm im Gesicht geschrieben.

«Ist Patrick bei den Pferden?», fragte Linda.

«Ja. Er füllt den Proviant ab, untersucht die Pferde und das Lederzeug und repariert, was kaputt ist.»

«Soll ich ihm beim Gesundheitscheck zur Seite stehen?», fragte Anna und beobachtete Michael aus dem Augenwinkel.

«Wenn ich ganz ehrlich bin», sagte Ron und seine Mundwinkel zogen sich fast bis zu den Ohren, «dann habe ich auf deine Frage gehofft, Anna.»

Sie legte ihre Hand auf Michaels Arm. «Willst du mitkommen?»

«Ich komme vielleicht nach», antwortete er leise. In seinem Kopf schien es mächtig zu arbeiten.

Sie erhob sich, spürte, wie Michael innerlich an ihr zog, wollte ihm nachgeben und ging dann doch. Als die Tür hinter ihr zufiel, musste sie tief einatmen, damit ihr nicht schwummrig wurde. Die Luft war seltsam schwer und feucht und vertrug sich nicht mit dem Wechselstrom in ihrem Innern. Sie ging ein Stück in Richtung Corral hinunter, weit genug, um aus Michaels Dunstkreis heraus- und noch nicht in Patricks hineingetreten zu sein. Dann setzte sie sich auf einen Stein und legte die Hand auf ihre Hosentasche.

Nach kurzem Zögern nahm sie ein gefaltetes Stück Papier heraus, in dem sich ein Gegenstand verbarg. Sie löste den Bindfaden, der es zusammenhielt, und klappte es auseinander. Zwischen den Zipfeln des linierten Papiers, auf dem etwas geschrieben stand, lag das Amulett, das Patrick getragen und das sie auf seiner nackten Brust gesehen hatte. Nun befand es sich in ihrer Hand. Es war der Kopf eines Pferdes in einem runden, filigranen Ring aus Silber, mit winzigen eingelassenen Türkisen. Es hing an einem schwarzen Lederband. Sie ließ es durch ihre Finger gleiten, legte ihre Lippen darauf und las:

«Liebe Anna,

auch mir liegt viel an unserer Freundschaft. Ich habe sie fast zerbrochen. Ich habe kein Recht, dich für irgendetwas zu verurteilen. Wir haben beide unsere Geheimnisse. Du weißt nichts über mich. Warum solltest du mir sagen, was dein Leben ist? Ich werde den gemeinsamen Abend am Feuer nie vergessen, bleibe immer dein Freund und arbeite daran zu hoffen, dass du mit deinem Freund glücklich wirst.

Patrick.»

Anna blickte auf die schräg liegenden, schwer lesbaren Zeilen, las sie noch einmal, um sicherzugehen, dass sie alles richtig verstanden hatte. Vor allem die letzten Worte kreisten wie der Refrain eines eigensinnigen Songs durch ihr Hirn. Sie dachte, fühlte, dachte über das nach, was sie fühlte, fühlte, was sie dachte. Alles in ihr drehte sich vor und zurück. Sie kämpfte gegen die Tränen an, die sich in den Winkeln ihrer Augen sammelten und einen matten Schleier darüber legten. Sie fand sich sentimental, dann wieder scheußlich berechnend, unehrlich und schließlich albern, weil sie sich von etwas beeindrucken ließ, das vielleicht nur eine Illusion war. Sie stand auf, wischte den feuchten Dreck von ihrem Hintern und ging langsam, wie halb auf der Bremse, zum Corral hinunter. Nein, dachte sie, Patrick ist, was er ist, auch wenn er von Geheimnissen schreibt. Was auch immer das war, es würde nichts daran ändern, dass er ein feiner Kerl war, ein Mann, den die Natur geschnitzt hatte, der Pferden vielleicht mehr erzählte als Frauen und ihnen womöglich treuer war. Das konnte seinen Reiz nicht mindern. Sie legte das Amulett um ihren Hals, über Michaels Kette.

Wie sollte sie sich seiner Anziehung entziehen, die so aus sich heraus entstand, die einfach da war wie die Luft, die sie atmete, und das Licht, das sie umgab. Sie hielt erneut inne und lachte stumm über sich selbst. Heute bist du wieder ein Jahr älter und hast dich dennoch keinen Schritt dem genähert, was du dir wünschst. Du huschst herum, von einem Gedanken zum anderen, von einem Gefühl zum anderen. Sie blickte wieder auf das Amulett. Was war Patricks Geheimnis? Hatte es mit seinem Freund Jeff zu tun? Sie ging einige Schritte und erkannte nun die Pferde im Corral. Die drei Braunen, den Schimmel, den Fuchs, den Falben und die beiden Hengste etwas abseits auf einem abgetrennten Platz. Die Stuten mit Fohlen grasten drum herum. Sie durften laufen, wohin sie wollten, und blieben doch beim Corral, bei ihren Männern und ihren Freunden.

Dann sah sie Patrick. Er saß mit gekreuzten Beinen auf einer Decke, vor sich eine Reihe Trensenteile, zerlegt in ihre Einzelstücke. Sie erreichte das Tal, stieg über den Zaun des Corrals und ging zu ihm. Er sah sich nicht um.

«Bist du gekommen, um mir zu helfen?», fragte er, als sie hinter ihn trat.

«Ja.» Sie betrachtete seine Hände, die das Leder mit einem fettgetränkten Lappen massierten, sah, wie seine Finger sanft das Leder bearbeiteten und wie die Adern seiner Hände dabei hervortraten. Sie dachte an Michaels Worte und verwarf sie. Patrick erschien ihr wie ein Teil dieser Arbeit, ein Teil dieser Welt, die vielleicht nicht nur dieses Stück Land umfasste, aber die eine unverfälschbare Prägung hatte.

«Ich habe mich sehr über dein Geschenk gefreut», sagte sie in einem Ton, der einem dreizehnjährigen pubertären Mädchen entsprungen sein könnte. Sie räusperte sich und versuchte einen neuen Ansatz.

«Eigentlich bin ich überwältigt», sagte sie schließlich und ihr Mund verzog sich leicht nach links.

Patrick drehte sich zu ihr um und stand dann auf. «Ist ja kein Brillant. Ich habe es von Indianern gekauft. Ich kaufe ihnen immer etwas ab, wenn ich an ihren Ständen vorbeikomme. Und diese Kette soll Pferd und Reiter Glück bringen. Deshalb hab ich sie getragen, obwohl ich Schmuck an mir nicht mag. Dir steht sie sicher besser.»

Anna zog den Kragen ihrer Bluse auseinander, legte ihre Hand über die Kette von Michael und nahm sie dann weg.

«Interessante Mischung», sagte Patrick und wandte sich ab. Er schüttelte seine Beine aus und warf den Lappen neben das Lederzeug. «Lass uns zu den Pferden gehen. Das hier kann ich später machen.»

Anna folgte ihm. Sie gingen von einem Pferd zum anderen, prüften Beine, Hufe, Rücken, Nüstern. Patrick gab sich so nüchtern und sachlich, als könnten die Zeilen auf dem kleinen Zettel nicht aus seiner Feder stammen.

«Gut, dann ist wohl so weit alles in Ordnung», sagte er und klopfte Whistler den Hals. «Und du kannst dich noch ausruhen.»

«Ich denke, in ein bis zwei Wochen kann man langsam wieder mit ihm anfangen.»

«Ja, und dann wird er schusssicher gemacht.»

«Das würde ich mir gerne ansehen.»

«Du wirst dann schon wieder auf deinem eigenen Pferd sitzen.»

«Ja.» Anna seufzte, strich über Whistlers Blesse und spürte Patricks Blick.

«Ich würde mir wünschen, meine Stute könnte auch so leben wie eure Pferde. Immer draußen, immer den Himmel über sich und den Blick in die Weite. Eben ein Pferdeleben.»

«Dein Pferd steht in einer Box?»

«Zwanzig Stunden am Tag auf jeden Fall. Es gibt einen Paddock am Reitstall, aber den müssen sich alle vierzig Pferde teilen.»

«Schade.»

«Ja, vor allem gibt es Pferde, die tagelang nicht geritten werden. Sie dürfen sich gerade mal eine Viertelstunde in der Halle austoben und wälzen, dann kommen sie wieder zurück in ihre Zelle.»

«Vielleicht hast du irgendwann einen Hof und kannst deine Pferde so halten wie diese hier.»

«Hoffentlich!»

«Zellenhaltung für Pferde, Massentierhaltung ... Hier haben wir zumindest noch keinen Platzmangel. Aber die Natur wird überall zunehmend verdrängt und misshandelt.»

Anna nickte. «Ich arbeite für eine Organisation, die sich für bessere Haltungsbedingungen einsetzt, aber es ist wie einen Stein in den Ozean werfen.»

«Auch ein Stein, der ins Wasser geworfen wird, zieht Kreise.»

«Vielleicht hast du Recht», sagte sie nachdenklich und folgte Patrick zum Gatter. «Ich werde jetzt wieder hochgehen.»

«Vergiss nicht das Amulett abzunehmen.»

Anna sah ihn fragend an und folgte seiner Aufforderung.

«Wenn du es irgendwann in Hamburg tragen willst, sag einfach, dass es von einem Indianer ist, an einem Stand in Phoenix gekauft. Das stimmt nämlich.»

«Darüber möchte ich jetzt nicht nachdenken.»

Patrick öffnete das Gatter, ließ Anna hindurch und blieb dahinter zurück. Er hob die Hand. «Bis später dann.»

«Sie zögerte, sah, wie er sich von ihr wegdrehte. «Ich habe nicht damit gerechnet, dass Michael kommen würde.»

Er blieb stehen und wandte sich ihr zu.

«Unten am Fluss habe ich alles vergessen, alles, was war, alles, was sein wird, alles, was sein könnte. Es gab nur das Jetzt. Es war wie ein Augenblick, der ewig andauerte.» Einen Moment herrschte Schweigen. «Meine Uhr ist dort tatsächlich stehen geblieben», sagte sie mit einem Lächeln.

Patrick stand wie angewurzelt da. Seine Augen leuchteten wie blau schimmernde Diamanten in seinem staubigen, unrasierten Gesicht. Anna wartete, sah seine Lippen, die etwas sagen wollten. Aber sie blieben stumm und unbeweglich. Sein Blick war wie eine Umarmung. Dann drehte er sich langsam um und ging weg.

Anna trat gerade auf die Constallation Road, als sie Ron und Michael entdeckte. Sie hielt inne und wartete, bis sie bei ihr waren.

«Na, sind alle unsere Böcke startklar?», fragte Ron. Michael sah sie durchdringend an und schwieg.

«Alle gesund und heil», antwortete Anna. Mit dem Aussprechen dieser Worte lösten sich die letzten Klammern in ihrem Kopf, die für Minuten alles in ihr blockiert hatten. Sie war innerlich wieder an ihrem Platz.

«Ich möchte, dass Michael eine Reitstunde bei mir nimmt, bevor wir ihn morgen auf die Kühe loslassen», sagte Ron und legte seine Hand auf Michaels Schulter. «Dein Mann hat sich ganz schön was vorgenommen.»

Anna lächelte. «Mein Freund», betonte sie. «Ja, er ist mutig.»

«Na ja, wird ja auch Zeit, dass er mit seiner Tochter mithalten kann», sagte Ron und zwinkerte ihm zu.

Anna ging mit ihnen zurück zu den Corrals. Patrick setzte gerade das Lederzeug wieder zusammen, stanzte Löcher in einige Lederriemen und hob die Sättel auf die Sattelböcke, während Ron Michael zeigte, wie man ein Pferd putzt und ihm die Trense anlegt. Er hatte ihm White Boy ausgesucht. Anna stand daneben und fand, dass er schnell lernte und sich geschickter anstellte, als sie erwartet hatte.

«Brauche ich keine Sporen?», fragte Michael.

«Die Könner reiten meist mit Sporen, aber als Anfänger sollte man das lieber lassen. Pat reitet meist ohne. Er hat da seine eigene Auffassung. Oder er umwickelt die Rädchen mit Klebeband, damit die Sporen weniger scharf sind.»

Michael nickte und stieg etwas ungelenk in den Sattel.

«Wichtig ist, dass du entspannt und schwer im Sattel sitzt und die Zügel locker hältst. Die Pferde reagieren auf kleinste Hilfen. Also nicht ziehen, nur kurz annehmen und wieder nachgeben», erklärte Anna.

«Genau», pflichtete ihr Ron bei. «Ich glaube, ihr braucht mich gar nicht.»

«Also ich würde es lieber aus erster Hand lernen, von einem echten Cowboy», sagte Michael.

«Na gut, wenn du meinst.» Anna ging zu Patrick hinüber und half ihm mit den Trensen. Sie ließ sich auf der Decke nieder, zog ein silberbeschlagenes Stirnband durch zwei fettige Lederriemen und hängte ein Hackamore-Gebiss hinein. Dann knotete sie die feinen Lederbänder der handgearbeiteten Zügel daran und legte die fertige Trense über einen der Sättel. So fuhr sie fort, während ihr Blick zwischen dem Leder, Patrick und Michael auf White Boy hin und her wanderte. Patrick hatte sich in die Neutralität eines guten Freundes zurückgezogen. Er wirkte freundlich und entspannt.

Als Anna die letzte Trense zusammengebaut hatte, vernahm sie das Geräusch eines Motors, dann ein Hupen. Ein Cherokee-Jeep und ein Chevy-Pick-up, jeder mit einem Pferdehänger dahinter, standen in der letzten Kurve der Constallation Road. Aus den offenen Fenstern winkten Hände.

Ron eilte aus dem Schuppen und winkte aufgeregt zurück. Dann fuhren die Autos weiter in Richtung Ranchhaus.

«Ich mache hier unten alles fertig», sagte Patrick.

Ron gab ihm einen freundschaftlichen Klaps auf die Schulter. Er spülte sich die Hände im Wassertrog ab, wischte sie an der Jeans trocken und zog seinen Hut in den Nacken. «Okay, dann werde ich mal das Begrüßungskomitee vervollständigen.» Er verließ den Corral und ging zur Straße hinauf.

«Nun musst du doch mit mir vorlieb nehmen», rief Anna Michael zu, der gerade versuchte sein Pferd von links nach rechts zu bugsieren. «Oder Patrick muss den Unterricht machen.»

«Ich glaube, ich komme ganz gut alleine klar.»

Anna zuckte mit den Schultern. «Na gut. Ich gucke zu oder darf ich das auch nicht.»

«Von mir aus. Was muss ich denn machen, um anzutraben? Schenkel ran und ...?», fragte Michael dann doch.

«Leichten, kurzen Schenkeldruck und die Hand nach vorne über den Mähnenkamm. Aber eigentlich wolltest du das ja lieber selbst ausprobieren, nicht?»

Michael antwortete nicht, befolgte aber ihre Anweisung und White Boy fiel brav in einen ruhigen Trab. Anna beobachtete jede Bewegung. Michael saß für einen Anfänger ziemlich gut im Sattel. Es beruhigte sie.

«Ich werde mal versuchen anzugaloppieren!», rief er ihr zu.

«Setz dich tief in den Sattel rein. Richtig hineinsinken lassen und das Kreuz gerade.»

«Ja, mach ich doch.» Seine Waden schnellten an White Boys Flanken und blieben dort. Der Schimmel machte einen Satz nach vorn und zog kräftig an.

«Nimm die Beine weg vom Pferd und nicht nach vorne fallen!», schrie Anna aufgeregt. Aber White Boy schoss mit Michael durch den Corral, bekam nur knapp die engen Kurven und wurde nicht langsamer.

«Die Beine weg! Nimm die Zügel auf! Gewicht nach hinten!»

Michael zog heftig an den Zügeln. White Boy riss den Kopf hoch, das Maul auf und ging in die Eisen. Michael flog nach vorn, hielt sich dann in Schräglage im Sattel und verzog das Gesicht.

«Ein echter Sliding Stop!», rief Patrick. «Du musst sanfter mit den Händen arbeiten, dann reagiert das Pferd auch ruhiger.» Er lächelte. «Das passiert einem nur einmal.»

Michael rückte sich im Sattel zurecht und ritt im Schritt weiter. Er versuchte sich nichts anmerken zu lassen, aber Anna entging nicht, dass er sich wehgetan hatte.

«Das ist mir am ersten Tag auch passiert!», rief sie ihm zu.

«Dieser blöde Knauf», fluchte Michael.

«Der kann einen für Tage außer Gefecht setzen», sagte Patrick. «Aber ohne das Ding wärst du vornübergegangen.»

«Okay, für heute genügt es.» Michael hielt an und stieg vorsichtig aus dem Sattel. Er trat von einem Bein auf das andere und zog die Hosenbeine runter. Anna ging zu ihm, streichelte seinen Arm und wollte ihm das Pferd abnehmen.

«Ich mach das schon», sagte er schroff. Er wollte die Zügel um das Sattelhorn wickeln, aber Anna hielt seinen Arm fest.

«Lass sie einfach runterfallen. Wenn er einen Schritt nach vorn macht, tritt er darauf. Dann weiß er, dass er stehen bleiben muss.»

Michael tat, was Anna sagte, löste den Gurt, hob den Sattel von White Boys Rücken und hängte ihn über den Zaun. Die Adern traten an seinen Schläfen hervor und kleine Schweißperlen bedeckten seine glatte Stirn.

«War nicht schlecht fürs erste Mal!», rief Patrick zu ihm hinüber.

Michael lächelte. Auch Anna freute sich über Patricks nette Worte. Sie wusste, wie Michael litt, wenn er das Gefühl hatte, sich lächerlich gemacht zu haben. Sie nahm White Boy die Trense vom Kopf und hängte sie an den Sattel.

«Können wir noch was helfen?», fragte Anna.

«Ich würde jetzt ganz gern hochgehen», warf Michael ein.

«Geht ruhig los. Ich komme schon klar.» Patrick winkte ab. «Habt ihr beide eigentlich Schlafsäcke mit?», rief er hinterher.

«Ich hab keinen», antwortete Michael und Anna stöhnte.

«Ich habe dir doch gesagt, du sollst einen mitbringen.»

«Ich habe keinen und hatte keine Zeit, einen zu kaufen.»

«Ich lege einen für dich raus.» Patrick drehte sich um und ging mit White Boy zur Tränke.

«Meinst du, du schaffst das morgen?», fragte Anna, als sie die Constallion Road hinaufliefen.

«Klar.»

Sie legte den Arm um seine Taille. «Und sonst alles okay?»

«Ja, es geht schon wieder», sagte Michael spröde. «Ich würde jetzt gern ein Bad nehmen.»

«Geht leider nicht. Es gibt nur die Dusche.»

«Ja, ich weiß, und nur ein kahles Zimmer ohne Sessel.»

«Und morgen nicht mal ein Bett. Aber es wird bestimmt ein Erlebnis. Ich stelle mir das toll vor, eine Herde von hundertachtzig Rindern vor sich her zu treiben. Hast du nicht als Junge davon geträumt?»

Er nickte. Ein angespanntes Lächeln huschte über sein Gesicht und verschwand dann wieder hinter einem prüfenden Blick. Sie gab ihm einen Kuss auf die Wange und verlängerte die Schritte.

Als sie das Ranchhaus erreichten, schaute Anna auf drei Pferdehinterteile. Zwei Braune, ein Fuchs und ein schwarzbraunes Pony standen brav nebeneinander am Anbinder. Michael steuerte auf das Bunkhouse zu, aber Anna packte ihn am Arm.

«Ich finde, wir sollten erst mal Hallo sagen. Außerdem habe ich Hunger.»

«Ja, essen ist gut, aber die ganze Blase begrüßen ...» Nur widerwillig gab Michael nach.

Es war ein Uhr, als sie das Ranchhaus betraten. Linda hatte ihnen einige Sandwiches zurechtgemacht. Anna stand neben Michael im Wohnzimmer, kaute ihr Brot und blickte auf eine Ansammlung karierter Hemden, Jeans und Cowboystiefel. Es herrschte buntes Treiben in allen Räumen des Hauses. Taschen und Klamotten lagen überall auf dem Boden und jeder redete mit jedem. Die beiden Kinder liefen kreischend um Ron herum, der sie immer wieder neckte. Linda breitete eine große frische Tischdecke über zwei aneinander gerückte Tische in der Küche aus. Dann nahm sie Annas Hand. «Komm mit», sagte sie zu Michael und zog beide ins Wohnzimmer.

«Ich bitte um Ruhe!», rief sie. Alle verstummten, nur die Kinder jauchzten weiter. «Ich möchte euch unsere Gäste Anna und Michael vorstellen. Anna ist seit zwei Wochen bei uns und Michael ist gestern dazugekommen.» Die gesamte Sippe versammelte sich im Wohnzimmer um Anna und Michael herum. Alle lächelten und nickten ihnen zu. «Anna hat heute Geburtstag», sagte Linda feierlich und hob die Arme.

Ein vielstimmiges Happy birthday tönte durch den Raum. Dann trat eine rundliche Frau mit braunem Pferdeschwanz auf sie zu. «Ich bin Mary», stellte sie sich vor und reichte ihr die Hand. Es war eine schmale Hand und eine flüchtige Berührung ohne Druck. Ihr Lächeln war freundlich, aber flach. Sie ging weiter zu Michael.

«Das ist Kathy», sagte Linda, «unsere jüngste Tochter.»

Eine junge Frau Mitte zwanzig in weißer Bluse und engen verwaschenen Jeans gab ihr die Hand ohne eine Miene zu verziehen. Sie war größer als Anna und ihre Schlankheit wirkte hart erkämpft. Sie hatte ein volles, hübsches Gesicht, die gleichen aufwärts geschwungenen Lippen wie Linda und lange blondierte Haare. Sie wandte sich schnell Michael zu und begrüßte ihn mit einem charmanten Lächeln.

«Hi, ich bin Michael», sagte er heiter.

«Willkommen», erwiderte sie.

Dann trat ein großer, hagerer Mann mit Hakennase zu ihnen. «Ich bin Jack, Rons Bruder.» Seine runden, freundlichen Augen und sein schmaler Mund waren das Einzige, was erkennen ließ, dass er Rons Bruder war. Sein Händedruck war hart und herzlich.

«Meine Schwester Susan, mein Neffe Gary», fuhr Linda fort und Anna schüttelte weiter Hände. Susans Gesicht bestand in erster Linie aus Falten. Sie drückte Annas Hand wie eine Orange, gab ihr einen Klaps auf die Schulter und drehte sich zu Michael. Eine breite Silberschnalle mit einem galoppierenden Pferd hielt ihre labbrige Jeans über den runden Hüften zusammen. Ihr Hintern war mindestens so breit wie der von Linda, nur flacher. Sie musste bereits die siebzig überschritten haben und Anna fragte sich, ob sie tatsächlich noch in den Sattel steigen würde. Gary war ein drahtiger Junge mit dünnem blondem Haar und wässrigen graublauen Augen. Er war unverkennbar Jacks Sohn und schien gerade dabei, dem Teenageralter zu entwachsen. Bein- und Armlängen passten ebenso wenig zum

Wachstumsstand seines Rumpfes wie Vorder- und Hinterbeine eines Jährlingshengstes.

Lässig trat er zu Anna, gab ihr gönnerhaft die Hand und schenkte ihr ein kurzes, fast mitleidiges Lächeln. Er sah nicht so aus, als hätte er jemals etwas anderes gemacht als reiten und Kühe hüten. Und Gäste auf der Ranch schien er erst mal als verpimpelte Greenhorns abzustempeln.

Anna atmete auf, als die Begrüßung ein Ende hatte und sich alle wieder über ihre Taschen, Mitbringsel und Einkäufe hermachten. Sie zog Michael zum Küchentisch, holte zwei Gläser und goss Wasser ein. Die Kinder wirbelten um sie herum, grinsten sie an und verschwanden dann nach draußen. Flaschen klapperten, Papier raschelte, Ron unterhielt sich mit seinem Bruder und Linda mit Mary. Michael zog ein genervtes Gesicht, signalisierte Anna, dass er ins Bunkhouse wolle. Sie folgte ihm hinaus. Es hatte wieder zu regnen begonnen, aber diesmal nicht ganz so stark. Ein lauer, feiner Regen fiel aus einem grau verhangenen Himmel. Am Horizont jedoch versprach ein schmaler blauer Streifen besseres Wetter.

Anna vernahm das Klappern von Hufen auf Steinen hinter dem Haus. Sie ging zur Ecke und sah Patrick auf dem Fuchs, die beiden Braunen und das Pony an der Hand. Er brachte die Pferde zum Corral hinunter. Das Fell der Pferde glänzte im Regen. Patrick hatte den Hut tief ins Gesicht gezogen.

«Kommst du?», rief Michael.

Anna löste sich von dem Anblick und ging zu ihm.

«Das ist ja richtig stressig», sagte er, als sie in ihr Zimmer traten.

«Na ja, jetzt haben wir erst mal Ruhe bis zum Abendessen.»

«In einem ungemütlichen Zimmer ohne Musik, ohne Fernsehen, ohne Badewanne. Also länger als eine Woche könnte ich das wirklich nicht aushalten.»

«Morgen wirst du vielleicht schon ganz anders denken.»

«Mal sehen. Das Reiten hat zumindest Spaß gemacht, trotz Aufprall.»

Anna lächelte. «Du hast das wirklich gut gemeistert.»

Um Punkt sechs Uhr saßen sie in der Küche an einer langen Tafel zwischen Susan und Gary. Ron und Jack bildeten jeweils die Spitze der Tafel. Anna hatte den Bourbon, den Gin und das Sodawasser in die Mitte des Tisches gestellt. Patrick saß ihr schräg gegenüber. Er drehte das Label der Whiskeyflasche zu sich hin, blinzelte Anna zu und wurde dann von Kathy angesprochen, die rechts neben ihm saß. Sie hatte sich den Platz hart erkämpft und Rons Blick flog immer wieder für Sekunden zu ihnen hinüber. Anna fragte sich, wie weit wohl Kathys Interesse an Patrick gegangen war.

«Woher kommt ihr beiden?», wollte Jack von Michael wissen.

«Wir kommen aus Hamburg.»

«Ganz im Norden von Deutschland», ergänzte Anna.

«Hört sich nach Stadt an.» Jack schnippte die Asche seiner Zigarette in den hutförmigen Aschenbecher vor ihm.

«Richtig. Nicht gerade L.A., aber Großstadt. 1,7 Millionen Einwohner», erklärte Michael.

«Und was macht ihr beruflich?», fragte Susan, als Linda und Mary die Steaks, vier Platten mit Pommes frites, Salat und zwei Flaschen Ketschup auf den Tisch stellten.

«Ratet doch mal», sagte Anna mit einem verschmitzten Lächeln zu Ron und Patrick. Der Aperitif im Bunkhouse hatte bereits ihre Stimmung gelöst. «In Deutschland gibt es eine Sendung, die heißt: *Was bin ich?* Jeder kann mit maximal zehn Fragen versuchen, den Beruf des Kandidaten zu erraten.»

Michael lachte laut und Patrick musterte ihn über sein volles Bierglas hinweg. Alle anderen starrten auf Anna.

«Okay, dann lasst uns fragen», krächzte Susan und zog ihre faltige Stirn noch krauser.

«Also erst mal wird gegessen», sagte Ron. «Und davor . . . Na, ihr kennt ja unseren Ablauf hier.»

Kathy verzog gelangweilt das Gesicht.

«Erst wird gebetet, erst wird gebetet», sang Alice mit schriller Stimme.

«Lieber Gott, ich sitz auf'm Pott und denk nur Schrott!», rief Tom und klatschte in die Hände.

Alle lachten und Ron langte über den Tisch und schüttelte Toms Schulter. «Du Rotzbengel. Morgen landest du im Fluss.»

Dann war es still wie in der Kirche und alle falteten die Hände. Alice kippelte mit dem Stuhl hin und her. Die Gabel fiel klirrend auf den Holzfußboden. Sie rutschte vom Stuhl unter den Tisch, hob sie auf, leckte sie ab und legte sie neben den Teller. Michael wandte sich Anna zu, lächelte und flüsterte: «Das könnte auch Julia gewesen sein.»

Endlich war es so ruhig, dass Ron seine Stimme erhob.

«Ich danke dir, gütiger Gott, dass du unsere Familie heil zu uns geleitet hast, dass du sie hier versammelt hast, alle bis auf wenige, die nicht kommen konnten. Segne alle, beschütze sie alle und lege deine Hand in Frieden über uns, auf dass wir uns vertragen, uns achten, uns hilfreich zur Seite stehen und unsere Arbeit in Freude und Zufriedenheit beenden. Amen.»

«Amen», sagten alle wie aus einem Munde. Dann schob Linda ein riesiges Steak auf Annas Teller, Mary reichte ihr die Pommes frites und gab sie an Susan weiter. Ein munteres Geplapper hob an, Arme streckten sich über den Tisch, griffen nach Ketschupflaschen, öffneten Bierflaschen, schenkten Wasser ein. Danach waren sie eine Weile ins Essen vertieft. Erst als Linda, Mary und Anna die Teller abgeräumt hatten, schenkten sich alle Bier und Wasser nach und plauderten.

Schon erstaunlich, dachte Anna; wie auch Michael sich stillschweigend in die Aufgabenteilung von Männern und Frauen einfügte.

«Ich weiß, was du bist!», schrie Tom plötzlich zu Anna hinüber. «Lehrerin!»

Alle lachten. Patrick schüttelte lächelnd den Kopf. Er saß neben Tom, genau gegenüber von Michael. «Du kleiner Klugscheißer. Das ist so danebengegangen wie der Chip vor dir auf dem Tisch.»

Anna sah, wie er die dritte Flasche Bier in seinen Krug entleerte und den Chip in Toms Mund schob.

«Bei jeder Negativantwort, kommt erst mal der Nächste an die Reihe», erklärte Anna die Spielregel.

«Sind wir hier in der Quizshow», fragte Jack, kniff das linke Auge zu und kratzte sich am Kopf.

«Ich spiele nur bei Michael mit. Ich weiß, was Anna macht», warf Patrick ein.

Anna sah ihm kurz in die Augen und versuchte zu erraten, was er dachte. «Gut, kann losgehen», sagte sie schließlich und nahm einen Schluck Bier. «Das Spiel beginnt mit einer berufstypischen Handbewegung. Unsere Antworten beschränken sich ausschließlich auf Ja oder Nein.»

«Wo fangen wir an?»

«Bei Gary.»

«Aufgepasst», sagte Anna, spreizte Zeige- und Mittelfinger und drückte den Daumen dazwischen. Dann hob sie die Hand und bewegte sie in der Luft hin und her, als würde sie etwas reiben. Patrick lächelte und Kathy lehnte sich zu ihm hinüber. Sie flüsterte ihm etwas ins Ohr. Er schüttelte den Kopf, schwieg und schaute auf sein Bierglas.

«Also los, Gary», sagte Ron.

«Keine Ahnung», erwiderte er gelangweilt.

«Dann lassen wir dich also aus. Kathy, du bist dran.»

Sie blickte ernst und abweisend zu Anna hinüber. «Hast du mit Stoff zu tun?»

«Nein.» Anna sah an Patrick vorbei zu Mary.

«Arbeitest du im Büro?», wollte sie wissen.

«Nein.» Anna lächelte. Alice war an Marys Schulter eingenickt.

«Ihr habt wohl alle keine Augen im Kopf», tönte Jack vom anderen Ende der Tafel herüber. «Sieht man doch mit einem Blick, dass die Lady keine Bürotippse ist.»

«Werd bloß nicht frech!», schoss Kathy zurück. «Du mit deiner Ranch, die sowieso nichts abwirft. Was du in einem Monat umsetzt, verdiene ich im Büro in einer Woche.»

«Jetzt vertragt euch mal wieder», warf Ron ein und legte die Hand auf den Arm seiner Tochter. «Tom, du bist dran mit Fragen.»

«Du hast was zusammengedrückt, nicht?»

«Ja!» Anna klopfte auf den Tisch. «Die erste richtige Antwort!»

Tom strahlte. «Was hast du gedrückt?»

Anna lachte. «Ich darf nur mit Ja oder Nein antworten.»

Toms Augen blitzten. Anna schätzte ihn auf sieben Jahre.»

«Bist du ein Junkie?», fragte er nach einer kurzen Pause.

Gary prustete los und hielt sich den Bauch. Anna lachte und Mary wandte sich empört ihrem Sohn zu und sagte etwas zu ihm. Patrick schmunzelte und Ron schüttelte den Kopf.

«Wohnst du in New York oder L.A.?», fragte Michael lächelnd.

«Nein, in Phoenix.»

«Jetzt bist du dran, kleiner Bruder», sagte Ron und zeigte grinsend auf Jack. «Mal sehn, was dein krauses Hirn noch so hervorbringt.»

«Warte ab. Ich glaube, ich bin der Einzige hier, der noch keinen Knick im Hirn hat.» Jack zog an seiner Zigarette wie an einem Joint und entließ den Rauch durch den rechten Mundwinkel, weg von den Kindern. «Deine Hände sehen so aus, als könnten sie zupacken», sagte er mit rostiger Stimme. Er rieb mit der Hand über sein raues Kinn, während er Anna musterte. «Schätze, du hast mit Tieren zu tun.»

«Ja, richtig.» Anna lugte kurz zu Patrick hinüber, dann wandte sie sich wieder Jack zu.

«Hast du mit großen Tieren zu tun?»

«Ja.»

«Deine Handbewegung, das war also, wie Tom richtig erkannt hat, das Setzen einer Spritze?»

«Ja.»

«Du kannst nur Fachtierärztin für Pferde sein», sagte Jack, lehnte sich langsam zurück und verschränkte die Arme vor seiner Brust.

«Richtig!», rief Anna. «Gratuliere. Dafür gibt es erst mal einen Bourbon on the rocks.» Sie stand auf, ging zum Kühlschrank und holte Eiswürfel. Jack verteilte sie und goss den Whiskey in die Gläser.

«Jetzt ist Michael dran», sagte sie und legte ihre Hand auf seinen Arm.

«Wo fangen wir an?»

«Bei Ron», antwortete Anna.

«Ich weiß es schon», entgegnete er und blickte nach rechts.

«Und du, Pat, weißt du Bescheid?», fragte er.

«Nein.»

«Okay, Kathy fängt an», sagte Anna.

Sie ließ Michaels Arm los, und er machte die typische Handbewegung. Seine rechte Hand fuhr mit gewölbtem Handrücken über den Tisch. Dann bewegten sich seine Finger über dem Tisch auf und ab.

Eine Weile herrschte Schweigen. Kathy lächelte zu Michael hinüber, kicherte, tickte Patrick mit dem Ellbogen an.

«Arbeitest du am Computer?», fragte sie.

«Ja.»

«Im Büro?»

«Ja», antwortete Michael.

«Hast du mit Geld zu tun?»

«Das ist diese berühmte Jein-Antwort. Eigentlich nein.»

«Gut, also der Nächste», sagte Anna.

Sie sah zu Patrick hinüber, meinte ein reges Interesse in seinen Augen zu erkennen und war gespannt auf seine Fragen. An diesem Abend war alles ein Spiel. Alles war leicht und heiter, schien ohne Konsequenzen, aber doch so prickelnd wie der kalte Gin Tonic auf ihrer Zunge. Diesmal war das Schweigen wie eine nicht enden wollende Stille in Annas Ohren. Patrick sah zu Michael hinüber. Sein Blick war so intensiv und ruhig, als wollte er ihn hypnotisieren. Sie bedauerte, Michael nur aus dem Augenwinkel beobachten zu können. Aber sie sah, wie seine Finger mit der Tischdecke spielten.

«Also Banker scheidet aus, Computer ja, Büro ja», sagte Patrick schließlich leise vor sich hin. Alle Augen waren auf ihn gerichtet, als ob es um Millionen ginge. «Die Handbewegung an der Maus … Also ich vermute, dass du nicht ausschließlich schreibst, richtig?»

«Ja.»

«Aha.» Patrick überlegte. «Du schiebst Dinge auf dem Computer hin und her. Hast du in erster Linie mit Bildern zu tun?»

«Ja, richtig.»

Patricks Augen senkten sich starr auf den Tisch. Er war plötzlich vollkommen stumm und regungslos und mit einem Schlag so ernst, dass Anna erschrak. Sie sah immer wieder kurz zu ihm hin. Michaels Worte hatten irgendetwas in ihm losgetreten. Er blickte auf.

«Ist es eine künstlerische Tätigkeit?», fragte er, zog eine Packung Camel aus der Tasche, schaute hinein und zerknüllte die leere Packung, als wollte er sich Luft machen.

«Ja», antwortete Michael. Er lächelte. Seine Hände lagen jetzt ruhig und ineinander verschränkt auf dem Tisch.

«Willst du eine von meinen, Pat?», fragte Jack und warf eine Schachtel Lucky Strike zu Patrick hinüber.

«Danke.» Er nahm eine Zigarette heraus, steckte sie in den Mund und zündete sie an. Aus seinen Zügen sprach Unbehagen. Er sah Michael an. «Du bist Grafiker, würde ich sagen.»

«Ja, korrekt», antwortete Michael ernst. «Nicht schlecht. Wie hast du das so schnell rausgekriegt?»

«Ich habe einen Freund, der in einer Werbeagentur gearbeitet hat», sagte Patrick mit müder Stimme.

Michael nickte, und die Stille am Tisch wich einer ausgelassenen Unterhaltung in alle Richtungen.

«Hast du eine eigene Firma?», wollte Jack wissen.

«Nein. Ich bin Artdirector in einer großen Werbeagentur. Ich mache Internetseiten», erklärte Michael. Patrick musterte ihn aufmerksam.

«Lasst uns anstoßen», sagte Ron und hob sein Wasserglas. «Auf unsere Gäste und auf den morgigen Tag und noch mal auf unser Geburtstagskind.» Alle hoben die Gläser, prosteten auf Annas Gesundheit und begannen wieder miteinander zu reden.

«Dann kann ich ja endlich von Anna und Whistler erzählen», sagte Ron. «Ich hatte das schon die ganze Zeit vor, aber ihr hattet ja immer wieder was anderes.»

Anna stockte der Atem. Sie sah zu Patrick. Ihm schien es ähnlich zu gehen. Anna hatte für Sekunden das Gefühl, er würde nicht mehr atmen.

«Oder willst du, Pat, von eurem Abenteuer mit Whistler und der Schlange erzählen?»

«Du kannst das besser, Ron», erwiderte er.

«Na, dann schieß los», sagte Jack.

Anna suchte Rons Blick. Als sie ihn fand, zwinkerte sie ganz leicht und meinte in seinen Augen zu lesen, dass er ihr Zeichen verstanden hatte und die Nacht mit Patrick bei Whistler geschickt umgehen würde.

Alle hörten gebannt zu, blickten immer wieder anerkennend zu Anna und fragend zu Patrick. Die Geschichte hinterließ selbst bei Gary einen nachhaltigen Eindruck.

«Und du hast dann mit Patrick Nachtwache gehalten?», fragte Jack, als Ron alles, bis zu Lindas Hilferuf und ihrem gemeinsamen Aufbruch, erzählt hatte.

Ron sah hilflos zu Anna. Sie beschwor ihn mit den Augen, aber sie wusste im selben Moment, dass er nicht lügen würde.

«Anna ist bei Whistler geblieben», sagte er nach einer kurzen Pause. «Sie ist schließlich Tierärztin.» Er zupfte an seinem Schnauzer und nahm einen Schluck Wasser. Alle blickten gespannt zu ihm hinüber.

«Und wer hat sie beschützt? Du, Ron?», fragte Susan.

Jack sah Patrick an und Kathy Anna.

«Pat ist natürlich mit dageblieben. Linda und ich mussten zurück auf die Ranch.»

«Hattet ihr ein Zelt?», wollte Tom wissen.

«Wir konnten es nicht aufstellen. Der Boden war zu hart», erklärte Patrick.

Für eine Weile herrschte Schweigen, aber es gab Blicke, die lauter als Worte waren. Der Raum schien erfüllt von unausgesprochenen Fragen und Vermutungen. Michael rührte sich nicht. Seine Hände lagen nicht mehr auf dem Tisch. Anna sah und hörte nichts von ihm, aber sie spürte seine Spannung an ihrer Seite.

«Habt ihr die Schlange gegessen?», fragte Alice.

«Nein», antwortete Anna abwesend und bemühte sich um ein Lächeln. «Wir haben sie dort gelassen, wo sie erschossen wurde.» Sie war dankbar für die kleine Unterbrechung und hoffte auf eine weitere Frage von ihr, die aber nicht kam.

«Wer möchte noch ein Bier?», fragte Linda.

Alle lehnten dankend ab. Die Gläser waren noch voll. Die Stimmung war gespannt, und Anna hörte Jack etwas sagen, dann Ron, dann herrschte wieder Stille. Kathys Blick war leicht verschleiert. Sie wischte sich kurz über die Augen.

Anna spürte Michaels ganze Verletztheit, seine Wut und seine Verunsicherung, so als wäre sie an seiner Stelle. Sie wagte nicht ihn anzusehen, vernahm das Gluckern von Bier in ein Glas, die Kinderstimmen, das Klappern von Geschirr in der Spüle. Patricks Gesicht war versteinert, seine Lippen zusammengepresst. Für einen Moment verschwand es hinter dem Rauch seiner Zigarette. Er sah kurz zu Michael. Dann schlug er plötzlich mit der Hand auf den Tisch. Alle Blicke richteten sich auf ihn.

«Ich sehe genau, was ihr denkt. Ihr denkt alle dasselbe. Einige sind betroffener als andere, das ist der einzige Unterschied. Aber ich kann euch beruhigen. Es gibt auch noch etwas anderes zwischen Mann und Frau als das eine. Es gibt auch Kameradschaft und Teamgeist. Und das ist genau das, was uns in der Nacht verbunden hat. Nichts anderes hat sich abgespielt als das, so wahr ich hier sitze.» Sein Blick wanderte von einem zum anderen und verharrte dann auf Michael.

«Richtig», sagte Anna. Sie warf Patrick ein dankbares Lächeln zu, wollte ihre Hand auf Michaels Arm legen, aber er stand auf und verschwand nach hinten. Sie hoffte, dass er nur zur Toilette gehen würde, aber es war die Haustür, die ins Schloss fiel.

«So, jetzt könnt ihr beruhigt wieder quatschen, trinken und lachen. Es ist nämlich überhaupt nichts los», sagte Patrick mit einem süffisanten Lächeln und goss sich einen Bourbon ein. «Auf die Freundschaft zwischen Mann und Frau, Mann und Mann, Frau und Frau.» Er hob sein Glas, die anderen auch, und leerte es in einem Zug. Dann stand er auf und wandte sich an Ron. «Ich brauche noch ein bisschen frische Luft, damit ich morgen fit bin.» Mit diesen Worten verschwand auch er.

«Alles okay?», fragte Ron. «Vielleicht solltet ihr das Denken lieber mal den Pferden überlassen und euch ausschließlich auf die morgige Arbeit konzentrieren.»

«Womöglich denkt ihr, wir denken. Und dabei denken wir gar nicht», sagte Susan mit einem breiten Grinsen. «Das wäre alles gar nicht nötig gewesen. Aber Pat hat wohl Probleme mit seinem Ruf als ...»

«Susan, ich finde, es ist jetzt genug.»

«Was mich viel mehr beschäftigt, ist, ob der junge Mann ... Michael heißt er, nicht?», fragte Jack.

«Richtig.»

«Ob er die nächsten Tage unbeschädigt überstehen wird. Ein Pferd ist kein Bürostuhl und ein dickschädliges Rind keine Computermaus.»

Anna versuchte ein Lachen, aber es blieb ihr im Hals stecken. Der Gedanke an Michaels Vermutungen schnürte ihr die Kehle zu. Er schien weder ihr noch Patrick zu trauen oder ihm war die Situation einfach nur unangenehm.

«Ich glaube schon, dass er das schafft. Mit dem Reiten ging es heute schon ganz gut», sagte sie mit hohler Stimme.

«Pat erzählte, er habe Bekanntschaft mit dem Sattelhorn gemacht», warf Susan ein.

«Dann passiert ihm das morgen wenigstens nicht», erwiderte Jack.

«Wir gehen ins Bett», verkündete Mary und stand auf. Alice hing an ihrem Hals. «Los, Tom.»

«Gute Nacht, ihr drei», sagte Linda und die anderen stimmten ein.

«Welchen Bock hast du Michael denn zugedacht?», fragte Jack.

«White Boy natürlich. Und du bist für Red Devil eingeteilt.»

«Das soll wohl 'n Scherz sein, Ron!»

«Das ist mein voller Ernst. Ich kann ihn Pat nicht schon wieder unter den Hintern schieben. Der kündigt sonst noch, bevor wir starten.»

«Das nehm ich dir wirklich übel, Bruder.»

«Ich weiß doch, wie du solche Herausforderungen liebst. Jetzt kehr nicht das Sensibelchen raus, Jack. Die Nummer nimmt dir sowieso keiner ab.»

«Weil du es bist, verzeih ich dir. Auf morgen dann.» Jacks Stuhl schabte über den Holzfußboden. Er erhob sich langsam wie ein Bär, nahm sein Glas, trank es leer und verschwand.

«Schnarch nicht so. Pat hat sich letztes Mal beschwert!», rief ihm Ron hinterher.

«Dann soll er sich Pferdemist in die Ohren stopfen.» Die Zimmertür fiel ins Schloss und es war still.

«Ich geh dann auch», sagte Anna. Sie hatte schon die ganze Zeit ungeduldig auf den Moment gewartet. Aber einer von ihnen musste schließlich die Stellung halten. Sie wollte die Tafel nicht auch noch vorzeitig verlassen.

Sie stand auf, schob den Stuhl unter den Tisch und stellte ihr Glas in die Spüle. «Ist es schlimm, wenn ich heute ...»

«Lass es stehen. Wir machen das gleich. Du solltest jetzt schnellstens zu deinem Freund hinübergehen», sagte Linda.

«Danke. Bis morgen dann.»

«Nimm noch ein Stück von deiner Torte mit rüber.»

Anna schüttelte den Kopf. «Esst ihr sie zum Nachtisch auf. Mir wird das heute zu viel.»

«Wenn du meinst», sagte Susan.

«In einer halben Stunde stelle ich den Generator ab!», rief Ron ihr nach.

Anna trat wie betäubt in die schwarze Nacht hinaus. Im Bunkhouse brannte nur noch in ihrem Zimmer Licht. Patricks Zimmer war dunkel. Sie hatte ihn nicht zurück ins Ranchhaus kommen hören. Aber auf der Veranda saß er auch nicht. Sie war enttäuscht, denn sie hätte ihn gerne gesprochen. Es lohnt sich nicht, etwas zu verheimlichen, sagte sie sich. Alles kommt irgendwann unweigerlich ans Licht, und dann oft in einem verfälschten. Aus klarem Licht wird Zwielicht, aus einer Andeutung eine Tat. Es ist nicht aufzuhalten. Wie würde ihr Michael jetzt entgegentreten?

Anna sammelte sich, ging langsam zur Tür und vernahm Michaels Lachen, dann Patricks Stimme. Das kann nur eine Sinnestäuschung sein, dachte sie. Womöglich der Gin. Sie hatte nicht viel getrunken, aber das bisschen schien ihre Wahrnehmung zu verschleiern. Sie drückte die Türklinke hinunter, öffnete die Tür und erstarrte. Vier Männeraugen blickten sie an anstatt zwei. Michael saß auf dem Bett, Patrick auf dem kleinen Hocker an der gegenüberliegenden Wand. Er erhob sich eilig, als Anna eintrat.

«Wir haben ein bisschen über Pferde geplaudert», sagte er, lächelte sie an und ging zur Tür. «Also dann bis morgen. Denkt dran, es geht um sechs Uhr los.»

Anna stand wie angewurzelt in der Mitte des leeren Raums. Diese Art der Verunsicherung war eine neue Erfahrung für sie. Das Leben schien ihr völlig aus dem Ruder zu laufen.

«Und?», fragte sie, als sie allein waren. Mehr kam nicht heraus.

«Was und? Du hast doch gehört, wir haben über Pferde gesprochen.»

In ihrem Kopf hämmerte es wie auf einer Baustelle. Ihr Mund war staubtrocken. «Warum bist du vorhin einfach weggegangen, Michael?»

«Das fragst du noch?»

«Auch du glaubst also, was alle glauben?»

«Patrick hat mir versichert, dass nichts zwischen euch war. Ich glaube ihm. Aber ich glaube ihm, weil er nicht auf dich steht.»

Anna spürte, wie ihr das Blut in den Kopf schoss.

«Hat Patrick dir das gesagt?»

«Nein, so nicht, aber ...» Er hielt einen Moment lang inne. «Wenn du meinst, ich merke nicht, wie du ihn ständig beobachtest, nur weil ich neben dir sitze, dann unterschätzt du mich.»

«Und was willst du mir damit sagen?»

«Dass das Interesse einseitig ist.»

Anna spürte eine unbändige Wut in sich aufsteigen. Sie

konnte nichts sagen, wusste gar nichts mehr, hatte das Gefühl, als würde ihr der Boden unter den Füßen weggezogen.

«Du willst mir wehtun, weil du selbst verletzt bist. Du willst an meinem Ego kratzen, weil dein Selbstwertgefühl angeschlagen ist!», rief sie. «Warum neigen Menschen immer dazu, Gleiches mit Gleichem zu vergelten, anstatt zu sagen, ich tue anderen das nicht an, was ich selbst nicht ertragen möchte?»

«Nun spiel nicht die Psychologin. Vergiss nicht, dass du Tierärztin bist.» Er hielt inne und holte tief Luft. «Ron hat dich sicher nicht dazu verdonnert, mit seinem Cowboy allein in der Wildnis zu nächtigen.»

«Michael! Lass uns doch vernünftig darüber reden. Was hat dir Patrick erzählt?»

«Er hat mir gesagt, wie ihr die Nacht zusammen verbracht habt, jeder brav in seinem Schlafsack. Er hat mich auf der Veranda angesprochen. Ich habe dort gesessen und versucht den ganzen Kram in meinem Kopf klarzukriegen. Vielleicht kannst du dir vorstellen, dass die Situation am Tisch nicht so witzig für mich war.»

«Das weiß ich. Es tut mir schrecklich Leid. Ich hätte dir schon längst davon erzählen sollen, aber ich hatte Angst, dass du mir die Wahrheit nicht abnehmen würdest.» Anna stockte. Sie wusste, dass das, was sie als solche bezeichnete, nicht die Wahrheit war. Sie log schon wieder. Es gab etwas zu verbergen, und das hatte Patrick Michael auch verschwiegen. Zu Recht. Warum sollte er mit Michael über seine Gefühle sprechen. Aber sie, seine Freundin, müsste sie nicht ehrlich zugeben, dass sie sich fast in Patrick verliebt hätte? Oder hatte sie es sogar? Wie hätte sie reagiert, wenn Patrick ihre Hand in der Nacht nicht wieder losgelassen hätte? Wenn er sie geküsst, sie umarmt hätte? Wäre sie standhaft geblieben? Dieses Vielleicht, sollte sie es zugeben oder in ihrem Innern vergraben? Nein, dachte sie. Solange man noch an die Beziehung glaubt, sollte man nicht unnötig verletzen, nicht verunsichern, wenn es zu vermeiden ist.

«Warum hattest du Angst, dass ich dir nicht glauben würde?», fragte Michael nach kurzem Schweigen.

«Weil es ... weil es fast normal ist, dass ... Weil jeder es denken würde. Verdammt, ich weiß auch nicht. Irgendwie.»

«Ich will dir sagen, warum. Weil du dir selbst nicht traust. Weil es vielleicht einen Punkt gab, an dem du dir gewünscht hast, dass dich dieser Cowboy aufs Kreuz legt. Ich habe Patrick gefragt, warum er hier oben allein mit einem alten Ehepaar lebt, warum er keine Familie hat. Und er hat mir erzählt, dass er nicht vorhat zu heiraten und dass seine Freundinnen deshalb wohl selten in einem Alter sind, in dem eine Frau das dringende Bedürfnis nach Ehe und Kindern hat.»

Anna sah Michael aus großen Augen an. Mit solch einer bestechenden Analyse ihrer Gefühle hatte sie nicht gerechnet und mit Patricks Erklärung seiner Situation erst recht nicht. Sie fühlte sich zugleich durchschaut und zutiefst beleidigt. Sie hatte das beschämende Bedürfnis, Michael das Geschenk von Patrick zu zeigen, es um ihren Hals zu legen, über seine Kette. Dieser verletzte Stolz, dachte sie, er nagt so gnadenlos am Selbstwertgefühl und ist so schwer zu bekämpfen.

«Wenn du meinst, ich hätte mich ihm an den Hals geschmissen», brach es aus ihr heraus, «dann täuschst du dich, Michael! Ich werde jetzt nicht versuchen dich durch mein besseres Wissen zu überzeugen. Aber ich kann dir versichern, dass ich nichts getan habe, was verurteilenswert ist. Und überhaupt, wohin bringt uns das alles hier? Das Gedachte ist gedacht, das Gefühl gefühlt und wir sind an einem anderen Punkt angekommen. Wir haben die Wahl zwischen dem verkniffenen Blick zurück und dem offenen Blick nach vorn.»

«Wenn das so einfach wäre», sagte Michael mit veränderter Stimme. Er erhob sich mit einem Ruck und verschwand im Bad. Es war halb elf und eigentlich höchste Zeit, ins Bett zu gehen. Sie hatten einen anstrengenden Tag vor sich.

Anna schaute aus dem Fenster. In der Küche des Ranchhauses brannte noch Licht, aber die hinteren Räume waren dunkel. Sie zündete die Petroleumlampe an. Gleich würde Ron den Generator ausstellen. Wahrscheinlich saß er noch mit Linda zusammen und sprach mit ihr über Patrick, Michael und sie. Oder auch nicht. Vielleicht war das mit Patricks Eingreifen nun vom Tisch. Sie hoffte es, hoffte auf einen ungestörten Ritt und ein unbeschwertes Beisammensein am Lagerfeuer, so wie sie es sich erträumt hatte.

Als Michael aus dem Bad kam, stand Anna auf und stellte sich vor ihn. «Michael, bitte lass uns Frieden schließen. Alles ist gesagt. Nichts sollte mehr zwischen uns stehen. Ich möchte, dass wir den morgigen Tag genießen.»

«Ich glaube, ich werde nicht mitkommen», erwiderte Michael ernst.

Anna ließ den Arm sinken, den sie gerade um seinen Hals legen wollte. «Das ist nicht dein Ernst.»

«Doch.»

«Aber wozu bist du dann hierher gekommen?»

«Das frage ich mich auch.»

«Nein, Michael, nein. Das kannst du uns nicht antun.»

«Ich tue es doch nur mir an.»

Anna spürte, wie ihr das Wasser in die Augen stieg und hinauswollte. Sie gab dem schließlich nach, wandte sich ab, ließ sich aufs Bett fallen und weinte.

Michael wanderte unschlüssig im Zimmer auf und ab, während Anna die Tränen niederkämpfte. Sie setzte sich auf und sah ihn an. Er fuhr sich mit den Händen übers Gesicht, dann durchs Haar, blieb stehen und steckte die Hände in die Hosentaschen.

«Liegt dir wirklich so viel daran, dass ich mitkomme?», fragte er schließlich mit unsicherer Stimme.

Sie nickte. «Du kannst doch nicht allein zurückbleiben. Dann war doch alles umsonst. Alles!»

Er setzte sich neben sie aufs Bett, stützte die Ellbogen auf die Schenkel und legte den Kopf in die Hände. «Vielleicht hast du Recht. Was soll ich Julia erzählen, wenn ich zurückkomme und nicht beim Rindereintreiben dabei war.»

«Du tust es wegen Julia?»

«Nein, natürlich nicht. Aber ich denke oft an sie. Julia würde es hier gefallen, besser als mir. Schade, dass sie keine Ferien hat.»

Anna streckte ihren Arm aus und hoffte, dass Michael seine

Hand darauf legen würde. Aber er stand auf und zog sich aus. Seine Züge entspannten sich. Anna beobachtete ihn staunend. Er legte seine Jeans auf den Hocker, darüber sein Hemd und strich es mit der Hand glatt. Und er schien nicht nur sein Hemd glatt zu streichen, sondern alles in ihm, schien aus einem schlechten Traum zu erwachen, schien seine Selbstsicherheit wiedergefunden zu haben. Sie hatte um ihn geweint. War es das?

«Dann sieh zu, dass du ins Bad kommst», sagte er mit veränderter Stimme. «Ron stellt sicher gleich das Licht ab.» Er verzog das Gesicht. «Der alte Geizkragen!»

Anna schluckte die letzten Tränen hinunter. Es fiel ihr nicht schwer. Ihre Trauer verwandelte sich in Zorn. «Geizkragen, hast du gesagt?»

«Genau. Sparen scheint sein größtes Vergnügen zu sein.»

«Glaubst du, die schwimmen hier im Geld?»

«Das natürlich nicht, aber auf eine Stunde kommt es doch bestimmt nicht an, wenn man Gäste hat.»

«In der Menge wohl schon. Wir sind nicht die einzigen Gäste, die hier Urlaub machen.»

Anna stand auf und ging ins Bad. Im selben Moment fiel die Finsternis über sie herab. Es tat ihr gut. Es war wie die Befreiung von allen Sinneseindrücken und störenden Gefühlen. Es war wie das Eintreten in eine totale Leere. Sie tastete sich zum Klo, dann zum Waschbecken, dann zur Tür. Die Petroleumlampe auf dem kleinen Tisch leuchtete ihr den Weg zum Bett zurück. Sie schob sich vorsichtig an Michaels Seite, zog die Decke unters Kinn und drehte sich zu ihm. Er lag mit geöffneten Augen auf dem Rücken.

Er hat es nicht so gemeint, beruhigte sie sich. Er kann es nicht so gemeint haben. Sie legte ihr Gesicht an seine Schulter. Eine ganze Weile rührte er sich nicht. Schließlich rutschte sein Arm unter ihren Kopf und umfasste ihre Schulter. Es dauerte lange, bis sie seinen ruhigen Atem hörte und er sich auf die Seite drehte. Dann schlief sie ein.

14

Der Morgen begann mit dem üblichen Klopfen an der Fensterscheibe und dem Bellen der Hunde. Michael schlief unbeirrt weiter. Anna stand leise auf und ging mit der Petroleumlampe ins Bad. Katzenwäsche, Sonnenschutz, Gummiband ins Haar, das war das Programm vor dem großen Tag. Eilig packte sie ihren kleinen Waschbeutel, blickte eine Weile auf den Inhalt, überlegte, erinnerte sich, tat einiges raus und anderes dazu. Sie ging mit der Lampe in der Hand durchs Zimmer, wickelte den Beutel und ein kleines Handtuch in eine Wolljacke und stopfte das Bündel in die Mitte des zusammengerollten Schlafsacks. Sie drückte die Regenjacke hinterher und legte ein Sweatshirt, Chaps und Kappe darauf. Dann griff sie in die Tasche ihrer Jeans und zog das Amulett hervor. Sie rieb es kurz zwischen den Fingern, ließ es wieder in der Tiefe der Tasche verschwinden und schlich zu Michael.

«Es ist so weit. Aufstehen», flüsterte sie ihm ins Ohr, küsste seinen Nacken und fuhr mit der Hand durch sein Haar.

Er murmelte etwas und zog die Decke über den Kopf.

«Michael, komm. Es ist Round-Up-Tag. Arizona, Pferde . . .»

«Ja, ist gut. Ich weiß, wo ich bin», knurrte er und drehte sich aus der Decke.

Anna schob ihm seine Latschen vors Bett. Er stieg hinein, ging ins Bad und machte sich fertig. Mit seinem schwarzen Lederkulturbeutel und einem großen Handtuch kam er wieder heraus. «Gibt es da eigentlich ein Waschzelt oder so was?»

«Weder Klo noch Waschzelt. Es gibt keinen Planwagen wie bei einem organisierten Touristenausflug. Das hier ist Natur pur. Gewaschen wird sich im Fluss.»

Michael nickte ernst. Sie ahnte, welche Bilder an ihm vorbeiliefen, und legte den Arm um seine Schulter.

«Was hast du denn da alles in dem Beutel?», fragte sie und blickte in die Ledertasche. «Rasierzeug? Spiegel?», rief sie aus. «Bitte lass das hier. Das brauchst du wirklich nicht. Es spielt keine Rolle, wie du aussiehst, und mir gefällst du sicher auch mit Dreitagebart.»

Sie umarmte ihn versöhnlich, küsste ihn auf die bereits glatt rasierte Wange und zog sein Rasierzeug aus dem Beutel. «Die Pferde müssen unseren ganzen Schrott schleppen. Sei mir nicht böse, aber ...»

«Schon gut. Ein Hemd zum Wechseln werde ich wohl trotzdem mitnehmen können.»

Anna nickte und Michael verstaute seine Sachen in seinem kleinen Rucksack.

Um sechs Uhr saßen sie am Frühstückstisch. Die Männer waren schon unten bei den Pferden, die Kinder spielten im Wohnzimmer und die Frauen tranken ihren Kaffee aus und schmierten Sandwiches. Der Abschluss des gestrigen Abends schien Anna wie ausgelöscht. Es herrschte neutrale Freundlichkeit. Alle Aufmerksamkeit lag auf dem Verpacken von Proviant für zwölf Menschen und zwei anstrengende Tage. Am Ende des Tisches stapelten sich Tupperdosen, Flaschen, Töpfe, Blechbecher, Plastikteller, Alubestecke und ein größerer Spirituskocher.

Anna verschlang Toast und Eier, trank eilig ihren Kaffee und half den Frauen, während Michael sich durch nichts aus der Ruhe bringen ließ.

«Du könntest Ron mit dem Putzen, Satteln oder Bepacken der Pferde helfen», sagte Anna leise in Deutsch zu ihm, als er sich mit der zweiten Tasse Kaffee zurücklehnte und gähnte.

«Ich brauche ein bisschen Anlaufzeit, Anna. Vergiss nicht, dass das mein Urlaub ist und nicht gerade meine Aufstehzeit.»

«Geht mir nicht anders.»

Michael kippte den Kaffee runter, trat zur Tür und stellte ihre Taschen nach draußen. Anna vernahm das Tuckern von Rons Trecker und ging mit Linda und Kathy hinaus, um das ineinander gesteckte Geschirr und die Packtaschen mit dem Proviant auf den Frontlader zu heben.

«Ist jetzt wirklich alles zusammen? Habt ihr alles? Chaps, Regenjacken, Hut oder Kappe, Schlafsack?»

Alle nickten und verließen das Haus. Linda schob den Schlüssel in einen Gummistiefel. Ihre Cousine würde in zwei Stunden kommen und sich hier um alles kümmern.

Als sich die Sonne langsam wie ein Feuerball über die rotgold gefärbten Bergspitzen schob, saßen sie auf den Pferden. Ein Track von elf Reitern und zwei Packpferden setzte sich in Richtung Hassayampa in Bewegung. Die Hunde sprangen aufgeregt um sie herum.

Ron übernahm mit Gary die Spitze, gefolgt von Patrick und Linda mit einem Packpferd. Dahinter ritten Susan und Kathy, dann Mary mit dem zweiten Packpferd, auf dem Alice saß, und Tom daneben auf seinem Pony. Dahinter folgten Anna und Michael. Jack machte die Nachhut. Anna bekam eine Gänsehaut, als ihr Blick über die Reiter und die in Gold getauchte Landschaft wanderte. Die Schatten waren hart, fast schwarz. Sie bedeckten ganze Schluchten wie dunkle Teppiche. Die Reiter saßen stumm unter ihren Hüten. Keiner sprach. Nur das Aufschlagen der Hufeisen auf den Steinen drang durch den klaren Morgen. Die Wüste schlief noch. Die meisten Bewohner dieser hitzegeplagten Gegend waren Nachtschwärmer. Erst als das Sonnenlicht über die Hügel floss und sich der Treck dem Fluss näherte, begannen die Vögel ihre Zwiegespräche. Krötenfrösche quakten ihre Freude über die ersten zwei Regengüsse zum Himmel und die Luft war vom Duft der Pferde erfüllt.

«Ist es nicht wunderbar», sagte Anna und blickte Michael an.

«Ziemlich trocken», erwiderte er. «Aber es ist nett, auf einem Pferd zu sitzen. Ich fühle mich ein bisschen wie im Western.»

«Und du bist Billy the Kid, gejagt von Pat Garret», sagte sie mit einem kurzen Lächeln. Ihr Mund verzog sich leicht nach links.

«Und wer bist du, die Geliebte von Billy?»

Sie lachte. «Nein, ich bin ich und sitze zufrieden auf dem besten und schönsten Pferd der Ranch. Er heißt Black Boy. Ich werde das Ron nie vergessen.» Sie fuhr mit der Hand durch die lange fließende Mähne des Rappen. Er schüttelte kurz den Kopf, wollte antraben.

«Tja, Black Boy und White Boy, das passt doch gut», sagte Michael, und Anna fand, dass er zufriedener aussah als am Morgen.

«Genau», warf Patrick ein. «Yin und Yang.» Er wartete, ließ sie links an sich vorbeiziehen und ritt dann neben Jack her. Anna verbot sich auch nur einen einzigen kurzen Blick zu ihm hinüber. Sie nickte stumm und schaute auf ihr Pferd. Patricks Worte verwirrten sie immer wieder. Sein Vokabular war eine erstaunliche Mischung aus Cowboyjargon und feinstem Bildungsamerikanisch. Vielleicht war es der Einfluss seines Freundes?

«Wo werden wir campen?», hörte sie Patrick fragen.

«Genau im Südwestknick des Flusses», antwortete Jack.

Anna lauschte den Worten der Männer so angestrengt, dass sie für eine Weile nichts mehr sah. Sie wünschte sich bewegliche, sensible Pferdeohren.

«Übrigens, Pat ...», Jacks Stimme wurde leiser und einige Worte blieben zwischen ihm und Anna auf der Strecke, «... das war schon okay ... war wirklich ... für den armen Kerl ...» Eine Weile herrschte Schweigen. «... kannst du dir 'ne Menge Ärger ersparen.»

Anna blickte zu Michael und fragte sich, ob auch er mithörte und vielleicht mehr verstand als sie. Aber nichts an ihm ließ irgendwelche Rückschlüsse zu.

Patrick ritt an ihnen vorbei zu Gary. Er saß auf einem Falben, dessen Aalstrich in einen schwarzen Schweif überging. Am Sattelhorn hingen ein Lasso und ein Gewehr in einem Lederfutteral wie bei Jack. Ron trug nur einen Revolver am Gürtel.

«Sitzt du gut, Michael?», fragte Jack von hinten.

Michael drehte sich um und lachte. «Bestens. Ist ja auch nicht das erste Mal, dass ich reite.»

«Dann hätten wir dich auch nicht mitgenommen.» Jack schluckte geräuschvoll, zog den Rotz hoch und spuckte aus. «Immer noch verflucht trocken hier. Bei uns in Sedona hat es schon etliche Güsse gegeben.»

Michael nickte. Er spielte mit den Zügeln, probierte sie in der linken und in der rechten Hand aus, bis White Boy irritiert mit dem Kopf schlug.

«Halt die Zügel ruhig», rief Jack, «sonst läuft er dir noch unter dem Hintern weg!»

«Ach was, der ist doch ganz ruhig», erwiderte Michael. Er schob sein Gesäß unruhig hin und her und wippte auf und ab.

Anna blinzelte nach oben. Die Sonne kroch langsam den Himmel empor und verlor den goldenen Glanz in ihrem gleißenden Licht. «Kannst du nicht mehr sitzen?», fragte sie.

«Das Sitzen ist kein Problem, aber irgendwie finde ich das ziemlich langweilig. Wann geht's denn endlich los mit Trab und Galopp und so?»

«Wir sind doch erst eine Stunde unterwegs und du möchtest doch sicher nicht den Canyon hinunterrasen. Schau dich einfach mal um. Das ist doch eine faszinierende Landschaft, eine Einsamkeit, wie es sie bei uns gar nicht mehr gibt.»

«Ja, ist schon interessant, aber das sehe ich bereits seit einer Stunde.»

Anna lächelte und versuchte seine Worte als Scherz aufzufassen. «Die Schluchten, die Kakteen und gleich der Fluss», fuhr sie fort. «Wart's ab, das wird ein unvergesslicher Anblick. Wasser in dieser Trockenheit ist wie eine Verheißung. Es ist wie Liebe nach jahrelanger Enthaltsamkeit, wie der Frühling nach einem langen, kalten Winter, wie das erste Frühstück nach einer Fastenzeit.»

Michael lachte. «Du wirst ja richtig poetisch.»

Patrick hielt sein Pferd an. Er sagte etwas zu Kathy und ließ sie an sich vorbereiten, bis er neben dem Packpferd mit der kleinen Alice ritt. Er drehte sich zu Michael um. «Es ist genauso, wie Anna sagt. Das ist nicht Poesie, das ist die Sprache dieser Landschaft. So wie sich die Menschen im Norden nach Sonne und Wärme sehnen, verlangen hier alle Lebewesen nach Wasser. Und immer ist es ein erfüllendes Gefühl, wenn es auftaucht, es sei denn, man ist schon kurz vor dem Krepieren.» Patrick ritt jetzt auf einer Höhe mit ihnen. Die scharfen Äste der Büsche schabten an seinen Chaps entlang.

«Aber gerade dann kann man die Dinge doch so richtig genießen», erwiderte Michael.

«Falsch», sagte Patrick. «Wenn du kurz vor dem Verdursten, vor dem Verhungern oder vor dem Ertrinken bist, hat die Freude keine Chance mehr. Der Blick in den Tod löscht jedes Glücksgefühl über die Rettung nachhaltig aus. Es reicht nur noch für ein Gefühl der Erleichterung.»

«Hat es dich schon einmal fast erwischt?»

«Nicht nur einmal», antwortete Patrick.

«Hast du auch schon mal mit wilden Tieren zu tun gehabt?»

«Fast.»

«Was war es?»

«Ein Bär.»

«Hier?»

«Nein, im Norden. Hier gibt es keine Bären.»

«Meinst du, wir werden während der zwei Tage mal einen Berglöwen oder eine Klapperschlange zu Gesicht bekommen?»

«Ich hoffe nicht!» Patrick gab seinem Pferd die Sporen. Er trabte wieder auf seinen Platz.

«Ich würde gern mal einen sehen», sagte Michael.

«Es ist besser für alle, wenn wir bestimmten Tieren nicht begegnen. Ich habe nichts gegen die Existenz von Schlangen, aber wenn wir sie stören, wehren sie sich eben.»

Der Weg wurde zu einem schmalen Pfad und führte steil bergab.

«Da vorne, schau, der Hassayampa!», rief Anna und dachte an ihren ersten Ritt und an Patrick, während sie zu Michael hinübersah. Er blickte geradeaus, dann auf sein Pferd, dann auf seine Uhr. Anna war, als würde etwas in ihr sterben. Sie schaute auf den Fluss, dann auf Patricks Rücken. Sie wusste, dass er sich umdrehen würde. Schon Sekunden bevor er es tat, sah sie seine Augen, die die Farbe des Wassers und des Himmels hatten. Sie fand seinen Blick und hielt ihn fest, als würde sie seine Hand drücken und seine Lippen berühren.

«Ich hab nicht genug gefrühstückt. Machen wir da unten eine Pause?», fragte Michael in die Stille.

«Sauf- und Pinkelpause, mehr nicht!», rief Jack.

«Na ja, man wird doch wohl ein Sandwich essen dürfen.»

«Kommt drauf an, wie lange du für das andere brauchst», erwiderte Jack.

Anna schwieg. Sie sah auf den Fluss hinab. Sein Anblick riss sie mit sich. Das tiefe Licht der Morgensonne tanzte auf den Wasserstrudeln und spiegelte sich auf den glatt polierten Felsen. Die Strömung erfasste ihr Inneres, wirbelte alles durcheinander und spülte die untersten Schichten nach oben.

«Anna!», hörte sie Linda rufen. Ihre Gedanken wurden abgeschnitten, ihre Sinne wieder geglättet. «Kannst du bitte mal in Shoshones Nase gucken. Er blutet.»

Alle blieben stehen. Anna ließ die Zügel fallen und stieg ab. Sie ging zu Toms Pony, wischte ihm die blutverklebte Nase sauber und blickte hinein. «Ein Kaktusstachel», sagte sie und zog den stopfnadeldicken Stachel aus der Innenwand seiner linken Nüster. Sie kehrte zu ihrem Pferd zurück, nahm die kleine Flasche mit dem Desinfektionsspray aus der Satteltasche und stellte sich, die Sprühdose unter ihrem Arm versteckt, schräg neben das Pony. Mit einem Griff öffnete sie die Nüster und besprühte die kleine Wunde. Das Pony trat zurück und riss den Kopf hoch. Tom gab Shoshone die Zügel hin und beruhigte ihn fachmännisch.

«Alles okay, kann weitergehen!», rief Anna, blickte kurz zu Patrick, erwiderte sein Lächeln und stieg auf ihr Pferd.

Als die Sonne ihre volle Glut herabwarf, erreichten sie den Fluss. Die Pferde von Kathy, Susan, Mary und das Pony schnorchelten aufgeregt und streckten ihre Hälse skeptisch in Richtung Wasser aus. Kathys Pferd bremste hart ab und drehte sich mit einem Ruck herum. Sie gab ihm die Sporen.

«Blöde Zicke, geh schon, verflucht!»

«Na, wer ist hier die Zicke?», fuhr Ron sie an. «Ist denn gar nichts von meiner Erziehung an dir hängen geblieben?»

«Sie war doch schon zweimal hier. Ist doch nichts Neues für sie.»

«Die Abstände sind zu groß. Ist eben ein Pferd, ängstlich und vorsichtig. Hab Geduld mit ihr.»

Patrick ritt neben sie, stellte sein Pferd ab und nahm ihr die Zügel aus der Hand. Die Stute blockte noch ein paar Mal ab, dann ging sie hinein, senkte den Kopf, pustete, blieb wieder zögernd stehen und ging weiter. Patrick reichte Kathy die Zügel und stieg wieder auf sein Pferd.

Schließlich waren alle Pferde im Wasser. Sie scharrten mit den Hufen auf den Steinen. Das Wasser schäumte. Sie soffen, schnaubten, schüttelten sich. Susan stand neben Anna und lächelte sie an. Sie saß im Sattel wie eine Zwanzigjährige. Plötzlich drehte sich ihr Pferd und knickte mit den Vorderbeinen ein.

«He, bleib stehn! Die alte Schnecke will sich doch tatsächlich mit mir hinlegen!», rief sie. Energisch trieb sie die Stute an, nahm die Zügel auf und trabte kurz an.

Michael trieb sein Pferd in die tiefste Stelle, und Anna folgte ihm.

«Das ist ja super!», rief er aus, und Anna kniff die Augen zusammen. Sie sah, wie er die Hacken hart in die Flanken des Pferdes schlug. Der Schimmel galoppierte aus dem Stand an. Anna hielt Black Boy fest. Die zusammenstehende Gruppe stob auseinander, die Pferde wollten los.

«Was soll denn die Hektik?», kreischte Mary und blickte besorgt zu ihrer Tochter.

Das Packpferd zuckte zusammen, stand dann aber unbeeindruckt mit Alice im Wasser. Michael parierte sein Pferd hart durch. Es riss den Kopf hoch und fiel in Schritt. Er drehte es um, kam zurück und blieb neben Kathy stehen.

«Bist du wahnsinnig!», zischte ihn Gary von der Seite an und beruhigte sein Pferd.

«Verdammt, heiz die Pferde nicht so auf!», rief Jack und trabte neben ihn.

«Ich wollte nur mal kurz vor- und zurückgaloppieren», erwiderte Michael.

«Extrawürste sind hier nicht üblich», sagte Jack. «Hier in der Wildnis kann schon genug passieren, da brauchen wir nicht noch zusätzliche Unruhe.» Sein Pferd trippelte zur Seite. Er fuhr beruhigend mit der Hand über seinen Hals. «Du bekommst deinen Galopp noch früh genug, Michael. Und dann wirst du dich noch wundern.»

«Nun regt euch wieder ab. Ist doch gar nichts passiert», verteidigte sich Michael.

«Lasst uns ans Ufer gehen und eine halbe Stunde Pause machen!», rief Ron. Sie ritten hinüber und stellten die Pferde neben sich ab. Die Hunde legten sich in den Schatten und knabberten die Dornen aus ihren Pfoten. Die Frauen verschwanden eine nach der anderen im Gebüsch, die Männer den Flusslauf hinunter. Michael ging in die entgegengesetzte Richtung. Als alle wieder versammelt waren, wurden die Feldflaschen herumgereicht. Michael lehnte ab. Er stand etwas abseits, nahm eine Dose Red Bull aus der Satteltasche und leerte sie mit wenigen Zügen. Dann zerdrückte er die leere Dose und steckte sie zurück in die Tasche. Kathy ging zu ihm hinüber. «Hast du noch eine davon?», fragte sie.

«Ja, eine.» Michael holte die zweite Dose heraus und gab sie Kathy.

«Als ob wir hier nicht schon genug Bullen hätten!», rief Ron und verzog das Gesicht. Kathy zwinkerte Michael zu, dann schweifte ihr Blick suchend durch die Runde und blieb auf Anna hängen. Sie sah sich um. Patrick war nicht unter ihnen. Sein Pferd stand mit gesenktem Kopf neben dem von Jack. Michael bat Linda um ein Sandwich und setzte sich damit auf einen Felsen. Er lächelte Kathy zu und sie setzte sich neben ihn. Sie teilten das Sandwich.

Jack und Linda kontrollierten das Gepäck, Ron schnitzte mit seinen Enkeln Muster in einen Stock und Susan schlief neben Mary im Schatten eines Baums. Ihr Unterkiefer hing wie ausgehakt herab und ließ ihr Gesicht schmaler und greisenhafter erscheinen als sonst.

Anna beobachtete Michael und Kathy, fand ihr Spielchen lächerlich, geradezu klassisch, und nahm die Gelegenheit wahr, um zum Fluss hinunterzugehen. Sie wusste, dass sie Patrick dort finden würde. Er stand am Wasser und warf Steine hinein. Anna stellte sich neben ihn und tat es ihm nach.

«Dein Freund ist kein Angsthase», sagte er ohne sie anzusehen, «aber er versteht nichts von Pferden. Ron erzählte, er habe eine Tochter, die reitet?»

«Ja. Er bringt sie jeden Sonntag zu ihrem Pony. Es steht in dem Reitstall, in dem ich mein Pferd stehen habe und arbeite. Aber er bleibt nie lange da. Er fährt meistens ins Büro oder wieder nach Hause.»

«Zu seinem Computer.»

Anna hielt kurz inne, dachte an das, was Patrick von seinem Freund erzählt hatte, und dann wieder an Michael.

«Ja. Er ist in seine Arbeit verliebt», sagte sie müde.

«Schlecht für dich.»

«Auch für ihn.»

«Jedem das seine.»

Sie nickte und nahm ihre Kappe ab.

«Er vergisst zu leben. Er verlernt es regelrecht. Und dann, wenn er mit dem wirklichen Leben konfrontiert wird, will er alles.»

«So wie eben. Wer zu Hause nichts mehr erlebt, will auf Reisen das Abenteuer, den ultimativen Kick. Die Menschen hier sind froh, wenn nichts geschieht, wenn sich nicht gerade wieder eine Klapperschlange vor ihnen aufbaut, ein Berglöwe ihre jungen Tiere bedroht oder sich ein Pferd verletzt.»

«Ja. Michael kann Ruhe schwer ertragen. Ich meine wirkliche Ruhe, nicht die in einer Cocktailbar am Karibikstrand.» Sie nahm das Gummiband aus ihrem Haar, zog die losen Strähnen durch die Finger und drehte sie dann wieder in das Band. «Ich habe gedacht, er würde es lernen.»

«Man kann es lernen», sagte Patrick nachdenklich.

«Wenn die Anlage in einem steckt.»

«Sie steckt in jedem Menschen. Es kommt nur auf die Bereitschaft an, sie zu entfalten.»

Anna überlegte. Sie war sich nicht sicher, ob sie ihm zustimmen sollte.

«Warum bist du eigentlich mit ihm zusammen?», fragte er mit veränderter Stimme.

«Ich weiß es ehrlich gesagt auch nicht so recht. Es hat sich so ergeben.»

Er schwieg und warf wieder einen Stein ins Wasser.

Dann hörten sie Schritte, drehten sich um und sahen Ron. Er kam direkt auf sie zu und stellte sich vor sie hin.

«Also Kameradschaft zwischen Mann und Frau ist sicher etwas sehr Schönes, aber ihr solltet es nicht zu weit treiben. Ich möchte keine Störungen und erst recht keine Dramen während des Ritts. Habt ihr das verstanden?»

«Ja, Sir», sagte Patrick, zog kurz seinen Hut und ging an Ron vorbei zu den anderen.

«Tut mir Leid», sagte Ron und legte seine schwere Hand auf Annas Schulter. «Ich schätze euch beide sehr und es freut mich, dass ihr euch so gut versteht, aber . . .» Er hielt inne und blickte in Richtung Lager. «Ich habe das auch meiner Tochter gesagt.»

Sie gingen schweigend zurück.

Kathy saß neben Michael, Patrick unterhielt sich mit Jack und die anderen standen herum und warteten auf das Zeichen zum Aufbruch. Es war schon überfällig. Michael und Kathy waren in eine lebhafte Unterhaltung vertieft. Einzelne Wortfetzen flogen zu Anna hinüber. Sie sprachen über seinen Job. Ab und zu lachte Kathy wie eine Barbiepuppe und spielte mit ihrem langen hellblonden Pferdeschwanz. Anna fragte sich, ob sie wohl Patricks Typ war, dann, ob sie Michael gefiel. Die Gedanken lösten Unbehagen in ihr aus. Sie fand sich zickig und unreif. Lächerlich, dachte sie, wie kleinmütig wir alle sind. Wir nehmen uns selbst jedes Recht und machen es dem anderen streitig. Ein Augenzwinkern, ein liebenswürdiges Lächeln an unseren Auserwählten, und schon vergehen wir vor Eifersucht, Ärger und Argwohn und werden bisweilen sogar von Wut und Hass zerfressen. Wir meinen zu lieben und wollen in Wirklichkeit besitzen und wir merken noch nicht einmal, dass wir dadurch nur verlieren. Ihr Blick verschwamm im Grün der Büsche, das immer mehr verblasste.

Rons Stimme riss Anna aus einem Schwall von Gedanken und Gefühlen und gab der Landschaft ihre reale Farbe zurück. Wie

Kaffeesatz setzte sich alles in ihrem Kopf wieder in den unteren Schichten ab. «Aufsitzen, Jungs und Mädels. Es geht weiter!», rief er.

Als sie wieder auf den Pferden saßen, stand die Sonne fast im Zenit. Sie ritten in der vorgegebenen Formation und Anna bemerkte, wie Michael sie aus dem Augenwinkel beobachtete. Sie hatten sich lange nichts zu sagen. Erst als Ron das Kommando zum Angaloppieren gab, taute Michael auf.

«Endlich geht's los!», rief er, zog seine Kappe mit der Aufschrift «Cool Boy» fester auf seinen Kopf und schlug die Hacken in White Boys Flanken.

«Ruhiger!», rief Jack ihm von hinten zu. «Sonst hängst du gleich rechts in den Dornen!»

Michael zog unsanft an den Zügeln. White Boy bremste, fiel in Trab, Michael lehnte sich schnell zurück und White Boy galoppierte wieder an. So ging es ein paar Mal hin und her, als säße er in einem neuen Auto und würde sich vergeblich um das Zusammenspiel von Kupplung und Gas bemühen.

Jack ritt links neben ihnen durchs Wasser. «He, Michael, das ist kein Schaukelpferd. Der Schimmel ist zwar schon ein Veteran, aber immer noch ein sensibler Bursche mit einem ausgeprägten Sinn für die richtige Hilfe zum richtigen Zeitpunkt.» Er wollte noch etwas hinzufügen, aber sein Pferd bockte in Richtung Black Boy. Anna riss ihn zur Seite und Jack knallte Red Devil zusammen. «Du alter Mistbock!», fluchte er, parierte ihn zum Trab durch, drehte um und schloss sich wieder hinten an.

Unweit der Stelle, an der Whistler von der Klapperschlange in die Flucht geschlagen wurde, sattelten sie ab. Es war ein ähnliches Plateau, eingerahmt von dichtem Buschwerk. Anna packte mit Linda und Susan die Sandwiches aus, reichte die Wasserflaschen herum und hielt sie schließlich Michael hin.

«Gleich», sagte er, stakste zum Packpferd und kam mit einem Blechbecher zurück.

«Hast du Angst vor Aids?», fragte Jack, grinste, zwinkerte und entfernte sich.

«Ich bin schon aufgeklärt», entgegnete Michael. Anna sah die Wut in ihm hochkochen, fand Jack hart und verletzend und dachte gleichzeitig, dass er Recht hatte. «Er ist ein bisschen grob, aber er meint es nicht so, Michael», beruhigte sie ihn.

«Ungehobelter Scheißer», zischte er auf Deutsch und massierte seinen Hintern.

«Tut weh?», fragte Anna. Sie ließ ihre Hand kurz über seinen Rücken und sein Gesäß gleiten.

«Ist ja wohl kein Wunder!»

«Mir ging es am ersten Tag genauso . Aber am zweiten Tag wird es noch schlimmer. Dann hat man das Gefühl, endgültig invalid zu sein.» Sie warf ihm ein tröstendes Lächeln zu.

«Das sind ja gute Aussichten», erwiderte Michael.

«Du wirst es überleben. Hauptsache, es macht dir auch ein bisschen Spaß.»

«Ist okay.» Ein schwaches Lächeln zog für Sekunden seine Mundwinkel hoch. Dann war er wieder ernst, machte ein paar Lockerungsübungen und strich sein Hemd glatt.

Sie aßen alle ihre Sandwiches, ruhten sich auf den Filzpads aus und sprachen wenig. Die Pferde von Susan, Mary, Kathy und Toms Pony fraßen ihren Hafer aus Säcken, die unter ihren Mäulern hingen, die anderen standen im Kreis und sammelten ihn mit ihren weichen, beweglichen Lippen vom Boden auf. Sie kannten und vertrugen sich.

Mary kämpfte mit Alice um den Mittagsschlaf, Tom saß neben seinem Pony und schaute ihm beim Fressen zu und der Rest der Gruppe döste zusammen mit den ausgestreckten Hunden unter den Bäumen. Es war ein friedliches Bild. Anna lehnte sich an ihren Sattel, nahm Michaels Hand und wollte ihn zu sich hinunterziehen. Aber er trat zur Seite und setzte sich unter einen Strauch in die Nähe von Kathy.

Es könnte so schön sein, dachte sie. Warum zerstört er alles? Es ist nicht Kathy, es ist seine innere Reglosigkeit, seine verkümmerte Wahrnehmung, verdorben vom schrillen, lauten Einerlei einer künstlichen Stadtwelt. Immer bunter, schicker, teurer, schneller. Im marktschreierischen Kampf der Werbung, zwischen hart geklopften, rastlosen Menschen, für die die Börsennachrichten wichtiger sind als die Luft, die sie atmen, hat er vergessen, dass er eigentlich ein Teil dieses Ganzen hier ist. Die raue Schönheit einer unverdorbenen Natur, der Reiz der Einfachheit. Diese Dinge haben sich seinem Blick und seinen Empfindungen entzogen. Gibt es noch eine Chance? Wird er noch lernen, sich selbst zu erleben. Sie konnte es ihm nicht vermitteln. Es gab keine Worte dafür. Man konnte es nur selbst fühlen.

Sie ritten weiter, als sich die Sonne langsam nach Westen begab. Einige schneeweiße Wolken bauschten sich wie Watte an dem stahlblauen Himmel auf und schoben sich hin und wieder vor die Sonne. Es waren Gutwetterwolken. Nur in der Ferne zeichnete sich ein dunkler Streifen ab. Ein Steinadler schwebte über sie hinweg, ein Fuchs lief weit vor ihnen den Berg hinauf wie um sein Leben und verschwand in seinem Bau unterhalb eines Felsens. Aber sie begegneten weder einer Klapperschlange noch einem Berglöwen.

Das Flussbett wurde schmaler und tiefer. Ron hob die Hand. Mehrere Kühe mit Kälbern kamen in etwa hundert Meter Entfernung blökend zwischen den Sträuchern hindurch und trabten in den Fluss. Sie blieben stehen, starrten auf den Treck und senkten dann gemächlich die gehörnten Köpfe zum Saufen ins Wasser.

Alle warteten, bis Ron das Zeichen zum Weiterreiten gab.

«Keine Spässchen, Michael!», sagte Jack leise hinter ihnen. «Wir sind jetzt alle ganz ruhig.»

Langsam näherten sie sich den Rindern, bis sie sich gemächlich umdrehten und in der Uferböschung verschwanden.

Michael drehte sich zu Jack um. «Sind das eure?», fragte er.

«Ja, die von Linda und Ron. Meine laufen hier nicht.»

«Sind das Longhorns?»

«Zum Teil. Die Hellen sind Kreuzungen zwischen Longhorn und indischer Brahmakuh. Sie sind sehr widerstandsfähig, genügsam und hitzeunempfindlich», erklärte Jack. Michael nickte und lächelte und Anna hatte endlich einmal das Gefühl dass es ihm hier gefiel.

«Die sehen ja klasse aus», sagte er und blickte ihnen hinterher. «Das wird bestimmt spannend morgen.»

«Ja, sicher», erwiderte Anna.

Michael rutschte unruhig im Sattel hin und her. «Ich würde jetzt gern den Sattel mit einem Sessel tauschen», meinte er und fuhr mit der Hand über seinen Rücken und seine Oberschenkel.

«Wir sind bald da!», rief ihm Jack zu.

Die Sonne war zur Hälfte hinter dem Canyonrand verschwunden. Wenige Zentimeter Höhendifferenz entschieden nun darüber, wer noch die letzten Sonnenstrahlen ergatterte. Als sie den Westknick des Hassayampa erreichten, lag ein Seufzen in der Luft. Alle waren erleichtert, die Reiter, die Pferde, die Hunde. Susan schob ihren Hut vom Kopf. Er blieb an einem Lederband auf ihrem breiten Rücken hängen. Ihre Schultern waren immer noch kräftiger als die von Michael und ihre Augen scharf und voller Leben. Ihr aschgrauer Pferdeschwanz lag fest wie ein Büschel Heu über ihrem Nacken und sie sah nicht so aus, als würde sie demnächst den Sattel gegen einen Sessel tauschen wollen. Sicher konnte sie noch so manchen Zwanzigjährigen in Grund und Boden reiten.

Die Vegetation wurde üppiger und der Fluss weiter und tiefer. Er schien seine Eile verloren zu haben, floss schwerer und träger dahin. Offenbar hatte es hier kürzlich geregnet. Das Grün der Büsche war leuchtender und es roch nach feuchter Erde. Anna sah die Canyonwand empor, erhaschte den letzten Sonnenstrahl, blinzelte und streichelte Black Boys Hals. Sie dachte an ihre Stute, die jetzt im Stall stand und Glück hatte, wenn sie am nächsten Tag eine Stunde auf den Paddock hinausgebracht würde. Sie hatte Rubi von der Rennbahn geholt, ihr ein ruhigeres, freieres Leben jenseits vom Leistungssport versprochen, aber war es wirklich eine Verbesserung für sie? Sie fühlte sich als Verräterin.

Ron und Jack ritten aus dem Flussbett hinaus, winkten alle herbei und leiteten sie auf einen schmalen Pfad durch die Mesquitebüsche hindurch zu einer Lichtung.

«Geschafft!», rief Ron und stieg schwerfällig vom Pferd. Alle sammelten sich, rutschten aus den Sätteln, hoben sie von den schweißnassen Rücken der Pferde, breiteten die Pads aus und zogen die Trensen über die Pferdeohren. Gary und Patrick holten die Hobbles aus den Packtaschen und legten sie einem Pferd nach dem anderen an. Dann hoben sie das Gepäck herunter und taten alles unter den Baum mit den ausladendsten Ästen.

Anna machte sich mit den übrigen Frauen über das Kochgeschirr her, während Ron den Dreibock aufstellte und Gary und Patrick losschickte, um Feuerholz zu sammeln. Die Pferde zermalmten ihren Hafer, Zeltstangen klirrten aneinander, Mary packte Alice, die weinend mit den Fäusten auf Toms Rücken herumtrommelte, die Hunde gerieten in Streit über ihr Futter, knurrten, kläfften, bis Ron sie anschrie und mit dem Fuß aufstampfte. Sie legten sich auf den Boden, winselten und waren dann ruhig. Jack schlug die Heringe für die Zelte mit einem Hammer in den Boden, Patrick und Gary trugen Feuerholz herbei und stapelten es in die Mitte der Lichtung unter dem Dreibock auf. Anna stellte die Becher neben die Feuerstelle, drückte ihr Kreuz durch und sah sich um. Sie suchte Michael. Er war schon eine ganze Weile verschwunden. Sie schaute zu Patrick hinüber. Er erwiderte ihren Blick, zuckte mit den Schultern und zog die Augenbrauen hoch.

«Suchst du deinen Freund?», fragte Jack.

Anna nickte.

«Im besten Fall ist er mal austreten.» Er grinste. «Ich hoffe nicht, dass er arbeitsscheu ist.»

«Weit laufen kann der bestimmt nicht mehr», warf Gary ein.

«Ja. Er ist ziemlich geschafft», sagte Anna. «Er ist das nicht gewöhnt, hat vor über einem Jahr das erste und letzte Mal auf einem Pferd gesessen.»

«Dafür ist er ziemlich aufmüpfig», erwiderte Jack und zog eine Zigarette aus der Tasche seiner Lederweste. Dann legte er Anna den Arm auf die Schulter. «Lass mal, er macht das schon ganz gut», lenkte er ein, aber Anna war klar, dass die Nettigkeit nur ihr galt. Immer wieder wurde sie zwischen Ärger, Zuneigung und einer Portion Mitleid hin und her geschüttelt. Michael wirkte so verloren und unbeholfen zwischen diesen Menschen.

Er tauchte erst auf, als das Feuer entfacht war und der süßlich scharfe Geruch von Bohnen, Paprika und Chili in Tomatensoße in der Luft lag. Die Finsternis verdrängte das letzte Licht der Dämmerung und Susan verteilte drei Petroleumlampen auf dem Lagerplatz. Die Zelte standen auf der einen Seite, die Pferde auf der anderen.

Anna musterte Michael. Sein Haar war nass und sein Handtuch hing über seiner Schulter.

«Du warst am Fluss?», fragte sie, als er sich neben sie stellte.

«Ja. Ich wollte mich in aller Ruhe waschen.»

«Es gab viel zu tun, wie du siehst.»

«Sind doch genügend Leute hier. Was soll ich dazwischen stören. Ich mache doch sowieso alles falsch.»

«Komm, Michael, jetzt sei keine Mimose. Die haben hier ein ziemlich flapsiges Mundwerk, auch untereinander. Das darfst du nicht so persönlich nehmen. Und das von vorhin war wirklich etwas dumm von dir. Das ist schließlich kein Vergnügungsritt durch den Stadtwald.»

«Ach was?» Er steckte die Hände in die Hosentaschen und betrachtete die Zelte. Anna schob ihren Arm unter seinen und gab ihm einen Kuss auf die Wange. «Komm, lass uns zum Feuer gehen. Es gibt gleich was zu essen.»

Nur neben Patrick war noch eine größere Lücke in der Runde. Sie setzten sich dort auf die zusammengerollte Wolldecke. Das noch feuchte Holz knackte und zischte im Feuer. Das Essen brodelte in dem Topf am Dreibock. Anna dachte an die Nacht mit Patrick. Er saß rechts neben Michael. Sie sah nur den Rauch seiner Zigarette.

Linda verteilte Bierflaschen. «Geht sparsam damit um. Wir haben nur eine Flasche für jeden. Ansonsten gibt's Wasser.»

Jack holte eine Flasche Jack Daniels hinter seinem Rücken hervor und hielt sie hoch. «Und das hier!»

«Du weißt, dass ich nicht viel davon halte», sagte Ron. «Ihr müsst morgen alle einen klaren Kopf haben.»

«Wir sind doch keine Schuljungs, nicht Pat?» Jack zwinkerte zu ihm hinüber und schnippte die Asche seiner Zigarette in die Glut.

«Ein Schluck von dem Zeug wird uns ganz sicher nicht aus der Spur kicken», erwiderte Patrick.

Susan füllte Eintopf in die Teller, die zwölf Arme ihr entgegenhielten. Ron sprach ein kurzes Gebet. Dann wurde gegessen.

«Was gibt es zum Nachtisch?», fragte Alice.

Ron streichelte ihr über den Kopf. «Heute gibt es keinen. Morgen wieder. Morgen gibt es Eis.»

«Ich möchte aber heute Eis.»

«Eis schmilzt, wenn man es aus dem Gefrierfach nimmt, und einen Kühlschrank kann ein Pferd nicht tragen. Das verstehst du doch, Alice?»

Sie nickte, stand auf und lief zu Tom, der hinter ihnen an einem Stock herumschnitzte. Ron nahm den Dreibock vom Feuer, legte einige Äste nach und setzte sich auf Alices Platz neben Kathy und Mary.

Kathy hatte sich in ihre Decke gehüllt. Sie blickte durchs Feuer zu ihnen hinüber, aber Anna konnte durch den Rauch hindurch nicht erkennen, ob sie Michael oder Patrick ansah.

Plötzlich zuckte Michael zusammen. Sie drehten sich beide um. Einer der Hunde hatte Michaels leeren Teller abgeleckt und jetzt seinen Arm. Michael zog ihn weg und wischte ihn an der Jeans ab.

«Das ist Chola», sagte Patrick und streichelte ihren Kopf. «Sie ist manchmal etwas aufdringlich, aber ganz freundlich dabei, nicht so grob wie die anderen.»

Michael musterte die Hündin. Sie hatte ein braun-schwarz getigertes kurzes Fell und Schlappohren.

«Magst du keine Hunde?», fragte Patrick.

«Ich habe nichts gegen sie, aber ich ziehe Katzen vor.»

«Hab ich mir gedacht», sagte Patrick.

«Wieso», fragte Michael.

«Sie sind sauberer und feiner.»

«Richtig. Hunde stinken meistens, zumindest aus dem Maul.»

«Gebt mir mal eure Becher, Pat!», rief Jack über das Feuer hinweg.

Patrick nahm Michaels und seinen Becher, reichte sie über Gary und Linda zu Jack hinüber und nahm sie gefüllt wieder in Empfang.

Anna beugte sich vor. «Du hast meinen vergessen!» Sie hielt Patrick ihren Becher hin.

Er blickte ihr tief in die Augen. «Bist du sicher?»

«Ganz sicher.»

Er nahm ihr den Becher ab und berührte dabei ganz leicht ihre Hand.

Michael drehte sich kurz zu Anna und sah sie fragend an. Sie schwieg, lächelte nur und zuckte mit den Schultern.

Auch Gary hielt seinem Vater das verbeulte Trinkgefäss unter die Nase.

«Du nicht. Du bist morgen platt. Du verträgst doch noch nichts», sagte er und stellte die Flasche vor Mary hin. «Wie ist es mit dir?»

Sie lehnte ab. «Ich nippe nur mal bei dir.»

«Weißt du schon, dass du morgen Red Devil reitest, Pat?», fragte Jack, während er Mary seinen Becher reichte.

«Warum sollte ich?»

«Weil ich finde, dass er auch dir zur Abwechslung mal den Arsch massieren könnte.»

Anna grinste.

«Such dir jemand andern, zum Beispiel deinen Sohn», erwiderte Patrick. «Ist 'ne gute Übung für ihn. Mein Pferd bekommst du jedenfalls nicht.»

«Ich hab kein Problem damit, Dad», sagte Gary. «Bevor euch alten Säcken der Kalk aus der Hose rieselt, wenn er bockt, nehme ich ihn euch gerne ab.»

Jack packte seinen Sohn am Kragen und schüttelte ihn. «Angeber!»

«Pass auf, dass du heute Nacht nicht im Fluss aufwachst!», rief Patrick ihm zu.

«Also redet mir mein Pferd nicht schlechter, als es ist», griff Ron ein. «Er macht seinem Namen zwar manchmal Ehre, aber . . .»

«Wisst ihr, es gibt zwei Sorten Pferde», erklärte Jack und räusperte sich. Seine Stimme klang rostiger als gestern. «Es gibt die mit Kultur und die ohne. Dieser Bock zählt zu Letzteren.» Er spaltete mit dem Daumennagel ein Streichholz und schob es in sein Gebiss. Es sah aus wie ein alter Kamm aus Elfenbein, aus dem einige Zacken herausgebrochen waren. Er stocherte zwischen den Zähnen herum, spuckte aus und spülte mit einem Schluck Whiskey nach.

«Das ist nicht anders als bei den Menschen», meinte Michael. Er stand auf und hielt Jack seinen Becher hin. Jack nahm die Flasche und goss ihm ein.

«Was willst du damit sagen?»

«Gar nichts. Ist nur eine Feststellung.»

«Aha. Dann trinken wir jetzt auf die Kultur.»

Sie hoben alle ihre Becher und prosteten sich zu.

Anna vernahm das ihr bekannte Heulen weit in der Ferne. Es löste nur noch die Angst vor der Erinnerung in ihr aus.

«Gibt es hier Wölfe?», fragte Michael und Anna schüttelte den Kopf.

«Das sind Kojoten», erklärte sie. Sie hatte mit der Frage gerechnet.

«Im Norden, zum Beispiel in Wyoming, Montana, Washington, D.C., und Dakota gibt es Wölfe», erklärte Patrick.

«Werden dort hin und wieder Menschen angefallen?»

«Äußerst selten. Der Mensch zählt eigentlich nicht zu seinen Beutetieren.»

«Aber sie können schon sehr aggressiv werden, nicht?»

«Aggressiv ist nicht der richtige Ausdruck. Sie erlegen ein Tier und verteidigen ihre Beute. Und sie machen sich damit nicht wichtig wie wir Menschen. Sie sind faire Jäger. Sie jagen, wenn sie hungrig sind. Das einzige Problem ist die übermäßige Vermehrung des Menschen. Er siedelt in ihren Revieren, baut Corrals, stellt Kühe, Pferde, Schafe oder Ziegen hinein und erwartet, dass Wölfe, Berglöwen und Bären seine Zäune und Grenzen anerkennen. Der Mensch akzeptiert eher die Gefahr auf der Straße als die in der Wildnis.»

Michael blickte ins Feuer und schwieg.

«Zum Glück werden jetzt Wölfe und Berglöwen in vielen Bundesstaaten gesetzlich geschützt. Ich will damit nicht sagen, dass ich einen Rancher verurteile, der sich wehrt, wenn ihm Kälber, Fohlen oder Lämmer gerissen werden. Auf keinen Fall! Aber ich verurteile zum Beispiel Priester und Kirchenväter, die den Menschen immer noch weismachen wollen, dass Geburtenkontrolle Teufelswerk ist.»

«Du siehst den Menschen also als Feind der Natur?», fragte Michael.

«In der Menge, in der er auftritt, ja. Unbedingt.»

Anna stocherte mit einem Stock im Feuer herum, beobachtete die sich verändernde Glut und lauschte still.

«Man sollte nicht zu negativ denken. Damit ist keinem geholfen. Es gibt ja auch Fortschritte in der Umweltpolitik», sagte Michael.

«Fortschritte? Kann ich nicht entdecken. Wir drehen uns doch immer wieder im Kreis. Finden wir eine Lösung für eine Sache, dann schadet sie meist wieder in anderer Richtung. Wir verlagern die Probleme nur, wir lösen sie nicht, weltweit gesehen. Wir schieben unseren Müll von A nach B, doch er nimmt nicht ab. Wir erfinden oder entdecken Austauschstoffe, die die Luft weniger belasten, dafür dann beim Anbau wieder den Boden und so weiter ...»

«Es braucht seine Zeit, aber ich glaube schon, dass wir die Dinge irgendwann in den Griff bekommen.»

«Du glaubst es, weil du ein Kind hast und es ihm wünschst. Das ist verständlich.»

«Ja, und ich möchte auch noch ein zweites haben.»

Anna horchte auf. Patrick lächelte und zündete sich eine Zigarette an.

«Wie kannst du mit so einem Negativbild vom Menschen leben? Das macht doch unzufrieden.»

«Nein, überhaupt nicht, nur ab und zu traurig. Aber ich versuche mein Leben immer mehr mit meinen Vorstellungen vom Menschsein in Einklang zu bringen.»

Eine Fledermaus sauste über ihre Köpfe hinweg. Dann folgten weitere. Michael blickte ihnen hinterher.

«Fledermäuse», sagte Anna in sein fragendes Gesicht. «Kleine Vampire, Blutsauger ...»

Sie hörte Patrick lachen und stellte fest, dass sie sich danach sehnte, ihm in die Augen zu sehen. Der Whiskey löste die Vernunft auf und holte ihre Gefühle an die Oberfläche. Sie erhob sich, legte ihre Hand auf Michaels Schulter, ging dann zu Ron hinüber und hockte sich neben ihn.

«Gibt es morgen etwas Besonderes zu beachten?», fragte sie ihn. Dabei schaute sie zu Patrick.

«Nur, dass du gut auf deinen Freund aufpassen solltest. Alles Übrige wird von einer Sekunde auf die andere entschieden. Ihr müsst uns, das heißt vor allem Jack, Gary, Linda und mich, immer im Auge behalten. Mit den Bullen müsst ihr etwas vorsichtig sein. Immer sehr energisch auftreten, dann passiert gar nichts.»

Anna nickte. Ihr Blick ruhte auf Patrick. Er war in ein Gespräch mit Michael vertieft. Nach einer Weile stand sie auf und setzte sich wieder neben Michael.

«Kinder, es wird Zeit! Ich mache gleich das Licht aus!», rief Ron mit einem verschmitzten Lächeln. «Anna und Michael nehmen das kleine runde Zelt, Patrick und Gary das andere Zweier, Susan, Linda und Kathy das Dreier und Mary geht mit Alice und Tom in das blaue. Okay?»

Keiner hatte etwas einzuwenden.

Die Kinder lagen schon hinter Mary in eine Decke eingerollt und schliefen. Das Feuer brannte noch schwach. Alle erhoben sich, gingen zu den Pferden, zu den Zelten, verschwanden mit Taschenlampen in Richtung Fluss. Nur Kathy blieb sitzen. Sie hatte Kopfhörer auf und fixierte Michael und Patrick.

«Was hörst du da?», fragte Michael. Sie winkte ihn zu sich heran und setzte ihm die Kopfhörer auf die Ohren. Er wippte den Kopf mit der Musik und gab sie ihr dann zurück.

«Los, ab ins Zelt!», rief ihr Linda zu. Kathy legte den Walkman auf die Decke und ging zu ihrem Pferd. Michael folgte ihr, während Anna am Feuer stehen blieb. Patrick trat neben sie.

«Retourkutsche oder echtes Interesse?», fragte er.

Anna fuhr zusammen, starrte in die Flammen, die das letzte Stück Holz fraßen. «Ich weiß nicht. Vielleicht beides. Es ist mir im Moment vollkommen gleichgültig.»

«Der Whiskey!»

«Nein, ich habe nur ein Glas getrunken.»

Eine Weile herrschte Schweigen.

«Eigentlich ist Kathy doch eher dein Typ, oder?», fragte Anna spitz. «Sie hat doch das richtige Alter für dich. Blond, jung, hübsch.»

Patrick musterte sie. Sein Blick wurde finster. «Hast du das von Michael?»

Anna nickte.

«Manches ändert sich im Leben», sagte er ruhig. «Es gibt viele Männer, die meinen, wenn sie die vierzig überschreiten, müssten sie sich über ihre Freundinnen verjüngen. Bei mir scheint es umgekehrt zu sein.» Er nahm einen tiefen Zug von seiner Zigarette und blies den Rauch ins Feuer. «Vielleicht ist es auch ganz anders. Vielleicht habe ich jetzt nur einfach das Gefühl, dass es gepasst hätte.»

Anna spürte ihren Herzschlag. Patrick ging um das Feuer herum, hob Kathys Walkman auf, öffnete ihn und las die Aufschrift der CD.

«Schöne Musik hört sie. Mary Chapin Carpenter.»

Anna holte tief Luft. «Oh, von der hab ich auch mehrere CDs.»

«Sie ist in Europa bekannt?»

«Nicht sehr, aber mir. Ich liebe ihre Songs.»

Patrick klappte den Deckel zu, spulte vor, hielt die Kopfhörer an sein Ohr und reichte sie dann Anna. Sie setzte sie auf und vernahm Mary Chapin Carpenters einfühlsame Stimme.

«When you set a match to your heart
Fueling it with bitterness and doubt.

That's blaze that once it starts.
No amount of tears can put out
I know you're scared, but no one's spared
When you play with matches
You've got me walking through fire . . .»

Anna stand wie hypnotisiert vor dem Feuer. Sie blickte auf. Patrick war nicht mehr neben ihr. Sie war allein mit den Pferden, mit den Hunden, mit dem Feuer, das langsam erstarb. Alle waren in ihren Zelten verschwunden, wahrscheinlich auch Patrick, wahrscheinlich auch Michael und Kathy. Oder waren sie am Fluss oder sonst irgendwo? Und wenn schon, dachte sie. Vielleicht war es sogar gut so.

Sie wagte nicht, zum Fluss zu gehen, beschränkte die Abendtoilette auf das Nötigste und begab sich dann zu dem ihr zugedachten Zelt. Sie wartete, lauschte hinein, hörte nichts und klappte die Eingangsplane zur Seite. Der schwache Schein ihrer Taschenlampe fiel auf Michael. Er lag auf dem Bauch, den Kopf zwischen den Armen.

«Schläfst du schon?», flüsterte sie.

«Nein.»

Sie öffnete den Reißverschluss ihres Schlafsacks, schlüpfte hinein und zog ihn bis oben hin zu. Sie fröstelte. Es war merklich kühler geworden. Oder es war die Anspannung. Sie wusste es nicht. Sie lag auf dem Rücken und wartete ab, was passieren würde, was Michael tun oder nicht tun, sagen oder nicht sagen würde. Nichts rührte sich. Sie vernahm nur ganz schwach seinen Atem, das Schnauben eines Pferdes. Sie rollte sich in ihrem Schlafsack zusammen wie ein Hund und dachte an ihre erste Nacht mit Michael, an ihre Hoffnung, endlich den Mann fürs Leben gefunden zu haben, und an ihre Zweifel daran. Dann hörte sie Schritte und gleich darauf ein Zischen. Jemand hatte das Feuer gelöscht.

Anna tat kein Auge zu, obwohl ihr Körper nach Schlaf verlangte. Sie spürte Michaels Nähe und es schmerzte sie, dass er sie wie einen Stein neben sich liegen ließ. Es war wie immer. Sie wollte alles, wollte nicht aufgeben, wofür sie sich einmal entschieden hatte, obwohl es vielleicht eine falsche Entscheidung war. Nur wenn Patrick vor ihr stand, gab es kaum noch einen Zweifel, bloß den an seiner Zuneigung zu ihr.

Sie lauschte in die Nacht hinaus und dachte das erste Mal an ihr Zuhause, an den Reitstall und dann an Julia. Welche Rolle spiele ich wohl in ihrem Leben, aus ihrer kindlichen Perspektive, überlegte sie. War sie ihr einfach ein Vorbild, eine Bekannte oder bereits die Geliebte ihres Vaters, die irgendwann den Platz ihrer Mutter einnehmen würde? War Julia manchmal eifersüchtig bei dem Gedanken, dass sie, Anna, immer da sein würde, wenn sie ihren Vater besuchte? Das Verhältnis zu ihr war gut, schon wegen der Pferde, aber manchmal lag auch eine unbestimmte Spannung zwischen ihnen. Schließlich musste Anna sich eingestehen, dass sie eigentlich lieber mit Michael allein war. Sie konnte dann mehr sie selbst sein, sich ungezwungener geben. Sie dachte an Michaels Worte über ein zweites Kind, überlegte, ob er es sich mit ihr wünschte oder gewünscht hatte. Sie konnte sich nicht vorstellen, Mutter zu sein. Sie war so gerne zu zweit und allein.

Hin und wieder drang das Blöken einer Kuh an ihr Ohr. Sie meinte geschlafen zu haben. Zumindest gab es einige denkfreie Minuten. Aber nun lag sie wieder wach. Ihr war, als hätte sich alles in ihrem Kopf verknotet. Sie dachte daran, wie gut ihr das Leben eines Cowgirls gefiel, wie wenig sie sich jedoch vorstellen konnte, auf Dauer in der Einsamkeit und Kargheit der Wüste zu leben. Dann spürte sie, dass sie noch einmal raus musste. Sie versuchte es zu verdrängen, dachte an Klapperschlangen, Gila-Monster und Skorpione. Aber ein Liter Wasser, ein Bier und ein Becher Whiskey ließen sich nicht einfach wegmeditieren. Es half nichts. Sie musste raus. Mit den Bewegungen einer Katze erhob sie sich, schlich zum Ausgang und schlüpfte durch die Zeltklappe in die kühle Finsternis. Vorsichtig pirschte sie sich an den Rand des Lagers.

Ihre Taschenlampe lag im Sterben. Das blasse Licht reichte gerade bis zu ihren Fußspitzen. Aber ihre Augen gewöhnten sich an die Dunkelheit und sie sah die Pferde, die ihre Ohren in ihre Richtung stellten. Sie näherte sich ihnen mit ruhigen Schritten, flüsterte beruhigende Worte und legte Black Boy schließlich die Hand auf den kräftigen warmen Hals. Er fühlte sich an wie ein stramm gefülltes Fellkissen. Seine Mähne war jetzt strohig und stumpf vom Staub. Als sie daran herumzog, stampfte er mit dem Huf auf. Anna wusste, dass sie ins Zelt gehen sollte. Als sie sich umdrehte, zuckte sie zusammen. Patrick stand hinter ihr. Ihr Herz hämmerte.

«Tut mir Leid, ich wollte dich nicht erschrecken», sagte er mit weicher Stimme.

«Hast du aber, und wie!»

Die Pferde traten von einem Fuß auf den anderen, schnaubten, drehten sich.

«Es ist wunderbar, nachts bei den Pferden zu stehen, ihren Duft zu atmen und ihre Wärme zu spüren, aber wir sollten sie allein lassen. Sie kennen es nicht anders, als dass es bald losgeht, wenn wir uns ihnen um diese Zeit nähern.»

«Ja, ich weiß. Ich wollte auch gerade wieder zurück ins Zelt.»

Sie entfernten sich im Schein ihrer Taschenlampen.

«Kannst du nicht schlafen?»

Sie schüttelte den Kopf. «Und du?»

«Nicht mehr. Jack schnarcht, als wollte er sämtliche Büsche zersägen.»

Anna lächelte. «Das wundert mich nicht. Ich glaube, alles, was er tut, tut er geräuschvoll.»

Patrick nickte.

«Wie spät ist es?»

«Halb fünf.»

«Wann brechen wir auf?»

«Um halb sieben, mit der Sonne. Um sechs Uhr gibt es Frühstück.»

«Ist nicht mehr lange hin.»

«Nein, schlafen lohnt nicht mehr.»

«Vorsicht!» Patrick ergriff ihre Hand und zog sie beiseite.

«Was ist?»

«Ich weiß nicht. Irgendetwas Dunkles war da vor deinem rechten Fuß.»

Anna ließ ihre Hand in seiner. Er drückte sie leicht und ließ sie dann los.

«Vielleicht war das eben wieder eine Tarantel. Wir hatten vorgestern eine im Zimmer.»

«Sie tun eigentlich nichts.»

«Ich weiß.» Sie lächelte. «Michael hat eine Tarantel ins Netz gestellt. Kannst du dir das vorstellen?»

Er sah sie irritiert an. «Wie das?»

Sie lachte. «Hast du schon mal irgendwo im Internet gesurft?»

«Klar.»

«Also die im Zimmer wollte Michael totschlagen, aber im Internet hat er eine zum Leben erweckt. Für die Firma Taran Tell Networks.»

Patrick erstarrte vor ihren Augen. Er sah sie an, als hätte sie ihm den Weltuntergang verkündet.

«Was ist denn los? Was ist denn so erschreckend daran?»

«Eigentlich nichts», sagte er, als wäre er aus einem bösen Traum erwacht. «Jeff hat das Konzept dafür entwickelt und den Werbespruch erfunden.»

«Jeff?»

«Ja, Jeff, in einer New Yorker Agentur. Es gibt die erstaunlichsten Verbindungen.»

«Das ist ja verrückt! Michael hat mir erzählt, dass eine New Yorker Agentur die Geburtsstätte ist. Aber dass Jeff ...» Anna schüttelte den Kopf. «Michael wird staunen, wenn wir ihm das erzählen.»

«Ich möchte nicht darüber reden.»

Anna versuchte nicht ihm zu widersprechen. Es war sinnlos. Patrick schwieg und machte einige Schritte. Anna folgte ihm.

«Werde ich Jeff noch kennen lernen?», fragte sie vorsichtig.

«Ich weiß nicht. Wenn es sich ergibt.»

«Wovon hängt das ab?»

Er sagte nichts.

«Wo wohnt er denn jetzt?»

«Auf einer Ranch hier in der Nähe. Ich hatte eigentlich beschlossen, ihn nicht mehr zu treffen, aber manchmal fehlt er mir.

Ich vermisse seine Abgeklärtheit, seinen nüchternen Kopf … Als wir kürzlich zusammen durch den Canyon ritten, hoffte ich, er würde mir das Hirn durchpusten, mir den Verstand schärfen und die Gefühle glätten. Doch diesmal konnte er nichts ausrichten. Ich habe so viele Dinge hinter mir gelassen, aber …»

«Was aber?»

«Diesmal kann nur meine Hand loslassen.» Er blickte zu den Pferden hinüber. «Na ja, alles braucht seine Zeit.»

Anna wollte gerade seine Hand ergreifen, als sie Ron aus dem Zelt kriechen sah.

«Nicht schon wieder», flüsterte sie.

«Mach die Taschenlampe aus.» Patrick zog sie am Arm nach hinten. Ron ging zum Fluss hinunter.

«Lass uns in die Zelte gehen.»

Anna nickte, wollte ihn festhalten, tat es dann aber doch nicht. Sein Blick brannte sich in ihr ein wie die Glut einer Zigarette. Der Schmerz hielt bis zum Morgen an.

«Aufwachen allerseits! Raus aus den Federn!» Anna hörte Lindas Stimme und öffnete die Augen. Sie hatte tatsächlich geschlafen, vielleicht wenigstens eine Stunde. Langsam erkannte sie Michaels Umrisse. Er lag mit dem Rücken zu ihr. Sie tippte ihn mit dem Zeigefinger an. «Michael?»

«Ja, ich weiß, es ist schon halb sechs und Zeit zum Aufstehen. Das ist stressiger als die Arbeit zu Hause.» Er drehte sich träge um und zog den Reißverschluss seines Schlafsacks runter. «So ein Wahnsinn! Mitten in der Nacht aufstehen!»

«Morgen können wir wohl ausschlafen.»

«Morgen werde ich mit Sicherheit ausschlafen.»

Seine Bestimmtheit ärgerte sie.

«Kathy ist sicher auch schon wach», sagte Anna. Sie sagte es nicht aus Eifersucht, sondern wie zu ihrer eigenen Entlastung. Sie wollte nicht die Einzige sein, die sich mit Schuldgefühlen herumquälte.

«Glaubst du wirklich, dass mich das so sehr interessiert?», erwiderte Michael und stieg aus dem Schlafsack. «Vielleicht solltest du lieber nachsehen, ob dein Patrick auch tatsächlich in seinem Zelt liegt und nicht irgendwo mit Kathy in den Büschen.» Er schlug die Eingangsplane zurück, griff nach seinem Waschbeutel und hangelte sich hinaus. Dann steckte er noch einmal den Kopf hinein. «Keine Angst! Es gibt hier zu viel Viechzeug. Schlangen, Skorpione, Giftspinnen ...»

Anna schwieg. Ihr stiegen die Tränen in die Augen. Eine Mischung aus Trauer, Wut und Ohnmacht drückte sie nieder. Erst als sie Stimmen und das Geklapper von Geschirr vernahm, pellte sie sich aus ihrem Lager. Sie zog die beiden Schlafsäcke mit sich aus dem Zelt und legte sie über ihre Sättel. Linda kam ihr zu Hilfe und faltete mit ihr das Zelt zusammen.

Als alle zusammengepackt hatten, gab es Kaffee und Sandwiches. Geredet wurde nicht viel. Es war sechs Uhr und noch stockfinster. Im Schein einer schwach flackernden Petroleumlampe sah Anna Michael vom Fluss heraufkommen. Sie hatte nicht damit gerechnet, dass er sich zu ihr setzen würde. Er sah blass und traurig aus. Der Zorn war aus seinen Zügen verschwunden, und er lächelte schwach, als sie ihm Kaffee eingoss und ein Sandwich hinhielt. Er nahm nur den Kaffee.

Kathy saß ihnen gegenüber. Ihr langes blondes Haar fiel offen über ihre Schultern. Alice hockte hinter ihr und kämmte es. Mary kam mit einem Sweatshirt herbei und warf es Tom über die Schulter. Die Männer packten schon die Zelte und die Schlafsäcke auf die Pferde.

«Ist das deines, Anna?», fragte Gary. Sie drehte sich zu ihm um. Er hatte das Amulett in der Hand.

«Das gehört Patrick!», rief Linda ihm zu. Anna hielt die Luft an. Ihr war, als würde ihr Herzschlag einen Moment lang aussetzen.

«Es ist aber aus Annas Schlafsack gefallen.» Er gab es ihr und grinste.

Anna spürte die Blicke, nahm das Amulett und steckte es ein. «Danke, Gary, es ist meins.»

Michael stellte seinen Becher ab. Sie sah, dass seine Hand zitterte.

«Okay, Leute, lasst uns aufbrechen», sagte Linda. Alle erhoben sich, gingen zu ihren Pferden und sattelten sie. Es war immer noch finster.

Dann ließ das Brüllen einer Kuh und das helle Blöken eines Kalbes alle innehalten. Es war nicht das ruhige, kommunikative Rufen. Es klang angstvoll und durchdringend.

«Da stimmt was nicht!», rief Ron. Im Handumdrehen saßen er, Jack, Patrick und Gary im Sattel und verschwanden in der Dunkelheit zum Fluss hinunter. Die Hunde folgten ihnen kläffend. Michael hatte gerade die Trense über den Kopf von White Boy gezogen und stieg ebenfalls auf.

«Du willst doch nicht etwa mit?», rief Anna.

«Was sonst? Es gibt was zu tun und ich will nicht wieder dumm rumstehen und zusehen.» Er ließ White Boy antraben und verschwand in der Uferböschung.

Linda stieg auf ihr Pferd und Anna folgte ihr.

«Wir müssen ihn aufhalten, bevor es Ärger gibt!», rief Linda.

Anna vernahm die aufgeregten Stimmen einer ganzen Herde von Rindern. Sie ritt hinter Linda zum Fluss und galoppierte an. Sie spürte das harte Aufschlagen der Pferdehufe auf den Steinen bis ins Mark und rechnete jede Sekunde damit, dass Black Boy in der Dunkelheit stolpern und sie ins steinige Flussbett schleudern würde. Aber er fußte sicher auf, trug sie weich über den harten Untergrund, als besäße er Stoßdämpfer.

Das Blöken war jetzt ganz nah. Sie verließen das Wasser und ritten an der Böschung entlang. Anna hörte Rons Stimme, die von Jack, die Hunde, dann einen Schuss. Die Erde unter ihnen bebte vom Trampeln der Rinder wie der Bauch eines verängstigten Tieres.

«Pat! Hinterher! Du hast ihn getroffen. Scheuch ihn zum Wasser!», hörte sie Ron schreien. Dann lief vor ihr ein mächtiges, katzenartiges Tier zum Ufer. Anna hielt an. Sie glaubte nicht, dass das, was sie sah, die Wirklichkeit war. Sie starrte auf das mächtige Tier, das sich taumelnd über die Steine bewegte.

«Bleib stehn!», sagte Linda. Ihre Pferde trippelten rückwärts, schnaubten, drehten sich, blieben dann in einiger Entfernung im Wasser stehen. Sekunden später tauchte Michael auf White Boy vor ihnen auf. Er schwang den Strick mit der rechten Hand auf und ab, rief etwas und folgte dem verletzten Löwen. Anna dachte an zerfleischte Pferdebeine, spürte, wie die Angst ihren Körper lähmte. White Boy scheute, ging in die Eisen, drehte sich. Michael flog aus dem Sattel auf die Steine, rollte von der Seite auf den Rücken und blieb am Wasser liegen. Anna schrie auf. Patrick erschien zu Fuß, das Gewehr in der Hand, gefolgt von Ron. Der Löwe blieb stehen, brüllte und verdrehte den Kopf. Für den Bruchteil einer Sekunde dachte Anna, er würde sich auf Michael stürzen, aber er blickte in die andere Richtung, zu Patrick und Ron. Anna sprang vom Pferd. Ein Schuss ließ sie innehalten. Der Löwe taumelte. Seine schweren Pranken zitterten. Er kämpfte mit seinem Gleichgewicht, stand, knickte dann mit den Vorderbeinen ein und fiel wie ein leeres Fell ausgestreckt auf die Seite. Aus seinem Schädel sickerte Blut. Es lief zwischen die Steine in den Fluss und mischte sich mit dem Wasser. Etwa fünfzig Meter weiter lag Michael – auf dem Rücken. Anna stolperte, fiel hin, rappelte sich auf, stand vor Michaels reglosem Körper und blickte auf seine geschlossenen Augen. Panik stieg in ihr auf und behinderte ihren klaren Verstand. Michael ist tot, schoss es ihr durch den Kopf. Sie betete, dass es nicht so wäre. Im nächsten Augenblick kniete sie mit Patrick und Linda neben ihm, versuchte seinen Puls zu fühlen, hörte ihr eigenes Herz rasen und ihren schweren Atem. Ihre Hände wurden feucht. Ihr war, als täte sich die Erde vor ihr auf wie das Maul des Löwen, der neben ihnen lag. Michaels Anblick machte sie steif und unbeholfen. Er war anders als der Anblick eines verletzten Pferdes und er traf sie unvorbereitet. Sie hielt seinen Arm, kämpfte gegen das Zittern ihrer Hand an und fühlte endlich seinen Puls. Er war flach, aber deutlich. Sie legte ihr Ohr auf seine Brust, vernahm seinen schwachen Atem und spürte, wie ihr eigener sich beruhigte. Am Rande nahm sie wahr, dass Jack aus der Böschung kam und die Pferde einsammelte und dass der Himmel heller geworden war.

«Wir sollten ihn auf die Seite drehen», sagte Patrick. Nun war auch Ron zur Stelle. Anna durchdachte eine ganze Liste von Verletzungen. Ihr schauderte.

«Wenn er sich was gebrochen hat, am Rücken oder so, dann dürfen wir ihn nicht bewegen», sagte sie.

«Wasser?», fragte Patrick.

«Ja!», antwortete Linda.

Anna zitterte. Sie nickte zaghaft und Patrick erhob sich, schöpfte Wasser mit seinem Hut und goss es vorsichtig über Michaels Stirn. Er zuckte leicht zusammen. Anna starrte auf seine noch geschlossenen Augen. Sie spürte, wie sich ihre Muskeln entspannten gleich einem Gummiband, von dem der Zug genommen wurde. Michael schlug die Augen auf, blickte in ihre verängstigten Augen, dann auf die anderen. Er legte die Hand auf seine Stirn und wollte den Kopf heben.

«Bleib so liegen, Michael», sagte Linda. «Versuch deine Beine ganz vorsichtig zu bewegen.»

Michael drehte die Füße, hob die Beine, dann die Arme und nickte. «Was ist passiert?»

«Du bist gestürzt.»

Jack hockte neben dem Löwen, erhob sich und kam zu ihnen hinüber. «Mausetot», sagte er. «Ich werde zur Ranch reiten und den Hubschrauber rufen.»

«Nein ... nicht ... nicht nötig», sagte Michael stockend. «Alles okay.» Er fuhr sich mit der Hand übers Gesicht. «Nur mein Kopf. Es hämmert darin, als würde eine ganze Rinderherde hindurchlaufen.» Seine Stimme hörte sich jetzt wieder fast normal an. Im Hintergrund schrie eine Kuh. Es war ein Rufen und es klang verzweifelt.

«Gehirnerschütterung, was?», fragte Jack und blickte auf Michael hinab.

«Ja, nehme ich an.» Michael schob die Hand unter seinen Rücken. «Nur Prellungen. Wo ist der Löwe? Wo sind das Pferd und das Kalb?»

«Der eine liegt da drüben. Der andere ist geflüchtet. Das Kalb ist tot», sagte Jack.

Michael nickte matt und Anna blickte auf die Schürfwunde an seinem Arm.

«Bist du gegen Tetanus geimpft?», fragte sie ihn.

Er nickte wieder.

Sie zog ein Papiertaschentuch aus der Packung, tauchte es ins Wasser und tupfte damit Michaels Wunde ab. Er zuckte und biss die Zähne zusammen.

«Hast du starke Schmerzen?», fragte Anna auf Deutsch und fuhr sanft mit der Hand über seine Stirn. «Sollen wir nicht doch lieber ...»

«Nein. Ich kenne das Gefühl.» Er setzte sich auf. «Ich bin mal von einem Baum gefallen. Da ging's mir hinterher genauso.» Michael zog die Beine an, schüttelte sie, stützte sich mit den Händen auf den Steinen ab und erhob sich langsam! «Ich wollte einen Berglöwen sehen, aber nicht so.» Er blickte auf das tote Tier. «Es war dumm von mir, mich einzumischen. Ich hätte auf euch hören sollen.»

«Keine Selbstvorwürfe. Was passiert ist, ist passiert. Du hast dein Bestes gegeben, aber White Boy hat Panik bekommen», sagte Ron. «Ein Pferd eignet sich zum Kühehüten, aber nicht zur Verfolgung von Löwen.»

«Wenn Julia bei mir gewesen wäre, hätte ich das nicht getan.»

«Wenn und hätte hilft uns nicht weiter. Wir sind froh, dass du atmest, dass du gehen und sprechen kannst.»

«Was sollen wir jetzt machen, Michael?», fragte Anna. Ihr war nicht nach Englisch zu Mute. Sie redete in ihrer Muttersprache und legte ihren Arm um seine Hüften. «Du bist sicher, dass dir sonst nichts fehlt? Ich meine, eine Kopfverletzung ...»

«Wenn's was Schlimmeres wäre, würde ich jetzt nicht so neben dir stehen. Was mich quält, sitzt tiefer», erwiderte er in Deutsch.

Anna hatte das Gefühl, als würde ihr Herzmuskel sich so stark zusammenziehen, dass alles in ihr zum Stillstand kam. Sie schlang die Arme fester um ihn und legte ihren Kopf an seine Schulter. Sie fand sich egoistisch und verantwortungslos, rundum verabscheuenswert. Ein einziges Mal, einen einzigen

Augenschlag lang sah sie Patrick an. Ihm schien es ähnlich zu gehen. Er legte kurz seine Hand auf Michaels Schulter, wandte sich ab und ging mit Jack zu dem toten Löwen und dann zu den Pferden. Schließlich saßen sie auf, brachten White Boy und Black Boy zu Lindas und Rons Pferden und ritten die Böschung hinauf zu den Rindern.

Anna sah ihnen nach, eine unbändige Sehnsucht nach Patricks Nähe verspürend. Ein Gefühl des Abschieds lag in der Luft und legte sich wie Blei auf ihr Gemüt.

«Meinst du, du kannst nach Hause reiten, oder sollen wir doch lieber den Hubschrauber holen?», fragte Ron.

«Ich kann reiten.»

«Dann schlage ich vor, dass Susan mit dir und Anna zurückreitet und dich dann sofort nach Phoenix ins Krankenhaus fährt. Du musst dich unbedingt untersuchen lassen.»

«Okay», sagte Michael, nahm Annas Hand von seiner Hüfte und ging gebeugt zu White Boy.

«Sieht ja noch nicht so gut aus mit dir», meinte Linda.

«Mir tut alles weh, aber es geht.»

Anna wollte ihm aufs Pferd helfen, doch er wehrte ab. Langsam hob er das linke Bein, steckte den Fuß in den Steigbügel und schwang das rechte über den Sattel. Sein Gesicht verzog sich zu einer Grimasse und Anna spürte den Schmerz am eigenen Leib. Schuldgefühle erschütterten ihr Inneres. Michael hatte das wieder gutmachen wollen, was sie ihm vorgeworfen hatte. Er hatte versucht ihr und allen zu beweisen, dass er ein Mann war. Er hatte mit anpacken, nicht wieder dumm herumstehen wollen. Er hatte wieder jemand sein wollen in ihren Augen. Und sie hatte das alles provoziert. Sie hatte Michael herkommen lassen, aber ihren Blick von ihm auf Patrick gewandt. Sie fand es schwer, sich zu ertragen. Es wäre einfacher, dachte sie, selbst das Opfer zu sein.

Sie stieg aufs Pferd, blickte noch einmal auf den toten Löwen, auf sein glattes ockerfarbenes Fell und das weiße Maul mit der hellroten Schnauze. Sie ritt neben Michael dicht hinter Linda und Ron zum Lager zurück. Die Frauen kamen ihnen mit tausenden von Fragen entgegen, aber Ron brachte sie zur Ruhe. Er wies Susan in ihre Aufgabe ein, bat sie sofort den abgeschossenen Löwen zu melden, packte Annas und Michaels Sachen auf die Pferde und gab Susan ein Packpferd mit. Sie machten sich auf den Rückweg. Patrick und Jack waren noch nicht wieder zu sehen.

«Michael, alles okay?», fragte Susan, als sie durch den Fluss ritten, der Strömung entgegen.

«Das werden einfach blaue Flecken. Es fühlt sich harmlos an», antwortete Michael und lächelte. Sein Lächeln galt Susan, aber es berührte Anna wie das Aufblitzen der ersten Sonnenstrahlen über dem Canyonrand. Es rieselte warm in ihr Inneres und gab ihr die Zuversicht zurück, etwas wieder gutmachen zu können.

«War das Kalb schon tot, als ihr ankamt?», wollte Susan von Michael wissen.

«Nein, es verendete gerade in einer Lache von Blut. Es war grässlich und es hat mich wütend gemacht.»

«Wer hat den Löwen erschossen?»

«Patrick hat ihn angeschossen. Er lief weg und ich bin ihm gefolgt.»

«Mutig, aber leider ein hoffnungsloses Unternehmen. Er hätte das Pferd und dann vielleicht dich zerreißen können. Es sind nur Berglöwen, aber wenn sie verletzt sind, werden sie unberechenbar. Angst und Aggression liegen dann ganz nah beieinander.»

«Ich hab nicht darüber nachgedacht. Ich hab nur reagiert.»

«Klar.» Susan seufzte.

«Ich weiß. Ich bin ein dummes Greenhorn, ein Städter im Abenteuerrausch, weit davon entfernt, irgendetwas von dem Ganzen hier zu begreifen.»

«Ich denke, du hast was gelernt.»

Michael nickte, saß gebeugt auf dem Pferd und verzog hin und wieder das Gesicht.

«Wir hatten seit Jahren keine Attacken von Berglöwen mehr.» Sie zuckte mit den Schultern. «Ist er dann an seinen Wunden krepiert?»

«Ron hat ihn getötet.»

Linda hielt ihr Pferd zurück und ritt dicht neben Anna.

«Ron. Ja, er ist ein verflucht guter Schütze», sagte sie nachdenklich zu ihr. «Ich frage mich, ob Pat den Löwen vielleicht nur kampfunfähig machen wollte. Er kann nicht töten. Er ist eigentlich eher dazu geeignet, Schafe in Neuseeland zu hüten als in der Wildnis hier als Cowboy zu arbeiten. Er ist kein Hasenfuß, das will ich damit nicht sagen. Er ist ein hervorragender Reiter und macht seine Arbeit gut. Aber wenn es um Leben und Tod geht, ist er ein Zweifler. Er denkt nicht einfach von einer Minute zur nächsten, von einer Stunde auf die andere. Er verschwendet zu viel Zeit mit Denken. Und das hier ist keine Gegend für Zweifler und Denker. Die Wüste ist unsentimental, rau, ehrlich und manchmal gnadenlos. Sie ist nichts für zarte Gemüter.»

Anna nickte und Michael sah zu ihr hinüber. Sie wollte das Thema wechseln, aber ihr fiel nichts ein. Ihr Hirn funktionierte auf niedrigstem Level. Der Schock hatte sich zu tief eingegraben, hatte Barrieren aufgebaut und Schächte gerissen, die den Denkmechanismus in unverknüpfbare Einzelteile zerlegt hatten. Es würde noch eine Weile dauern, bis alles wieder geglättet wäre und die schrecklichen Bilder verschwinden würden. Immer wieder sah sie den Löwen, dann Michael auf dem Flussbett. Und sie hörte einen Schrei, den es nicht gegeben hatte.

Als sie den Hassayampa-Canyon verließen und den letzten Hügel vor dem Corral erklommen, ritt Michael neben ihr. Er blickte sie eine Weile an, ernst und nachdenklich.

«Ich möchte von Phoenix nicht mehr zurück», sagte er. «Ich würde gern dort bleiben und ganz in Ruhe, vielleicht mit einem Leihwagen, die Gegend erkunden. Kommst du mit?»

Die Frage war nicht verwunderlich, aber sie traf Anna hart, unvorbereitet wie ein Schlag in den Magen. Sie sah ihn an und wusste keine Antwort. Ein Nein war in dieser Situation unmöglich, ein Ja empfand sie wie eine Verneinung ihres Selbst.

«Und wenn die Ärzte feststellen, dass alles in Ordnung ist?», fragte sie vorsichtig.

«Anna, ich möchte abreisen, unabhängig von meinem Befinden. Kannst du das nicht verstehen? Und ich wünsche mir, dass du mich begleitest. Ist das zu viel verlangt?»

«Nein, natürlich nicht», sagte sie und blickte auf den rhythmisch wippenden Hals ihres Pferdes. Jetzt ist alles entschieden, dachte sie. Nie wieder würde sie in Patricks tiefblaue Augen blicken, nie wieder seine Hand spüren. Und ihr wurde bewusst, dass ihr das längst nicht mehr genügt hatte. Sie sah sich neben Michael im Auto auf dem Weg zurück in ihr Leben, in die technisierte, geordnete Welt, in die Enge einer Großstadt. Sie sah die Stallgasse, die Reihe von Boxen mit Pferden hinter Gittern, die Tierklinik, in der sie hin und wieder millionenschweren Turnierpferden und Galoppern zertrümmerte Röhrbeine schiente und Gedärme entwirrte. Bereits nach zwei Wochen fühlte sie sich dieser Welt entfremdet. Aber, so sagte ihr Verstand, ich werde mich genauso schnell wieder hineinfinden, wenn auch widerwillig. Ich werde anstandslos in meinen täglichen Trott zurückfallen, so wie andere es auch tun. Nichts würde sich ändern, bis auf ihre Empfindung dabei. Noch unverständlicher würde ihr diese Welt der Eitelkeiten und ehrgeizigen Wettkämpfe, das Schachern mit Pferdematerial, das nur so lange eine Existenzberechtigung hatte, wie es Leistung zeigte.

«Du denkst an ihn, nicht?», fragte Michael. Sein Blick war traurig und vom Schmerz gezeichnet.

«Nein», sagte Anna, «ich habe an zu Hause gedacht.» Sie lächelte schwach, hörte nur das Rauschen des Flusses, die Hufe auf den Steinen, den Schrei eines Raubvogels. Sie fragte sich, wie es ihr ergangen wäre, wenn Michael seine Augen nicht mehr aufgeschlagen hätte. Wenn er einfach liegen geblieben wäre, für die Ewigkeit. Und sie fragte sich, was Patrick jetzt empfand und was er empfunden hätte, wenn Michael nicht mehr aufgewacht wäre.

Noch nie war ihr der Tod so nah gewesen, so bedrohlich, so fühlbar. Bei jedem Tier, dass vor ihren Augen gestorben war, blieb ein schützender Abstand. In diesem Moment hatte er sie bis ins Mark berührt wie eine dunkle fassbare Ahnung. Und ihr wurde bewusst, dass er immer bei ihnen war wie ein Schatten, jederzeit bereit, sich über sie zu stürzen.

Sie schwiegen, bis sie in den Corral ritten. Die Sonne stand schon tief, als Anna den Sattel von ihrem und dann von Michaels Pferd wuchtete. Es kostete sie mehr Kraft als sonst. Angst, Müdigkeit und innere Erschöpfung machten ihren Körper weich und schwer.

Die Pferde schienen so müde wie die Reiter. Sie ließen die Köpfe hängen und fraßen ihr Heu so langsam, als wären sie bereits in einen Halbschlaf gefallen.

«Wir werden abreisen, Susan», sagte Anna, während sie Michaels Wunde mit Desinfektionsspray reinigte und Susan ihr Fleecewatte und eine Mullbinde reichte. Ihre eigenen Worte trieben ihr Tränen in die Augen. Sie wischte sie weg und schluckte. «Ich habe mich hier so wohl gefühlt und es tut mir furchtbar Leid, dass ich mich nicht richtig von Linda und Ron verabschieden kann.»

«Ich verstehe das», erwiderte Susan und legte ihren Arm um Annas Schulter. «Der Schock sitzt euch bestimmt noch in den Knochen und davon müsst ihr euch erst mal erholen.»

«Du musst Linda und Ron für mich umarmen und ihnen sagen, wie sehr sie mir in der kurzen Zeit ans Herz gewachsen sind.»

«Ja, das tue ich, natürlich.»

Während sich Michael auf eine Liege in der Hütte am Corral legte, ging Anna mit Susan zum Haus hinauf. In Windeseile packte sie ihre und Michaels Sachen, stand einen Augenblick andächtig vor dem Bild mit dem Cowboy am Jesus Canyon und griff nach dem Amulett in ihrer Hosentasche. Sie beschloss, Patrick einige Zeilen zum Abschied zu schreiben.

«Lieber Patrick,

es tut mir so Leid! Ich habe ein schreckliches Chaos auf der Ranch und in meinem Innern verursacht und dir vielleicht wehgetan. Aber jetzt hast du Ruhe vor uns. Wir reisen ab und bleiben einige Tage in Phoenix. Ich werde meinen Urlaub um eine Woche verkürzen und mit Michael nach Hamburg zurückfliegen. Ich werde unsere gemeinsamen Stunden nie vergessen. Ich vermisse dich schon jetzt.

In ewiger Freundschaft, Anna.»

Als sie den Brief zusammenfaltete, kamen ihr die Tränen. Sie ging ins Bad, wusch sich Gesicht und Hände und stellte ihren und Michaels Koffer vor das Bunkhouse. Susan warf den Motor des Pick-up an. Das Geräusch fraß sich in ihr Ohr. Sie dachte an ihre Ankunft, an die Fahrt zur Ranch mit Patrick. Susan fuhr vor, rutschte vom Sitz und wollte ihren Koffer nehmen, und Anna erwachte aus ihrer inneren Lähmung. Sie setzte ihre Kappe auf und hielt Susans Arm fest.

«Nein, Susan, das mache ich.»

Anna hob mit letzter Kraft einen Koffer nach dem andern auf die Ladefläche, folgte Susan auf die ausgeleierte Sitzbank, beugte sich hinaus und zog die Tür zu. Das Blech schepperte und klang nach Aufbruch. Erst jetzt wurde Anna klar, dass sie an diesem Abend nicht an dem alten Holztisch in der Ecke der bunten Küche sitzen würde. Sie warf einen letzten Blick auf das dunkelrote Ranchhaus, dachte an den Abend auf der Veranda und kämpfte wieder gegen die Tränen an. Susan reichte ihr eine Cola und steuerte den Wagen auf die Constallation Road.

Sie holperten über das Schlagloch und hielten oberhalb des Corrals. «Kannst du das bitte Patrick geben?», fragte Anna und hielt Susan den zusammengefalteten Brief hin.

«Klar, mach ich», antwortete sie ernst und steckte ihn in die Tasche ihrer Jeans.

Michael kam ihnen humpelnd und gebeugt entgegen. Er sah bleich und zermürbt aus. Die Schmerzen hatten sich in sein Gesicht gegraben. Mühsam zog er sich auf den Sitz. Anna legte diesmal ihren Arm auf Michaels Schulter. Er tat ihr unendlich Leid. Seine Schmerzen, die Kränkung, die Verunsicherung, sie konnte es nachempfinden. Sie fühlte sich rundum elend.

«Ich hab dir Schmerztabletten mitgebracht», sagte Susan und hielt ihm die Packung hin. «Du wirst sie für diese Strecke brauchen.»

«Danke, das glaube ich auch», erwiderte er. Seine Stimme klang gebrochen. Er drückte eine Tablette aus der Packung, schob sie auf die Zunge und nahm die Coladose aus Annas Hand. Er spülte sie hinunter und lehnte sich zurück.

Susan fuhr an. «Habt ihr alles?»

«Ich denke schon», antwortete Anna. Sie streichelte Michaels Nacken. «Tut es sehr weh?», fragte sie sanft.

«Ich werd's überstehen», sagte er und legte seine Hand auf ihren Schenkel. Das kleine Signal der Versöhnung half gegen die Selbstvorwürfe.

Anna warf einen letzten Blick auf den Corral hinab, auf die zurückgebliebenen Pferde und die Kühe. Sie dachte an Patrick, an den Sonntag beim Reiten auf dem Paddock und daran, wie er das Eisen unter Whistlers Huf genagelt hatte. Und sie dachte an Berührungen, die es nicht gegeben hatte, an das Schweigen über sein Leben, an den Freund, der so wichtig für ihn war und den sie nicht kennen gelernt hatte. So viele Fragen waren unbeantwortet, so viele Wünsche offen geblieben. Sie hatte den Fuß für einen Augenblick in eine Welt gesetzt, die ihr eine andere Dimension des Lebens gezeigt hatte. Kurz bevor sie sich darin verloren hatte, zog Michael sie heraus. Nun saß sie hier neben ihm auf dem Weg zurück in ihr gemeinsames Leben. Würden sie jemals wieder dort anknüpfen können, wo sie gestanden hatten?

Susan fuhr langsamer als Patrick und die Sonne verschwand schon hinter den Hügeln, als sie die alte Goldmine passierten. Die Tabletten schlugen nicht an und Michaels Kopfschmerzen wurden auf der holprigen Straße so stark, dass er sich zweimal übergeben musste. Als sie Wickenburg erreichten, dämmerte es, und als Susan den Wagen vor dem Lincoln Hospital in Phoenix anhielt, war es dunkel. Sie stiegen aus. Der Pick-up ratterte im Hintergrund. Susan wagte nicht, den Motor abzustellen.

«Viel Glück, Anna», sagte sie und drückte sie an ihre schwere, massige Brust. «War nett, euch kennen gelernt zu haben.» Sie blickte kurz zu Michael, der etwas entfernt stand und auf den Eingang mit dem Schild Emergency Department sah. «Vergiss den Cowboy da oben. Du hast einen Freund, der es ernst mit dir meint, auch wenn er nicht zu uns passt», sagte sie, trat einen Schritt zurück, ließ ihre Hände an Annas Armen hinabsinken und drückte dann ihre Hände. Anna stand regungslos vor ihr.

«Herzliche Grüße an alle. Das Geld liegt im Bunkhouse auf dem Bett», sagte sie schließlich nur und bemühte sich um ein Lächeln.

Dann ging Susan zu Michael. Sie gab ihm die Hand, und die tiefen Falten in ihrem Gesicht verzogen sich zu einem herzlichen Lächeln.

«Alles Gute! Gebt uns Bescheid, ob alles okay ist!», sagte sie und stieg ins Auto. Die Kupplung ratschte hart in den ersten Gang. Sie fuhr los. Der letzte Faden riss. Die Verbindung zur Jesus Canyon Ranch war gekappt. Anna blickte zu Boden, wurde Patricks Bild nicht los und spürte Michaels Hand, die sich um ihre schloss. Sie betraten das Krankenhaus.

15

Anna sah auf die große Uhr an der kahlen weißen Wand. Es war acht Uhr abends und Michael wurde gerade in der Notaufnahme untersucht. Sie ging den langen Flur auf und ab, hoffte, dass seine Eigendiagnose richtig war, dachte an die zurückliegenden Ereignisse und an ihre jetzige Bestimmung. Im Warten und Hoffen, vor Türen, hinter denen Menschen Schmerzen und Qualen ertrugen, um ihre Gesundheit und vielleicht um ihr Leben kämpften, wurde ihr bewusst, dass die Existenz auf dieser Erde ein schmaler Grat war. Die Bilder von dem Löwen, von Michaels Sturz, von seinem reglosen Körper auf den Steinen am Fluss rasten an ihr vorbei. Leben und Tod, Glück und Unglück, Freiheit und Verpflichtung – in Sekunden konnte sich das Blatt wenden. Und sie wusste in diesem Moment, dass ihre Abreise ein Opfer war, vielleicht das größte Opfer ihres Lebens.

Die erste Tür neben dem Eingang öffnete sich und Michael trat in den Gang. Sein Lächeln sagte ihr, dass das Schicksal gnädig mit ihnen war. Sie ging auf ihn zu und umfasste seinen heilen Arm. «Und?»

«Wie ich gesagt habe. Gehirnerschütterung. Eine leichte.»

«Gott sei Dank.» Anna gab ihm einen Kuss. «Wie sollst du dich verhalten?»

«Zwei Tage Ruhe, möglichst im Bett.»

«Na ja, das ist zu überstehen.»

«Ziemlich langweilig.»

«Ich habe zwei gute Bücher mit.»

«Der Arzt hat mir Tropfen gegeben. Was immer das war, es hat geholfen. Die Schmerzen lassen schon etwas nach.» Er lächelte und nahm sie in seine Arme. «Ich bin so froh, dass wir von da oben weg sind. Wir gehören nicht dort hin. Da weht ein ziemlich rauer Wind. Man muss dort groß geworden sein, um damit umgehen zu können.»

«Wahrscheinlich hast du Recht», sagte Anna leise. Aber es war nur ihr Verstand, der ihm zustimmte. Sie verließen die Klinik und nahmen ein Taxi zum Hilton, checkten ein und gingen im Hotelrestaurant essen. Michaels Appetit war immer noch bescheiden und seine Lust zu reden auch nicht größer. Die Müdigkeit streckte sie beide regelrecht nieder.

Anna saß stumm neben Michael. Ihr Blick wanderte durch den etwas plüschig eingerichteten Raum, über die Bossgesichter der männlichen Gäste mit ihren dicken Rolexuhren und karierten Golferhosen, über die Frauen daneben, mit ihren Gucci-Brillen am Goldkettchen auf den vom Make-up genormten Gesichtern. Nur etwas mehr als dreiundfünfzig Meilen entfernt und eine völlig andere Welt. Anna schauderte. Amerika war wirklich ein Land der Gegensätze. So viel unberührtes Land und so viel Künstlichkeit so dicht beieinander.

«Anna, ich muss ins Bett», sagte Michael plötzlich und gähnte. «Ich glaube, wenn ich meinen Schädel nicht sofort auf ein Kissen lege, fällt er auf den Tisch.»

«Ich schlafe auch gleich ein. Lass uns gehen», pflichtete ihm Anna bei.

Sie zogen sich auf ihr Zimmer zurück. Der Schlaf brach mit

der Gewalt einer riesigen Welle über Anna herein. Michael schlief bereits, als sie noch einmal zur Uhr sah. Viertel nach zehn. Sie schloss die Augen und fiel in schwere Träume.

Als sie die Augen wieder öffnete, war es neun Uhr morgens. Sie wusste, dass sie geträumt hatte, und versuchte die Bilder festzuhalten. Aber sie flatterten auseinander, verblassten. Sie ließen sich nicht festhalten, sie scheuten das Bewusstsein wie ein Nachtfalter das Tageslicht.

Durch den Spalt zwischen den schweren Vorhängen fiel ein Licht, das wieder Sonne verhieß. Die Luft war kühl, trocken und geruchlos. Die Klimaanlage war der einzige Sauerstofflieferant. Die Fenster waren nicht zu öffnen.

Anna stieg leise aus dem Bett. Sie ließ Michael schlafen. Vorsichtig zog sie die Vorhänge ein Stück zurück, nahm ihr Buch aus dem Koffer und legte sich wieder hin. Aber schon nach der ersten Seite stellte sie fest, dass sie über die Zeilen flog, ohne zu lesen. Ihre Gedanken waren mit tausenden von Fragen bei Patrick. Wie hatte er ihren Aufbruch aufgenommen? Vermisste er sie wie sie ihn, oder hatte er sie so schnell vergessen wie all die anderen Frauen, die vor ihr an seiner Seite durch die Wüste geritten waren? Die Vorstellung, dass sie mit ihm geschlafen hatten, löste Eifersucht in ihr aus. Es war ihr peinlich vor sich selbst. Und es war ihr noch peinlicher, dass sie sich nichts sehnlichster wünschte, als genau das auch mit ihm zu tun. Wer würde die Nächste sein?, fragte sie sich. Wieder eine junge Frau von Anfang zwanzig? Oder würde es diesmal eine reife Frau ihres Alters sein? Diese Vorstellung schmerzte sie weit mehr. Sie fuhr sich mit der Hand übers Gesicht, versuchte die Gedanken fortzuwischen. Doch sie kamen immer wieder wie ein Gewitter, das nicht den Weg übers Wasser fand.

Endlich drehte sich Michael um, schlug die Augen auf und blickte in ihre.

«Wie geht es dir?», fragte sie und fuhr sanft mit der Hand über seine Stirn.

«Ein bisschen besser. Aber die Kopfschmerzen sind leider noch nicht ganz weg.»

Er legte seinen Arm um ihre Schulter und gab ihr einen zarten Kuss auf den Mund.

«Und wie geht es dir? Hast du ausgeschlafen?»

«Ja. Ich habe bis eben durchgeschlafen.»

«Und sonst. Ist es in Ordnung, dass wir hier sind?»

Sie nickte schwach. «Ich werde das Frühstück heraufbringen lassen.»

«Gute Idee!»

Anna rief die Rezeption an und bestellte ein Continentalbreakfast und Pfannkuchen mit Ahornsirup. Sie stand auf, duschte und zog sich an. Michael blieb im Bett.

Ein junger Mann in Hoteluniform brachte ein großes Tablett mit Kaffee, Brot, diversen Marmeladen und die Pfannkuchen, die Anna so liebte. Sie stellte das Tablett an Michaels Seite und setzte sich zu ihm aufs Bett. Immer wieder sprach er über den Berglöwen, den er – so schien es ihm jetzt in den sicheren vier Wänden und in Anbetracht der nahenden Rückkehr nach Deutschland – in die Enge getrieben hatte. Michael war längst nicht mehr der Verlierer, sondern der mutige Bezwinger eines Berglöwen im Wilden Westen. Anna lächelte still, nahm es so hin und hoffte, dass ihm diese Vorstellung schneller die Kopfschmerzen vertrieb. Sie beschlossen, am dritten Tag nach Scottsdale zu fahren, wenn es ihm gut ginge. Michael wollte sich gern Taliesin West, die Architekturschule von Frank Lloyd Wright, ansehen.

Die nächsten beiden Tage vergingen mit Schlafen, Essen und Gesprächen über Julia und Michaels Arbeit. Anna war ein paar Mal durch die Stadt spaziert. Phoenix hatte nicht viel zu bieten. Es war eine gesichtslose Stadt, der sie nichts abgewinnen konnte. Für sie war es eine einzige Klimaanlage mit Golfplätzen und geraden sauberen Straßen. Ein Rentnerparadies.

Sie hatte den Jeep abgeholt, den Michael sich gewünscht hatte, und einige Einkäufe gemacht. Seine Kopfschmerzen ließen langsam nach. Er wurde unruhig, und das hieß, er war gesund. Seine Arbeit war wieder präsent, und er begann bereits über neue

Ideen nachzudenken. Er redete über die bevorstehende Veranstaltung zur Verleihung der Designauszeichnung, überlegte, wer alles anwesend sein und wer ihm gratulieren würde, wenn er tatsächlich den Award erhalten sollte.

«Wahrscheinlich wird auch der Kultursenator anwesend sein und natürlich die einschlägige Presse», erklärte Michael, als sie am dritten Tag nach ihrer Ankunft in Phoenix am Frühstückstisch saßen.

«Dann wirst du ja vielleicht noch berühmt», sagte Anna gelangweilt und dachte an Cowboys, Pferde und Rinder.

«Ja, vielleicht. Es macht mich ganz nervös, nicht zu wissen, ob oder ob nicht.»

«Entspann dich. Auf jeden Fall bist du dabei, nominiert und anerkannt. Das ist doch schon was.»

«Klar, aber eben nicht alles. Du kannst dir wohl gar nicht vorstellen, wie das ist.»

«Nein, kann ich auch nicht.»

Er lächelte jovial. «Für Tierärzte gibt es keine Auszeichnungen, oder?»

«Nein. Die größte Auszeichnung ist ein guter Ruf und viel Erfahrung. Man kann eine eigene Tierklinik gründen oder in der Forschung bahnbrechende Ergebnisse erzielen und veröffentlichen. Über den Weg kann man bekannt werden. Aber es gibt keine Preise dafür, dass man hunderten von Pferden das Leben gerettet hat. Eine Werbekampagne zu entwickeln, die verspricht, auch den widerspenstigsten Verbraucher davon zu überzeugen, dass das beworbene Produkt für sein Glück, sein Image oder seine Gesundheit unerlässlich ist, scheint auszeichnungswürdiger zu sein.»

Michael schüttelte den Kopf und legte seinen Buttertoast auf den Teller. «Deine Ironie ist manchmal so ätzend und beleidigend. Warum bist du so verbiestert? Du hast doch selbst gesagt, dass dir diese ganze Publicity und Selbstbeweihräucherung – Originaltext Anna – gar nichts bedeutet.»

«Tut sie auch nicht. Aber ich kann mich doch trotzdem darüber mokieren.»

Michael nippte an seinem Kaffee und blickte sie ernst über den Rand seiner Tasse an.

«Du bist so kalt geworden, Anna. Was ist los? Kannst du diesen Cowboy nicht vergessen?»

Sie schüttelte heftig den Kopf und dachte, dass sie wieder log.

«Es ist gar nichts. Lass uns fahren, es ist schon spät. Wir sollten uns den Fahrtwind um die Ohren wehen lassen.»

«Vielleicht», sagte er nachdenklich. «In diesem Hotel wird man ja rammdösig.» Er aß noch eine Ecke von dem Toast und ließ den Rest auf dem Teller zurück. «Wir müssen ja auch noch zum Flughafen und dein Ticket ändern lassen.»

Anna nickte, aber alles in ihr sträubte sich bis in die äußerste Haarspitze.

Sie erhoben sich, gingen kurz ins Zimmer und stiegen wenig später in den offenen Jeep.

«Was hältst du davon, wenn wir die Grand-Canyon-Tour auf einen Tag reduzieren, auf den Abstieg verzichten und uns noch einen Abend in Las Vegas vergnügen?», fragte Michael, als sie in Richtung Flughafen fuhren. Anna wusste im selben Moment, dass es sinnlos war zu versuchen, ihn von seinem Wunsch abzubringen.

«Diese Zockerwelt interessiert mich herzlich wenig, aber . . .»

«Ich betrachte das auch aus der Distanz, doch interessant finde ich es schon, sich mal darunter zu mischen.»

«Du willst dir also Grand Canyon nur vom Rand aus ansehen?»

Er zuckte mit den Schultern. «Na ja, für mehr würde es dann nicht reichen.»

«Schade.»

«Also wenn wir schon so dicht dran sind, sollten wir Las Vegas wirklich nicht auslassen. Da muss man einfach mal gewesen sein.»

«Man muss überhaupt nichts», erwiderte Anna und fühlte sich gerade wie ein störrisches Pferd, das versuchte, sich den sanften, aber bestimmten Befehlen seines Reiters zu entziehen.

«Kriegst du schon wieder deine zickigen fünf Minuten?», fragte Michael und verdrehte die Augen.

«Ich kriege gar keine fünf Minuten. Ich fühle mich bloß nicht verpflichtet, solche allgemein verbindlichen Erwartungen erfüllen zu müssen.»

«So ist das auch nicht gemeint. Also wenn du gar nicht willst, lassen wir's halt. Dieser Urlaub ist eben alles in allem für mich ziemlich dumm gelaufen.»

«Ach, für dich? Jetzt kommt das Selbstmitleid, was?» Anna zuckte zusammen. Ihr Mund verzog sich nach links. Sie fand ihre Worte gemein.

«Ich würde dir wünschen, dass du mal auf deine Schnauze fällst!», zischte Michael.

«Danke. Der Sturz hat dich tatsächlich mitgenommen.» Sie hielt kurz inne. «Wenn du glaubst, dass mich das unberührt gelassen hat, täuschst du dich. Der Schock sitzt mir heute noch in den Knochen. Aber eine Portion Leichtsinn war schon dabei und ich ... ich habe mich nicht darüber beklagt, dass wir vorzeitig abgereist sind. Nur wenn du mir sagen willst, dass du derjenige bist, für den es dumm gelaufen ist, dann ...»

«Du wärst lieber bei deinem Cowboy geblieben.»

«Bei den Cowboys und den Pferden, ja. Das war schließlich der Grund, warum ich nach Amerika gereist bin und kein anderer.»

«Du bist ein ganz schöner Egoist, Anna.»

«Ich? Ich bin schließlich nur wegen dir in Phoenix. Und ich wollte nur dir zuliebe vorzeitig meinen Urlaub beenden. Wenn du das dann egoistisch nennst ...», sie bremste sich, atmete tief durch, «... dann werde ich hier bleiben. Ich werde nicht mit zurückfliegen.» Als der letzte Satz endlich gesagt war, platzte ein Knoten in ihrem Innern. Es war wie eine Befreiung. Aber die Befreiung war auch eine Loslösung. Und die tat weh.

Michael steuerte den Jeep nach rechts von der Fahrbahn in eine Parkbucht.

«Ist das dein letztes Wort?»

«Ja, Michael, ich denke schon», sagte sie sanfter. «Diese ganzen Ereignisse hier waren kein Zufall. Alles lief geradlinig auf diesen Punkt zu. Unser beider Denken und Handeln verläuft in derart unterschiedlichen Bahnen, dass ein Zusammenprall bei der Annäherung unvermeidbar war. Die Wüste ist ein guter Ort, um zu erspüren, wo man hingehört. Dort ist nichts, was Harmonie vortäuscht und eine Beziehung in ein trügerisches, weiches und romantisierendes Licht taucht.»

Michael schwieg immer noch. Er stellte den Motor ab und ließ die Hände in seinen Schoß sinken.

«Es ist merkwürdig», sagte er schließlich in verändertem Ton. «Als ich nach dem Sturz aus der Bewusstlosigkeit aufgewacht bin, hatte ich für den Bruchteil einer Sekunde das Gefühl, alles klarer zu sehen. Ich wusste, dass ich lebte und dass ich einsamer war als je zuvor.»

Anna schluckte. Michaels Ärger war leichter zu ertragen als diese Worte.

«Du hast wohl Recht. Wir sind zu verschieden», fuhr er fort. Er sprach so ruhig, wie sie ihn noch nie zuvor hatte sprechen hören.

Anna blickte ihn an und verstand endlich, warum sie sich überhaupt in ihn verliebt hatte. Er war nicht nur der Karrierist, der coole Designer, der Fun- und Lifestylehörige. Es gab auch andere Töne in seiner Person. Aber sie waren zu schwach oder einfach verdeckt. Vielleicht würde auch er irgendwann begreifen, dass sich das Leben woanders abspielte als in künstlich geschaffenen, vom Menschen geglätteten Scheinwelten. Doch darauf konnte sie nicht warten, denn noch nie hatte sie sich ihrer Bestimmung so nahe gefühlte wie in Patricks Nähe. Sie wusste so wenig über ihn und doch so viel. Das Wesentliche hatte sie zusammengeführt. Was daraus werden würde, stand in den Sternen.

Michael ließ das Auto wieder an, setzte zurück, drehte um und sah kurz zu ihr hinüber. «Dann fahren wir jetzt zurück ins Hotel und gehen unserer Wege, nicht?»

Anna zuckte zusammen und spürte wieder die Tränen aufsteigen. Sie nickte und ärgerte sich darüber, dass sie immer gleich heulen musste. Sie riss sich zusammen, lenkte sich ab, indem sie aus dem Fenster blickte.

Michael stellte den Wagen auf dem Hotelparkplatz ab und betrat vor Anna das Foyer. Die Prellungen vom Sturz ließen ihn noch kürzere Schritte machen. Die selbstbewusste, zuversichtliche Leichtigkeit war aus seinen Bewegungen gewichen und Anna dachte an ihr erstes Zusammentreffen im Stall. Er war nicht wiederzuerkennen. Wie würde Julia mit der Trennung umgehen? Wie würde sie ihr im Stall begegnen? Würden sie jemals wieder miteinander reden?

Michael holte die Chipkarte für das Zimmer. Sie betraten den Fahrstuhl und fuhren stumm in den vierten Stock. Anna starrte auf die verchromte Tür, bis sie sich mit einem feinen Klingeln öffnete und den Blick auf den langen, schmalen Flur freigab. Sie folgte Michael. Der dicke Veloursteppich schluckte jedes Geräusch. Ihre Schritte waren lautlos und die Stille ließ sie gefrieren.

Michael schob die Karte in den Schlitz. Die Tür öffnete sich mit einem leisen Klacken. Ohne etwas zu sagen ging er zum Schrank, nahm seine Hemden vom Bügel und legte sie so ordentlich wie immer in den Koffer. Anna stand in der Mitte des Zimmers und sah ihm zu. Ihr war nicht klar, wie es jetzt weitergehen würde. Michaels Hände zitterten und ihre eigenen waren auch nicht ruhig.

«Was hast du jetzt vor?», fragte sie schließlich.

«Ausziehen und abreisen», sagte er. Sie vernahm ein schweres Schlucken.

«Aber einen Flug bekommst du doch heute nicht mehr.»

«Mal sehen, was sich machen lässt. Sonst nehme ich ein Zimmer am Flugplatz.»

«Und der Leihwagen?»

«Behalte du ihn oder gib ihn zurück. Ich nehme ein Taxi. Hier sind die Papiere und der Schlüssel.» Seine Stimme klang belegt. Er zog alles aus der Hosentasche und reichte es ihr, ohne sie anzusehen. Dann stand er vor der Tür, den Koffer in der Hand.

Anna nahm das Medaillon von ihrem Hals und gab es Michael. «Ich möchte, dass du es Julia schenkst. Ich habe es nicht verdient. Und ich wünsche euch beiden viel Glück.»

«Okay.» Er öffnete die Tür.

«Es tut mir alles so Leid!», rief sie ihm hinterher.

Sie bekam keine Antwort mehr. Die Tür fiel ins Schloss. Sie war allein. Sie warf sich aufs Bett und weinte.

Als Anna die letzten Tränen aus ihren Augen wischte, fiel ein grelles Licht durch das Fenster in ihr Hotelzimmer. Auch ohne den eingefleischten Blick auf die Uhr wusste sie, dass die Mitte des Tages fast erreicht war. Zeit, um über die nächsten Schritte nachzudenken. Aber die gerade zurückerworbene Ungebundenheit brachte auch ein Gefühl der Leere mit sich. Sie kämpfte gegen die Apathie, raffte sich auf, wusch und cremte sich das verheulte Gesicht ein und dachte an Patrick. Es half gegen die Lustlosigkeit, aber nicht gegen die Verunsicherung. Würde er sich tatsächlich über ihre Rückkehr freuen oder würde ihn eine Gefühlsoffenbarung wieder in die Berge hinaustreiben wie nach dem Abend auf der Veranda? Oder hatte er sich womöglich doch mit Kathy angefreundet?

Sie spülte den salzigen Geschmack auf ihrer Zunge mit einer Cola hinunter, zögerte, nahm schließlich ihr Handy vom Ladegerät und fuhr sich über den Bauch. Ein nervöses Ziehen in der Magengegend sagte ihr, dass das große Abenteuer vielleicht erst jetzt beginnen würde. Sie dachte nur bis zum nächsten Tag. Die Zukunft war ferner denn je. Das war die größte Veränderung seit ihrer Ankunft in der terminkalender- und versicherungsfreien Zone der Hassayampa-Wildnis. Sie tippte die Nummer von Linda und Ron in ihr Handy, drückte auf die Okay-Taste und sprach im Geiste verschiedene Begrüßungsworte vor sich hin. Aber niemand meldete sich. Sie waren wohl alle noch mit dem Brennen und Impfen beschäftigt. Anna dachte an ihre Arbeit und rief kurzerhand im Reitstall an. Es war alles in bester Ordnung, das Wetter durchwachsen und Rubi gerade auf dem Paddock. Anschließend tippte sie noch einmal die Nummer von der Ranch ein, aber wieder nahm niemand ab. Warum nicht einfach hinfahren, fragte sie sich. Schließlich stand ein Geländewagen vor der Tür und lud sie ein, endlich einmal die Constallation Road auf eigene Faust zu bezwingen. Sie packte ihren Koffer, verließ das Zimmer, ohne sich umzudrehen, und betrat den Fahrstuhl. Sie dachte kurz an Michael und an die letzten Worte. Dann saß sie im Auto und blickte nur noch geradeaus. Der Fahrtwind fegte ihr die offenen Haare über das Gesicht und das flache, endlose Land erfüllte sie mit Zuversicht. Sie verließ Phoenix über den Highway 60, folgte seiner schnurgeraden Weisung in Richtung Nordwesten und ließ alles zurück, was sie daran hindern konnte, ein neues Leben zu riskieren.

16

Am frühen Nachmittag rollte sie auf den Parkplatz gegenüber dem Steakhouse in Wickenburg. Als sie das Restaurant betrat, blockierte etwas in ihr. Sie hasste das Gefühl, unter Umständen unerwünscht zu sein oder in eine heikle Situation zu schlittern. Sie setzte sich an einen leeren Tisch in der Ecke und tippte noch einmal die Nummer von der Ranch ein. Linda meldete sich und ihr Puls kam auf Touren.

«Linda, hier ist Anna.»

«Anna! Schön dich zu . . .», die Verbindung brach ab, «. . . geht es Michael?»

«Es geht ihm gut. Ich meine . . . also, er ist gesund.»

«. . . sagst du?»

«Er ist gesund.»

«. . . schön . . . seid ihr?»

«Michael ist zurückgeflogen. Ich bin in Wickenburg.»

«Was? . . . in Wi . . . Was sagst . . .?»

«Ich bin in Wickenburg.»

Anna vernahm nur noch ein Knistern, dann wieder Lindas fragende, abgebrochene Stimme.

«Linda, ich verstehe dich ganz schlecht. Ich möchte nur sagen, dass ich in zwei Stunden wieder bei euch sein kann, wenn euch das recht ist.»

«Du . . . kommen?»

«Ja, ich würde gern kommen. Ist euch das recht?»

«. . . natürlich . . . kommen.»

«Ich fahre in einer halben Stunde los.»

Es knackte.

«. . . hörst du? . . . jederzeit . . .»

«Linda, ich lege auf. Bis gleich.»

Anna drückte die Aus-Taste und steckte das Handy in die Westentasche. Sie trank einen Kaffee, machte sich frisch und fuhr los.

Die Sonne blinzelte über die graugrünen Hügel, als sie in die letzte Kurve bog und auf die Corrals hinabsah. Sie hielt an, suchte angestrengt nach Patrick, entdeckte ihn neben Ron und Jack, in der Hand ein Lasso, vor ihm eine Herde Rinder. Das ferne Blöken fing sich in den Hügeln. Es mischte sich in ihrem Ohr mit dem Wiehern eines Pferdes zu einem freundlichen Gruß. Dann winkte ihr Jack, dann Ron. Und endlich drehte sich Patrick um. Er blickte zu ihr hinauf. Anna stockte der Atem. Glück oder Enttäuschung? Freude oder Schmerz? Eine Sekunde konnte über die weitere Richtung ihres Lebens entscheiden.

Er hob die Hand, gab Ron das Lasso, sprang über den Zaun und lief den Weg zu ihr hinauf. Anna spürte ihren Puls, ihr Herz, ihren Atem. Ihr ganzer Körper war in Aufruhr. Sie stellte den Motor ab, öffnete eilig die Tür und rutschte vom Sitz.

Als ihre Füße den Boden berührten, stand Patrick vor ihr. Seine blauen Augen leuchteten, sein Haar war staubig und zerzaust. Der oberste Knopf seines karierten Hemds hing neben dem ausgerissenen Knopfloch, der weite Ausschnitt gab den Blick auf seine glatte, von der Sonne verschonte Haut frei und Anna dachte an den Unfall von Whistler und das zerschnittene Hemd.

«Hi, da bin ich wieder», sagte sie und zog die Schultern hoch.

Er nickte und lächelte und da wusste sie, dass es richtig war, zurückgekommen zu sein.

«Irgendwie hab ich es geahnt», erwiderte er ganz ruhig, «aber ich habe nicht gewagt daran zu glauben.» Er fuhr sich mit der Hand übers Gesicht, als würde er seinen Augen immer noch nicht trauen.

«Ich konnte nicht zurückfliegen», sagte Anna und drehte ihren Fuß auf einem Stein hin und her. «Wir haben uns getrennt.»

Patrick nickte und trat näher zu ihr.

«Ist er völlig gesund?»

«Ja», antwortete Anna.

Patrick legte seine Hände an ihre Wangen und ließ sie wieder sinken. «Sie sind ganz dreckig von den Kälbern», entschuldigte er sich und wischte ein paar Mal damit über seine Chaps.

«Macht nichts», erwiderte Anna, legte ihren Kopf an seine Schulter und atmete den Geruch von Leder, Talg und Schweiß ein. Sie verlor sich darin, spürte wieder seine Hände, ihren Druck, ihre Wärme. Seine Finger fuhren durch ihr Haar, strichen es hinter ihre Ohren und hielten es in ihrem Nacken zu einem Zopf zusammen. Er zog ihren Kopf sanft daran nach hinten und betrachtete sie. Dann zerschnitt ein Pfiff die beschauliche Stille. Patrick lächelte, ließ ihr Haar langsam auf ihre Schulter zurückfallen und drehte sich um. Anna blickte an ihm vorbei zum Corral. Sie sah Jack. Er winkte zu ihnen hinauf.

«Ich komme gleich!», rief Patrick hinunter. Jack schüttelte den Kopf. Ron lief zu Gary. Er kniete auf einem Kalb, das am Boden lag. «Ich werde gebraucht», sagte er. «Sind 'ne Menge Spätgeborene dabei. Die mussten alle noch gebrannt werden. Aber wir haben es fast geschafft.» Er fuhr sich mit der Hand über den Kopf.

Anna lächelte. «Sieht aus wie eine Drahtbürste.»

Er lachte. «Tja, harte, staubige Arbeit da unten. Willst du nicht mit runterkommen?»

«Klar. Ich bringe den Wagen eben hoch.»

«Dann kommst du nicht mehr weg. Die Frauen sind oben. Lass ihn einfach stehen. Hier fährt heute keiner mehr.»

Anna folgte Patrick den steilen Pfad hinunter. Immer wieder blieb er stehen und drehte sich nach ihr um. Ihre Füße glitten so leicht und behände über das Geröll wie die Hufe der Pferde. Nichts stand ihr im Wege, nichts vermochte sie zu stören oder aufzuhalten.

Patrick sprang über den Zaun und lief zu Gary. Anna folgte durch das Gatter und blieb im Hintergrund.

«Anna! Wer hätte das gedacht!», rief Ron ihr über die Schulter zu. Er hatte einen Strick in der Hand, an dessen Ende ein Kalb bockte. Jack saß auf Black Boy und hielt die Kühe in Schach.

«Kann ich was helfen?», fragte Anna.

«Nein. Das hier ist keine Arbeit für Ladys», krächzte Ron. «Los, Pat, dein Einsatz!» Anstrengung lag in seiner Stimme. Er stemmte seine schrägen Stiefelabsätze in den Boden. Der aufgewirbelte Staub machte die Luft undurchsichtig.

Patrick und Gary kreisten das Kalb ein. Es war ein Bullenkalb, kräftig und vermutlich schon sechs Monate alt. Patrick warf sich an seine Seite und riss es nieder. Er klemmte den Schädel des Tieres zwischen seine Beine. Gary hielt es mit dem Knie am Boden und schlang einen Strick um die Hinterbeine, während Ron sein Lasso losließ und das Ende über den Kopf des Tieres zog. Er lief zum Feuer, nahm das Brandeisen aus der Glut und drückte es dem Kalb auf die Kruppe. Es blökte und ruderte mit den Beinen. Gary löste das Lasso, Patrick zog das Bein hoch, und das Kalb machte einen gewaltigen Satz unter ihm weg. Es lief wie benommen durch den Corral, blieb kurz stehen und flüchtete dann in die Herde.

Patrick klopfte sich den Staub von den Chaps und wischte sich über die Stirn. Jack stieg vom Pferd, sattelte ab und zündete sich eine Zigarette an. Anna dachte, dass sie nie wieder einen Büromènschen würde lieben können.

«Das war's für heute!», rief Ron.

Die Männer schnallten ihre Chaps ab und warfen sie in den Schuppen. Eine Flasche Wasser machte die Runde. Dann gingen sie zu Anna, während Patrick das Feuer löschte.

«Hattest du Sehnsucht nach uns?», fragte Jack und zwinkerte Patrick zu. Gary grüßte kurz.

«Ja, aber mehr noch nach den Pferden», erwiderte sie schmunzelnd.

«Schon klar.» Jack nahm den Hut ab und glättete sein Haar. Ron umarmte sie kurz. Er blieb ernst und reserviert.

Anna trat einen Schritt zurück und holte tief Luft. «Also, Jungs», sagte sie und sah von einem zum andern, «damit ihr euch nicht die Köpfe zerbrechen müsst, erkläre ich euch jetzt, wieso ich zurückgekommen bin. Ich habe mich von Michael getrennt. Vielleicht ist euch aufgefallen, dass wir nicht aus demselben Holz geschnitzt sind.» Sie machte eine Pause und blickte zu Ron. «Er ist gesund und unversehrt nach Hause geflogen. Ich glaube, ich habe alles getan, was ich konnte.»

Ron nickte, Jack zog an seiner Zigarette und Gary grinste.

«Will einer mitfahren?», fragte sie.

«Noble Kiste», erwiderte Jack, «aber wir gehen ganz klassisch zu Fuß. Frag doch den da drüben.» Er zeigte auf Patrick. «Der fährt sicher gern mit.»

«Genau», sagte Patrick und stellte sich neben Anna. «Hast du noch 'ne Zigarette für mich?», fragte er Jack.

«Die letzte für heute, sonst geh ich unfreiwillig auf Entzug», brummte Jack und zog eine Packung Lucky Strike aus der Tasche seiner Lederweste.

«Vielleicht ist es überhaupt meine letzte.» Patrick nahm eine Zigarette aus der Packung, entfachte ein Streichholz an seiner Sohle und zündete sie an. Dann wandte er sich Anna zu. «Komm, lass uns gehen.»

«Ungewohnt, nicht?», sagte er, als er sich neben sie auf den Beifahrersitz schwang.

«Ja. Hast du ein Problem damit?» Anna ließ den Wagen an und dachte, dass sie jetzt gern mit Patrick auf der Ranch allein wäre.

«Nein. Hast du vergessen, dass ich dich schon einmal ans Steuer lassen wollte?»

Sie lächelte. «Nein. Ich habe nichts von alldem vergessen.»

Patrick blies den Rauch seiner Zigarette aus dem Fenster, öffnete den Aschenbecher und drückte sie hinein. «Und wie war es, mal wieder Stadtluft zu schnuppern?»

«Bescheiden. Das einzig Schöne war die Badewanne im Hotel.»

Patrick lächelte. «Wenn's nur das ist. Die kannst du hier auch haben.»

«Wo denn das?»

«Lass dich überraschen.»

Anna parkte den nagelneuen silbermetallicfarbenen Jeep zwischen dem rostigen Dodge von Linda und Ron und dem alten Chevy von Jack. Patrick öffnete die Klappe und nahm ihren Koffer heraus. Sie legte den Finger auf den Mund. Er schloss leise die Heckklappe, ging zum Bunkhouse und öffnete die Tür zu ihrem Zimmer.

Anna trat ein, blieb mit dem Rücken zur Tür stehen und sah Patrick an. Er kam auf sie zu, schlang seine Arme um sie, küsste sie auf den Mund und blickte sie wieder an. «Ich möchte, dass du alles von mir erfährst, alles. Und du wirst endlich Jeff kennen lernen.»

Sie nickte stumm. Ihr war nicht nach Worten zu Mute. Sie legte ihre Hände auf seinen Rücken und zog ihn an sich. Aber er gab ihr nicht nach.

«Ich möchte diesmal alles anders machen», erklärte er ernst.

Sie lächelte. «Susan hat Recht, du denkst zu viel.»

«Das hat sie gesagt?»

Sie nickte wieder. Patrick löste sich von ihr und ging zur Tür. «Ich werde dir jetzt ein Bad fertig machen und unter die Dusche gehen. Wir haben noch eine Stunde bis zum Essen.» Er verschwand und Anna setzte sich aufs Bett. Alles verschwamm vor ihren Augen. Alles wankte, tanzte und brannte in ihr. Erst das Plätschern von Wasser hinter dem Haus riss sie aus der Benommenheit. Sie stand auf und ging um das Haus herum. Vor einem riesigen Holzbottich entdeckte sie Patrick. Er ließ Wasser hineinlaufen. Der Schlauch hing aus dem Badezimmerfenster.

Sie lachte und schüttelte den Kopf. «Du bist ja verrückt! Da steig ich nie rein!»

«Warum denn nicht? Ich habe auch schon darin gesessen.»

«Wenn mich hier einer sieht!»

«Hier kommt keiner hin, außer mir. Und ich drehe mich um.»

Anna lächelte in die abgewetzte graue Wanne.

«Du kannst natürlich auch in Klamotten hineinsteigen.»

Sie lachte, schüttelte erneut den Kopf, knöpfte ihre Bluse auf und zögerte.

Patrick gab ihr den Schlauch in die Hand. «Halt mal bitte fest. Ich muss drinnen das Wasser abstellen.»

Anna hielt den Schlauch in die Wanne und Sekunden später versiegte der Strahl. Sie zog sich aus, stieg vorsichtig über den hohen Rand der Holzwanne und ließ sich langsam in das lauwarme Wasser sinken. Sie blickte zum Himmel, auf den Mond und die ersten Sterne. Ein wunderbares Bad, dachte sie. Was sind schon vier Sterne gegen tausend.

Patrick kam mit einem großen Badetuch zurück und blieb in rücksichtsvoller Entfernung stehen. Er hängte es über die Bank vor der Wanne. Anna beobachtete ihn aus dem Augenwinkel. Ihr gefiel die Art, wie er sich bewegte. Alles an ihm wirkte ruhig und so, als wüsste er bereits das Ergebnis seines nächsten Schrittes.

«Ich lasse dich jetzt in Ruhe», sagte er und verschwand wieder. Wenig später hörte sie das Rauschen der Dusche.

Anna tauchte Arme und Beine unter Wasser und lehnte sich zurück. Die Luft war kühl und das Wasser unwesentlich wärmer. Aber das Bad tat gut. Sie blickte wieder zum Himmel, in das dunkle Blau, gesprenkelt mit Sternen.

In T-Shirt, sauberer Jeans und Badelatschen kam Patrick zurück. Sein Haar war nass und gescheitelt.

«Ich hab keine Angst vor dir», sagte Anna und lächelte über den Rand der Wanne. «Komm ruhig näher. Allerdings nur bis dort.» Sie zeigte auf den Boden in Höhe eines Steins. «Oder du musst dich auch ausziehen, sonst fühle ich mich nackter, als ich bin.» Ihr Mund verzog sich leicht nach links.

Patrick blieb wie angewurzelt in zwei Meter Entfernung vor der Wanne stehen. Er rührte sich nicht, sah sie nur verwundert an. Anna bereute ihre Worte und spürte Hitze in ihr aufsteigen. Sie rutschte tiefer ins Wasser, aus Patricks Blickfeld. Als sie wieder auftauchte, zog er sein Hemd über den Kopf und warf es auf die Bank. Sie schaute auf, sah, wie er den Gürtel öffnete, Jeans und Shorts auszog und sie anlächelte. Sie betrachtete seinen entblößten Körper und fand ihn so anziehend wie das, was sich darunter verbarg. Dann erhob sie sich langsam. Das Wasser rann an ihrem Körper hinab. Sie dachte an Berührungen.

Als sie ihr Bein über den Rand der Wanne hob, zog Patrick seine Badelatschen aus und stellte sie in ihre Richtung. Sie schlüpfte hinein und schlang die Arme um seinen Hals. Sie spürte seine Hände auf ihrem nassen Rücken, trocken und schwer, dann leicht wie eine Feder, sodass es sie kitzelte, spürte seinen festen Körper an ihrer Brust, seine Erregung an ihrem Nabel. Ihr ganzer Körper brannte wie Feuer. Er hielt sie fest, sog die Wassertropfen von ihrer Stirn, ihren Lippen, ihren Wangen. Anna erschauderte. Sie spürte seine trockenen Lippen auf ihrem feuchten Mund. Dann hielt er inne und sah sie an. «Ich habe mich so danach gesehnt, aber ich wollte eigentlich . . .»

Anna schloss seinen Mund mit ihren Lippen. Er nahm ihre Aufforderung an und sie spürte seine Zunge bis in die tiefsten Tiefen ihres Körpers. Sie glaubte dieser Welt zu entschwinden. Dann erstarrte sie. Patrick ließ von ihr ab. Das Tuckern von Rons Trecker durchbrach die Stille wie ein drohendes Gewitter. In einer Sekunde kam alles zum Stillstand.

Der Trecker verstummte. Anna hörte ihren Herzschlag, dann die Stimmen der drei Männer, dann die Hunde. Ihre verschleierten Augen weiteten sich, die Hitze wich aus ihrem Körper. Sie sah Patrick an.

«Wir sollten verschwinden», sagte er. «Chola findet mich, wo immer ich mich aufhalte.»

Anna nickte. Ihre Hände wehrten sich, ließen ihn widerstrebend los. Er schlang sich das Handtuch über die verräterischen Zeichen seiner gerade entfachten Lust und Anna schlüpfte in Bluse und Jeans. Der Stoff klebte unangenehm an ihrer feuchten Haut.

Patrick strich mit der Hand über ihre Wange. «Es soll noch nicht sein mit uns. Vielleicht ist es richtig so.»

Er warf das Handtuch auf die Bank und zog sich an. Anna folgte ihm um das Haus herum. «Bleib eine Weile in deinem Zimmer. Ich gehe schon rüber.»

Sie nickte und sah ihm hinterher. Er betrat das Ranchhaus, blickte sich noch einmal um, lächelte und zog die Tür hinter sich zu.

Anna blieb stehen, bemühte sich um einen klaren Kopf und versuchte sich zu entspannen. Der Himmel hatte eine seltsame violette Färbung und war zweigeteilt. Aus Osten näherte sich eine scharf abgesetzte, schwarze Wolkendecke. Eine leichte Brise strich über ihre sensibilisierte Haut. Sie fuhr mit der Hand über die feinen emporstehenden Härchen auf ihren Armen, dachte an Patricks Hände und vernahm Männer- und Frauenstimmen hinter der Tür des Ranchhauses. Sie wünschte, sie wären nicht da. Dann ging sie in ihr Zimmer, machte Licht und sah sich um. Das Bett leuchtete in einem neuen rot-weiß gewürfelten Bezug, aber der kleine Tisch mit dem Kerzenhalter stand neben dem Bett, so wie sie ihn dort hingestellt hatte. Nur die Petroleumlampe fehlte.

Sie streifte die feuchte Kleidung vom Körper, zog trockene an und föhnte die nassen Haarspitzen. Es war deutlich kühler geworden seit ihrer Ankunft. Dann blickte sie in den Spiegel, zupfte ein wenig mit der Pinzette an ihren Augenbrauen und zog ihre hellgraue taillierte Kaschmirjacke über das schwarze T-Shirt. Sie sah nach Stadt aus. Anna hatte sie in Phoenix gekauft. Sie zog sie wieder aus und schlüpfte in einen schlichten Pullover. Unschlüssig hielt sie das Amulett in der Hand, zögerte und legte es schließlich um ihren Hals. Warum sollte sie es verstecken? Es war nichts Verwerfliches daran, dass sie es trug. Sie verließ das Zimmer und verspürte endlich Hunger.

Als sie die Küche betrat, verstummten alle und drehten sich zu ihr um. Die Begrüßung war freundlich, aber zurückhaltend. Sie setzte sich neben Gary.

«Pünktlich zum Cattle Drive», sagte Ron ernst und fuhr mit zwei Fingern durch seinen Schnauzer.

«Klar», erwiderte Anna. «Da ist eine Tierärztin doch eigentlich unerlässlich.»

Ron nickte und Jack grinste.

«Wo bist du gewesen?», fragte Tom.

«In Phoenix.»

«Da wohne ich», sagte er mit Stolz in der Stimme.

«Ich auch», quietschte Alice.

«Ich weiß», erwiderte Anna. «Und in welcher Straße wohnt ihr?»

«Sechzehnte», antwortete Tom, «ganz in der Nähe vom Salt River.»

«Schön.» Sie blickte kurz zu Patrick hinüber, dann auf ihre Hände.

Die Tischordnung war leicht verändert. Kathy saß jetzt zwischen Jack und Gary, Susan stattdessen ihr gegenüber neben Patrick. An Annas Seite waren alle etwas auseinander gerückt. Es war das erste Mal seit ihrer Abreise aus Phoenix, dass sie an Michael dachte. Aber es war nur ein kurzer Moment, ein einziger Augenblick für verstrichene Monate, die nicht nur Vergangenheit waren, sondern einer anderen Epoche anzugehören schienen.

Anna ließ ihren Blick über die Runde wandern. Den Gesichtern nach schienen alle auf dem neuesten Stand zu sein, was sie und Michael betraf. Patrick saß mit dem Rücken an der Wand. Er sah aus, als hätte er sich einer Grundreinigung unterzogen. Er blickte sie unentwegt an, sie und das Amulett an ihrem Hals. Wären menschliche Regungen hörbar, dachte sie, so würde es zwischen ihnen knistern und zischen wie in einer elektrischen Leitung vor einem Kurzschluss.

Sie war froh, dass Kathy in ihrer Reihe saß und ein Blickkontakt ausgeschlossen war.

Linda stand am Herd. Anna erhob sich und ging zu ihr. «Kann ich dir was helfen?», fragte sie.

«Das ist lieb», sagte Linda und fasste sie kurz am Arm. «Du könntest Kräuter schneiden, dahinten in meinem kleinen Gewächshaus.»

«Gern. Was soll ich mitbringen?»

«Ich zeig es dir», antwortete Linda.

Anna folgte ihr durch die kleine Tür neben dem Kühlschrank hinaus zu einem gläsernen Verschlag. Linda erklärte ihr die verschiedenen Gemüsesorten und die Kräuter und blieb dann vor ihr stehen. «Anna», sagte sie und atmete einmal tief durch, «du bist wegen Patrick zurückgekommen, nicht wegen dem Cattle Drive, richtig?»

Anna nickte.

«Ich bin hier die Einzige, die sich darüber freut. Seit Whistlers Unfall habe ich geahnt, dass sich da etwas zwischen euch entwickelt und dass es nichts mit dem zu tun hat, was sich hier vorher abgespielt hat.» Ihr Blick war warm, fast mütterlich. «Und dein Michael, also . . .» Sie überlegte, räusperte sich. «Er ist sicher ein anständiger Kerl, aber er wirkte neben dir wie so ein Typ aus einer der Zeitschriften, die Kathy immer mitbringt.»

Anna lächelte. «Neben mir, hast du gesagt. Und ich? Wie bin ich in deinen Augen?»

«Eine Frau mit natürlichem Charme, gerade richtig, um einen halben Cowboy zu einem richtigen zu machen.»

Anna lachte, fiel Linda um den Hals, spürte ihre warme, weiche Brust an ihrer und dachte an Patrick. Hart und weich, grob und herzlich, hier waren es keine Gegensätze.

«Ich sollte wieder rüber. Die Männer haben Hunger», sagte Linda.

«Nicht nur die Männer», entgegnete Anna mit einem Zwinkern. Es ging ihr so gut wie lange nicht. Sie schnitt Petersilie und Basilikum und betrat die Küche.

Als sie sich wieder neben Gary am Tisch niederließ, erzählte Jack von einem Hengst, den er gerade verkauft hatte.

«Er explodierte, wisst ihr, wie ein Pulverfass. Erst alle viere weg vom Boden. Im nächsten Augenblick hoch den Kanister. Ich hab die Stiefel in die Bügel gestemmt und ihn unter mir feuern lassen. Hab gedacht, er würde aufgeben, aber weit gefehlt.» Er steckte sich eine Lucky Strike zwischen die Zähne und warf die Packung zu Patrick hinüber. Patrick warf sie zurück. Anna sah ihn erstaunt an. Er lächelte und sie spürte seine Stiefelspitze unter der dünnen Sohle ihrer Leinenschuhe. Die Luft zwischen ihnen bestand aus reiner elektromagnetischer Spannung.

Gary zog ein Feuerzeug aus seiner Lederweste und hielt seinem Vater die Flamme unter die Zigarette.

«Der Bursche wiederholte die Show», fuhr Jack fort, «gnadenlos, als wäre ich nichts als ein Sack Kartoffeln auf seinem Rücken. Als er den Kopf hochriss und mir beinahe die Nase zertrümmerte, hab ich ihm eins zwischen die Ohren gegeben. Ich hab's in meinem eigenen Schädel gespürt. Er schlug nicht mehr mit dem Kopf, aber er bockte weiter wie ein dummes Rind. Er ist versaut, wisst ihr. Eine dieser armen Kreaturen, die man mit Gewalt fügsam machen wollte. Es kommt nicht oft vor, dass ich solche Anwandlungen kriege, aber als der Hänger mit ihm vom Hof rollte, war mir speiübel.» Er zog kräftig an seiner Zigarette und blies den Rauch über seine Schulter in den Raum. «Was sollte ich tun, ich brauchte ein Pferd zum Arbeiten», sagte er in Annas Richtung. «Vielleicht hat er Glück mit seinem neuen Besitzer. Er wollte ein Reitpferd aus ihm machen, nur so zum Spazierenreiten.»

Alle nickten, auch Patrick. Anna hatte mit dem rechten Fuß ihren linken Schuh abgestreift und streichelte sein Bein. Linda und Susan stellten riesige gusseiserne Pfannen mit Steaks und Pommes frites auf den Tisch. Dann wurde gebetet.

«Wir danken dir, Gott im Himmel, dass du unsere Gäste aus großer Gefahr gerettet und Anna wieder zu uns gebracht hast. Wir nehmen sie auf in unserer Runde, egal, was passiert. Halte deine schützende Hand über sie und uns alle. Amen.»

«Amen», sagten viele, nicht alle. Anna blickte zu Ron, spürte zwei Tränen über ihre Wangen rollen, wischte sie weg und lächelte. Sie sah Patrick an, dachte an das Feuer am Fluss, an den

Himmel voller Sterne, an Pferde mit langen Mähnen und friedliche Rinder mit gewaltigen Hörnern. Nein, sie wollte nicht mehr zurück in die Welt der Gehetzten, Stolzen, Ehrgeizigen, Eitlen. Sie wollte keine Rennpferde mehr flicken für selbstherrliche Bonzen, die nur so viel von einer Pferdeseele verstanden wie ein Malermeister von Picasso, die nur so viel über die Anatomie ihres Pferdes wussten, wie im Programmheft der Veranstaltung stand: brauner Hengst von Acatenango aus der Pfauendame.

Als alle aufgegessen hatten, räumte Anna mit Susan und Linda die leeren Teller ab und stellte die zweite Runde Bier auf den Tisch. Patrick nahm seine Flasche, stand auf und legte seine Hand auf Rons Schulter.

«Ich muss dich kurz stören», sagte er. «Mir ist noch nach frischer Luft.»

Ron erhob sich und Patrick ging an ihm vorbei ins Wohnzimmer. Er warf Anna dabei einen ernsten Blick zu und verschwand nach draußen. Sie spähte durch den Türrahmen der Küche auf die Haustür und verspürte ein unbändiges Verlangen, Patrick zu folgen. Aber sie wusste, dass das nicht angebracht war. Ron ist ein wunderbarer Mensch, dachte sie, aber er ist wie so viele Amerikaner ein Moralist.

Als auch Gary endlich einmal eine Anekdote von sich gegeben hatte und Susan aus dem Gähnen nicht mehr herauskam, hob Linda die Runde auf. «Zeit fürs Bett. Morgen geht's wieder früh los», sagte sie und stand auf.

«Dann bis morgen», verabschiedete sich Anna.

«Gute Nacht, Anna», sagte Ron spröde.

«Bis morgen!», riefen die anderen.

Sie trat aus der Tür. Die zarte Brise hatte sich zu einem böigen Wind ausgewachsen und in der Ferne leuchtete der Himmel.

«Schaut nach Gewitter aus», hörte sie Patrick sagen. Sie erschrak nicht. Sie hatte ihn hier erwartet. Er saß im Korbstuhl auf der Veranda.

«Ja, Wetterleuchten. Sieht ein bisschen unheimlich aus», erwiderte Anna und ging zu ihm. Er stand auf, nahm sie in den Arm und küsste sie. Ihr Puls beschleunigte sich und als sie beide auf dem besten Weg waren, sich ineinander zu verlieren, hielt Patrick inne.

«Mary kommt sicher gleich mit den Kindern. Was hältst du davon, zum Corral hinunterzugehen?», sagte er etwas kurzatmig.

«Und das Gewitter?»

«Das ist weit weg, und zur Not können wir in den Schuppen gehen.» Er sah sie fragend an. «Oder möchtest du lieber schlafen?»

Ja, mit dir, dachte sie und schüttelte den Kopf.

Patrick knipste seine Taschenlampe an und nahm ihre Hand. Sie folgte ihm vorsichtig über das Geröll die Constallation Road hinab. Schemenhaft zeichneten sich die erhobenen Köpfe der Pferde und Rinder vor den Hügeln ab. Sie spitzten die Ohren, schnaubten, scharrten im Sand und bewegten sich zögernd auf sie zu. In der Ferne rollte ein Donner.

Anna schmiegte sich an Patrick.

«Was haben die Ärzte zu Michael gesagt?», wollte er wissen.

«Es war, wie er vermutet hatte. Eine leichte Gehirnerschütterung.»

«Als er da auf den Steinen lag, habe ich gedacht, er würde nicht mehr aufwachen. Ich dachte, alles wäre vorbei, alles bräche über uns zusammen.»

«Ja, es ging mir genauso. Ich bin so froh, dass es so ist, wie es ist.»

Patrick ließ seine Finger durch ihr Haar wandern. «Es fühlt sich gut an», sagte er. «Es ist so wie alles an dir, weich und fest zugleich.»

Sie sah ihn an. «Vielleicht sind wir uns da sehr ähnlich.»

Er nickte. Eine Weile herrschte Schweigen. Das Gewitter kam näher, der Wind blies Anna die Haare ins Gesicht und sie dachte an den Löwen, sah ihn noch einmal zum Ufer laufen, sah sein dichtes Fell, seinen weichen Rücken, seine blutverschmierte Brust.

«Du wolltest den Löwen nicht töten, oder?», fragte sie, während sie auf die dunklen Umrisse der Kühe und Kälber blickte.

«Ich weiß es selbst nicht genau. Mit meinen Schießkünsten ist es nicht allzu weit her. Das mit der Schlange war reines Glück.» Er hielt inne.

Anna sah, wie er überlegte.

«Ich hätte am liebsten gar nicht geschossen, aber ich musste Partei ergreifen. Der Löwe oder das Kalb. Ich entschied mich in Sekunden für das Kalb.» Er ließ Annas Hand los und lehnte sich auf den Zaun.

«Es gibt Augenblicke im Leben, in denen man nicht zweifeln darf. Aber ich habe es getan. Ich muss immer wieder daran denken, und es schaudert mich.» Er zeigte auf eines der Pferde, das aus dem Unterstand im hinteren Ende des Paddocks hervorkam und sich ihnen näherte. «Das da drüben ist Black Boy. Er ist ein feines Pferd», sagte er mit weicher Stimme.

«Ja, ein Pferd mit Kultur, nicht?»

«Genau.» Er lachte. «Ein Pferd mit Verstand, könnte man meinen. Es scheint wirklich so, als würde er alles verstehen. Und er ist vollkommen unerschrocken und ruhig und trotzdem von einer Sekunde auf die andere hellwach. Schießt ab wie eine Rakete, wenn man es fordert.»

Anna nickte, drückte Patricks Hand und beobachtete das Pferd. Der Wallach kam ohne zu zögern auf sie zu, hängte den Kopf über den Zaun und ließ sich von ihr die Nüstern streicheln. Sein warmer Atem auf ihrem Arm war ebenfalls wie ein Streicheln. In der Ferne grummelte es.

«Warum bist du eigentlich von Colorado nach Arizona gekommen?», fragte Anna.

«Es war mir zu kalt da oben», antwortete er und grinste. «Nein, das ist natürlich nicht der Grund. Ich habe mit Jeff nach der Box gesucht. Vergeblich.»

«Ihr seid zusammen hergekommen? Ich denke, er hat in New York gelebt.»

Ein Blitz zuckte über den Himmel und nach einer Weile folgte der Donner.

«Sollen wir lieber zurückgehen?», fragte Patrick.

«Ja, ich mag Gewitter nicht.»

Patrick hielt die Taschenlampe in der Linken und legte den rechten Arm um ihre Taille.

«In der Box sind zwei Uhren», fuhr er fort, als sie die Straße hinaufgingen. «Die eine gehört Jeff, die andere seinem Freund Robert. Sie haben sich vor zehn Jahren in Wickenburg getroffen, sind zum Jesus Canyon geritten und haben in einer sentimentalen Stimmung ihre Uhren und somit die Zeit begraben. Robert ist ein alter Freund seiner Mutter, das heißt, eigentlich war er ihr Liebhaber.» Er machte eine Pause, schien zu überlegen. «Robert will Jeff seine Ranch in Wyoming überschreiben, wenn er die Box findet. Aber das gestaltet sich schwierig.»

«Das ist ja verrückt», sagte Anna und schüttelte den Kopf. «Wie habt ihr euch überhaupt kennen gelernt, wenn ihr so grundverschiedene Berufe habt und aus völlig anderen Gegenden kommt?»

«Wir kennen uns schon Ewigkeiten, sozusagen von Geburt an.»

«Dann habt ihr euch über die Eltern kennen gelernt?»

«Kann man so sagen.»

«Und was verbindet euch?»

«Eine lebenslange Freundschaft, wenn auch manchmal unfreiwillig.»

Anna sah ihn verwundert an.

«Unfreiwillig? Wie soll ich das verstehen?»

«Es gibt eben manchmal einen Punkt im Leben, an dem man seinen engsten Freund verflucht, ihn loswerden möchte, weil man sich in eine ganz andere Richtung entwickelt, oder vielleicht, weil man ganz einfach zu seinen Wurzeln zurückgefunden hat. Aber irgendwie gelingt es nicht, sich völlig von ihm zu befreien.»

«Das scheint ja eine sehr enge Verbindung zu sein.»

«Das kann man so sagen.»

Anna nickte. «Und warum wolltest du dich von ihm lösen?»

«Er ist einer von diesen professionellen Verführern, die die Menschen ständig davon zu überzeugen versuchen, dass sie den neuen Chrysler Concorde dringender brauchen als saubere Luft zum Atmen, dass der Rauch einer Zigarette Freiheit verheißt und dass feuchtes Toilettenpapier die tägliche Wäsche ersetzt. Sein Job war es, Bedürfnisse zu wecken und Schrott als Gold zu verkaufen.»

«Harte Worte. Wie du weißt, war ich auch mit einem von ihnen befreundet. Er liebt seine Arbeit, weil er nicht über die Folgen nachdenkt. Das tun die wenigsten. Wahrscheinlich wachen sie irgendwann auf, blicken auf ihr Leben und fragen sich, ob es das gewesen war. Ein Bildschirm, flotte Sprüche, hübsche Bilder und viel Geld.»

«Ja, und wenn der Moment kommt, in dem man nichts Neues mehr findet und in dem man plötzlich erkennt, dass Bedürfnisse immer wieder Bedürfnisse wecken, geht man unter.» Er legte seinen Arm um ihre Schulter. «Oder man steigt aus.»

«Das können die Wenigsten.»

«Man kann sich verändern. Man muss es nur wollen. Man darf nicht aufgeben und die Welt ihren Ausbeutern überlassen.«

Patrick hatte Recht, aber sie wollte im Moment mehr über ihn selbst erfahren und weniger über diesen verrückten Werbemenschen, der in der Wildnis von Arizona nach einer Box mit zwei Uhren suchte. Aus ihrer Neugierde war Angst geworden. Die Angst, wieder mit der Welt konfrontiert zu werden, in der Michael lebte. Und dann noch diese direkte Verbindung über die Agentur. Sie erschrak, dachte, dass es eigentlich keine Zufälle, sondern nur Fügungen gab. Was Patrick und Jeff zu verbergen hatten, schien zu beunruhigend, um an diesem Abend besprochen zu werden.

Als sie vor dem Bunkhouse ankamen, ließ sie das nahe Krachen eines Donners zusammenfahren. Blitze entflammten den Himmel wie bei einem Feuerwerk und Anna spürte die ersten Regentropfen auf ihrer Haut.

«Komm», sagte sie und wollte ihn mit in ihr Zimmer ziehen.

«Anna», er fasste sie am Arm und sah sie an. «Jeff ist hier und ich möchte, dass du ihn kennen lernst.»

Sie stutzte, zündete die Kerze an. «Er ist hier? Wo denn?»

Patrick machte einen Schritt in ihr Zimmer und blieb stehen.

«Er ist ganz in der Nähe», sagte Patrick.

Wieder rollte ein Donner und Blitze zuckten über den Himmel hinter dem Fenster. Etwas Unheimliches lag in dem Treffen mit Jeff. Anna hatte das Gefühl, dass es irgendetwas offen legen würde, das die Harmonie und Intimität dieses ersten Tages stören würde. «Können wir das nicht auf morgen verschieben?», fragte sie. «Es ist schon zehn Uhr.»

«Wenn du meinst», antwortete Patrick schließlich.

Sie setzte sich aufs Bett, zog das Kopfkissen hinter ihren Rücken und lehnte sich zurück.

«Da es keinen Stuhl gibt, kann ich dir nur die Bettkante anbieten», sagte sie und zog die Schultern hoch. Er lächelte und folgte ihrer Aufforderung.

Schwere Regentropfen trommelten auf das Blechdach und ein Donner jagte den anderen. Sie hörten Alice nebenan weinen, dann Marys beruhigende Stimme. Die Hunde bellten und die Tür vom Ranchhaus fiel zu.

Anna lehnte sich an Patricks Seite, vor ihr das Bild von dem Cowboy am Jesus Canyon. Es schien vor ihren Augen lebendig zu werden. Er legte seinen Arm um ihre Schulter, zog sie mit sich zurück und beugte sich über sie. Er küsste sie, erst zart, dann so verlangend, dass sie dachte, sie würde im Rauschen des Regens und im Strudel ihrer Gefühle fortgespült. Jetzt gab es kein Zögern mehr. Nichts konnte sie mehr aufhalten.

Patrick zog ihr Pullover und T-Shirt über den Kopf und Anna tat es ihm nach. Sie fuhr mit der Hand über die Muskeln seiner Arme, über seine Brust, hinab über seinen Bauch zu seinem Gürtel und öffnete die Schnalle.

«Warte», sagte er. Seine Hand verschwand in seiner Hosentasche.

Anna zog sie zurück. Sie schüttelte den Kopf.

«Bist du sicher?», fragte er.

«Ganz sicher.»

Er küsste ihren Bauchnabel, öffnete den Reißverschluss ihrer Hose, streifte sie von ihren schmalen Hüften und zog dann seine Jeans aus. Als sie endlich nichts mehr voneinander trennte, als sich seine Haut sanft an ihrer rieb, dachte Anna, ihre ganze Lebensenergie würde sich in ihr sammeln, kurz davor, sich in einem Urknall zu entladen. Sie spürte seine Hände überall. Jede seiner Berührungen floss durch ihr Inneres. Als er in sie eindrang, sanft und tief, übertönte ein Donner den leisen Schrei ihrer Lust. Sie presste sich an ihn, bewegte sich in seinem fließenden Rhythmus. Alles Trennende löste sich auf und floss ineinander.

Sie ließ sich auf seinen Schoß ziehen, sah in seine halb geöffneten Augen, fuhr mit den gespreizten Fingern durch sein Haar. Sie bewegte sich schneller auf ihm, spürte eine Welle in sich aufsteigen. Er hielt sie fest, beruhigte sie, atmete schwer, streichelte ihren Nacken, ihren Rücken, ihre Brüste mit einer Ruhe und Festigkeit, die sie bisher nicht gekannt hatte.

Er ließ sie sanft auf den Rücken gleiten, beugte sich über sie und bedeckte sie mit Küssen. Sie zog ihn an sich, bis ihre Körper eins wurden. Sie kam mit ihm zusammen und hatte das Gefühl, der gesamte Hassyampa würde sich in sie ergießen.

«Ich glaube, ich habe noch nie so geliebt», sagte sie, als sich ihr Atem beruhigte. Er hielt sie fest und rollte sich auf den Rücken ohne sie loszulassen. Sie schaute auf ihn hinab und hielt ihn und seinen Blick noch lange in sich.

«Ich glaube, ich auch nicht», flüsterte er ihr ins Ohr. «Es kommt so tief von innen.» Er nahm ihre Hand und legte sie über die linke Hälfte seiner Brust. «Es kommt von hier. Es ist das erste Mal, dass ich das zugelassen habe.»

Anna glitt an seine Seite und lauschte seinem Herzschlag, dem Regen, dem leisen Donner, der weit in der Ferne verhallte. Alle Meere der Welt schienen auf das Dach über ihnen zu fluten. Ganz allmählich ging das Prasseln in ein ruhiges Rauschen über. Es wurde still und die Kerze erlosch. Patrick schien zu schlafen. Sie lag glücklich und erschöpft an seiner Seite. Aber mit dem langsam zurückkehrenden Gewitter siegte auch das Verlangen wieder über ihre Müdigkeit.

Als Ron an ihr Fenster klopfte und ihren Namen rief, schien es Anna, als wäre sie gerade eingeschlafen. Wie seltsam, dachte sie, als sie auf Patricks geschlossene Augen blickte. Es ist noch nicht lange her, da lag Michael hier neben ihr. Und jetzt ... Sie wollte nicht eingehender darüber nachdenken. Es war richtig so, es ging gar nicht anders.

Patrick öffnete die Augen, sah sie an und schloss sie wieder. «Traum oder Wirklichkeit?», fragte er leise.

Sie küsste seine Stirn, seine Augenlider, seine Wange, seinen Mund. «Ich bin die Wirklichkeit», sagte sie sanft.

Er öffnete erneut die Augen. Ein Lächeln huschte über seinen Mund. Dann drehte er sich auf den Rücken. Anna betrachtete seinen Arm.

«Was ist das für ein Bändchen an deinem Handgelenk?», fragte sie.

«Ich habe es von einem tibetischen Lama bekommen. Soll mich beschützen.»

Anna nickte.

«War das Ron?», fragte er.

«Ja. Meinst du, er weiß, dass du hier bist?»

«Jack weiß es auf jeden Fall.»

«Ist doch egal, oder?»

«Egal nicht. Ron schätzt dich sehr. Mich hält er für einen guten Kumpel, aber ... Ich glaube, ich muss mit ihm reden.»

Anna dachte daran, dass er wahrscheinlich nicht das erste Mal in diesem Bett gelegen hatte. War wirklich alles anders für ihn?

«Wir müssen hoch», sagte sie, setzte sich auf und schlüpfte in ihre Latschen. Mit dem Boden unter ihren Füßen kamen die Bedenken und Ängste zurück. In wenigen Tagen war ihr Urlaub beendet. Sie würde abreisen. Und Patrick? Würde er sie wiedersehen wollen? Gab es eine Zukunft für sie beide?

Sie machte sich im Eiltempo fertig, hörte nebenan die Kinder und vor dem Haus die Hunde. Als sie aus dem Bad kam, saß Patrick halb angezogen, mit gekreuzten Beinen auf dem Bett. Er wirkte abwesend. Langsam erhob er sich, gab ihr im Vorbeigehen einen Kuss und verschwand im Bad.

«Ich gehe schon rüber!», rief Anna.

Sie vernahm sein breites, lang gezogenes «Okay» hinter der Tür. Sie liebte es wie alles an ihm.

Als sie sich an den Küchentisch setzte, herrschte Schweigen. Nur die Kinder plapperten.

«Morgen», sagte sie und lächelte so unbefangen wie möglich.

Die Antwort war von dürftiger Freundlichkeit.

«Jetzt fehlt nur noch einer», meinte Ron. «Dann können wir endlich anfangen.» Er blickte ernst vor sich hin.

Patrick erschien in der Tür und Linda goss Kaffee in die Becher. Keiner sah Patrick an. Sie beteten und frühstückten und machten sich dann fertig für den großen Ritt. Sandwiches, Feldflaschen und Sättel wurden auf den Frontlader des Treckers gehievt.

Alle nahmen ihre Chaps, Hüte oder Baseballkappen und gingen zum Corral hinunter. Patrick unterhielt sich mit Gary, Anna sprach mit Linda über die Eigenschaften von Quarter Horses und Longhornrindern. Mit Patrick wechselte sie nur Blicke.

Die Tiere im Corral schienen den nahenden Auftrieb zu ahnen. Ein wahrer Chor von Stimmen tönte ihnen entgegen, als sie zu dem großen, zurückgelegenen Corral kamen. Fast zweihundert gehörnte Köpfe glotzten, scharrten, trampelten. Die Erde war dunkel und feucht vom Regen und ein modrig-würziger Geruch lag in der klaren, staubfreien Luft. Die knochigen Rücken der Rinder glänzten, die der Pferde waren mit einer feuchten Sandschicht bedeckt. Sie hatten sich die Nässe aus dem Fell gewälzt, und das Putzen würde anstrengender werden als sonst.

Anna war für White Boy eingeteilt, Black Boy für schwierige Aufgaben vorgesehen und somit Jack zugesprochen. Patrick bekam Red Devil und Anna dachte, dass es sicher eine kleine Strafe war. Sie hätte ihm nach der fast schlaflosen Nacht etwas anderes gewünscht.

Mit dem ersten zarten Licht an einem wolkenfreien Himmel drängten hundertachtzig Rinder blökend und schnaubend vor ihnen durch das Gatter des Corrals. Die Erde bebte und die Herde ergoss sich gleich einer Flutwelle aus einem aufgestauten

See in das Bergland hinab. Die Hunde umkreisten die Herde geschickt und wachsam. Sie waren echte Profis.

Anna suchte Patricks Blick, aber er war damit beschäftigt, einige Ausreißer in Schach zu halten. Sie selbst bildete mit Susan und Kathy die Nachhut. Ihre Aufgabe war es, aufzupassen, dass kein Tier zurückblieb. White Boy hatte den berühmten Cowsence im Blut. Ohne dass Anna auf ihn einwirkte, behielt er die Rinder im Auge und blieb ihnen auf den Fersen. Immer wieder spürte sie Kathys Blick. Jedes ihrer Worte an sie klang frostig und scharf. Vielleicht ist es verständlich, sagte sich Anna. Vielleicht wäre ich genauso an ihrer Stelle. Sie ritten jetzt flussaufwärts, in Richtung Norden, zum Jesus Canyon. Dort lagen die Weidegründe für den Winter.

Die Tiere donnerten über den steinigen Boden. Als der Weg schmaler wurde, drückten sie sich zwischen den Hügeln hindurch, reihten sich ein und schleusten sich an hohen, stachligen Saguaros, niedrigen Chollas und Kreosotbüschen vorbei. Sie wirken plump, dachte Anna, aber sie sind doch geschickt und vorsichtig genug, um sich nicht zu behindern. Eine Menschenmasse dieses Ausmaßes hätte sich schon längst fluchend die Füße platt getreten.

Sie beobachtete Linda und Ron. Sie waren ein eingefleischtes Team. Ein Wort, ein Blick, ein Handzeichen genügte, um ihre Arbeit zu koordinieren, um in Sekunden ein ausweichendes Rind in die Herde zurückzutreiben. Sie schienen mit ihren Pferden so verwachsen wie mit dieser genügsamen Natur.

Jack war mit Black Boy ganz vorne. Anna beneidete ihn um das Pferd. Aber er ging gut mit ihm um, ritt weicher, als er sprach. Patrick kämpfte hin und wieder mit Red Devil. Sobald ein anderes Pferd an seiner Seite ritt, bockte der Fuchs. Aber Patrick schienen seine Temperamentsausbrüche nicht zu stören. Er klebte am Sattel, als hätte man Pattex unter seinen Hintern geschmiert.

Die Herde brandete durch das Tal, dann über einen Hügel hinab zum Hassayampa. Die Tiere hatten Durst. Sie senkten die Köpfe ins Wasser, das nun fast ihren Bauch berührte. Der Fluss war vom Regen der letzten Nacht beachtlich angeschwollen. Nur noch ein schmaler Streifen trennte das Wasser von der Böschung.

Anna kämpfte gegen die körperliche Erschöpfung. Bereits nach der Hälfte des Weges fraß sich die Müdigkeit in ihre Knochen. Einzig der Gedanke an den Grund ihrer Erschöpfung brachte ihren Kreislauf wieder auf Touren. Und sie dachte, dass Patricks Liebe so natürlich und ungezwungen war wie seine Arbeit. Hin und wieder tauschte sie lautlose Botschaften mit ihm aus. Sie meinte die gleiche Sehnsucht darin zu erkennen, die in ihr brannte. Aber er ließ sich nicht von seiner Arbeit ablenken.

Anna fragte sich, wo sich Jeff wohl jetzt herumtrieb. Sie dachte daran, dass sie ihn an diesem Abend wohl kennen lernen würde. Der Gedanke machte ihr Angst.

Am Nachmittag erreichten sie die Ausläufer des Jesus Canyon, und als sie sich auf den Rückweg machten, stieß die Sonne auf den Rand seiner Felswand. Die Rast war kürzer als sonst. Alle waren müde und wollten nach Hause. Die Arbeit war getan. Die Rinder schwärmten aus, steckten gierig die breiten Mäuler in das karge, struppige Gras. Es sollte sie nun bis zum Frühjahr ernähren.

17

Als sie die Pferde absattelten, hatte sich die Sonne bereits von ihnen verabschiedet. Die Hügelkette verbarg ihren sanften Abgang hinter die Erdoberfläche und der Himmel glühte in ihrem letzten, feurigen Licht. Die Bullen standen verloren in dem großen hinteren Corral.

«Warum sind die hier geblieben?», fragte Anna.

«Das sind die Steaks für die nächsten Monate», antwortete Jack. Er zog die Augenbrauen hoch und grinste.

«Ach ja», sagte Anna leise. «Man verdrängt immer, dass ein

Steak ein Tier mit warmen braunen Augen und vier Beinen war.» Sie schnallte energisch ihre Chaps ab.

Jack lachte und spukte Tabakreste aus. «Bei euch stehen sie abgeschottet in Mastställen. Richtig?»

Anna nickte und senkte den Blick.

Patrick kam herbei und half ihr. «Ich hab dich den ganzen Tag vermisst», flüsterte er ihr ins Ohr, während er den Sattel von White Boys Rücken hob.

«Ich war doch bei dir», erwiderte Anna sanft.

«Viel zu weit weg.» Er lächelte ihr zu, hängte den Sattel über den Zaun, kam zu ihr zurück und wischte sich die Hände an der Jeans ab. Anna ergriff seine Hand, drückte sie und ließ sie wieder los.

«Heute Abend musst du Jeff kennen lernen», flüsterte Patrick. «Aber nicht im Ranchhaus. Wir treffen ihn unten. Komm einfach hinterher, wenn ich den Tisch verlasse, okay?»

«Gut», sagte Anna zaghaft.

Sie gingen alle direkt ins Ranchhaus und verschlangen riesige Steaks und Berge von Bratkartoffeln.

Annas zeitiger Aufbruch fiel kaum auf. An diesem Abend blieb keiner lange am Tisch. Etwa zehn Minuten, nachdem Patrick das Haus verlassen hatte, ging auch sie. Ron blickte sie lange und ernst an, Linda lächelte versteckt.

Sie trat auf die Veranda hinaus. Die Luft war trocken, kühl und klar. Patrick wartete auf der Bank auf sie. Er erhob sich und Anna fiel in seine Arme. Sie wäre gern mit ihm in ihr Zimmer gegangen, aber Patrick ließ sie los. Seine Sinne schienen auf etwas anderes gerichtet. Er wirkte unruhig. «Lass uns gehen», sagte er und zog sie mit, die Treppe hinunter.

Sie folgte dem Lichtkegel seiner Taschenlampe, während sie erschöpft an ihm hing.

«Ich bin so müde», sagte sie und seufzte. «Trägst du mich gleich ins Bett, so wie an dem Abend ... Na du weißt schon. Heute bin ich nämlich besoffen vor Glück.»

Patrick lächelte, strich ihr durchs Haar und wurde ernst. «Ja, mir ist auch ganz schwindlig von allem.» Er horchte rückwärts. «Wenn Ron wüsste, dass wir zu den Pferden gehen, wäre er nicht gerade begeistert. Aber hier gibt es eben keine Kneipe.»

«Ich glaube, die Pferde spüren, dass wir nichts von ihnen wollen. Sicher merken sie, dass wir ganz auf uns selbst konzentriert sind. Pferde spüren alles. Ihre Antennen sind besser als alles, was wir Menschen je erfunden haben.»

Er nickte.

«Und wo ist Jeff? Langsam kommt es mir so vor, als wäre er ein Phantom.»

Sie sah seine ernsten Augen im Schein der Lampe und wartete.

«Weißt du, Jeff ist ein sehr scheuer Mensch», sagte Patrick in verändertem Ton. «Auf der geschäftlichen Ebene kann er reden wie ein Politiker, kann Menschen an die Wand quatschen, kann sie von Blödsinn überzeugen. Aber er gibt sich nicht gern zu erkennen. Er ist eigentlich immer einsam gewesen. Ich meine tief im Innern. Keiner hat das gemerkt, weil er immer Freunde und Freundinnen um sich hatte.» Er nahm ihre Hand. «Und dann hat er auch das aufgegeben, ist durch Nordindien, Nepal, Tibet und China gereist und schließlich in einem Zenkloster in Japan hängen geblieben.»

«Kann er Japanisch?», fragte Anna und dachte eigentlich, dass irgendetwas Unwirkliches in seiner Erzählung lag.

«Nein. Es gibt dort ein Kloster, in dem Ausländer in Englisch in der buddhistischen Lehre unterrichtet werden.»

Anna vernahm die bekannten Geräusche, atmete den Geruch von Pferde- und Kuhmist ein. Sie standen vor dem Corral. Aber ein anderer Mann als Patrick tauchte nicht auf.

«Jeff hat in der Klarheit der Zenphilosophie erkannt, dass sein Leben eine aufgepfropfte Käseglocke war. Er hatte geschuftet, manchmal rund um die Uhr, und nichts zurückbekommen außer Geld», setzte er seinen Bericht fort. «Die tägliche Hektik, die stundenlangen Konferenzen über einen Fliegenschiss, die Ausrichtung an Äußerlichkeiten, am Erfolg mit Vordergründigkeiten, am Geld und der damit verbundene Verlust von Persönlichkeit – ihm wurde bewusst, dass er für etwas lebte, das keinen

Wert und keinen Bestand hatte. Es war der völlige Zusammenbruch, die Auslöschung einer Illusion. Es geschah gerade noch zum richtigen Zeitpunkt, kurz bevor sein Hirn total verkrüppelt oder vom Zeitgeist glatt geschliffen worden wäre. Vierzehn Jahre waren genug. Vierzehn Jahre Selbstverleugnung.» Patrick schüttelte den Kopf. «Wie lange es doch dauern kann, bis ein Mensch zu sich selbst vordringt.»

Er holte tief Luft. Anna schwieg und wunderte sich. Aus dem stillen, verschlossenen Menschen war plötzlich eine sprudelnde Quelle geworden. Und das alles wegen eines Freundes?

«Jeff erkannte, dass er in Asien kein neues Leben beginnen konnte», fuhr Patrick fort ohne sie anzusehen. «Er ist dort immer ein Fremder geblieben. Er hatte eine Anleitung gefunden, aber nicht die Erleuchtung. Und außerdem . . .» Er lächelte. «Das Mönchtum war auch nicht so sehr seine Berufung.»

Er schwieg und blickte ihr in die Augen, als würde er ihre innersten Regungen lesen wollen.

«Was hat er dann gemacht?», fragte Anna und stockte. «Ist es ihm überhaupt recht, wenn du mir das alles erzählst?»

«Ist es.»

Anna dachte, wie seltsam das alles war. «Wo ist er denn nun?», fragte sie ungeduldig.

«Er ist hier. Du musst nur genau hinhören und hinsehen.»

Sie schüttelte den Kopf, in die Finsternis spähend. «Willst du ihn nicht rufen?»

«Nein, nicht nötig. Komm.»

Patrick knipste die Taschenlampe aus, öffnete vorsichtig das Gatter und zog sie zum Schuppen. Sie hörte das Schnauben eines Pferdes, ein leises Wiehern, das Knirschen der Pferdehufe im Sand. Sie folgte ihm in die Dunkelheit. Der Geruch von altem Leder und Heu stieg ihr in die Nase.

Patrick machte die Taschenlampe wieder an und leuchtete durch den kleinen Raum. Er war leer.

«Und?»

«Setz dich», sagte er.

Anna ließ sich zögernd auf dem alten Holzstuhl nieder. Patrick zündete eine Petroleumlampe an und setzte sich auf die Pritsche.

«Also», sagte er und gab dem Wort die Bedeutung einer Ouvertüre. «Jeff ist wieder heimgekehrt. Er war und ist Amerikaner. Er fühlt wie ein Amerikaner. Das ist unabänderlich, auch wenn er manchmal Skrupel hat, dieses Land als seine Heimat zu bezeichnen. Schließlich wurde es den Menschen entrissen, die eher als er einen Anspruch darauf hätten und die mit der Natur pfleglicher umgingen.» Patrick stützte die Ellbogen auf seine Schenkel und verbarg das Gesicht für eine Weile in den Händen. «Aber man ist eben wie ein Baum», sagte er mit weicher Stimme. «Man hat Wurzeln geschlagen. Man kann die Blätter stutzen, die Äste absägen, neue wachsen lassen. Sie sind nicht wie vorher, aber auch nicht völlig verschieden. Eine Eiche bleibt eine Eiche und eine Zeder eine Zeder. Wir können wachsen, uns entwickeln und unser Ich vom Müll befreien, aber wir bleiben im Kern, wer wir sind.»

Anna hing an seinen Lippen. Sie saß kerzengerade auf dem Stuhl, den Rücken an die Lehne gedrückt, die Hände ineinander verschränkt in ihren Schoß gepresst. Sie wollte nicht glauben, was sie vermutete, wehrte sich, fragte nicht, was sie fragen sollte, spürte einen stechenden Schmerz in ihrer Brust. Ein Bild schien sich vor ihren Augen aufzulösen.

Patrick lehnte sich zurück und blickte sie an. Es herrschte Klarheit, auch ohne Erklärungen.

«Auch wenn es in diesem Land sehr viele Unstimmigkeiten gibt», sagte Patrick und hörte nicht auf, sie anzusehen, «ich war froh, wieder zu Hause zu sein. Ich hatte mich versöhnt. Und weil ich nichts von Landwirtschaft verstand, habe ich einfach wieder das gemacht, was ich gelernt habe. Ich habe in einer Topagentur in New York angeheuert, wurde als Textchef engagiert und bastelte einen Knaller nach dem anderen. Nobelkarossen, Markenhemden, Zigaretten, alles habe ich in Wortschleifen verpackt. In den meisten Fällen habe ich es an den Mann und an die Frau gebracht. Ich habe mitbestimmt, was cool und was uncool ist. Ich habe kunstvoll formulierte Phrasen ausgespuckt, bis sie mir im Hals stecken blieben. Aber ich habe immer noch nichts gemerkt. Und dann kam die Genforschung. Die neuen Herren der Schöpfung brauchten Werbekonzepte für ihre Visionen vom Sieg über Krankheit und Alter und pflanzten ein riesiges Fragezeichen in mein erschöpftes Hirn. Aber ich habe immer noch weitergemacht, weil mir nichts anderes einfiel.»

Anna hörte seine Worte, doch sie flogen an ihr vorbei, genauso wie das, was er jahrelang produziert hatte. Sie war damit beschäftigt, die Wandlung seines Bildes vor ihren Augen zu verarbeiten.

«Mein guter alter Freund Robert erweckte mich schließlich zu neuem Leben», setzte Patrick seine Offenbarung fort. «Er schickte mich einfach in die Wildnis, in die Wüste, auf eine Suche nach mir selbst. Die Box mit den Uhren, ein intelligentes Vehikel. Ich habe die Suche unfreiwillig abgebrochen. Mein Pferd ist getürmt. Du kennst die Geschichte. Der Fluss, der Skorpionstich ... Linda und Ron haben mich halb verhungert gefunden, nachdem sie auf mein Pferd gestoßen waren. Es war verletzt und völlig verstört. Sie päppelten mich und mein Pferd wieder auf und ich begann für sie zu arbeiten. Ich erkannte, dass diese Arbeit meine Bestimmung ist. Mir wurde bewusst, dass echte Farben schöner und haltbarer waren als künstliche und dass mir einfache Menschen mit natürlichem Herzverstand lieber waren als die mit pseudopsychologischem Wissen voll gestopften Wichtigtuer, deren Herz zu einem kantigen Eisklumpen gefroren war. Ich habe schließlich gekündigt, von einem Tag auf den anderen. Als die merkten, dass ich keine Scherze machte, haben sie mir empfohlen, doch erst mal zum Psychologen zu gehen. Da hab ich aufgelegt.»

Patrick erhob sich, strich sich das Haar aus der Stirn, ging auf und ab und setzte sich wieder. Er fuhr suchend mit der Hand über seine Brust, zog eine leere Camelpackung aus der Hemdtasche und zerknüllte sie. Anna rührte sich nicht. Sie saß auf dem Stuhl, als hätte sie jemand in Wachs gegossen. Nein, dachte sie, es ist nicht wahr, bitte nicht.

«Was ist mit dir?», fragte Patrick sanft.

Annas Hände lösten sich, ihre Verkrampfung sprang auf wie eine Tür zu ihren verletzten Gefühlen.

«Das fragst du noch!», rief sie. «Patrick, Jeff, wie wünschst du genannt zu werden? Ist das wie der Name eines Waschmittels, den man sich ausdenkt, um möglichst viele Menschen von dem Produkt zu überzeugen?»

«Anna, bitte. Beide Namen gehören zu mir wie alles, was ich dir erzählt habe. Ich heiße Jefferson Patrick Smith.»

«Schöner Name für einen Schauspieler. Warum hast du dich nicht gleich Clint genannt? Clint Eastwood, der smarte Revolverheld, der Cowboy für alle Sättel und alle Betten?»

Patrick sprang auf und stellte sich vor sie hin. «Anna, warum sagst du das? Warum tust du mir das an?»

«Ich tue dir was an? Ach so! Ich glaube, du hast Probleme mit der Perspektive. Du hast mich betrogen, genauso subtil wie vielleicht manchmal die potenziellen Käufer der von dir angepriesenen Produkte. Du hast mich genauso wie sie für dumm verkauft. Und ich war so naiv. Ich habe dir den Cowboy, den Naturburschen abgenommen, habe tatsächlich geglaubt, du wärst jemand, der noch nie in einem Büro gesessen hat, anders als Michael. Ich habe deine Hände gesehen, habe sie gefühlt, habe sie erstaunlich weich gefunden für einen Mann, der sein Leben lang mit Pferden und Rindern zu tun hatte. Aber ich dachte, sie könnten nicht lügen.»

«Das haben sie auch nicht», sagte er. Seine Stimme klang gebrochen. «Anna, beruhige dich doch! Ich habe dich weder betrogen noch angelogen. Ich habe von Jeff als von einem engen Freund erzählt und es ist keine Lüge, nur eine andere Form der Bezeichnung zweier Zustände in derselben Person. Ich bin beides. Ich wollte Jeff und mein altes Leben über Bord werfen. Ich habe das alte Leben tatsächlich verlassen, mit allen Konsequenzen. Ich wollte durch nichts daran erinnert werden, aber es gelang mir nicht. Ich schleppe einen Teil von Jeff mit mir herum, für immer und ewig. Vierzig Jahre Karma sind nicht einfach auszulöschen, aber sie sind ein Fingerzeig für das, was vor einem liegt.»

«Und welche Rolle spiele ich in diesem Selbstfindungsprozess?»

«Eine sehr große. Ich habe in dir endlich eine Frau gefunden, die in etwa an dem gleichen Punkt im Leben steht wie ich.»

«Ach. Du meinst also genauestens darüber Bescheid zu wissen, was meine Perspektiven und Lebenspläne sind.»

«Ja, ich habe es geglaubt. Vielleicht habe ich mich geirrt.»

«Du kennst doch noch nicht mal mein Alter.»

«Das ist mir auch völlig gleichgültig. Ich weiß nur, dass du keine zwanzig mehr bist, und das ist gut so.»

«Danke.»

«Verdammt noch mal, Anna, jetzt dreh mir doch nicht jedes Wort im Mund herum! Möchtest du von mir hören, dass ich dich für fünfundzwanzig halte, oder was? Ich wollte damit nur ausdrücken, dass ich mich nicht mehr in die Jugend, nicht mehr in die Hülle einer Frau verliebt habe, sondern in ihr Inneres.»

«Nochmals danke. Du brauchst mir nicht zu sagen, dass der Lack ab ist. Das weiß ich selbst und ich finde, dass ich ziemlich gut damit klarkomme. Ich möchte weder der Spiegel deines Alterungsprozesses sein noch die Bestätigung deiner Selbsterkenntnis auf Kosten der Ehrlichkeit. Vielleicht kennst du tatsächlich meine Sehnsüchte und meine Wünsche. Vielleicht kennst du sie viel zu gut. Du bist sicher ein guter Beobachter. Das bringt dein Job wohl mit sich. Aber dass du das ausnutzt und mich blendest, um an dein Ziel zu kommen, das nehme ich dir übel.»

«Du hältst mich also für eine Mogelpackung, eine Fälschung, einen Schreibtischtäter im Cowboypelz?»

«Ja, richtig. Genauso geschickt verpackt wie eine dieser lächerlichen kleinen Papierrollen, gefüllt mit Tabak, hochgepuscht als Medium, mit dem man die Freiheit einatmet. Die Freiheit eines Landes, das man nun schon nach einer Zigarettenmarke benennt.»

«Wie hart du sein kannst, Anna!»

Sie sagte nichts, dachte nur, dass Patrick nicht der Mann war, in den sie sich so leidenschaftlich verliebt hatte. Patrick gab es nicht, nur noch Jeff, und mit dem wollte sie nichts zu tun haben.

«Anna, bitte! Ich habe dir zwar etwas vorenthalten, aber ich habe dich nicht angelogen. Ich bin sowohl das eine als auch das andere. Ich saß bereits mit sechs Jahren im Sattel, ich habe meine gesamten Ferien auf der Rowly Ranch in Wyoming verbracht. Nach dem Collegeabschluss war ich ein Jahr dort und habe alles gelernt, was ein Cowboy können muss, außer Schießen.»

Aber Anna hörte gar nicht mehr zu. Ihr standen die Tränen in den Augen. Sie erhob sich und ging aus der Tür in die schwarze Nacht hinaus. Sie spürte Patricks Hand an ihrem Arm.

«Nimm wenigstens die Taschenlampe», sagte er und hielt sie ihr hin. «Es ist deine. Ich komme schon klar. Es gibt Erschreckenderes als Krabbeltiere und Schlangen.»

Er nahm ihre Hand, legte die Lampe hinein und drückte ihre Hand energisch zu. Er sagte nichts mehr und blieb zurück.

18

Jeff setzte sich auf den Stuhl im Schuppen, auf dem eben noch die Frau gesessen hatte, mit der er nach der vergrabenen Box suchen und ein neues Leben beginnen wollte. Er starrte auf die fleckige Holzwand, lehnte sich zurück, versuchte der Verzweiflung über sein Scheitern Herr zu werden. Verlangen erzeugt Schmerz, hatte man ihm im Kloster immer wieder eingetrichtert. Wie wahr! Aber Liebe zu allen Menschen ohne Besitzanspruch, das ist wohl kaum zu verwirklichen. Immerhin hatte er eine Liebe zu allen jungen, hübschen Frauen empfunden, bevor er Anna kennen gelernt hatte. Es war eine Liebe ohne Anhaftung, leicht und unverbindlich. Sie kam und ging. Spaßbeziehungen, die ihm Entspannung brachten, die ihn von allem wegführten, was hart und schwer auf seinen Schultern lastete. Er tauchte ein ins Paradies und erwachte leer und einsam, aber ohne

Ängste, ohne Hoffnungen und Verpflichtung. Er fühlte sich unverletzlich, stark und frei. Doch seine Gleitflüge waren nun zum Sturzflug geworden. Jetzt plötzlich verstand er, was er den Frauen angetan hatte, die er so leichtfüßig verlassen hatte. Es ist das, was die Buddhisten Karma nennen, und es hatte ihn kalt erwischt. Dieser Frau konnte er sich nicht einfach entziehen. Sie hatte ihm die Zügel aus der Hand gerissen. Er blieb hängen und fiel so tief, dass ihm die Aussicht aufs Vergessen verwehrt schien.

Er stand auf, ging wie benommen zum Ranchhaus hinauf und war froh, dort niemanden mehr anzutreffen. Auch im Bunkhouse war bereits alles dunkel. Es war gut so.

Als Jeff am nächsten Morgen sein Zimmer verließ, herrschte Aufbruchstimmung. Er hatte kaum geschlafen und ihm war weder nach essen noch nach Menschen zu Mute, vor allem nicht nach einer Begegnung mit Anna. Nie wieder eine Liebesbeziehung, die tiefer als einen halben Zentimeter unter die Haut geht, dachte er.

«Pat, was ist los mit dir? Du siehst ja aus, als hätte man dich zur Ader gelassen!», rief ihm Jack entgegen, als er seine alte rostrote Ledertasche neben die Tür legte.

Genau das hat man, dachte Jeff. «Hab schlecht geschlafen. Ich weiß auch nicht, warum», sagte er stattdessen.

Linda erschien in der Tür zur Küche. «Willst du noch einen Kaffee?», sagte sie sanfter als sonst.

«Gern.» Er spähte vorsichtig in die Küche. Anna war nicht zu sehen. Er trat ein und erschrak. Sie saß ganz in der Ecke, dort, wo sonst sein Platz war. Ihr Anblick traf ihn messerscharf ins Herz. Er bemühte sich um ein unverbindliches Lächeln, nahm den Kaffeepott aus Lindas Hand entgegen und zog sich ins Wohnzimmer zurück.

Er blieb in der Ecke neben dem Fernseher stehen und beobachtete Kathy, die sich über ihre Tasche beugte und ihren CD-Player darin versenkte. «You've got me walking through fire . . .», tönte es in seinem Geiste und er sah Anna am Feuer sitzen. Es schmerzte ihn.

Als Kathy sich erhob, bemerkte sie seinen Blick, sah ihn an

und warf ihre Haare nach hinten über die Schulter. Sie ist hübsch, dachte Jeff, und sie hat weiche Lippen und eine junge, zarte Haut. Ein einziges Mal hatten sie sich geküsst, oder besser gesagt, sie hatte ihn geküsst. Ihr Reiz lag für ihn ausschließlich in dem Hauch von Jugend und Unbefangenheit, nicht anders als bei vielen anderen Bekanntschaften. Nie hätte er riskiert, sie zu verletzen. Sie war die Tochter von Linda und Ron.

«Pat! Ich will dich nicht rauswerfen, aber ich glaube, die Pferde brauchen dich», riss Ron ihn aus seinen Gedanken.

Jeff nickte, stellte den Kaffeepott auf den Wohnzimmertisch und verabschiedete sich von allen.

«Du wirst keine Post mehr von mir bekommen», flüsterte Kathy, als er sie umarmte. Ihr standen die Tränen in den Augen.

«Alles Gute für dich», sagte er und wandte sich den anderen zu.

«Pat, lass dich mal bei mir blicken», meinte Jack. «Hab 'ne Menge guter Pferde. Wird dir gefallen.»

«Ja, ich werde kommen», erwiderte er und legte die Hand auf Jacks Schulter.

Er verließ das Haus und klopfte Toms Pony im Vorbeigehen auf die Kruppe. Es stand rechts neben den drei Pferden, klein und schüchtern, bereit zum Abtransport.

Jeff ging die Straße hinunter und spürte, wie ihn die Wärme verließ. Er versank ins Gestern, dachte an Anna. Sie hatte sich so tief in seinem Herzen eingenistet wie noch keine Frau zuvor. Anstatt sich von Störgefühlen zu befreien, hatte er sich tiefer denn je in sie verstrickt.

Er sah ihr schmales, ebenmäßiges Gesicht mit der geraden Nase, ihre braunen, intelligenten Augen und ihren Mund, der sich hin und wieder auf ganz eigentümliche Weise nach links verzog. Er sah die feinen Linien um ihre Augen, ihr Lächeln, das auch im Alter seinen Charme nicht einbüßen würde. Sie war so ehrlich und so direkt, so stark und unerschrocken. In ihren Umarmungen lag Bestimmtheit, aus ihrem Körper sprach das Leben mit seinen Höhen und Tiefen. Nie wieder würde er sich in eine junge Frau wie Kathy verlieben können, dachte er. Es war, als hätte ihm das starke, volle Aroma einer reifen Frucht für immer den Appetit auf alles Unreife, Unfertige verdorben.

Nun hatte er diese Frau an ein Bild verloren, das er selbst von sich gemalt hatte. Er hätte dieses Versteckspiel nicht spielen sollen. Mit dem Versuch, seine Erinnerungen an alles Vergangene zu verschütten, hatte er einen Graben zwischen ihnen geschaufelt. Oder war das Geschehene unvermeidbar gewesen? Hätte sich Anna gar nicht erst in ihn verliebt, wenn sie gewusst hätte, was er einmal war?

Quäl dich nicht mit Dingen, die du nicht ändern kannst, sagte er schließlich zu sich selbst. Er nahm sich vor, wieder zu meditieren. Er überlegte, die Suche nach der Box schon morgen fortzusetzen. Einer musste gehen, das stand außer Zweifel. Wie sollten sie sonst die nächsten Tage überstehen, sich am Tisch gegenübersitzen und nebeneinander herreiten?

Er öffnete das Gatter vom Corral. Seine Bewegungen waren schwerfälliger als sonst. Er ging zwischen den Pferden hindurch zum Schuppen, öffnete die Tür und starrte auf den alten Stuhl in der Ecke, der die Geschichte des gestrigen Tages erzählte. Einen Augenblick verharrte er davor und sah Anna vor sich. Er sah sie deutlicher, als ihm lieb war, ihre schmalen, kräftigen Schultern, gespannt wie Seile kurz vor dem Bersten, ihr Rücken an die Lehne gepresst, die Augen weit geöffnet, erst ungläubig, dann voller Enttäuschung. Was ist der Stich eines Skorpions gegen den Schmerz einer verunglückten Liebe, dachte er.

Er griff nach der Trainingstrense mit dem zweifach gebrochenen Sweet-Iron-Gebiss und nahm ein Halfter und die Holzkiste mit dem Putzzeug vom Regal. Er sehnte sich nach den flachen Tagen, nach dem seichten Plätschern des klaren Flusses, bevor er vom Regen zu einem trüben, reißenden Gemisch aus Wasser und Sand geworden war. Er trat auf den Corral hinaus, blickte über die Hügel und stellte mit Befremden fest, dass der Himmel so klar und blau war wie an all den anderen Tagen. Er schien nicht an seinem Schicksal teilzuhaben.

Sunny stand mit Joker und Holly am Zaun und knabberte an einem aufgesplitterten Balken. Als Jeff sich der Gruppe näherte, war Sunny der Erste, der ihm sein Hinterteil zudrehte. Es war das klare Signal völliger Lustlosigkeit auf alles, was mit Arbeit zu tun hatte. Jeff stellte die Kiste ab, beugte sich über seine Stiefelspitzen und ging langsam vorwärts. Er fuhr mit den Fingern durch die Heureste im Sand, so als würde er etwas zu fressen suchen. Sunny blieb stehen, drehte sich nach ihm um und sah ihm zu. Die anderen senkten die Köpfe und sammelten einige Halme vom Boden auf. Jeff näherte sich langsam, immer noch gebeugt, ohne Blickkontakt zu ihnen aufzunehmen. Als er dicht vor ihnen stand, hob er den Arm, griff in Sunnys Mähne und streifte ihm das Halfter über. Als er ihn zum Anbinder führte, vernahm er Motorengeräusche und schaute zur Constallation Road hinauf. Er sah den Chevy von Jack und den Jeep von Mary. Alle winkten ihm zu und er dachte, dass jeder kleine Abschied wie ein Strich auf der Messlatte des Lebens war. Man blickte auf eine Zeitspanne zurück und hakte sie ab.

Er putzte Sunnys kompakten braunen Rücken, klopfte seinen weichen Hals und nahm die Trense vom Zaun. Dann drückte er seinen Kiefer mit den Fingern auseinander und schob ihm das Trensengebiss zwischen die Zähne. Ron brachte die Sättel auf seinem Frontlader. Anna war nicht bei ihm. Der letzte Hoffnungsschimmer auf ihr Einlenken erlosch. Soll sie sich doch einen Western nach dem andern ansehen und sich ein Bild von Clint Eastwood übers Bett hängen, dachte er. Soll sie doch ihren Träumen vom kernigen Cowboy, der mitten in der Wildnis zwischen Pferden und Rindern in den Wüstensand geboren wurde, nachhängen. Sollte sie doch nach einem Typen schmachten, der so treffsicher und routiniert schießt, wie andere Buchstaben in die Tastatur ihres Computers tippen. Ich werde schon irgendwann mein Glück finden. Vielleicht so allein wie Robert. Vielleicht ist mir ein änliches Schicksal beschieden. Und wenn schon, sagte er sich. Schließlich hatte er kein Problem mit dem Alleinsein.

Er ging zum Trecker und hob die Sättel vom Frontlader. Rons Blick verriet Ärger.

«Was hast du verdammter Bock denn mit Anna gemacht?», fragte er.

Jeff setzte den Sattel ab und blieb vor Ron stehen. «Ich habe keine Ahnung, was du über unser Verhältnis weißt, Ron. Ich kann dir nur versichern, dass es keine meiner kurzen Vergnügungstouren war.»

«Ich glaube, damit wärst du bei ihr auch nicht gelandet. Sie ist zu clever, um auf deine billige Nummer hereinzufallen. Und mir ist auch schon eine ganze Weile klar, dass das hier nicht immer deine Arbeit war. Du bist kein Greenhorn, aber auch kein Mann, der sein Leben lang Pferde unterm Hintern und Rinder vor der Nase hatte. Wir haben das Schweigen über dein Leben akzeptiert, aber wir wollen hier oben glückliche Gäste haben, die zufrieden und nicht todunglücklich wieder abreisen.»

«Ich wollte niemanden verletzen. Ich habe noch nie falsche Erwartungen geweckt, nie von einer gemeinsamen Zukunft gesprochen. Ich habe einfach nur meine Vergangenheit ausgeblendet. Und diesmal . . .»

«Erzähl mir nicht, dass diesmal alles anders war! Erzähl mir lieber endlich, was du ausgefressen hast!»

Jeff erstarrte. Er war tatsächlich zu naiv gewesen, um an so etwas zu denken.

«Du glaubst, ich bin ein Krimineller?»

«So will ich das nicht sagen. Mit Sicherheit hast du keinen Menschen umgebracht, aber . . .» Er hielt inne. «Ich hoffe, dass mein Instinkt Recht behält und nicht mein Verstand.»

«Ron! Um Himmels willen! Ich habe nichts verbrochen! Ich war ein armseliger Büromensch, ein Werbefachmann, so was Ähnliches wie Michael, nur dass ich nicht mit Bildern, sondern mit Worten gespielt habe. Meine Arbeitsplätze waren noble Agenturen in Seattle und New York. Ich habe für Zigaretten, Autos, Klamotten und Ähnliches geworben. In gewisser Weise harmlos. Auf jeden Fall ganz im Rahmen des Gesetzes.»

Rons kleine Augen weiteten sich. Sein Mund zuckte. Er kratzte sich am Ohr, blieb sprachlos.

«Aber ich habe viel Zeit auf der Ranch eines Freundes verbracht. Er hat mir beigebracht, wie man Rinder hütet, einfängt und brennt. Er hat mir immer gesagt, diese Arbeit liege mir im Blut. Manchmal denke ich, er könnte mein ...» Jeff brach ab, zog eine Packung Camel aus seiner Brusttasche und steckte sich eine Zigarette an. Er dachte an seine Werbeslogans von Freiheit und Abenteuer, spürte den Rauch in seiner Lunge und fühlte sich als Sklave seiner eigenen Kampagne.

«Du bist tatsächlich so ein Kauz wie Michael?», fragte Ron. Er starrte Jeff an, als wäre er ein Außerirdischer.

«Ja, Ron, das bin ich. Aber ich hatte zwei Herzen in meiner Brust. Jetzt weiß ich, dass das eine schon immer Blut durch meine Adern pumpte und das andere nur heiße Luft.»

Ron nickte, zupfte an seinem Schnauzer, wechselte das Standbein.

«Es gab plötzlich einen Punkt, an dem ich merkte, dass diese Arbeit mein Hirn hohl und meinen Körper schlaff machte. Und ich wusste, dass ich da raus musste.»

Sie setzten sich auf den Zaun, die Stiefel auf die untere Lattenreihe, die Hände auf die obere. Jeff erzählte die ganze Geschichte von Robert und ihm und von seinen Kindheitserlebnissen auf der Ranch. Er berichtete vom harten Kampf um Anerkennung bei den Jungs, die dort mit ihren Eltern lebten und arbeiteten und schließlich von den Uhren am Jesus Canyon.

«Und dann haben wir dich halb verhungert gefunden, du halber Cowboy», murmelte Ron und hörte nicht auf, den Kopf zu schütteln wie ein Pferd, das Fliegen verscheuchte.

«Ja, das werde ich euch nie vergessen, oder besser wir.» Jeff blickte zu Joker, der zufrieden sein Heu kaute.

«Aber man kann dich weiterhin Pat nennen?»

«Klar, ist ja auch mein Name.»

«Und die haben dich ernst genommen, die Jungs von der Ranch?», fragte Ron.

«Natürlich nicht. Die haben mich richtig fertig gemacht, haben jede Gemeinheit an mir ausprobiert, um mein Durchhaltevermögen zu testen. Sie nannten mich Weichei, Stadtneurotiker, Schlappschwanz. Sie haben von mir verlangt, Kuhscheiße zu essen, und als ich mich weigerte, haben sie mich bäuchlings auf ein Pferd gebunden. Es trabte an und der Gurt war nicht fest. Ich rutschte samt Sattel unter den Bauch des Pferdes. Dann weiß ich nichts mehr. Ich wachte im Krankenhaus mit einem Schädeltrauma auf.» Jeff zog an seiner Zigarette. «Danach haben sie Ruhe gegeben. Meine Mutter wollte mich gar nicht mehr dorthin lassen, aber ich ließ nicht locker. Ich wollte mich beweisen, wollte nicht klein beigeben. Es lief eine Weile ganz gut. Ich habe in der Zeit viel gelernt. Als sie merkten, dass ich das, was sie täglich machten, sehr schnell in den Ferien lernte, fand ich die lang ersehnte Anerkennung und wir wurden die besten Freunde. Erst als es mit den Mädchen losging, gab es wieder Ärger.»

Ron lachte. «Das scheint dein Los zu sein.»

«Vielleicht.» Er lächelte, schwieg eine Weile und lauschte dem Schnauben und Kauen der Pferde. «Anna war die erste Frau, die ich in meine Zukunftspläne einbezogen habe», sagte er und zündete sich eine neue Zigarette an. «Verdammt, Ron, es war mir wirklich ernst!», entfuhr es ihm lauter als beabsichtigt.

Ron rutschte vom Zaun und zog seine Jeans hoch. «Sie ist abgereist. Sie sagte, sie müsse zu ihrem Pferd. Irgendetwas sei nicht in Ordnung, aber womöglich ...»

«Ich habe damit gerechnet. Ich habe ihr alles über mich erzählt.»

Ron kniff die Lippen zusammen und verschränkte die Arme vor seiner breiten Brust.

«Wenn sie dich nicht ganz und gar akzeptiert, hat sie dich nicht verdient, Pat. Sie ist eine tolle Frau, aber sie ist eben auch in einem Alter, in dem man bestimmte Schranken aufgebaut hat. Sie ist mit Mitte dreißig noch allein stehend. So jemand ist mit Vorsicht zu genießen.» Er gab Jeff einen freundschaftlichen Klaps auf den Schenkel. «Komm, Pat, die Pferde verstehen deine Probleme nicht. Sie brauchen ihre Arbeit, sonst werden sie übermütig.»

Jeff sprang vom Zaun und folgte Ron zu den Pferden. Es ging ihm besser. Er dachte an Roberts Worte bei ihrem letzten Telefonat von Wickenburg aus. «Halte durch, Jeff», hatte er gesagt. «Du wirst die Box finden. Du hast ja schon so viel gefunden und den richtigen Weg eingeschlagen. Gib nicht auf.»

«Meinst du, ihr kommt zwei Tage ohne mich aus?», fragte er vorsichtig.

«Du willst wieder auf die Suche gehen?»

Jeff nickte.

«Ein bisschen verrückt finde ich das ja schon. Er sollte dir die Ranch so überschreiben, dieser Robert. Du hast das Zeug dazu, wenn du hier noch ein wenig übst.» Ron grinste. «Heute sind erst mal die Dreijährigen dran mit Aussacken. Morgen kannst du losziehen.»

«Danke.»

«Danke wofür? Das wollte ich dir nämlich auch noch sagen. Wenn du weiterhin kein Geld von mir annimmst, schmeiße ich dich raus!»

Jeff lachte, sattelte die Pferde und Ron holte Jute- und Papiersäcke und verteilte sie auf dem Paddock, um die Pferde damit unerschrocken zu machen.

«Ich bin froh, dass wir über alles gesprochen haben», rief ihm Ron dabei zu.

«Ja, ich auch», erwiderte Jeff.

Als er im Sattel saß und das speckige Leder der Zügel in seinen Händen spürte, wusste er sicherer als je zuvor, dass seine Entscheidung, hierher zu kommen, richtig war, mit oder ohne Uhrenbox, mit oder ohne Anna. Die Arbeit mit den Pferden tat ihm gut. Sie erforderte seine ganze Aufmerksamkeit. Erst als er zum Ranchhaus zurückging, holten ihn die Gedanken an Anna wieder ein. Er kämpfte gegen ihre bohrende Gegenwart in seinem Hirn, nahm sich vor, alle Dinge, die ihn zuverlässig davor bewahrt hatten, sich schlecht zu fühlen, wieder in sein Leben einzubeziehen.

Auf der Ranch herrschte eine ungewohnte Stille. Alles wirkte größer, einsamer und verlassener als je zuvor. Der Herbst näherte sich seinem Ende und der Winter mit seinen kalten Nächten und seinen vereinzelten heftigen Niederschlägen stand vor der Tür. Die nächsten Gäste würden erst im Frühjahr kommen.

«Schrecklich leer die Hütte, nicht, Pat?», sagte Linda, als sie am Mittagstisch saßen.

Er nickte und sah auf seine gefalteten Hände. Ron sprach das Gebet und dann aßen sie Rühreier und Schinken.

«Ich muss unbedingt einkaufen fahren. Unsere Vorräte sind fast aufgebraucht. Und ich muss die Post abholen. Willst du mitkommen?», fragte Linda.

«Ja, gern. Ich muss dringend störungsfrei mit meiner Bank telefonieren.» Jeff überlegte. «Wollen wir nicht alle zusammen runterfahren und essen gehen? Ich lade euch ein.»

«Wenn überhaupt, dann laden wir dich ein, Pat», erwiderte Ron.

«Wie auch immer. Es gibt einiges zu erzählen.» Er blickte Linda an. «Ron weiß schon Bescheid. Aber ich möchte es auch dir aus erster Hand mitteilen.»

Linda legte die Gabel auf den Teller und wischte sich den Mund mit dem Arm ab. «Du willst mir wahrscheinlich von dir und Anna erzählen.»

«Nein. Anna und ich, das ist vorbei. Ich möchte dir von mir erzählen.»

Linda blickte ihn erschrocken an. «Aha, dein großes Geheimnis.»

«Kann man so sagen.»

«Na gut, dann lass uns fahren, Ron. Oder?»

«Okay. Ein Tapetenwechsel ist zu diesem Zeitpunkt vielleicht das Richtige. Die Kinder können einem den Gefallen an der Ruhe für eine Weile verderben.»

Jeff nickte teilnahmsvoll. Ich bin Einzelkind, dachte er, und das bewahrt mich vor dem ständigen Drang nach Gesellschaft. Ich freue mich über Besuch, aber bin auch froh, wenn er wieder geht. Anna allein hatte es geschafft, ihm das Alleinsein zu verderben. Für ihn war sie diejenige gewesen, die den Raum ausgefüllt hatte. Sie tauchte immer wieder vor seinen Augen auf. Er sah sie, zuerst schräg neben ihm, dann gegenüber, neben Michael sitzend. Michael, die leibhaftige Erinnerung an seine Vergangenheit. Die Agentur, die Tarantel, der Slogan. Kaum zu glauben, dass das Zufall sein sollte.

Aber Michael konnte die Verbindung zwischen ihm und Anna nicht eine Sekunde kappen. Zu offensichtlich schien ihm das langsame Bröckeln dieser Beziehung. Er hatte geahnt, dass sie nicht für die Ewigkeit war. Dann aber erfolgte der Bruch durch seine eigene Vergangenheit, die so eng mit Michaels Gegenwart verwoben war, dass sie Anna in die Flucht schlug. Das Leben ist wirklich ein ewiger Kreislauf, dachte er und massierte sich die Schläfen. Das Gewesene holt einen immer wieder ein.

Jeff zog sich früh in sein Zimmer zurück. Er versuchte zu lesen, aber die eigenen Gedanken und Gefühle waren stärker als die der Protagonisten des Romans. Er öffnete die Flasche Southern Comfort, die er das letzte Mal aus Wickenburg mitgebracht hatte, und goss sein Glas drei viertel voll. Was für ein billiges Mittel, dachte er. Ich sollte lieber meditieren. Er betrachtete das Glas in seiner Hand, nahm einen Schluck und kniff die Augen zu. Der Geschmack war fade, der Genuss ein Vorwand. Es brennt in der Kehle und ätzt die Gehirnzellen weg. Aber es hilft so einfach und sicher über die schwersten Stunden.

Die Trunkenheit ist wie eine Dunstwolke, die die stechende Klarheit des Verstandes mildert, rechtfertigte er sich und nahm einen zweiten Schluck. Es wirkte zuverlässig. Meditation dagegen erforderte ständiges Üben und hohe Konzentration. Aber seine Energie war auf das absolute Minimum gesunken, sein Wille für den heutigen Abend lahm gelegt. Er streifte die Stiefel von den Füßen, setzte sich aufs Bett und zog die Beine an. Das Glas in seiner Hand leerte sich in wenigen Minuten und Annas Bild verschwamm vor seinen Augen wie ein Aquarell im Regen. Was übrig blieb, waren die Momente ihrer Weichheit. Er dachte an ihre Schenkel, die sich ihm verlangend öffneten, spürte ihre Hände, die ihn streichelten, als würden sie jeden Zentimeter seines Körpers kennen. Der Alkohol versetzte ihn mehr und mehr in eine diffus-kühne Stimmung. Er dachte an den Abend auf der Veranda, an den ersten kleinen Beweis ihrer Zuneigung. Auch sie befand sich damals in diesem vom Whiskey gepuschten Zustand ungezügelten Selbstbewusstseins. Aber wie dem auch sei, alles sprach dafür, dass sie vielleicht noch einmal nachdenken würde. Vielleicht erkennt sie noch ihre Chance auf ein Leben, das sie sich, ihren eigenen Worten nach, schon immer gewünscht hatte.

Mit diesem Gedanken erlosch das Licht. Es war zehn Uhr. Jeff blieb im Dunkeln sitzen. Die Finsternis tat ihm gut. Er tastete nach der Southern-Comfort-Flasche und goss noch einmal nach. Aber das dritte randvolle Glas verfehlte seine angestrebte Wirkung und warf ihn in einen seltsam schwammigen, depressiven Zustand. Mit jedem Schluck wurde sein Optimismus weiter zugeschüttet. Allein die Müdigkeit befreite ihn aus einer Welle sentimentalen Weltschmerzes. Er stellte das leere Glas auf den Nachttisch, ließ sich ins Kissen sinken und schlief ein.

19

Die Ankündigung zur Landung warf Anna in Sekunden in ihre kleine, geordnete Welt zurück. Hamburg lag unter ihr. In weniger als zwei Stunden würde sie ihre Zweizimmerwohnung am Stadtrand betreten. Die Katze würde schnurrend um ihre Beine schleichen. Sie würde zu ihrer Nachbarin hinaufgehen, sich für die Versorgung des Tieres bedanken und dann zum Reitstall fahren. Und sie müsste von ihren Erlebnissen in der Wildnis von Arizona berichten. Jeff würde dabei Patrick bleiben, ein Cowboy, ein Mannsbild wie aus einem Western. The show must go on.

Anna hatte am Tag nach ihrer Flucht von der Ranch einen Stand-by-Flug bekommen und ihr Ticket umschreiben lassen. Aber schon als das Flugzeug vom Boden abhob, hatte sie ihre Entscheidung bereut. Die Sehnsucht siegte über Ärger und Enttäuschung. Und mit der Sehnsucht kam auch die Einsicht.

Der erste Tag zu Hause verlief ohne besondere Vorkommnisse, trist und unauffällig. Alles war so, wie Anna es vor fast einem Monat verlassen hatte, und genau das löste Befremden in ihr aus. Sie stand am Zaun des Paddocks und betrachtete ihr Pferd. Es kam ihr viel größer, schlanker und zerbrechlicher vor als vor ihrer Reise. Die kompakten Quarter Horses hatten ihren Blick verändert. Und nicht nur sie. Alles schien wie durch eine Brille schärfere Konturen angenommen zu haben.

Anna ging in den Stall zurück, erwiderte Grüße, beantwortete Fragen, notierte Termine. Es war das erste Mal, seit ihrem Zusammen sein mit Patrick, dass sie wieder an Michael dachte. Aber sein Bild war hinter dem von Jeff zu einer schemenhaften Erinnerung verblasst. In wenigen Tagen würde sie ihm zwangsläufig begegnen. Er würde Julia im Reitstall abholen. Er würde wegsehen oder grüßen, als wäre nie etwas zwischen ihnen gewesen. Bei dem Gedanken wurde ihr hundeelend.

Sie sprach mit dem Reitstallbesitzer über die anliegende Arbeit für die nächsten Tage. Dann holte sie ihre Stute vom Paddock. Sie führte Rubi durch die Stallgasse und dachte an Whistler und an Patrick in seinem Hemd ohne Ärmel. Sie überlegte, wie er wohl im Anzug ausgesehen haben mochte. Auf den Inhalt kommt es an, sagte sie sich, öffnete die Boxentür und ließ Rubi hineinlaufen. Sie kämpfte gegen ihr schlechtes Gewissen. «Morgen machen wir einen Ausritt, nur wir zwei», sagte sie, schob eine Karotte durch das Gitter der Box und verließ den Stall.

Am nächsten Vormittag fuhr Anna in die Pferdeklinik, am Nachmittag in den Reitstall. Es war nicht einfach, auf dem grauen Beton der Stallgasse wieder Tritt zu fassen. Zu viele apathische Pferdeaugen blickten sie durch die Gitterstäbe ihrer Einzelzellen an. In ihnen lag ein Vorwurf, der keine Absicht hatte. Sie sagten ihr nur, dass sie wochenlang keinen Himmel gesehen und keinen Wind auf ihrem Fell gespürt hatten.

Anna war, als hätten sie die Eindrücke der letzten Wochen aus der Dämmerung in ein grelles Licht geworfen. Sie fühlte sich so eingeengt wie die Pferde. Zwei Stunden vor Einbruch der Dunkelheit sattelte sie ihr Pferd. Mit zögernden Schritten, vibrierend, den Kopf hoch im Wind, die Ohren hart und aufrecht wie Antennen, trat Rubi unter ihr auf den Hof hinaus. Vier Wochen lang war dies nicht ihre Richtung gewesen. Alles erschien ihr neu und unberechenbar.

Sie gingen im Schritt an der Straße, dann an einem Acker entlang. Sie überquerten einen Weg mit dem Schild REITEN VERBOTEN und bogen in einen anderen ab, an dem das Schild REITWEG prangte. Anna dachte an den Hassayampa, an Patrick, an Linda und Ron, an die Ranch. Die Bilder ließen sie nicht los. Sie spülten alle wunderbaren Erinnerungen an die Oberfläche ihres Bewusstseins. Ihr Leben war eine morsche Brücke zwischen dem, was war, und dem, was kommen würde. Das Ufer lag im Nebel. Aber es zeigte schemenhaft eine wunderbare Landschaft. Vielleicht ist es noch nicht zu spät, dachte sie.

Sie bog auf einen der Reitwege ab, der in den Wald führte. Der weiche, federnde Boden unter den Hufen ihres Pferdes ließ sie aus der inneren Starre erwachen. Sie sah Patrick im Sattel, völlig entspannt, im Einklang mit dem Pferd und mit der Natur. Das war es, was sie begeistert hatte und was zählte. Seine Vergangenheit schien mit der Strömung des Hassayampa entschwunden zu sein.

Wir waren so dicht dran, dachte sie. Und dann habe ich in meiner Wut alles zerstört. Ich habe die größte Dummheit meines Lebens begangen. «Jefferson Patrick Smith», sagte sie vor sich hin. Ich sollte seinen ersten Namen annehmen und damit auch ihn selbst. Nie würde sie ihn vergessen können. Jeff war einer der wenigen Menschen, die im Moment der Erkenntnis den Mut aufbringen, ihr Leben tatsächlich zu ändern. Er hatte die ausgetretenen Pfade verlassen, hatte neu angefangen, so wie sie selbst es sich immer wünschte. Nein, Anna, sagte sie zu sich, als stünde sie vor einer guten Freundin. Mit einem echten Cowboy, der nichts anderes kannte als Pferde, Kühe und Wildnis, wärst du nie zurechtgekommen. Das ist eine Illusion. Das funktioniert nur in Hollywoodfilmen. So ein Mann hätte nie deine Zweifel, deine Ängste und deine Träume verstehen können. Für ihn wäre das, woran sich Jeff so intensiv mit dir erfreuen konnte, im Nebel des Alltäglichen untergegangen. Er hätte an einem völlig anderen Punkt gestanden. Sie schüttelte den Kopf. Stattdessen habe ich einen Mann zum Teufel gejagt, der genau das Gleiche sucht wie ich.

Eine fiebrige Ungeduld erfasste sie und übertrug sich auf ihr Pferd. Rubi trippelte, warf den Kopf hin und her, wartete auf das Signal für die schnellere Gangart. Anna stellte sich in die Bügel. Sie fasste die Zügel kürzer und beugte sich vor. Rubi sprang ab, machte einen gewaltigen Satz nach vorn, wie aus der Startmaschine. In der Kurve verlagerte Anna das Gewicht, drosselte das Tempo und folgte der Biegung aus dem Wald hinaus. Auf der Geraden zwischen den Feldern ließ sie Rubi gehen. Der kalte Wind fegte die letzten Zweifel aus ihrem Hirn. Ich muss auf dem schnellsten Weg zu Jeff, dachte sie, koste es, was es wolle.

Auf eine unruhige Nacht folgte ein hektischer Tag. Erschöpft betrat sie ihre Wohnung, warf die Jacke in die Ecke und ging zum Telefon. Sie tippte die Nummer der Ranch ein und blickte aus dem Fenster auf das nasse Pflaster der engen Straße. Sie presste den Hörer an ihr Ohr. Es war acht Uhr abends und zwölf Uhr Mittag in Arizona – Highnoon. Sie hatte Linda am Apparat, aber der Empfang war schlechter denn je. Sie verstand kein Wort. Was dort ankam, wusste sie nicht. Sie hoffte auf den nächsten Abend.

Der Tag verging träge. Lediglich die Arbeit vermochte Annas Konzentration auf den Punkt zu bringen. Abends besuchte sie ihre Eltern. Aber sie hörte den Gesprächen nicht wirklich zu und antwortete mechanisch auf lästige Fragen. Ihre Gedanken waren ausnahmslos damit beschäftigt, die nächste Reise nach Arizona zu organisieren. Sie befand sich sozusagen auf der Durchreise, erledigte alles mit einer gewissen Unruhe und hatte das erste Mal in ihrem Leben hartnäckige Schlafstörungen. Wieder war die Verbindung zur Ranch gestört und ließ kein Gespräch zu. Stattdessen riefen sämtliche Freunde an und bedrängten sie.

Im Bett lag sie lange wach, die Hände unter dem Kopf, den

Blick durch die Dunkelheit auf die Leinwand ihres Lebens gerichtet. Sie überlegte, ob das Ende ihrer letzten Geschichte noch wandelbar war. Am nächsten Tag bereitete sie alles für einen kurzfristigen Abflug vor. Der Klinikchef drohte mit Konsequenzen, der Reitstallbesitzer beschwor den Zusammenbruch seines Reitbetriebs herauf. Ihre Vertretung sei keine wirkliche Vertretung, sie sei eine Gefahr für die Gesundheit seiner Pferde. Aber Anna blieb hart. Mit der Antwort, sie habe dort etwas Wichtiges zu erledigen, worüber sie zu diesem Zeitpunkt noch nicht reden könne, würgte sie alle Fragen ab und zog allen Ärger auf sich. Er prallte an ihr ab wie an einem Punchingball.

Bei ihrem zehnten Versuch gelang ihr endlich ein kurzes Gespräch mit Linda.

«Komm schnell, bevor es zu spät ist», hatte sie gesagt.

Drei Tage nach dem Telefonat stand Anna auf dem Flughafen und zehn Stunden später saß sie in einem Geländewagen und quälte sich die Constallation Road hinauf. Es goss wie aus Kübeln und der Sand hatte sich in glitschigen Schlamm verwandelt. Sturzbäche schäumten über die Straße hinweg und machten die Tour zu einer Schlittertour zwischen Felswand und Abgrund. Nach über zwei Stunden Fahrt rollte Anna erschöpft auf den Hof des Ranchhauses. Sie wischte sich die schweißnassen Hände an der Hose ab, hob ihre Tasche von der hinteren Sitzbank und klopfte an die Tür. Würde ihr Jeff öffnen? Würde er glücklich strahlen oder wäre er bleich vor Panik? Oder würde er mit finsterem Blick den Kopf schütteln angesichts ihres Überfalls?

Aber es war Linda, die ihr öffnete.

«Anna!», rief sie, nahm ihren Arm und zog sie aus dem Regen ins Haus. «Dass du tatsächlich wieder hier bist!»

«Es kommt mir auch ganz unwirklich vor», erwiderte Anna. Sie blickte durch den Raum, spähte an Linda vorbei den Gang entlang, von dem die hinteren Zimmer abgingen.

«Er ist nicht da.»

«Du hast ihm doch nichts gesagt?»

«Kein Wort, obwohl es uns sehr schwer fiel. Er ist mit Ron auf einem Kontrollritt.»

Anna atmete tief durch. Sie nickte.

«Komm, setz dich. Ich koche einen Kaffee.»

«Gute Idee, danke. Den kann ich gebrauchen.»

Anna ließ sich auf die Bank in der Küche sinken. Sie sah sich um. Auch hier schien alles beim Alten. Warum sollte es auch anders sein.

«Ich bin wirklich froh, dass du wieder da bist», sagte Linda, während sie ein Streichholz entfachte und an die Kochstelle hielt. Die Flammen pufften aus den Düsen. Sie stellte den alten, verbeulten Eisenkessel darauf und kam zu Anna an den Tisch. «Du gehörst ja fast schon zu uns», sagte sie.

Anna lächelte.

«Wir lassen dich hier nicht mehr weg!» Linda lachte herzhaft und legte Anna den Arm um die Schulter.

Sie zuckte zusammen. So detailliert hatte sie die Zukunft noch nicht durchdacht.

«Ich weiß», sagte Linda, als hätte sie Annas Gedanken gelesen, «Pat hat andere Pläne. Er hat uns alles erzählt. Er hat eine Menge kauziges Zeug vom Stapel gelassen, von seinem zweiten Ich geredet, von Selbstfindung und Erkenntnis und so was. Na ja, Hauptsache, er hat endlich in seinem wirren Kopf aufgeräumt. Ob er diese Box nun noch findet? Also ich glaube das nicht . . .»

«Wann wollten die beiden denn zurück sein?», fragte Anna ungeduldig.

«Ich schätze, spätestens in einer Stunde sind sie hier. Wahrscheinlich halb aufgeweicht. Ron meinte, es gebe höchstens einen kleinen Schauer. Hat wieder nicht auf mich gehört und die Wachsjacken zu Hause gelassen.»

«Die Ärmsten. Es schüttet ja aus allen Löchern.»

Linda lachte. «Die Jungs sind nicht aus Zucker.» Sie nahm Annas Tasche. «Komm, richte dich erst mal häuslich ein.»

«Häuslich vielleicht lieber noch nicht.»

«Ihr werdet euch schon einig. So wie der gelitten hat . . .»

Anna horchte auf.

«Ja, es geht ihm sehr schlecht. Aber das ist vielleicht nötig, um einen wirklichen Schnitt im Leben zu machen.»

Anna lächelte und folgte Linda ins Bunkhouse. Es hatte aufgehört zu regnen und eine seltsam verschleierte Sonne zeigte sich zwischen den dunklen Wolken.

«Ich würde gern zum Corral hinuntergehen und Jeff dort überraschen.»

Linda nickte. «Jeff. Also daran können wir uns noch nicht so recht gewöhnen.»

«Was macht das schon, Pat oder Jeff. Ist doch nur ein Name.»

Linda ging ins Ranchhaus hinüber und Anna zog sich um. Sie dachte an den Regen, sah Jeff vor sich, durchnässt bis auf die Knochen, packte ein Handtuch, ihr größtes T-Shirt und ein weites Sweatshirt in ihren kleinen Rucksack und machte sich auf den Weg. Die Pferde hatten ihre Unterstände wieder verlassen und sich im Schlamm gewälzt. Sie sahen aus wie panierte Schnitzel. Anna begrüßte einen nach dem anderen und blieb bei Black Boy stehen. Er schubberte seine nasse Stirn an ihrem Arm und schüttelte ihr mit seiner Mähne feuchten Sand ins Haar. Als sie zu Buster ging und über die umliegenden Hügel blickte, entdeckte sie Jeff und Ron. Ihr Herz raste wie vor einer Prüfung. Sie setzte sich auf den Zaun und wartete. Es schien ihr wie eine Ewigkeit, bis die beiden das Gatter erreichten. Ron saß auf Whistler und Jeff auf Joker. Der Regen hing in ihren Jacken und hatte ihre verwaschenen Jeans dunkel gefärbt. Sie saßen gebeugt auf den Sätteln. Die braunen Filzhüte verbargen ihre Gesichter und Anna konnte nicht ausmachen, ob Jeff sie schon entdeckt hatte.

Ron öffnete das Gatter und ritt in den Corral. Jeff folgte ihm und schloss es hinter sich. Erst als er sein Pferd anhielt, fiel sein Blick auf Anna. Er schob den Hut in den Nacken, wischte sich mit dem Handrücken die Stirn und ließ die Zügel fallen. Jokers Mähne hing wie Teppichfransen über seinen glänzenden Hals.

Eine Weile passierte gar nichts. Pferd und Reiter sahen sie nur an. Dann stieg Jeff langsam vom Pferd. Anna zögerte, sprang schließlich vom Zaun, blieb aber stehen. Ron führte sein Pferd an Jeff vorbei und lächelte. «Hi, Anna, schön, dass du wieder da bist», rief er ihr zu, sattelte ab und verschwand umgehend in Richtung Ranchhaus. Anna sah ihm nach und blickte dann wieder zu Jeff. «Wenn es dir lieber ist, dass ich wieder gehe, ist das auch kein Problem», sagte sie zaghaft und lächelte. «Ich dachte nur . . .» Sie wollte etwas ganz anderes sagen, aber sie war nun mal kein Mensch der großen Worte.

Jeff schüttelte den Kopf, blieb jedoch immer noch auf seinem Platz. «Ich glaub's nicht», brachte er schließlich heraus.

Anna hatte ihn noch nie so sprachlos erlebt. Noch nie war er um ein passendes Wort verlegen gewesen. Sie ging zu ihm, sah ihn an und legte ihre Arme um seinen Hals. «Du musst das nasse Zeug ausziehen», sagte sie nur. Er antwortete nicht, schlang seine Arme um sie und hielt sie fest. Sie spürte seinen nassen Hals an ihrer Wange, spürte, wie die Feuchtigkeit seiner Jacke in ihr Sweatshirt drang und die Wärme in ihr Inneres. Eine ganze Weile standen sie so ohne etwas zu sagen. Dann löste sich Anna von ihm, ergriff seine Hand und zog ihn in den Schuppen. «Es tut mir so Leid. Ich war so dumm, so . . .»

«Lass uns nicht drüber reden. Ich könnte dir Ähnliches sagen, aber warum. Was zählt, ist, dass du wieder hier bist.» Er lächelte wie ein Junge. «Ich freue mich so.»

Anna war gerührt. Sie nahm ihren Rucksack ab, kramte Hemd und Sweatshirt heraus und legte beides auf die Pritsche. Dann stellte sie sich vor Jeff, knöpfte seine nasse Jeansjacke auf, streifte sie von seinen Schultern und machte sich an den Knöpfen seines Hemds zu schaffen. Er blickte über ihre Schulter und streichelte ihre Wange. «Da soll ich reinpassen?»

Anna nickte nur. Als sie ihm das feuchte Hemd von den Schultern zog, nahm er ihren Kopf zwischen seine Hände und küsste sie. Er setzte sich auf die Pritsche und zog sie zu sich hinunter. Hastig entkleideten sie sich, fielen einander in die Arme und vergaßen die Welt um sich herum. Sie liebten sich und hielten sich fest wie für die Ewigkeit. Erschöpft blieben sie liegen, ineinander verschlungen, ineinander versunken, immer noch sprachlos. Nur allmählich kamen sie wieder zu Atem, blickten sich an, lächelten und spürten langsam die Kälte auf ihrer nackten Haut. Alles war klamm und roch nach Leder und muffigem Stoff. Anna legte ihren Kopf in die tiefe Mulde seines Bauchs.

«An dir ist ja nichts mehr dran!»

«Das kann man so nicht sagen.»

Anna hob den Kopf und lächelte.

«Deine Abreise hat mir den Appetit verdorben. Aber nun kann ich ja alles nachholen. Vielleicht werde ich jetzt so dick und rund wie Ron.»

Anna lachte. «Das glaube ich nicht.»

Jeff spielte mit den Fingern in ihrem Haar. «Ich würde gerne mit dir so liegen bleiben, aber ...»

«Mir wird auch kalt», sagte Anna. «Komm!» Sie hob ihren Kopf, küsste sich an seiner Brust empor, über sein Kinn, seinen Mund bis zu seiner Stirn. Dann stand sie auf.

«Anna?» Jeff hielt ihren Arm fest.

«Ja?»

«Was hältst du davon, wenn wir gemeinsam nach der Box suchen?»

Anna nickte stumm. Sie konnte nichts sagen. Jeffs Worte dehnten sich warm und weich in ihr aus.

«Wie lange kannst du bleiben?»

«Eine Woche.»

Jeff setzte sich auf. «Glaubst du ... Ich meine ... Wenn wir sie finden sollten, meinst du ...» Er lächelte. «Kannst du dir vorstellen, mit mir nach Wyoming zu gehen?»

Anna saß zitternd neben Jeff auf der Pritsche, spürte die Feuchtigkeit der alten Matratze unter sich und die Nässe zwischen ihren Schenkeln. Sie blickte auf Zaumzeug, Hufeisen und Sättel, auf die splittrigen Holzwände, auf seine Kleidung neben ihrer auf dem alten Holzstuhl in der Ecke. Sie hatte das Gefühl, dem Himmel näher zu sein als der Erde. Sie fühlte sich wohlig warm unter ihrer kalten Haut. Und sie wusste, was Glück bedeutete. Ein Augenblick, den man für immer festhalten möchte.

Ihr Leben lang hatte sie die Vernunft in sich gepflegt wie eine kostbare Pflanze. Sollte sie endlich verwelken und ihrem Gefühl, ihren Bedürfnissen und Träumen Platz machen. «Ich würde überall mit dir hingehen», sagte sie schließlich.

20

«Jeff, um Himmels willen, wie siehst du denn aus!», rief Ron, als er das Ranchhaus betrat.

Jeff blickte an sich hinab und zog die Augenbrauen und die Schultern hoch. «Im Regen eingelaufen. Ein bisschen schmal und kurz, aber trocken», erwiderte er und gab Ron einen Klaps auf den Arm. Er zog seine Füße durch die feuchten Schäfte seiner Stiefel und stellte sie in die Küche neben den Herd. «Ihr Verschwörer! Habt mich wissentlich drei Tage länger meinen Seelenqualen ausgesetzt, als es nötig gewesen wäre.»

«Wenn man uns bittet zu schweigen, dann tun wir das», erwiderte Ron. «Es gibt schließlich so etwas wie ein Ehrenwort. Und außerdem», er baute sich breitbeinig vor Jeff auf, «hast du verdammt noch mal eine Tracht Prügel verdient, auch wenn sie dich nur von innen trifft. Ich glaube, das ist nicht erklärungsbedürftig.»

Jeff schüttelte den Kopf, schmunzelte, zog sich in sein Zimmer zurück und dachte an Anna. Sein Bedürfnis, allein zu sein, war auf den bisher unerreichten Nullpunkt gesunken. Ein seltsames, völlig neues Bedürfnis danach, alles zu teilen, erfasste ihn in dem Gedanken daran, was Anna wohl jetzt gerade in ihrem Zimmer tat. Er sah sie unter der Dusche, vor dem Spiegel, beim Kämmen ihrer rotbraunen Haare. Und er sah ihr klares, eindeutiges Lächeln. Vielleicht ist es gut, dass sie drüben ist und ich hier bin, dachte er, sonst würden wir nie etwas zu essen bekommen.

Es war fast zwanzig Jahre her, dass sich Jeff in eine Frau verliebt hatte, die annähernd sein Alter hatte. Es tat so gut. Vorbei war die Zeit der unbeseelten Vergnügungen. Er war in eine andere Dimension des Lebens eingetreten. «Anna ist eine Frau zum Anfassen, zum Pferdestehlen, zum ... was auch immer. Sie ist einfach wunderbar», sagte er laut vor sich hin und zwängte sich aus ihrem Sweatshirt. Er ging ins Bad, stand viel zu lange unter der Dusche und dachte so intensiv an sie, dass er sich immer wieder selbst beruhigen musste. Erst als das Wasser kühler wurde, drehte er den Hahn ab und trat auf den Frotteeteppich vor der Duschkabine. Sein Blick fiel dabei auf ein gelbliches, spinnenartiges Tier von etwa acht Zentimeter Länge, das in der Ecke des Badezimmers saß. Jeff erstarrte, spürte förmlich den Schmerz in seinem Fuß. «Du Mistvieh!», zischte er, hob seinen Latschen auf und setzte zum Vergeltungsschlag gegen alle Skorpione der Hassayampa-Wildnis an. Aber das flinke Tier entschwand durch den Türspalt.

Jeff öffnete die Tür, lief auf den Flur und blieb stehen. «Vorsicht, ein Skorpion!», rief er.

Linda kam aus der Küche, starrte ihn an und drehte sich um. Der Skorpion war geflüchtet. Er war nicht mehr zu sehen.

«Zieh dir lieber was an, du Schisshase, sonst sticht er dich wieder in den großen Zeh!», rief sie zurück und verschwand.

Ziemlich abgebrüht, dachte Jeff, ging ins Bad und blickte prüfend in jede Ecke. Er rasierte sich und schlüpfte in Jeans und Pullover. Dabei überlegte er, wo er diese Nacht mit Anna verbringen würde. Er kam zu dem Schluss, dass es das Beste sei, zu ihr ins Bunkhouse zu gehen.

Seine Gedanken an das eine wurden vom Klappen der Haustür unterbrochen. Anna, schoss es durch seinen vernebelten Kopf. Endlich ist sie in meiner Nähe. Er machte den Gürtel seiner Jeans zu, fuhr sich durch die noch feuchten Haare und dachte für Sekunden daran, wie zweckmäßig doch ein rasierter Kopf war. Er dachte an das Kloster in Kyoto, an lange Gewänder, an sein Bemühen, ein triebfreier, von allen Lastern geläuterter Mensch zu werden, und verspürte wieder ein verzehrendes Verlangen nach Annas Körper, nach ihrem Geruch, nach ihrem ... Er hielt inne. Nirwana zu sagen, wäre respektlos. Aber noch nie hatte er sich ihm so nahe gefühlt. Nie wirst du dem verfluchten Kreislauf der Wiedergeburten entrinnen, sagte er zu sich. Du klebst so sehr an diesem Leben, an all seinen Verlockungen.

Er atmete tief durch, schob die Füße in seine Slipper und dachte, dass auch Buddha einmal Siddhartha war. Auch er hat seiner Lust nachgegeben, hat das Leben gekostet, bevor er sich unter den Bodhibaum niedergesetzt und allem Weltlichen entsagt hatte. Möglicherweise ist es schlichtweg eine Frage des Alters. Vielleicht ist die Erleuchtung eine Zuflucht für den alternden Menschen, vielleicht würde er, Jeff, in zwanzig Jahren so weit sein, sich diesem Ziel zu nähern. Vielleicht mit Anna, wenn sie beide alt und grau wären. In jedem Fall war es in diesem Sinne, so schloss er seine Betrachtungen ab, endlich nur eine Frau zu lieben, nur sie zu wollen und mit ihr bis an das Lebensende denken zu können. Und es steckte keine Pflicht dahinter. Es war nur der bloße Wunsch, ohne gesellschaftlichen Zwang, ohne Erwartungen, ganz allein seinem Innern entsprungen.

In geradezu überschwänglicher Laune betrat er den Flur, ging durch das Wohnzimmer in die Küche und blickte in Annas strahlende Augen. Verliebtsein ist wie eine Überdosis Chi, dachte er und setzte sich an ihre Seite.

«Neue Tischordnung?», fragte Ron mit einem verschmitzten Lächeln.

Jeff nickte und Anna legte ihre Hand auf seine, bis Ron zum Gebet aufrief.

«Vater unser, Gott im Himmel, lege deine schützende Hand über Pat und Anna. Begleite sie auf ihrem Weg, wohin auch immer, und kitte sie zusammen. Mach sie so glücklich und zufrieden wie uns. Amen.»

«Amen. «

Jeff sah von der Seite, wie Anna sich die Augen wischte, und dachte, wie unrecht er ihr in Gedanken getan hatte. Sie war abgereist, weil sie verletzt war. Und das schien ihm jetzt verständlich.

Linda brachte riesige Steaks, Kartoffeln und Bohnen und Jeff schenkte die Getränke ein.

Ron hob sein Glas. «Auf ein gelungenes Wiedersehen und auf euer Glück!»

«Danke», sagte Anna.

«Und auf euch», fügte Jeff hinzu und stürzte sich unverzüglich auf das Steak auf seinem Teller.

«Was starrt ihr mich denn so an? Ist irgendwas komisch an mir?», fragte er.

«Komisch nicht, nur erstaunlich», antwortete Linda lächelnd. «Ich hab dich noch nie so essen sehen.»

«Ihr habt mich noch nicht nach dem Fasten erlebt, aber . . .»

Er spürte für einen Augenblick Annas Hand an seinem Rücken. Sie wusste, was er eigentlich sagen wollte.

Nach dem Essen plauderten sie noch eine Weile im Wohnzimmer über Pferde und die kommende Sitzung der Rancherkommission in Wickenburg zum Thema Weiderechte. Dann zogen sich Linda und Ron ins Schlafzimmer zurück.

Jeff setzte sich mit gekreuzten Beinen auf die abgewetzte dunkelgrüne Samtcouch. «Was haben eigentlich deine Pferdebesitzer in Hamburg zu dem plötzlichen Aufbruch gesagt?», fragte er.

Anna stand auf und setzte sich zu ihm. «Die waren ziemlich von der Rolle. Ich weiß nicht, was mich erwartet, wenn ich zurückkomme.»

Jeff nickte nachdenklich. Er fragte sich, was sie wohl tun würden, wenn sie die Box nicht fänden, ermahnte sich dann aber, nicht zu viel in die Zukunft zu denken.

«Ich will mir jetzt keine Gedanken darüber machen», sagte Anna und lehnte ihren Rücken an seine Brust. Er schlang seine Arme um sie. «Erzähl mir von deiner Arbeit.»

Anna holte weit aus, berichtete von ihrem Studium, ihrer Assistenz in England, ihren lebensrettenden Eingriffen und ihren vergeblichen Bemühungen. Schließlich erzählte sie ihm vom Kauf ihrer Stute auf der Kölner Rennbahn und der schwierigen, aber erfolgreichen Umstellung zum Dressur- und Geländepferd. Jeff hörte ihr ruhig zu, streichelte dabei ihren Nacken und spielte mit ihrem Haar. Er sog jedes Wort in sich auf, sah sie vor sich im OP beim Spritzensetzen und beim Verbinden von Wunden. Und er dachte an den Unfall von Whistler. Das war der Moment, in dem er sich in sie verliebt hatte.

«Und jetzt möchte ich etwas über deine Arbeit wissen», sagte Anna.

«Das kennst du doch alles.»

«Du meinst von Michael. Aber er ist Grafiker und arbeitet in Deutschland.»

«Ich glaube nicht, dass das einen großen Unterschied macht. Sie satteln alle die gleichen Schlachtrösser im Kampf gegen Zufriedenheit und Durchblick.»

Anna lächelte. «Es muss dir doch auch mal Spaß gemacht haben.»

«Hat es, und wie. Die Arbeit hat mich aufgesogen und mich schließlich verschlungen wie ein Ungeheuer. Jeden Tag neue Konzepte, neue Ideen, neue Slogans, bis das Hirn so leer war wie das, was man als den großen Inhalt verkauft hat. Ich war ziemlich gut in meinem Job und erfolgreich. Ich machte es mir und den Agenturchefs zumindest vor, bis ich dann selbst einer wurde. Mein Vater wollte immer, dass ich Politiker werde, weil es ihm selbst nicht gelungen war. Er war machtbesessen, aber nur mäßig begabt. Zumindest konnte er sich nicht verkaufen.»

«Was war er von Beruf?»

«Manager einer mittelgroßen Exportfirma, danach zwei Jahre lang Chef von der ABR-Wilson. Dann wurde er gefeuert.» Jeff lehnte sich zurück, zog seine Beine unter Anna hervor und streckte sie aus. «Als er bei der ABR war, begriff er, dass die wirkliche Macht nicht bei den Politikern, sondern bei den Konzernen und den Werbern lag. Von da an ließ er mich mit der Politik in Ruhe.»

«Jefferson Patrick Smith, Präsident der Vereinigten Staaten.» Anna lachte.

«Ich wäre noch nicht mal Bürgermeister von Loveland geworden. Aber ich habe mitgeholfen, blasse Kandidaten zu Wahlsiegern zu machen. Wir haben ihnen Worte geschnitzt und in den Mund gelegt und ihnen das wahlbezirkskonforme Outfit verpasst.»

«Du hast Parteiwerbung gemacht?»

«Ja, drei Jahre lang. Zuletzt habe ich einen TV-Spot für einen Kandidaten entwickelt, der die Todesstrafe propagierte. Noch vor Fertigstellung habe ich mich vom Acker gemacht. Ich konnte nicht mehr in den Spiegel sehen, ohne das Kotzen oder Lachen zu bekommen.»

Anna setzte sich auf, drehte sich um und blickte Jeff ungläubig an.

«Du wolltest alles von mir wissen», sagte er ernst.

«Ja. Das ist auch in Ordnung», erwiderte Anna und schwieg.

Er wusste, was in ihr vorging. Sicher fand sie es schwierig, sich vorzustellen, wie er im silbergrauen Armani-Anzug in seinem eleganten New Yorker Büro an einem dieser riesigen Konferenztische saß und verhandelte.

Sie stand auf. «Meinst du, wir können uns noch ein Bier nehmen?»

«Klar», sagte er und blickte ihr hinterher. Als sie in der Küche verschwunden war, tauchten die Bilder von seinen Vater vor ihm auf, von seinem Erzieher, wie er ihn lieber nannte. Er sah sein strenges Gesicht, glatt, obwohl er lange die siebzig überschritten hatte. Alles an ihm war glatt, auch wenn ihm das Alter oberflächlich einige Falten in die Haut geschnitzt hatte. Und er wollte auch ihm, seinem einzigen Sohn, die Unebenheiten glätten, hatte versucht alles Krause, Widerspenstige in ihm unter einem Mantel falsch verstandener Menschlichkeit und Frömmigkeit zu ersticken. Jeff hörte seine schleimigen Moralpredigten, hinter denen sich seine Gier nach Macht versteckte. Viel zu spät hatte er es durchschaut. Es war der Moment, in dem die Luft für ihn in seiner von Positionskämpfen und Erfolgsstrategien bestimmten Geschäftswelt immer dünner wurde. Intrigen, Konkurrenzkämpfe und schließlich der Ausverkauf seiner eigenen Wertvorstellungen drohten ihn zu ersticken. Warum nur hatte seine Mutter diesen Mann geheiratet? Warum nicht Robert?

Anna kam mit zwei Flaschen Bier zurück. Jeff öffnete sie,

nahm einen kräftigen Schluck und zog die Beine unters Kinn. Anna setzte sich neben ihn.

«Und dann bist du nach Asien gegangen?»

«Ja, für drei Jahre.»

«Und du hast im Kloster gelebt?»

«Ein Jahr lang.»

«Wie hast du denn das ausgehalten?» Anna fuhr mit der Hand unter den Ärmel seines Pullovers.

«Besser, als du denkst. Es war sehr heilsam. Aber ein Jahr reichte.»

Sie lächelte und lehnte sich an seine Schulter. «Wann wollen wir losreiten zu unserer Expedition?»

«Übermorgen?»

«Gut. Und jetzt musst du mir alles über die Ranch in Wyoming erzählen. Ich bin so neugierig.»

«Morgen, Anna, okay?»

«Na gut.»

«Wollen wir rübergehen?»

Sie nickte.

Jeff schlug die Augen auf. Sein Blick fiel auf Annas Nacken, auf einige schweißfeuchte Strähnen, die sich um ihren schlanken Hals gelegt hatten. Er zog vorsichtig seinen tauben Arm unter ihrem Kopf heraus. Er war mit ihr zusammen eingeschlafen und fast unbeweglich. Anna hielt seine andere Hand auf ihrer Schulter fest. Er wusste, dass er jetzt aufstehen sollte.

«Ich muss hoch, die Pferde füttern. Du kannst ja noch liegen bleiben», flüsterte er ihr ins Ohr.

Sie murmelte etwas, drehte sich zu ihm um und schmiegte sich an ihn. Jeff löste sich vorsichtig von ihr, setzte sich auf die Bettkante und spürte ihre Hände an seinem Bauch. Er dachte an die Pferde, an Ron und an kaltes Wasser und schlüpfte in ihre Latschen. «Bleib liegen, bis ich zurück bin», sagte er, nahm ihre Hände, küsste sie und schob sie unter die Decke zurück. Sie öffnete kurz die Augen und schloss sie wieder.

Er stand auf, schlurfte ins Bad und machte sich fertig. Dann stellte er Annas Latschen zurück vor ihr Bett. Sie rührte sich nicht und er trat in die kühle, klare Morgenluft hinaus. Die Nacht war verflossen, aber am Himmel hingen noch ihre Bilder. Er streckte und bewegte seinen müden Körper und versuchte sein aufgebrauchtes Chi wieder aufzufüllen. In der Ferne heulte ein Kojote. Sein Ruf verhallte in den Hügeln, ohne dass ihm jemand antwortete. Die Natur gähnte, dämmerte, schwieg vor sich hin, und Anna schlief in ihrem Rhythmus. Das Fenster im Bunkhouse blieb dunkel.

Jeff lief zum Corral hinunter. Das hungrige Brummen und Schnauben der Pferde empfing ihn wie jeden Morgen, aber noch nie hatte er es so geliebt. Alles schien noch freundlicher, wärmer und friedlicher als sonst. Auch Ron war gnädig gestimmt, trotz seiner Verspätung. Er lächelte gönnerhaft. Während Ron den Hafer in die Tröge kippte, schleppte er Heuballen heran und dachte, dass er jetzt gerne Pferd wäre. Er verspürte einen unbändigen Hunger.

Als er hinter Ron die Constallation Road hinaufging, blitzten die ersten Sonnenstrahlen über die Hügel. Die Hunde stürmten ihnen entgegen und Chola sprang an ihm hoch. Jeff spürte ihre ganze Kraft an seinem Bauch. Er fühlte sich gut, betrat das Haus und sog den Duft von Kaffee und Toast ein. Anna saß schon mit Linda am Tisch. Sie trug ein dickes kariertes Flanellhemd. Die Ärmel hatte sie aufgerollt, ihr glänzendes mahagonifarbenes Haar steckte in einem schwarzen, stoffumwickelten Gummiband. Er dachte an Wyoming, sah sie im Sattel, die schlanken Beine in dicken Lederchaps, die Zügel locker zwischen den Fingern, den Blick fest auf eine Herde Rinder gerichtet. Ihre Schönheit liegt in ihrer Unverwechselbarkeit, dachte er. Nichts an ihr erinnerte ihn an irgendeine andere Frau. Jedes Detail an ihr sprach seine eigene Sprache.

Sie sah ihn mit einem Lächeln an, von dem er fand, dass es das mitreißendste war, das ihm je eine Frau geschenkt hatte.

«Nun setz dich, Pat. Worauf wartest du denn?», sagte Linda.

Jeff setzte sich Anna gegenüber auf den Stuhl. Er wollte ihr

Gesicht sehen. Als Linda die zweite Runde Toast auf den Rost legte, kam Ron herein. Er setzte sich auf seinen Platz, sprach ein kurzes Gebet und dann über die Arbeit.

«Liegt für die nächsten Tage etwas Besonderes an?», fragte Jeff vorsichtig.

Linda lächelte. «Ich weiß schon, ihr wollt auf Schatzsuche gehen.»

Jeff nickte.

«Solche Angelegenheiten kann man auch einfacher erledigen, aber wenn er dich unbedingt durch diese Prüfung schicken will, dieser Robert . . . Von mir aus könnt ihr losziehen.» Ron strich über seinen Schnauzer. «Aber ihr müsst das schwere regenfeste Zelt mitnehmen und warme Sachen. Es kann sehr ungemütlich werden.»

«Also brauchen wir ein Packpferd.»

«Auf jeden Fall. Wie lange wollt ihr wegbleiben?»

«Ich hoffe nur zwei Tage. Aber wenn wir die Box nicht gleich finden . . .»

«Also ich muss mit drei Tagen rechnen, richtig?»

«Wenn das geht?»

Ron nickte und lächelte. «Klar geht das. Werde mich wohl sowieso langsam nach einem neuen Mann umsehen müssen.»

Jeff senkte den Blick auf seine Hände. Anna schob ihre Hand unter seine. Sicher fühlte sie wie er. Etwas von ihnen würde hier zurückbleiben und vieles würden sie mitnehmen. Er dachte daran, dass es auf der Ranch in Wyoming manchmal nicht einfach sein würde. Er dachte an die langen Winter, an den scharfen Wind, der wochenlang an den Fensterklappen rüttelte und die Haut zerschnitt, an meterhohen Schnee und kalte, klamme Betten.

«Wir fahren morgen nach Wickenburg zur Post. Braucht ihr irgendetwas?», fragte Linda.

«Ich werde eine Karte an meine Eltern schreiben. Wäre nett, wenn ihr sie mitnehmen könntet.»

«Natürlich, wenn's sonst nichts ist.»

Nach dem Frühstück trainierte Jeff mit Ron die Dreijährigen und reparierte Zäune und Zaumzeug. Am Nachmittag packte er mit Anna und Linda für den Ritt zum Jesus Canyon.

«Bald ist Weihnachten», sagte Linda und seufzte, während sie Sandwiches schmierte. «Seid ihr dann noch hier?»

«Ich auf jeden Fall», antwortete Jeff und blickte Anna an. Weihnachten, ein seltsames Gefühl, dachte er. Für ihn bedeutete es Eis und Schnee und familiäre Verpflichtungen. Ein einziges Mal hatte er Weihnachten nicht bei seinen Eltern verbracht, sondern bei Robert in Wyoming. Das war vor fünfzehn Jahren. Sein Vater hatte ihm das sehr übel genommen, seine Mutter schien zunehmend irritiert über das enge Verhältnis. Kurz nach seiner Rückkehr hatte sie in einem ihrer Fotoalben geblättert. Als er allein war, hatte er es aus der Schublade genommen. Es enthielt Bilder aus der Zeit vor ihrer Hochzeit, unter anderem von Robert und ihr.

«Ich werde wohl bei meinen Eltern sein», sagte Anna. «Meine Cousine kommt mit ihrem Mann aus Frankfurt und wir holen meine Oma aus Schleswig-Holstein ab. Das ist nördlich von Hamburg. Sie lebt auf dem Lande.»

Linda und Ron horchten auf und Anna erzählte von ihrer Oma und von Weihnachten in Hamburg. Er mochte nicht an die nähere Zukunft denken. Er hatte es noch nie gern getan, aber jetzt, nachdem Anna sein unabhängiges Singledasein gestört hatte, beunruhigte ihn der Gedanke an eine längere Trennung.

Am Abendbrottisch erzählte Jeff von der Rowly Ranch. Ron wollte alles über die Rinder dort wissen, Linda über die Pferdeauktion in Cheyenne und Anna interessierte sich einfach für alles. Sie saß ihm gegenüber, sah ihn unentwegt an, stellte Fragen über die Arbeit auf der Ranch und alles, was er dort erlebt hatte.

Keiner fragte danach, was seine Pläne seien, wenn er die Box nicht finden würde. Er war froh darüber, denn er wusste es selbst noch nicht. Er wusste nur, dass er nicht wieder in die Stadt zurückgehen würde und mit Anna zusammenbleiben wollte. Und er stand kurz vor dem Ziel, nach dem er lange gesucht hatte. Gibt es überhaupt ein festes Ziel, einen Endpunkt im Leben?, fragte er sich. Wohl nicht. In dem Moment, da man das Ziel erreicht hat, ist es keines mehr, und es erwächst ein neues. Es gab nur einen Weg mit Etappen, dessen Ende einzig der Tod sein konnte. Und er hatte gelernt, dass Geduld und Beharrlichkeit die wichtigsten und schwierigsten Errungenschaften des menschlichen Geistes waren. Darin sind uns die Tiere voraus, dachte er. Pferde auf einem Hänger, Pferde in ihren Boxen, Pferde mit Hobbles an den Beinen – sie stehen einfach da, überwinden die Zeit des Wartens mit einer Gelassenheit, die den meisten Menschen ihr Leben lang fremd bleibt. Pferde leben im Jetzt, finden sich ab, leiden still und lehnen sich nur selten auf. Sie kennen keinen Anfang und kein Ende. Sie wissen wahrscheinlich nicht einmal, dass sie altern und sterben werden.

Die zweite Nacht mit Anna war voller Zärtlichkeit und Wärme. Die letzten Mauern ihrer Scheu und Fremdheit fielen im Geben und Nehmen. Sie sprachen über ihr Leben, ihre Erfahrungen und ihre Träume. Sie schliefen ein, wachten auf und fanden sich wieder wie nach einem langen Abschied. Jeff bemühte sich um mehr Schlaf und weniger Liebe, aber es gelang ihm nicht. Er wusste, dass der Ritt zum Jesus Canyon eine Strapaze werden würde.

21

Um fünf Uhr morgens fuhr Anna hoch, wälzte sich über Jeff hinweg und brachte das schrille Rasseln des alten Weckers zum Stillstand. Eilig huschte sie aus dem Bett. Jeff folgte ihr auf dem Fuße. Das gemeinsame Ziel vertrieb ihre Müdigkeit. Eine halbe Stunde später stand Anna neben Linda am Herd, kochte Kaffee und Eier und röstete Toast.

«Wir werden auf jeden Fall das Weidegebiet kontrollieren», sagte Jeff.

«Das ist gut, Pat», erwiderte Ron. «Dann müssen wir diese Woche nicht mehr los.»

«Es könnte Regen geben», sagte Linda. «Habt ihr die Wachsjacken griffbereit verstaut?»

Anna nickte. Sie verspürte eine leichte Anspannung. Auch Jeff wirkte unruhiger als sonst. Sie frühstückten hastig, sprachen kaum, packten eilig alles zusammen und gingen zum Corral. Der Himmel zeigte sich in einem klaren, nackten Blau. Nichts ließ auf Regen schließen. Anna dachte an den Berglöwen, an das Blut, an Michaels Sturz. Sie hätte gern Jeffs Hand genommen, aber sie trug eine Flasche Whiskey zum Anstoßen in der einen und ihre Wachsjacke in der anderen Hand. Sie dachte über ein Leben im fernen Wyoming nach. Und sie fragte sich, was sie anfangen sollten, wenn sie die Box nicht finden würden.

Linda und Ron überholten sie mit dem Trecker. Im Corral fanden sie sich zusammen, sattelten, verschnürten Packtaschen, Zelt und zwei Spaten auf dem Lasttier und rollten ihre Schlafsäcke hinter die Sättel. Jeff hängte seine Winchester in das Futteral an seinem Sattel und schnallte einen Colt um. Sie zogen beide ihre Chaps an, verabschiedeten sich mit einer Umarmung von Linda und Ron und saßen auf.

«Viel Glück, ihr beiden!»

«Kommt heil zurück.»

«Das werden wir schon!», rief Anna. Sie folgte Jeff, der sein eigenes Pferd ritt und das Packpferd mitführte. Sie betrachtete Jokers Kruppe. Er war ein ruhiges, unauffälliges, aber äußerst verlässliches Pferd. Sein Verschwinden war eine panische Flucht vor irgendetwas gewesen. Niemand würde jemals erfahren, was es war. Er hatte sich dabei verletzt, so wie Whistler. An der Stelle seines linken Vorderbeins war weißes statt beigefarbenem Fell nachgewachsen.

Joker hatte Linda und Ron zu Jeff geführt. Sie mochte nicht daran denken, was geschehen wäre, wenn sie ihn nicht gefunden hätten, aber ebenso wenig daran, was wäre, wenn Joker nicht weggelaufen wäre. Sie blickte zu Jeff und lächelte ihn an.

«Was denkst du gerade?», fragte er sie.

«Ob es Zufall war, dass wir uns begegnet sind.»

«Es gibt keine Zufälle, nur Ursache und Wirkung.»

Anna zuckt mit den Schultern.

«Es wäre unlogisch. Was ist denn Zufall. Es wären Ereignisse, die ohne Willen zu Stande kämen. Aber es gibt immer eine Absicht. Wenn wir etwas tun, haben wir vorher überlegt, es zu tun. Und mit unserem Handeln verursachen wir bestimmte Ereignisse und führen Begegnungen herbei. Ich bin aus New York hierher gekommen, weil ... Joker ist geflüchtet, weil ... du bist nach Arizona gekommen, weil ... Und so weiter.»

«Hast du es diesmal eigentlich auch geahnt, dass ich zurückkommen würde?»

«Nein.»

«Und was hast du gedacht, als ich im Corral stand und euch empfangen habe?»

«Dass du deine Zahnbürste vergessen hast.»

Anna lachte. «Das hab ich tatsächlich.»

Jeff schmunzelte und zog seinen Hut vom Rücken auf den Kopf. Er blickte über die Hügel. «Ich liebe die Morgenstunden hier draußen. In der Stadt war ich ein richtiger Morgenmuffel, aber in der Natur stehe ich gerne früh auf. Die Sonne sitzt dann auf den Bergkämmen und der Mond haftet noch am Himmel, als ob er ihre Nähe suchen würde.»

Anna lächelte und blickte auf. «Schön gesagt. Ist heute Vollmond?»

«Ja.»

«Das ist ja fantastisch!»

«Sicher ein gutes Zeichen.»

Sie ritten dicht nebeneinander, sodass sich ihre Steigbügel hin und wieder berührten, und Anna dachte an ihren ersten gemeinsamen Ritt. Von Beginn an hatte sie sich gewünscht, ihm näher zu kommen, aber dass es für sie eine gemeinsame Zukunft geben würde, hatte sie damals nicht erwartet.

Als die Sonne im Zenit stand und der Mond längst verschwunden war, machten sie Halt, aßen Sandwiches und tranken Wasser. Sie saßen schweigend am Fluss, lauschten den Vogelstimmen und dem gleichmäßigen Rauschen der Strömung und blickten auf die changierenden Grüntöne am gegenüberliegenden Ufer. Alles war üppiger und klarer als zuvor. Die Wüste war zum Leben erwacht. Der Regen hatte das staubige Grau von den Blättern gewaschen und für Wachstum gesorgt.

Jeff ergriff ihre Hand, legte den Finger an den Mund und zeigte über sie hinweg den Fluss hinab. Anna sah zum ersten Mal einen Kojoten aus nächster Nähe. Es folgte ein zweiter. Sie trotteten zum Wasser, etwa fünfzig Meter von ihnen entfernt, blieben stehen, liefen weiter, tranken und peilten in ihre Richtung. Dann stellten sie ihre großen Ohren in ihre Richtung, ihre spitzen Schnauzen nahmen die Witterung auf und sie verschwanden lautlos in der Böschung.

«Sie sehen aus wie Hunde, richtig niedlich», sagte Anna leise.

«Sie haben ein sehr ausgefeiltes Sozialverhalten, kommunizieren in den verschiedensten Tönen mit unterschiedlicher Bedeutung.»

Anna nickte und sah auf Jeffs Hände. Sie taten dasselbe wie ihre. Sie spielten mit einem Blatt.

«Hast du dir die Blätter der Bäume mal aus der Nähe angesehen?», fragte Jeff.

«Ja, im Biologieunterricht. Da mussten wir jede Menge Blätter von verschiedenen Bäumen pflücken und pressen.»

«Ist dir aufgefallen, dass jedes kleinste Blatt ein und desselben Baums anders aussieht? Keines ist wie das andere. Erstaunlich, diese Vielfalt. Und dennoch haben sie, eigentlich wie alle Lebewesen, die gleichen Grundbedürfnisse. Sie verlangen nach Licht, Wasser, Nahrung, Fortpflanzung. Die Indianer haben das nie vergessen. Sie gingen pfleglicher mit der Natur um als wir. Sie waren mit dem zufrieden und im Einklang, was war. Sie wollten nicht ständig irgendwohin.»

Anna lächelte. «Aber wenn sie sich auch so vermehrt und ausgebreitet hätten wie die Europäer, wäre ihr behutsamer Umgang mit der Natur wahrscheinlich ebenfalls einer ausbeuterischen Einstellung gewichen.»

«Vielleicht hast du Recht, vielleicht auch nicht. Schwer zu sagen.»

Bevor die Müdigkeit von ihnen Besitz ergriff, ritten sie weiter, inspizierten die Rinderherde von Linda und Ron am Westufer des Hassayampa und erreichten mit der Dämmerung den Südhang des Jesus Canyon.

«Du betrittst sozusagen geschichtsträchtigen Boden», erklärte Jeff, als Anna aus dem Sattel rutschte. Hier ungefähr muss es gewesen sein, wo mich der verdammte Skorpion in den Zeh gestochen und Joker sich von mir verabschiedet hat.»

«Das muss schrecklich gewesen sein», sagte Anna und legte ihre Arme um seinen Hals. «Angenommen, wir könnten die Zeit zurückspulen und du hättest die Wahl zwischen dem Vorfall mit dem Skorpion und allen nachfolgenden Ereignissen, so wie sie geschehen sind, und dem sofortigen Fund der Box. Welchen Weg würdest du heute wählen?»

Jeff lächelte. «Komm», sagte er und zog sie mit sich zu einer sandigen Stelle neben dem Flussbett. Er schnallte den Gürtel mit dem Colt ab und legte ihn auf den Boden. Dann kramte er sein Taschenmesser aus der Hose, hockte sich hin und malte ein etwas schiefes, kantiges Herz in den Sand und die Buchstaben I. l. d. in die Mitte. «Das hab ich vor über zwanzig Jahren das letzte Mal geschrieben und da wusste ich noch nicht, was es bedeutet. Und damit habe ich deine Frage beantwortet. Das konnte nur der richtige Weg gewesen sein.»

Anna stand hinter ihm. Sie beugte sich über seinen Rücken, nahm Jeff das Messer aus der Hand und hockte sich neben ihn. Sie schrieb «Ich dich auch» und lehnte sich sanft an seine Seite. Sie blieben eine ganze Weile so sitzen.

«Sieh mal, unsere treuen Pferde», sagte Anna schließlich. «Sie warten geduldig darauf, dass wir ihnen Sättel und Gepäck abnehmen.» Sie stand auf und zog Jeff zu sich hoch. Sie dachte, dass sie noch nie in ihrem Leben so glücklich war.

Jeff hängte den Gürtel mit dem Colt an das Sattelhorn, befreite die Reitpferde von allem Ballast und Anna das Packpferd von Zelt, Schlafsäcken und Kochgerät. Sie führte sie an den

Fluss zum Saufen, brachte sie zurück, legte ihnen Hobbles an und stellte ihnen drei Näpfe mit Hafer vor die Füße. Eine leichte Brise wehte ihr das Haar ins Gesicht und bewegte die dünnen Äste der Sträucher. Schäfchenwolken zogen auf.

Jeff inspizierte das Gelände oberhalb des Ufers und fällte zwei Sträucher mit einem kleinen Beil. Er zerhackte sie zu Brennholz und räumte es beiseite. Anna packte den Kochtopf und die Blechteller und Becher aus. Dann breiteten sie gemeinsam das Zelt auf dem Sandboden aus und legten die Stangen und Heringe an ihren Platz. Nach etlichen Zusammenbrüchen unter herzhaftem Gelächter gelang es ihnen, das Zelt aufzurichten.

«Steht wie 'ne ausgeleierte Unterhose, aber ich glaube, es hält», sagte Jeff.

Anna lachte und warf die Schlafsäcke hinein. Sie sah in Jeffs besorgtes Gesicht. «Was ist?»

«Der Himmel sieht nicht mehr so gut aus wie heute Morgen.»

Sie blickte auf. Eine schwarze Wolkenschicht kroch über den Canyonrand auf sie zu.

«Regen?»

«Schaut so aus.»

Anna sammelte Äste und trug sie zur Feuerstelle am Flussufer. Jeff stapelte sie fachmännisch übereinander und zündete sie an. Er hielt das Feuer wegen des leichten Winds sehr niedrig, aber es reichte für eine heiße Mahlzeit. Schweigend saßen sie in der Finsternis. Es war schlagartig dunkel geworden. Weder Sterne noch Mond waren am Himmel zu sehen.

«Den Vollmond müssen wir uns heute denken», sagte Jeff und blickte über sich. In dem Moment fiel der erste Tropfen auf Annas Stirn.

«Vogelschiss oder Regen?», fragte sie und wischte mit dem Ärmel über ihre Stirn.

«Leider Regen», antwortete Jeff mit besorgtem Blick.

Dicke, schwere Tropfen fielen aus dem verhangenen Himmel. Das Feuer zischte. Sie sprangen auf, zogen die Wachsjacken an, setzten Hut und Kappe auf und räumten eilig alles ins Zelt, was nicht nass werden sollte. Sättel, Trensen, Pads, Decken, Kleidung und das Futter für Mensch und Tier. Die wenigen schweren Tropfen wuchsen sich schnell zu einem regelrechten Wolkenbruch aus.

Jeff zog das Zelt noch einmal stramm und schlug die Heringe fester in den Boden. Anna stellte die Pferde dichter zum Zelt und in den Windschatten hoher Büsche. Dann krochen sie hinein. Sie zogen die nassen Wachsjacken aus und hängten sie in die Ecke unter das Zeltdach. Das Wasser lief auf den Boden und Anna legte ihr Handtuch darunter. Ein modriger Geruch hing in dem niedrigen Raum und der Regen prasselte mit beängstigender Wucht auf den Zeltstoff.

«Meinst du, es hält dem Regen stand?», fragte Anna skeptisch. «Ich habe das Gefühl, wir werden gleich weggespült.»

Jeff rollte die Isomatten aus und die Schlafsäcke darüber. «Das Zelt ist auf jeden Fall regendicht. Ich hoffe nur, dass die Befestigung ausreicht. Man bekommt die Heringe nicht sehr weit in den Boden.»

Anna betrachtete ihr Nachtlager. «Wir könnten doch einen Schlafsack aufmachen und unter uns legen und den anderen darüber, nicht?»

«Das hatte ich auch vor.» Er lächelte und reichte ihr die Taschenlampe. «Halt bitte mal.»

Anna leuchtete in die Mitte des Zelts. Jeff baute ein perfektes Lager zwischen Packtaschen, Sätteln, zusammengerollter Kleidung, Futterdosen und Blechgeschirr. In der Ecke stand seine Winchester. Den Colt hatte er neben die Matte gelegt. Die Luft war kalt und feucht und sie kuschelten sich in voller Montur aneinander. Einen Moment lang sahen sie sich an. Dann knipste Jeff die Taschenlampe aus. Die Finsternis verschluckte alles um sie herum und ließ den Regen noch lauter erscheinen. Anna rollte sich eng in Jeffs Arm. Das Prasseln ging in ein Hämmern über und das Wasser drückte bedrohlich auf das Zeltdach.

«Ich glaube, ich muss die Heringe noch mal festklopfen», sagte Jeff. «Mir scheint, die eine Seite gibt etwas nach.»

Er löste sich von ihr, zog die Wachsjacke an und verließ das Zelt.

Warum muss es ausgerechnet heute regnen?, ging es ihr durch den Kopf. Es hätte so schön, so romantisch sein können. Sie vernahm das Klopfen des Hammers auf dem Metall und den gnadenlosen Regen, der den Fluss übertönte. Sie dachte an Jeff im strömenden Regen, hoffte, dass er gleich wieder hereinkäme, erhob sich und kroch zur Zeltklappe. Sie spähte in die Dunkelheit hinaus. Der Regen peitschte ihr ins Gesicht. «Jeff!»

«Ja?»

«Soll ich dir helfen?»

«Nein, bin gleich fertig.» Seine Stimme klang gepresst.

Das Dach über ihr straffte sich und das Wasser rann an der Zeltwand herab. Sie knipste die Taschenlampe an. Jeff kam ins Zelt zurück, öffnete den Reißverschluss seiner Jacke. Der Regen war ihm in den Kragen gelaufen. Er zog die Jacke aus und hängte sie auf.

«Du bist ja völlig durchnässt. Hoffentlich hast du eine zweite Jeans mit.»

Er schüttelte den Kopf.

«Du bist ja wahnsinnig! Hier trocknet doch nichts. Du kannst doch nicht zwei Tage in der nassen Hose herumlaufen!»

«Wird schon gehen. Ich hab schon Schlimmeres überstanden», erwiderte er mit einem müden Lächeln.

Er zog die Jeans aus, hängte sie neben die Jacken und kroch zu Anna unter die Decke. Sie fuhr mit der Hand unter sein klammes Hemd, spürte seine kalte Haut und empfand das dringende Bedürfnis, ihm all ihre Wärme zu geben. Ihr war nicht nach Nehmen, nur nach Geben zu Mute.

Als Jeff erwachte, vernahm er nur noch das Rauschen des Flusses und Annas gleichmäßigen Atem. Es regnete nicht mehr. Anna lag dicht neben ihm, ihr Bein über seinem. Das Tageslicht drang schwach durch den grünen Zeltstoff und sagte ihm, dass sie aufstehen sollten. Er dachte an die letzte Nacht, an den peitschenden Regen und an Annas Berührungen in der Dunkelheit, an ihre Hände, ihre Lippen, ihre Zunge auf seiner Haut. Als er sein Bein zurückzog, schlug auch sie die Augen auf. Er betrachtete ihre langen schwarzen Wimpern, die keine Tusche nötig hatten, strich ihr sanft das Haar aus der Stirn, küsste sie und erhob sich.

Die nasse Hose an seinen Beinen war eine Qual, aber er beschwerte sich nicht. Im Gegenteil, er war dankbar für alles, so wie es war. Die Pferde schnaubten und scharrten mit den Hufen. Sie hatten schon viel zu lange auf ihre Hand voll Hafer gewartet. Er trat in die Nässe hinaus und ging zu ihnen. Die Hose klebte an seinen Beinen.

Die Pferde sahen traurig aus. Aber vielleicht waren sie es gar nicht. Vielleicht sind sie zufriedener, als wir denken, dachte Jeff. Ihr Fell ist für den Regen gemacht. Ihre Haut ist wie eine Wachsjacke, fettig, wasserabstoßend und kälteabweisend.

Er sah Anna aus dem Zelt kriechen. Sie baute den Spirituskocher auf. Der Himmel war klar gewaschen, das Wasser des Hassayampa umso trüber. Der Fluss war zu einem reißenden Strom angeschwollen und hatte einen Teil des Ufers verschluckt. Er riss alles mit sich, was keine Wurzeln geschlagen hatte. Einige niedrige, noch junge Sträucher standen im Wasser. Sie schienen sich an den Steinen festzuklammern und reckten ihre Äste wie Arme empor.

Jeff zeigte auf die schroffen, von Erosion zerfressenen Felsen am gegenüberliegenden Ufer. «Dort drüben muss sie irgendwo liegen.»

«Unsere Zukunft?»

Er nickte.

Anna wusch sich und hielt ihm dann das Handtuch und seine Zahnbürste hin. Lächelnd nahm er ihr beides ab.

Das Blöken der Rinder ganz in ihrer Nähe ließ ihn zusammenfahren. Auch Anna erstarrte. Die Bilder von dem Löwen und dem toten Kalb tauchten vor Jeffs Augen auf. Er hielt den Atem an, lauschte, sah zu Anna. Sie stand ihm reglos gegenüber. Er horchte angestrengt in die Wildnis hinaus, aber was an sein Ohr drang, klang eher nach einem friedlichen Zwiegespräch. Erleichtert erblickten sie wenig später die Herde am Fluss. Kühe, Kälber und Bullen soffen, schauten sich nach ihnen um und verschwanden wieder, von wo sie gekommen waren.

Anna kochte Kaffee und packte die Sandwiches aus. Das Weißbrot hatte die Feuchtigkeit wie ein Schwamm aufgesogen. Es schmeckte nach Pappe, aber es füllte ihre hungrigen Mägen. Nach der zweiten Tasse Kaffee packten sie zusammen. Das Gewicht des Gepäcks schien sich um ein Vielfaches erhöht zu haben. Noch nie kam Jeff das Packen so mühsam vor, denn noch nie war er dabei so ungeduldig gewesen. Es gab wieder die Gedanken an die Zukunft. Sie brachten die Ruhelosigkeit in seinen Geist zurück.

Er setzte sich in den nassen Sand, den Kaffeepott in seinen Händen. Bleib ruhig, sagte er zu sich selbst. Wenn wir die Box nicht finden, dann sicher etwas anderes.

«Pass auf, dass du dir nicht die Blase erkältest!» Annas energische, besorgte Stimme holte ihn aus der Versenkung.

«Das wäre ziemlich unbequem», erwiderte er abwesend und lächelte. Sie war so umsichtig und praktisch veranlagt. Eben Tierärztin. Sie würde eine gute Rancherin abgeben.

Er stand auf, hakte die Griffe der Becher über die Finger der rechten Hand, drückte mit der linken die Pappschachteln der Sandwiches zusammen, warf alles in eine kleine Kiste und schob sie in eine der Packtaschen, die am Boden neben den Pferden lag. Anna schnürte die Schlafsäcke zusammen und stopfte sie in die Plastiksäcke. Als alles gepackt und auf den Pferden verstaut war, saßen sie auf und durchquerten den Fluss. Mühsam stemmten sich die Pferde gegen die Strömung und schlitterten ans gegenüberliegende Ufer.

Anna blickte auf schroffe Felsen und rostrote Erde. Eine tiefe Schlucht trennte den Westen vom Osten – der Jesus Canyon. Sie kannte ihn von dem Foto in ihrem Zimmer im Bunkhouse. Ein Cowboy auf einem Pferd stand davor. Sie blickte zu Jeff und fand, dass er einer war. Einer jedoch, der zu ihr passte, der die Welt kannte, der keinen scheinheiligen Moralvorstellungen nachhing, seine eigenen Vorstellungen hatte und der den Tieren eine Seele zusprach.

«Ich glaube, wir müssen nach Westen oder vielleicht . . . Vielleicht sollten wir geradeaus mit der Suche beginnen!», rief Jeff ihr zu. «Robert sprach letztens am Telefon von einem auffällig rund geformten Felsen am Ufer. In einer Linie dahinter sei die Stelle. Bei dem Hochwasser ist sicher nur noch die obere Wölbung zu sehen.»

«Ist es vielleicht der da drüben?» Anna zeigte auf einen Fels, der rechts von ihnen aus der Strömung ragte.

«Kommt mir etwas zu weit in der Biegung vor, aber ... Wir können es ja mal versuchen.»

Anna folgte Jeff an dem Felsen vorbei die Böschung empor. Sie sah in sein suchendes Gesicht und wusste, dass es schwerer würde, als sie erwartet hatte. Er stieg ab und blickte über den Ufersaum. «Wenn es ein richtiges Hochwasser gab, hat der Fluss die Box sicher mit sich gerissen.»

«Meinst du?»

«Ich weiß nicht genau, wie hoch das Wasser steigt. Ich bin den ersten Winter hier und den wasserreichen April habe ich auch nicht miterlebt.»

«Lass uns einfach anfangen, Jeff. Was sollen wir sonst machen. Vom Nachdenken kommt die Box auch nicht aus dem Boden hervor.»

Jeff nickte abwesend und Anna stieg aus dem Sattel. Sie begann die Taschen von dem Packpferd zu nehmen, während Jeff immer noch ratlos am Ufer stand. «Nun komm schon. Wir verlieren zu viel Zeit. Nicht so viel denken.»

Jeff reagierte nicht. Er schien jeden Zentimeter des Bodens mit den Augen abzutasten.

Anna sattelte beide Pferde ab. «Jeff, was ist denn jetzt?», rief sie zu ihm hinüber und wurde das erste Mal ein bisschen ärgerlich auf ihn.

«Ich komme. Ich musste mir alles noch mal genau vergegenwärtigen.»

«Und zu welchem Ergebnis bist du gekommen?»

«Dass es hier in der Gegend sein muss. Aber auf den Meter genau kann ich es nicht sagen.»

«Das wäre ja auch ein Wunder nach über zehn Jahren!»

Jeff stemmte das restliche Gepäck von dem Lasttier, breitete eine Plastikplane auf dem Boden aus und legte alles darauf. Er zog die Spaten heraus und sie begannen zu graben. Sie bewegten sich dabei voneinander weg, Anna nach Westen, Jeff nach Osten. Als sie einen etwa fünfzehn Meter langen und dreißig Zentimeter breiten Graben in den Boden entlang des Ufers geschnitten hatten, verschwand die Sonne über ihnen hinter einer Wolkenwand, und es begann wieder zu regnen.

Sie ließen das Mittagessen ausfallen und gruben ein Loch nach dem anderen, als ginge es um das nackte Überleben. Aber es schien, als hätte die Erde die Box für immer verschluckt und damit die Hoffnung auf eine verheißungsvolle Zukunft.

Anna war nass bis auf die Knochen, als sie Jeff plötzlich innehalten sah. Sie beobachtete angespannt, wie er mit dem Spaten auf etwas Hartem herumstocherte.

Sie steckte ihren Spaten in die Erde und lief durch den Regen zu ihm hinüber. Mit jedem ihrer Schritte wuchs die Hoffnung. Sie sah die verrostete Metallbox, die Uhren, Jeffs Lachen. Dann stand sie vor ihm, atemlos, das Ziel vor Augen.

«Ich glaube, ich hab sie», sagte Jeff keuchend. Der Regen tropfte aus der Krempe seines Huts auf seine rechte Schulter, hinab über seine Brust und perlte über das Wachs hinunter auf seine Schenkel. Er kniete vor dem Ende eines etwa vierzig Zentimeter tiefen Grabens und starrte hinein.

Anna hockte sich neben ihn. Sie schaute in das Erdloch und auf einen festen, rostigen Gegenstand. «Ich glaube, wir haben sie tatsächlich, Jeff!», rief Anna aus und blickte einige Sekunden in die Ferne. Sie sah Pferde vor schneebedeckten Bergen, Rinder auf endloser Prärie und einen weiten blauen Himmel. Die Nässe in den Stiefeln und die Müdigkeit in ihren Knochen schienen ihr nichts weiter als eine Verheißung, die das alles zu einer Seelenmassage machte.

Jeff beugte sich in den Schlamm hinab, streckte den Arm in den Graben hinunter und befühlte den Gegenstand.

«Es ist Metall. Es steckt ganz fest im Boden.»

«Soll ich einen Stock holen?»

«Nein, ich nehme das Messer.»

Jeff zog den Arm heraus, wischte den Sand an seiner Jacke ab, kramte sein Messer aus der Tasche, und erneut verschwand sein Arm im Boden. Der Regen schwemmte den Sand zurück in den Graben.

Anna hörte das Kratzen, Metall auf Metall. Sie spähte in das Erdloch. Jeff stocherte um den Gegenstand herum, versuchte ihn zu lockern, legte das Messer an den Rand und schaufelte mit der Hand den herabgesunkenen Schlamm heraus. Dann nahm er wieder das Messer und arbeitete sich weiter vor. Sein Atem ging schwer, seine Knie versanken im Schlamm, sein Gesicht war mit Sand besprenkelt. Er richtete seinen Oberkörper auf, schob den Hut in den Nacken, drehte sich nach hinten und spuckte aus. Dann starrte er wieder hinab, lächelte und langte erneut in das Loch. Er rüttelte und zerrte an dem Gegenstand. Plötzlich schnellte seine Hand zurück. Er hielt eine Metallplatte hoch.

«Der Deckel?», fragte Anna. Ihre Stimme überschlug sich fast.

Jeff stand auf und starrte auf das Blech in seiner Hand. Er wischte sich mit dem Ärmel über das verschmierte Gesicht.

«Es ist nur ein verdammtes Stück Blech», sagte er und warf es hinter sich. Er spuckte wieder Sand aus und ging zum Fluss hinunter. Anna atmete tief durch. Sie fühlte, wie alle Hoffnung im Schlamm versank. Die Kälte prallte nicht mehr an ihrer Zuversicht ab. Sie drang jetzt bis in den letzten Winkel ihres Körpers ein und ließ sie schaudern. Sie sah Jeff vornübergebeugt im Wasser stehen. Es hat keinen Sinn, sich dagegen zu wehren, dachte sie. Es soll nicht sein. Sie ging zu Jeff. Er stand mit den Stiefeln im Fluss. Das Wasser strömte um seine Beine bis zu den Knien hinauf. Es spülte den Sand aus seiner Hose und machte ihn nicht nasser, als er bereits war.

Anna legte ihren Arm um seine Taille und ihren Kopf an seine Seite. Der Regen fiel ohne Unterlass auf sie herab und zerrte an ihren Nerven. Sie zitterte wie Espenlaub. Die Wolken hingen in den Bergen fest und tauchten die Landschaft in ein einheitliches mutloses Grau.

«Wir sollten umkehren, Jeff», sagte Anna leise.

Er nickte, hielt die Hände ins Wasser und goss eine Hand voll über sein Gesicht.

«Wir müssen zurück. Wir holen uns den Tod, und das ist es nicht wert», sagte sie mit spröder Stimme.

«Es ist wie ein Stachel im Fleisch. Es ist ...» Er brach ab.

«Jeff, komm. Du musst aus den nassen Stiefeln raus. Bitte!»

Er drehte sich langsam um und sie nahm seine Hand.

«Ich liebe dich auch ohne Ranch. Es ist mir völlig gleich, was du hast oder nicht. Für mich zählt nur, wer du bist. Wir werden schon etwas finden, wo wir glücklich werden.»

Er sagte nichts, aber Anna spürte, wie seine Hand die ihre umfasste. Sie gingen zusammen ans Ufer, zu den Pferden. Ihr Fell triefte und die Plastikplanen über den Sätteln klebten am Leder. Die Nässe kroch in jede Öffnung, in jeden kleinsten Spalt.

Anna zerrte Jeffs zweites Paar Stiefel und Socken aus dem Plastiksack hinter seinem Sattel, steckte alles unter ihre Jacke und ging ihm entgegen. Er schien in tiefe Depression gefallen und außer Stande, noch irgendetwas anzupacken. Sie hielt ihm die Stiefel hin. Er setzte sich auf einen Stein und zerrte an dem nassen Leder. Es wollte seine Füße nicht loslassen. Anna drehte sich mit dem Rücken zu ihm, steckte seinen Fuß zwischen ihre Beine und zog daran, bis das Leder endlich nachgab. Sie wiederholten die Prozedur mit dem zweiten Stiefel.

Als sie beide etwas trockenere Socken und Stiefel anhatten, verstauten sie das nasse Gepäck und die Spaten und wuchteten alles auf die Pferde. Erschöpft schnallten sie die Chaps über die feuchten Hosenbeine. Sie zogen die Plastiksäcke von den Sätteln und hangelten sich aufs Pferd. Das Leder haftete am Stoff und gab nicht nach. Die Beine waren steif und unbeweglich wie Baumstämme.

Vorsichtig durchquerten sie den Fluss. Das Wasser ging den Pferden bis zum Bauch.

Sie ritten oberhalb des Flusses am Ufer entlang in Richtung Osten. Das Flussbett war vollkommen ausgefüllt, und sie mussten sich durch die Böschung schlagen. Die Äste und Dornen schabten über ihre Jacken und Chaps und blieben in den Mähnen und im Fell der Pferde stecken. Anna hatte das Gefühl, noch nie so gefroren zu haben. Das Leder unter ihr quietschte. Die Pferde gingen vorsichtiger und langsamer als sonst. Sie wussten, dass sie ausrutschen würden, wenn sie nicht achtsam genug wären. Der Schlamm unter ihren Hufen schmatzte und spritzte empor.

Anna war so erschöpft, dass sie glaubte, bei der kleinsten unsanften Bewegung aus dem Sattel zu rutschen. Ihr Blick haftete leer auf Jeffs Rücken. Sie wollte nur noch nach Hause. Etwas anderes konnte sie nicht denken.

Als sie das Flussbett in Richtung Süden verließen und den letzten Hügel erklommen, war die Nacht über sie hereingebrochen, die Batterien ihrer Taschenlampen und ihre Kräfte aufgebraucht. Der Mond leuchtete ihnen den Weg. Es hatte aufgehört zu regnen. Anna dachte, sie würde sterben. Angst und Kälte fraßen sich in ihre Knochen. Jedes Wort wäre Anstrengung gewesen. Sie sagten nur etwas, wenn es absolut nötig war. Der Aufstieg war hart für die Pferde, aber der Abstieg gefährlicher. Sie rutschten über die Steine durch die Dunkelheit, streiften Kakteen und scharfe Felsen, und Anna hielt sich mit letzter Kraft am Sattelhorn fest, um nicht vornüberzufallen. Ihr Kopf hämmerte und ihre Gelenke waren steif wie verrostete Scharniere.

Als sie den Corral erreichten, liefen ihr die Tränen übers Gesicht. Sie hing zusammengesunken im Sattel und weinte sich die Enttäuschung, die Angst und die Erschöpfung aus der Seele. Jeff stieg ab und eilte zu ihr. Sie rutschte in seine Arme hinab und hörte nicht auf zu weinen.

«He», sagte er und hielt sie fest, «wir sind zu Hause, Anna. Wir haben es geschafft!»

Sie krallte ihre Finger in seine Jacke und schluchzte. Sie konnte nichts sagen. Sie wusste nur, dass sie keinen Schritt mehr tun konnte.

Jeff trug sie in den Schuppen. Er wäre fast selbst unter ihr zusammengebrochen. Als sie die Pritsche unter sich spürte, lösten sich ihre Finger aus seiner Jacke. Sie sank auf die Seite und zog die Beine an die Brust. Jeff machte hastig den Reißverschluss ihrer Chaps auf, löste sie von ihren Beinen, öffnete ihre Jacke, streifte sie von ihren Schultern und zog ihr dann die gesamte Kleidung vom Leib. Sie öffnete die Augen und sah, wie er zwei Pferdedecken von einem der Sattelböcke nahm. Er wickelte sie um ihren zitternden Körper. Die grobe Wolle kratzte auf ihrer Haut, aber sie war trocken und wärmte.

«Ich lauf schnell ins Ranchhaus», flüsterte Jeff. Seine Stimme klang erschöpft. «Ich hole Linda und Ron und ... Bleib ganz ruhig liegen. Bitte, Anna, rühr dich nicht vom Fleck, okay?»

Sie nickte matt, zog die Decken unters Kinn und blickte ihm nach. Die Tür knarrte und fiel zu. Sie legte den Kopf zurück und spürte, wie sich die Wärme auf ihrer Haut ausbreitete. Aber darunter schüttelte sie noch die Kälte und ließ sie nicht zur Ruhe kommen. Es war das erste Mal, dass sie an ihre körperlichen Grenzen gestoßen war.

22

Als Jeff die Tür vom Ranchhaus öffnete, saßen Linda und Ron im Wohnzimmer. Aus ihren Augen sprach das blanke Entsetzen.

«Pat! Was ist passiert, um Himmels willen?» Linda sprang auf und Ron folgte ihr auf dem Fuße.

«Anna liegt unten im Schuppen!» Jeff stand schlotternd in der Tür.

«Sie ist völlig unterkühlt!»

«Seid ihr unverletzt?», fragte Ron und ging ins Schlafzimmer.

«Ja!»

Er kam eilig mit einem Stapel Wolldecken zurück und Jeff entledigte sich der nassen Kleidung.

«Du zitterst ja auch. Ich setze Wasser auf.» Linda warf ihm

eine der Wolldecken über. «Geh du unter die heiße Dusche und zieh dir was Warmes an. Wir machen das schon.»

«Einer muss schnellstens zu Anna!»

«Bin schon unterwegs!», rief Ron und verschwand mit den Wolldecken. Linda warf Holz in den kleinen Ofen in der Ecke.

Jeff stand fröstelnd in die Wolldecke gehüllt im Wohnzimmer und dachte an Anna. Er hatte sie in diese Situation gebracht. Er wäre schuld, wenn sie krank würde. Der Gedanke war ihm unerträglich.

«Nun mach, dass du unter die heiße Dusche kommst!», rief Linda ihm aus der Küche zu.

Jeff ging zitternd ins Bad, setzte einen Fuß in die Duschkabine und zog ihn wieder zurück. Nein, dachte er, er konnte sie dort unten nicht allein lassen. Ron konnte sie nicht ohne Hilfe zum Ranchhaus tragen.

Dann hörte er, wie der Trecker ansprang. Er stieg in Jeans und Pullover und stolperte fast in Lindas Arme.

«Dir ist auch nicht zu helfen!» Sie hielt ihm ein Glas heißes Bier hin. Er hatte Mühe, die Flüssigkeit in seinen Mund zu bekommen, so zitterten seine Hände.

«Ich gehe jetzt mit einer Thermoskanne mit heißem Bier zu Anna hinunter. Und ich habe eine Spritze mit einem Kreislaufmittel dabei und hole Kleidung für sie aus dem Bunkhouse. Ich bitte dich, Pat. Ihr müsst beide gesund bleiben. Tu jetzt was für dich. Wir sind zu zweit und schaffen das schon ohne dich.»

Aber Jeff konnte sich nicht mit dem Gedanken anfreunden. Linda verschwand aus der Tür und er spülte das heiße Bier hinunter. Er spürte, wie die Kälte in ihm gegen die Wärme kämpfte. Seine Krämpfe wollten sich nicht lösen. Aber er machte sich auf den Weg zum Corral. Linda schüttelte nur den Kopf. Sie eilten im Schein ihrer Petroleumlampe die steinige Straße hinunter und sahen die Lichter von Rons Trecker auf den Schuppen gerichtet. Als sie eintraten, lächelte ihnen Anna schwach entgegen. Ron hielt sie in den Armen, zog ihr die Decken bis übers Kinn, bemüht, ihr seine ganze Wärme zu geben.

Jeff kniete sich vor sie hin, legte die Hand auf ihre aschfahle

Stirn und wusste nicht, ob sie kalt oder warm war. Er hatte kaum Gefühl in den Händen. Anna zog ihren Arm aus den Decken und legte ihre Hand auf seine. «Du zitterst ja», sagte sie matt.

«Es tut mir so Leid», erwiderte er und steckte ihre Hand zurück unter die Decke.

Linda warf Jeff eine Felljacke über, füllte heißes Bier in einen Becher und hielt ihn Anna an den Mund, während Jeff ihren Kopf stützte. Sie trank in kleinen Schlucken. Linda fühlte ihren Puls. «Er ist ziemlich flach, aber noch im normalen Bereich», sagte sie und hob wieder den Becher an Annas Lippen. Sie öffnete die Augen, nahm einen Schluck und sank erneut zurück. «Es ist zu kalt hier unten. Wir müssen dich schnellstens ins Haus bringen.»

«Ja», erwiderte Anna mit flacher Stimme, rollte sich auf die Seite und zog die Füße aus der Decke. Jeff nahm die Wollsocken vom Stuhl und wollte sie Anna überstreifen. Aber Linda nahm sie aus seinen zitternden Händen und zog sie ihr über die Füße.

Jeff blickte auf Anna. Schlotternd dachte er an Wyoming und an den Ritt im Schnee. Er war mit den Jungs ausgeritten. Dann hatten sie ihn am Sattel gefesselt, ihm eine Wollbinde über die Augen gezogen und zurückgelassen. Sie wussten, dass das Pferd ihnen folgen würde, aber sie ahnten nicht, dass ein Blizzard aufkommen würde. Man hatte ihn nach Stunden im Schnee gefunden und mit einer Lungenentzündung ins Krankenhaus gebracht.

Ron trug Anna in sein eigenes Schlafzimmer. Das Bett dort war direkt an der Seite vom Ofen.

Als sie alle neben ihr am Bett standen, kamen sie langsam wieder zur Besinnung.

«Das ist der kälteste Dezember seit Jahren», sagte Ron. «Dass ihr ausgerechnet in so einen verdammten Regen kommen musstet. Meistens gibt es nur einen kurzen Schauer und die Sonne kommt wieder durch.»

Ein mattes Lächeln huschte um Annas Lippen. Jeff ließ erleichtert die Schultern sinken. Sein ganzer Körper war vom Schüttelfrost verspannt. Er setzte sich aufs Bett, nahm ihre Hand in seine und stellte fest, dass sie jetzt wärmer war als seine.

«Komm.» Sie hob die Decken hoch. Ron zog sich zurück und Jeff legte sich zu ihr.

«Ich habe noch was für dich, Pat», sagte Linda. «Einen Brief von Robert Wilson.»

Jeff horchte auf und hob den Kopf.

«Bleib liegen. Ich bringe ihn dir.» Linda verschwand. Wenig später stand sie mit dem Brief, der Thermoskanne und zwei Bechern neben dem Bett.

«Danke, Linda. Und überhaupt. Tut mir Leid, der ganze Aufstand», entschuldigte sich Jeff.

Linda lächelte und machte eine abwehrende Handbewegung. «Nicht der Rede wert.»

«Ich hoffe, ihr kommt in meinem Zimmer klar. Ist nicht gerade aufgeräumt.»

«Zerbrich dir darüber nicht den Kopf. Wir schlafen auch in der verstaubtesten Rumpelkammer wie die Murmeltiere. Hauptsache euch geht es besser.» Sie lächelte, verließ das Zimmer und schloss die Tür hinter sich.

Jeff drehte sich auf die Seite und blickte in Annas müde, aber klare Augen. Sie legte ihren Arm um seine Schulter und kuschelte sich an ihn. Langsam verließ ihn die Kälte. Sein Körper beruhigte sich und schließlich auch sein Kopf. Er drehte sich erneut um und goss heißes Bier in die Becher. Anna trank mit geschlossenen Augen und auch Jeff spürte, wie ihn die Müdigkeit überwältigte. Rasch öffnete er den Brief und las. Anna sah ihn an. Er lächelte und überflog die handgeschriebenen Zeilen noch einmal.

«Was steht drin?», fragte Anna müde.

«Ich les es dir vor.» Er holte tief Luft.

«Lieber Jeff,

da ich lange nichts von dir gehört habe, gehe ich davon aus, dass du die Box mit unseren Uhren noch nicht gefunden hast. Aber mir scheint, du hast etwas anderes gefunden, denn sonst hätte ich dich wohl schon in deiner New Yorker Wohnung erreicht.

Ich habe mir also überlegt, dass deine Expedition bereits ihren Sinn erfüllt hat. Sie scheint dich endgültig aus den Fängen der Werbeindustrie befreit zu haben. Sie scheint dich aus dem Betongetto ins wahre, raue Leben der Rancher geworfen zu haben. Sicher wirst du bei diesen Leuten da oben am Jesus Canyon eine Menge nützlicher Dinge gelernt haben, sodass du eine Ranch führen kannst, auch wenn sie fast am anderen Ende des Landes liegt.

Ich hatte übrigens ein langes Gespräch mit deiner Mutter. Ich habe sie vor zwei Wochen besucht. Wir haben über alles gesprochen, über unser heimliches Treffen im Hotel vor gut vierzig Jahren, über deine Geburt, das Datum ... Es war wirklich ein bewegendes Gespräch.

Ich höre an dieser Stelle auf. Es wird sicher noch viele gemeinsame Abende am Kamin im Ranchhaus geben, an denen wir über alles reden können, mein Junge.

Bis bald. Ich erwarte dich auf Rowly, sobald du alles geregelt hast.

Robert.»

«Was ist das Leben? Es ist das Aufleuchten eines Glühwurms in der Nacht. Es ist der Hauch eines Büffels im Winter. Es ist der kleine Schatten, der über das Gras huscht und sich im Sonnenuntergang verliert.»

Crowfoot, Wortführer der Blackfootindianer kurz vor seinem Tod im Jahre 1890